LUNE RÉMANENTE

MASAKUNI ODA

LUNE RÉMANENTE

Traduit du japonais
par Patrick Honnoré

RIVAGES/IMAGINAIRE

Retrouvez l'ensemble des parutions
des Éditions Rivages sur

editions-rivages.fr

Collection dirigée par Valentin Baillehache

Publié pour la première fois au Japon en 2021
par FUTABASHA PUBLISHERS LTD sous le titre *Zangetsuki.*
Les droits de traduction ont été cédés
par l'intermédiaire du Bureau des Copyrights Français.

LA LUNE S'EST RETOURNÉE

1

J'avais un an, paraît-il, quand, effrayé par ma propre ombre, je m'étais lancé dans une danse de Saint-Guy, sautant d'un pied sur l'autre en hurlant pour la faire tomber. Quand je levais la main, la chose noire levait la sienne, quand je levais le pied, elle levait le sien, et j'avais beau courir dans tous les sens dans la salle du restaurant, cette chose me suivait partout, sans jamais se laisser distancer, et restait agrippée à moi. Si je m'en détachais une fraction de seconde, elle savait avant moi l'endroit exact où j'allais atterrir, anticipant tous mes déplacements. Bien entendu, je n'ai aucun souvenir de quand j'avais un an, mais aujourd'hui encore, à 43 ans, il me semble sentir au fond de mes tripes l'écho de cet effroi.

Soit dit en passant, « la danse de Saint-Guy » était une expression de mon père, à l'époque où il était encore propriétaire de son restaurant de sushi à F., département de Chiba. Pas de ma mère. Ma mère était incapable de dire du mal de qui que ce soit. Ses petites et douces mains ne se seraient jamais levées contre quiconque, elles restaient légèrement croisées contre sa poitrine comme pour une prière. Mon père, lui, ouvrait sa grande bouche carrée pleine de dents métalliques et éclatait d'un gros rire à vous faire exploser la tête, en disant : « Tu avais peur de ton ombre ! Tu chialais et tu dansais la danse de Saint-Guy devant tout le monde ! » C'était ce genre-là, mon père. Le genre à vous marcher sur les pieds en déblatérant des horreurs sur votre compte.

Bien qu'à la vérité, il n'est pas impossible que les petites piques innocentes de ma mère aient beaucoup fait pour renforcer chez moi cette peur d'être suivi. Car c'est bien ma mère qui m'avait appris que ce n'était pas seulement mon ombre qui me courait après.

– Regarde, Takashi, la lune toute ronde qui vient pour te suivre, disait-elle à chaque fois.

Et en effet, à peine je regardais ailleurs, croyant que la pleine lune, très bas dans le ciel, était cachée par les maisons, qu'elle revenait me narguer avec son visage rigolard. La nuit, que je marche ou que je roule en voiture, en bus ou même en train, elle me suivait comme mon ombre, coupant en diagonale le ciel d'une ville à l'autre. Je devais être en maternelle quand ma mère m'avait demandé :

– Sais-tu pourquoi la lune te suit partout, où que tu ailles ?

Parce qu'elle plane dans le ciel à 380 000 kilomètres de distance, et que nous autres, dans notre ridicule petite ville japonaise de banlieue, on pourra toujours se bouger les fesses, on ne réussira pas à la décrocher ?

Ce n'est pas la réponse que m'avait faite ma mère.

– C'est quoi ton nom de famille, ce qui vient derrière Takashi ?

– Takashi Ootsuki.

Et tout en prononçant mon nom, j'avais eu l'impression de découvrir un terrible secret. Ootsuki : « La lune énOorme ». À l'époque, je ne savais pas encore écrire mon nom. Encore moins que le « tsuki » de mon nom, ce n'était pas la lune mais un arbre très ancien, le zelkova. Je savais seulement qu'à l'oral, quand on dit « tsuki », c'est bien de la lune qu'il s'agit, et à cet instant, j'avais compris comme une évidence que derrière mon nom, autrement dit derrière moi, toute ma vie, la lune géante serait toujours là à briller.

Ah, c'est donc ça… C'est donc pour cela que la lune est après moi.

2

J'étais d'avis que, tant qu'à être père, autant être un vrai père, impliqué, chaud, étouffant. Autrement dit, le contraire de mon père. Pas un père qui regarde sa famille comme il regarde une bouteille de saké vide. C'est ainsi qu'à la naissance de mon premier fils, Taisuké, il y a sept ans, je m'étais juré de ne pas laisser tomber l'habitude de manger au restaurant en famille. Deux fois par mois au moins, se retrouver ensemble autour d'une table en dehors de la maison, et se regarder dans les yeux. Dans une situation où il va bien falloir parler. Sans télé, sans console de jeux vidéo, sans smartphone ni tablette, sans d'autre choix que de dire quelque chose si on veut éviter de se noyer dans le silence abyssal. Sans nécessairement singer les familles fofolles et bruyantes des séries cliché-chiqué de la télé, mais s'obliger à se parler un peu plus ouvertement que d'habitude. Parce que c'est important. Un temps et un espace à part, où chacun peut être plus ouvert avec les autres membres de la famille. Un endroit pour laisser derrière soi les petits malaises, avant de rentrer à la maison et se sentir de nouveau dans son confort habituel. À cette époque, Taisuké et Mio étaient petits, mais cela allait devenir de plus en plus difficile avec les années. Et c'est précisément parce que cela deviendrait de plus en plus difficile qu'il fallait créer une habitude, pendant qu'il était temps, et lui donner une inertie telle qu'il serait plus compliqué d'arrêter que de continuer. Quand viennent l'ennui et la lassitude, là, on a une vraie famille.

C'était un dimanche de fin octobre. Comme de coutume, nous sommes sortis peu après six heures et demie du soir, avec mon épouse Shiori, notre fils aîné Taisuké, sept ans, qui depuis avril allait à la grande école, et notre fille Mio, qui allait sur ses trois ans. Le froid automnal était déjà vif, plus tôt que je ne l'avais cru, mais ce n'est pas le froid qui m'a surpris, c'est le visage rond de la pleine lune qui venait de surgir au-dessus des immeubles de notre quartier résidentiel. Je suis resté figé devant la porte d'entrée, serrant Mio dans mon bras, comme si je m'étais cogné la tête contre la lune.

La lune était un peu bizarre. Je pourrais dire qu'elle était d'un rouge vaguement rouillé, mais surtout, elle n'avait pas tout à fait son aspect habituel. Peut-être passait-elle plus près de la Terre, en tout cas elle semblait plus grosse, comme enflée, même si, c'est vrai, la lune paraît toujours plus grosse quand elle est basse sur l'horizon. J'ai ressenti un malaise. Mais, le temps que je me demande ce qui se passait, dans mes bras, Mio a dit :

– Là ! Madame la Lune !

Depuis peu, Mio ne pouvait pas voir quelque chose sans l'appeler par son nom. Un peu comme si appeler une chose par son nom, c'était déjà à moitié la faire sienne.

– Ce n'est pas juste la lune. C'est la pleine lune ! C'est comme ça qu'il faut dire : la pleine lune. Dis-le pour voir, a ajouté Taisuké dans son rôle de grand frère, comme toujours.

Mio a détourné la tête en souriant, pour ne pas entrer dans son jeu. Manière innocente d'une enfant de deux ans et demi ? Ou signe avant-coureur de ce que sera sa personnalité ? En tout cas, il suffisait de dire « dis-le » à Mio pour qu'elle refuse de le dire. Et Taisuké qui insistait, évidemment.

– Pleine, lune ! Allez, dis-le !

Shiori est alors intervenue, comme une blague :

– Si tu lui demandes sur ce ton, évidemment, Mii-chan ne va pas te le dire ! Au contraire, il faut que tu lui défendes de le dire.

Tout en observant leur échange, il m'a semblé comprendre en quoi résidait le malaise que je ressentais depuis tout à l'heure : C'est vrai, eux aussi la voient... Le sentiment d'étrangeté qui m'avait envahi venait de ce que, face à la lune, j'avais toujours eu l'impression d'avoir été à part, différent de ma famille. Idée complètement irrationnelle, je sais, mais pas vraiment nouvelle pour moi.

Autrefois, à l'occasion de mon entrée à la grande école, mon grand-père et ma grand-mère maternels m'avaient offert un télescope à réflecteur. Mes grands-parents paternels m'avaient offert un cartable, mes grands-parents maternels un télescope, c'est comme ça. Pas du tout un jouet. Un vrai, avec un gros trépied, un miroir de 70 mm de diamètre, grossissement de 150 fois, avec lequel je pouvais voir les motifs à la surface de Jupiter et de Saturne si je voulais. Mais bien sûr, avec mon télescope, je n'observais que notre plus proche voisine, celle qui était en permanence penchée sur ma vie, la lune énOorme.

Au télescope, la lune avait cet aspect étrange et concret qu'ont les insectes quand on les regarde à la loupe, l'air d'être réels. Elle ressemblait à un désert de cendres accumulées, à la surface duquel flottaient des ossements ronds. Elle n'en était pas moins attirante. Comme quelque chose qui depuis des milliards d'années cachait un immense secret et se mettait à marmonner dès que vous détourniez les yeux. Alors évidemment que cela donnait envie de l'observer au télescope ! Un jour, j'ai pensé : le monde est vaste et pourtant, cette lune, vue de cet endroit précis en cet instant précis, je suis le seul à la voir. C'est ma lune à moi et à moi seul. Sentiment étrange. Un sentiment glacial de désolation, d'être délaissé au fin fond de l'univers vacant, en tête à tête avec la lune pour l'éternité.

Or, cette scène entre les trois membres de ma famille à mes côtés venait de rompre le fil magique entre la lune et moi. À l'instant même, la lune a détourné les yeux et a laissé la place à un astre rougeâtre et brumeux qui flottait, indifférent, au-dessus du quartier. Ce n'était plus *ma* lune, en tout cas. C'était la lune banale et ordinaire que tout le monde voit, qui laissait sa lumière dégouliner un peu partout.

Quand nous nous sommes mis en marche tous les quatre le long de la rivière, les mots de ma mère, oubliés depuis tant de temps, me sont revenus à l'oreille. Regarde, Takashi, la lune toute ronde qui vient pour te suivre… Je me suis retourné sans réfléchir. De nouveau, j'ai eu l'impression que la lune avait détourné son regard et me montrait son dos d'un air sournois, à tramer quelque chose.

Un quart d'heure plus tard, nous étions tous les quatre au restaurant, assis à une table devant la fenêtre. The Brick House est un petit restaurant élégant de briques rouges, comme son nom l'indique, et puisqu'il se trouvait à peine à dix minutes de chez nous, c'est là que nous venions dîner une fois par mois depuis que nous habitions le quartier. Même s'il rentre dans la catégorie « restaurant familial », ce n'est pas le genre d'établissement hors-sol envahi de familles à cheveux décolorés, en training et sandales, et où des jeunes désœuvrés passent la nuit à glander. C'est un vrai endroit sans fioritures, fréquenté par des gens qui ont les pieds sur terre, qui apprécient une cuisine avec les pieds sur terre pour un prix qui a les pieds sur terre.

Taisuké s'est tout de suite emparé du menu et a commencé à scruter d'un air d'intense réflexion la liste, succincte, des « boissons enfants ». De toute façon, ça finira par un Coca, comme toujours, ai-je pensé, avant de me rappeler que Taisuké se vexerait sans doute si je disais que, de toute façon, ça finirait par un Coca. Il suffisait que je le pense, d'ailleurs. Raison pour laquelle il donnait le change en faisant comme s'il pesait les avantages et les inconvénients de chaque option, avant de conclure que, tout bien considéré, avec un très léger avantage, pour aujourd'hui, ce serait un Coca.

Shiori a donné aussi un menu à Mio et lui a demandé pour rire, comme elle faisait toujours :

– Alors, Mii-chan, qu'est-ce que ça raconte ?

Mio, sommée de répondre quelque chose, a regardé les photos des plats et a répondu :

– Madame Boulette de Viande Hachée a dit qu'elle ne veut plus jouer avec monsieur Stapeghi.

Mio avait le chic pour improviser toutes sortes d'histoires en un rien de temps. À partir de n'importe quel album ou livre d'images, même avec un prospectus publicitaire du supermarché, elle mettait immédiatement une histoire en branle, elle ne connaissait absolument pas les douleurs de l'accouchement créatif. Vu ce qu'elle était capable d'inventer à deux ans, on comprenait le proverbe : les hommes ne rivaliseront jamais avec les mensonges des femmes.

– Parce que récemment, M. Stapeghi est méchant.

– Waouh ! « Récemment » ! Tu as entendu ça ? a fait Shiori en se tournant vers moi. Et elle l'emploie parfaitement à propos, en plus !

– « Récemment » ? C'est comme un coup de tonnerre dans un ciel bleu ! ai-je répondu. Ce ne serait pas plutôt « Réponds à ça, maman », qu'elle a dit ?

– C'est quoi un coup de tonnerre dans un ciel bleu ? est intervenu Taisuké pour ne pas rester sur la touche.

– Hum... Pour qu'il y ait un coup de tonnerre dans un ciel bleu, il faut d'abord qu'il y ait eu la foudre. L'éclair vient d'abord, le tonnerre vient seulement ensuite.

– Waouh ! « Réponds à ça, maman »... Comment tu fais ? C'est génial ! a répliqué Shiori.

– Tu parles. Il l'a juste dit par hasard, d'abord, a fait Taisuké en croisant les bras, vexé.

– Pas du tout par hasard, qu'est-ce que tu racontes ? Papa réfléchit énormément à la foudre et aux orages depuis qu'il est tout petit.

– Menteur ! ont fait Shiori et Taisuké d'une seule voix.

– Menteur ! a ajouté Mio avec un sourire jovial.

Formidable, un mot de plus à son vocabulaire.

Finalement, Taisuké a commandé un Coca, sans conviction. « Encore ? » nous sommes nous forcés à *ne pas penser*, Shiori et moi. Mio a pris un Calpis, Shiori un jus de poire « La France », et moi un demi pression de la bière locale, dont l'atelier se trouvait juste dans la ville d'à côté. Ça mettait le verre de *pale ale* à 900 yens, mais je considérais ces sortes de petits luxes comme de discrètes vengeances personnelles contre la vie.

Il faut le dire, ces dernières années, ça avait été le plein hiver pour les postulants à une carrière universitaire. Peut-être même le début d'une ère glaciaire. N'empêche qu'après avoir crapahuté comme chargé de cours à temps partiel, à 35 ans, j'avais décroché un poste de professeur associé de sociologie dans une université privée de la capitale. Le tunnel avait été long, très long, mais à la sortie le ciel était d'un bleu éblouissant. Ici, enfin, la vie avait commencé, la vraie, et j'étais décidé à lui faire rembourser la totalité de ce qu'elle me devait pour n'avoir emprunté que des voies licites.

J'avais enfin pu épouser Shiori avec qui j'étais en couple depuis quinze ans, nous étions encore étudiants à l'époque. En quinze ans, nous avions même rompu une fois, non pas parce que l'amour s'était tari, mais simplement parce que mon découragement de ne toujours pas être titularisé, année après année, s'était creusé. Désormais, par-devers moi, j'appelais Shiori ma « femme de peine », ma partenaire des jours difficiles. Si c'était à refaire, et si dans ma prochaine vie m'était donnée l'opportunité d'avoir toutes les femmes que je voulais, je reviendrais quand même à Shiori, comme on revient au port.

Shiori restait un mystère pour moi. Nous nous connaissions depuis plus de vingt ans et pas une seule fois je ne l'avais vue pleurer. Ni s'enthousiasmer, ni piquer une crise. Je ne l'avais jamais vue en colère au point de s'oublier. Rire, oui, bien sûr, déprimer aussi, et se fâcher, mais seulement comme si son cœur habitait une chambre au plafond trop bas et qu'elle était obligée de garder ses émotions recroquevillées sur elles-mêmes, par crainte de se cogner la tête.

La fois où, dans un café, je lui avais parlé de rupture, là non plus, elle n'avait pas été bouleversée. Elle avait patiemment attendu que la marée des grandes et dangereuses émotions se retire, en silence, puis, d'une voix cassée, presque tremblante, elle avait prononcé : « C'est triste, ce que tu dis… » J'avais alors compris que quand Shiori disait qu'elle était triste, elle était triste pour de vrai, sa tristesse était presque palpable, et cela m'avait crevé le cœur. Sa tristesse était assise là, avec elle, en face de moi. Et quand Shiori s'était levée et était partie, la tristesse était restée accrochée dans son dos. Quand Shiori s'asseyait sur le plancher, la tristesse restait tapie sous le coussin, quand Shiori ouvrait les yeux, la tristesse ouvrait les yeux. La tristesse la suivait partout, oui, comme son ombre. Et finalement, je n'avais pas pu rester sans Shiori plus de six mois.

Un jour de cette période, alors que nous nous étions séparés, je m'étais soudain fait la remarque que Shiori, avec sa coquille sur son dos, ressemblait en fait énormément à ma mère. Au même instant, j'avais compris que cette vérité était écrite depuis le début sur un bout de papier que je portais, moi, collé au milieu du front, et que quelque chose se moquait de moi chaque fois en le voyant.

Certes, je n'avais pas souvenir d'avoir entendu ma mère prononcer une phrase telle que : « Papa, c'est triste ce que tu dis. » Mais d'abord, c'était une phrase qu'elle aurait tout à fait pu murmurer, après l'une des insultes qui se prenaient pour des théories interminables que débitaient mon père, et finalement, après l'avoir imaginée la prononcer une quantité de fois, j'avais maintenant l'impression de l'avoir réellement entendue, et simplement oubliée. Elle était décédée l'année de mes 15 ans, mais j'étais sûr et certain que si j'avais mis ma mère et Shiori l'une à côté de l'autre et que j'avais claqué des doigts, elles auraient produit la même résonance de solitude et de désolation. L'idée que j'avais recherché une femme qui ressemblait à ma mère ne m'était jamais venue auparavant, mais à vrai dire, pas besoin de l'avoir *recherchée*, je pouvais très bien m'être arrêté en passant devant elle. Et je m'étais posé là pour la vie.

Je regardais Shiori en train de souffler sur le steak haché aux herbes du menu enfant qu'elle avait commandé pour Mio. Mio, incapable d'attendre, avait déjà la bouche entrouverte, c'était marrant de la voir loucher sur le morceau de viande au bout de la fourchette. Shiori avait coupé ses cheveux quand elle était enceinte de Mio. Avant, elle les avait jusqu'à la poitrine. Elle les avait coupés parce qu'ils devenaient trop fins. Elle avait peur, en les laissant longs, qu'ils perdent leur gonflant sous leur propre poids et que ça laisse voir son crâne au point de séparation. Je l'avais rassurée : ne t'inquiète pas, cela ne me gêne pas, mais, à vrai dire, je m'en étais aperçu. Voilà donc pourquoi les femmes se coupent les cheveux, avais-je pensé. Et elle aussi en était arrivée à la même conclusion, certainement, en se les coupant. Avec les cheveux coupés, elle ressemblait de plus en plus à ma mère. Je ne le lui avais pas dit, bien sûr.

Je me suis tourné vers Taisuké, dont les joues étaient gonflées par son « omelette soufflée mousseuse », et je lui ai dit :

– À propos, Taisuké, comment ça se passe, tes dents ?

À ces mots, Taisuké, qui jusque-là mâchait en faisant du bruit avec sa bouche, a fermé son clapet et s'est mis à manger en silence, soudain plus sérieux. Pour cacher ses dents, évidemment. Il y a peu, ses deux dents de devant étaient tombées, on aurait dit une porte arrachée. Puis celle de gauche était sortie. Avec des zigzags énormes comme une pelleteuse, à tous les coups ça allait faire des ravages dans l'alignement de sa dentition. Taisuké tenait clairement de moi, et cela me rappelait ma mère qui me demandait souvent pardon, par sentiment de responsabilité pour la mauvaise dentition de son fils. À l'époque, je me demandais pourquoi elle s'excusait comme ça.

– Tu ne veux pas me montrer ? ai-je fait pour le taquiner. Bah, c'est aussi bien, remarque, au moins tu manges la bouche fermée.

– Ça met la honte, hein, quand papa dit que tu as une dent comme une pelleteuse ! lui a lancé Shiori.

– Eh, oh, j'ai dit ça, moi ?

– Trois fois, tu l'as dit, a répliqué Taisuké le visage toujours sérieux.

– Et alors, je l'ai dit trois fois alors tu ne me la montres plus ? Une pelleteuse, deux pelleteuses, trois pelleteuses : éliminé ! C'est ça ?

– C'est quel sport, ça ? a rigolé Shiori.

Taisuké aussi avait compris l'allusion au base-ball, il n'a pas pu s'empêcher de sourire, dévoilant sa fameuse dent de devant.

– Ah, légère erreur d'arbitrage, ai-je fait en contrefaisant ma voix. Le paternel n'est pas encore éliminé ! La pelleteuse est encore parfaitement visible !

– Mais tais-toi ! Baisse un peu le son, enfin ! m'a réprimandé Shiori avec le sourire.

Tout se passait comme d'habitude, et tout en mangeant, je me demandais si par hasard ce n'était pas ça, le bonheur.

Depuis que j'avais été titularisé dans mon université, le vent qui soufflait sur ma vie était devenu nettement plus clément. Je pouvais redresser le buste. Professeur de plein exercice à 41 ans, depuis deux ans au printemps, six livres publiés à ce jour, dont mon fameux *Patriotes sans visages* sur la dérive droitière actuelle du Japon, qui avait dépassé les cent mille exemplaires en édition de poche. Mes amis n'arrêtaient pas de me taquiner pour mon portrait en quadrichromie très avantageux sur le bandeau, comme quoi les images retouchées par l'ordinateur, de nos jours, ça rigole pas… Le dernier en date était sorti il y a trois mois, un livre d'entretiens avec un jeune philosophe très prometteur, *Comment sauver un Japon irrécupérable ?*, déjà plusieurs fois réimprimé. Évidemment, sur ce chapitre, le changement le plus saillant était que depuis le printemps dernier, deux soirs par semaine, j'assurais le rôle de commentateur de l'actualité aux informations régionales du Kantô. Et il fallait le reconnaître : si un portrait couleur sur un bandeau de livre était d'un effet négligeable, c'était autre chose dès que vous passiez à la télé. J'étais instantanément devenu un visage connu. Le manager du restaurant, oui, ici même, un homme dans la quarantaine dénommé Ono, avait sursauté un jour en me voyant. Bon, personne ne m'avait encore demandé d'autographe dans la rue, mais depuis, j'avais remarqué une attitude trente pour cent plus sympathique chez la majorité des serveurs.

Mon naturel prudent n'en avait pas été modifié pour autant et j'avais gardé les pieds sur terre. J'avais survécu aux temps mauvais parce que je n'avais pas confondu manque de chance et absence de talent, ce n'était pas le moment de confondre chance et capacités naturelles. Pour mieux dire, je craignais les faveurs de la chance. Je savais que je pouvais apparaître comme un homme qui avait réussi sa vie, mais le mot « bonheur » manquait de tenue. Quelque part, le malheur, n'est-ce pas ce qui arrive quand le bonheur est épuisé ? Ouvrez la bouche et le malheur vous tombera dans le gosier, tôt ou tard. Et je me voyais toujours, au fond de moi, la gueule ouverte à attendre sagement qu'il vienne.

J'étais en seconde lorsque ma mère était décédée, à l'automne. Nous avions déjà déménagé de la ville de F. pour habiter dans un appartement à Tokyo. Le sushi avait fermé parce qu'une saloperie de yakuza avait décidé de s'y incruster tous les jours. Le yakuza en question était, semblait-il, un copain du premier mari de ma mère. Il avait débarqué un jour et en deux ans avait systématiquement détruit le restaurant, utilisant toutes les ficelles possibles et imaginables. Mon père était un buté de nature, il ne supportait pas qu'on lui donne des ordres. Après avoir été trimballé de place en place, il avait fini chauffeur de taxi, un boulot pour lequel il n'était pas fait. C'était un sarcastique depuis toujours, il était devenu un sarcastique avec un problème d'alcool, puis un sarcastique qui portait la main sur sa famille, et pour finir un cynique sinistre qui n'avait même plus rien de sarcastique. Non seulement il ne disait plus rien d'intéressant à jeun, mais dès qu'il avait un coup dans le nez il voulait sauter sa femme sans son consentement. Lorsque la vision de l'enfer où se débattaient mon père et ma mère se projetait à travers les murs de l'appartement sur l'écran de mon cerveau, je me sentais entraîné et jeté dans les ténèbres les plus noires du monde.

Ce jour-là, j'étais rentré du club de badminton après l'entraînement, et j'avais trouvé l'appartement sombre et désert. J'étais resté debout devant la porte ouverte. Ma mère terminait son mi-temps au supermarché à 16 heures, elle aurait dû être de retour. Plus malsain encore, l'aspirateur abandonné devant la chambre des parents. Je n'envisageais même pas que ma mère ait dû sortir un instant en laissant le ménage en cours. Ma mère était la méticulosité même, et du premier au dernier jour de l'année, elle était toujours en train de ranger ou de nettoyer quelque chose. Une fois, je l'avais entendue dire, comme pour me donner une leçon de vie : « Les hommes mettent le désordre, les femmes rangent. » Que ma mère ait laissé l'aspirateur au milieu ne pouvait avoir qu'une signification : il y avait eu quelque chose de plus urgent à ranger que l'aspirateur.

Cet aspirateur comme à l'agonie qui se roulait de douleur au milieu du couloir faisait tache. J'avais fermé la porte d'entrée et j'avais allumé la faible lumière jaunâtre du plafonnier. Le cordon d'alimentation de l'aspirateur était tendu et montait, coincé par le haut de la porte de la chambre. Il semblait accroché à quelque chose, de l'autre côté. Quelque chose dans la chambre tendait le cordon. Quelque chose d'assez lourd pour soulever le cul de l'aspirateur, comme une souris suspendue par la queue.

J'avais posé mon sac en silence, retiré mes chaussures et m'étais approché à pas de loup. La porte n'était pas bien fermée à cause du cordon, il restait un interstice par lequel j'avais pu regarder dans la chambre. J'avais reconnu la main de ma mère. Mollement suspendue dans la pénombre, totalement inerte. Son dos faisait pression contre la porte, la maintenait fermée, et le cordon fermement coincé.

Je m'attendais à ce que cela arrive un jour ou l'autre, quelque part. Ce cordon d'aspirateur était déjà passé au cou de ma mère depuis des années. J'avais entendu des quantités de fois mon père, ivre mort, à califourchon sur le corps de ma mère, une expression noire et sordide sur le visage, comme regardant au fond d'un grand trou, et répétant, avec un calme effrayant, comme une malédiction : « Faudra que tu demandes pardon si tu meurs ! Il faudra que tu demandes pardon ! Faudra que tu demandes pardon si tu meurs ! » La malédiction avait empli le cœur de ma mère, goutte à goutte, puis finalement avait débordé. J'étais resté un long moment debout devant la porte, incapable d'ouvrir.

– Ouh, ouh, reviens ! a fait Shiori en agitant la main devant mes yeux.

J'avais l'habitude. C'était une manie chez moi, depuis toujours. Où que ce soit, je pouvais soudain me trouver coincé dans mes pensées, comme au fond d'un puits.

Je me suis rattrapé en riant.

– Ah oui, oui. Je suis là. Hein ? Tu disais ?

Shiori m'a montré ma chope vide.

– C'est bon pour toi ?

– Ah, oui. Eh bien, encore une, peut-être ? Tu me la commandes ? Je vais aux toilettes. Taisuké, tu viens aussi ?

Taisuké, tout en faisant mousser son Coca avec sa paille, a secoué la tête d'un air ennuyé.

– Ah bah, tant pis, j'y vais tout seul, alors. Aller aux toilettes avec mon fils, c'était le rêve de mes vieux jours, mais bon, c'est comme ça, hein, ai-je bougonné en m'éloignant.

Quand derrière mon dos, j'ai entendu la voix enjouée de Shiori :

– Tu l'as déjà réalisé je ne sais combien de fois, ton rêve !

3

Debout devant l'urinoir, j'ai levé les yeux vers la petite fenêtre à main gauche. La pleine lune qui s'y détachait dans toute sa gloire m'a sauté aux yeux. Tiens, la revoilà, ai-je pensé. Déjà haute, elle s'était débarbouillée de sa rougeur et irradiait maintenant sans pudeur, elle scintillait. Et elle me regardait de haut. De la table où nous avions pris place tous les quatre, d'où elle était également visible, elle ne m'avait pas dérangé outre mesure, mais sous cet angle, seul à seul, je me sentais de nouveau envahi d'un malaise indicible. La même lune mystérieuse que j'avais vue devant la maison, je la revoyais maintenant des toilettes du restaurant. Dit comme cela, ça a l'air d'une banalité, et pourtant. Au fond de moi, une pensée absurde s'insinuait : elle m'a suivi, comme mon ombre, c'est *ma* lune. Sans doute est-ce précisément la nature de la lune : le soleil se lève au-dessus de la tête de tout le monde, sans distinction ; la lune, elle, sourd des ténèbres de chacun. Oui, sans doute.

D'ailleurs, quand avais-je contemplé la lune pour la dernière fois ? Je ne l'avais plus regardée sérieusement depuis si longtemps, me semblait-il. En exagérant à peine, depuis que j'étais adulte, la lune aurait pu ne plus se lever, je ne m'en serais même pas aperçu. Peut-être n'était-ce qu'aujourd'hui que la lune, pour une raison ou une autre, revenait dans mon cœur.

Tout en me lavant les mains, je ressentais avec amusement la légère ivresse des deux bières que j'avais avalées. La lune me poursuivait ? La lune, revenue dans mon cœur ? Non, mais ça ne va pas la tête ?

À ce moment précis, la porte des toilettes s'est ouverte et un homme est passé derrière moi. Je l'ai aperçu dans le miroir du lavabo. Tiens…, me suis-je dit à nouveau, la tête inclinée sur le côté. Qu'y avait-il de si étonnant ? Était-ce quelqu'un que je connaissais ? J'ai regardé du coin de l'œil l'homme qui venait de prendre ma place devant l'urinoir. Début de la quarantaine, corpulence moyenne, taille moyenne, lunettes demi-cerclées, pull gris et pantalon chino, style vestimentaire sans la moindre extravagance. Si je fouillais dans ma garde-robe, je devais pouvoir trouver de quoi m'habiller comme son jumeau. Le visage sans rien de distinctif non plus, comme assemblé à partir d'un nez et de deux yeux ramassés n'importe où. Bref, le type même du quadragénaire que l'on trouve partout, doté d'une individualité quelconque. Dont je venais de ressentir au passage le frôlement sur la face interne de mon âme. Une caresse à rebrousse-poil, extrêmement désagréable, qui avait hérissé celui qui, jusqu'à preuve du contraire, s'appelait encore Ootsuki Takashi.

L'homme a dû sentir mon regard et s'est tourné légèrement. J'ai immédiatement détourné les yeux et j'ai commencé à m'essuyer les mains avec mon mouchoir, puis dans le même mouvement j'ai ouvert la porte et j'ai quitté les toilettes, avec la sensation d'être observé. Qu'avais-je de si fascinant ? Il pouvait bien me connaître, d'ailleurs, il n'y aurait rien de surprenant à cela. La clientèle du restaurant était majoritairement constituée d'habitants du quartier ou des environs. Enfin, ce n'était pas cela le problème, je le savais. Mais si ce n'était pas cela, qu'était-ce, alors ? En tout cas, cette sensation avait effacé la légère ivresse que j'avais en entrant dans les toilettes. Si l'homme était assis à une table à proximité de la nôtre, tout à l'heure je demanderais à Shiori de le regarder pour vérifier. Peut-être le reconnaîtrait-elle.

Tout en ruminant ces pensées, j'ai parcouru la moitié de la distance qui me séparait de notre table. Là, une autre scène m'attendait, encore plus étrange. Shiori et les enfants, la tête penchée, observaient quelque chose par la fenêtre. Non pas comme s'ils avaient regardé par hasard tous les trois à l'extérieur en même temps, mais comme s'il y avait quelque chose à voir, comme s'ils étaient tous les trois rivés à la vision de cette chose. J'ai examiné les autres tables. Ils n'étaient pas les seuls à regarder dehors. Comment se faisait-il que je n'avais rien remarqué en sortant des toilettes ? Tous les clients, et même le personnel en cuisine, tous avaient le cou tendu vers les fenêtres, comme cherchant à gober quelque chose.

Je me suis immobilisé et j'ai fait comme eux. Un accident ? Je n'entendais rien de spécial, et d'après les réactions de la salle, c'était autre chose. Que pouvaient-ils regarder, tous ? Tout le monde fixait d'un air hagard un point en l'air, quelque part en oblique, mais dans le ciel non plus, il n'y avait rien. Enfin, à part la lune.

J'ai soudain réalisé que la salle du restaurant était plongée dans un silence absolu. Pas la moindre conversation. Pas le moindre bruit de couverts ou d'assiette. Dans ce type d'établissement, on a toujours une musique en bruit de fond, et là : rien. Le restaurant demeurait muet, plus personne ne travaillait, et tout le monde regardait par la fenêtre.

J'ai essayé une nouvelle fois de regarder, moi aussi. J'ai cherché un certain temps, puis un frisson cinglant m'a parcouru l'échine. Pas une seule voiture ne bougeait. Au carrefour, sous mon nez, le feu était vert pour la départementale, et plusieurs voitures étaient déjà engagées, mais immobiles. Aucune circulation. Et pareil pour les piétons. Quelques personnes attendaient que le feu passe au vert, mais, exactement comme dans le restaurant, ils restaient le nez en l'air, figés. Plus comique encore : un teckel qui devait faire sa promenade s'était arrêté au milieu de la chaussée pour regarder en l'air, comme les humains. Le temps avait l'air de s'être arrêté. Étais-je le seul à me mouvoir ? J'ai considéré le monde à toute vitesse, comme avant de sauter. Mais les arbres ! Oui, les arbres, là-bas, ils se balancent dans le vent ! Et pas seulement les arbres. Les grandes bannières verticales du restaurant, fichées devant la fenêtre : elles sont bien agitées ! Ouf, le temps ne s'est pas arrêté. Un rire de soulagement est monté en moi et a éclaté. Le temps ? S'arrêter ? Qu'est-ce que je raconte ? Sauf que. Attends. Alors, ils font quoi, tous ces gens, là ? Pourquoi restent-ils figés à regarder dehors ? Pourquoi personne ne dit un mot ?

J'ai couru jusqu'à Shiori et je l'ai secouée par les épaules. « Eh ! » Pas un mouvement. Non seulement elle ne répondait pas, mais elle ne me regardait même pas. Je l'ai secouée plus fort, je l'ai appelée par son nom, plusieurs fois. Pareil. Elle restait là, assise sur la banquette, les yeux hagards et levés vers le ciel nocturne, comme une coquille vide. Je l'ai regardée en face : elle n'a même pas cligné des yeux. J'ai posé ma main sur sa joue, elle n'était pas froide. Je lui ai pris sa main droite, posée sur la table, j'ai vérifié son pouls. J'ai senti un battement. Bon. Alors j'ai secoué la petite épaule de Mio, assise plus ou moins en face de Shiori, aucune réaction non plus. Une petite fille de deux ans que l'on a bien du mal à garder cinq minutes tranquille ou silencieuse, et là, elle était figée comme une pierre, à contempler le ciel sans rien dire. J'ai essayé d'attraper la tête de Taisuké et de la tourner vers moi, mais son cou était tout raide et j'ai eu peur de le casser.

Alors j'ai décidé de me rasseoir, à côté de Taisuké, de me calmer et d'aligner mon regard sur le leur. Bon, la lune. Et alors ? La lune mystérieuse semblait avoir capté toute leur attention. Mais qu'avait-elle de spécial, ce soir ? Il fallait bien qu'il se passe quelque chose, quand même !

J'allais fixer la pleine lune droit dans les yeux, mais je les ai détournés précipitamment. Si c'est en regardant cet astre que tout le monde s'était retrouvé paralysé, est-ce que cela n'allait pas m'arriver aussi ? De nouveau, j'ai dévisagé Shiori et les enfants, j'ai scruté la salle à la recherche de quelqu'un présentant le moindre signe de conscience. Personne. Tout était tellement immobile que je commençais à avoir honte d'être le seul à respirer. Pas un seul mouvement. Trop glauque. Pas un seul individu qui n'ait les yeux rivés à la lune. Le jour où on inventera la photographie en trois dimensions, un instantané, ça aura cet air-là, sûr de sûr. Un individu qui se retrouverait par inadvertance dans une photographie de ce type aurait certainement la même sensation que moi, comme aspiré dans une faille temporelle.

Je suis resté un moment abasourdi, puis j'ai fini par me dire que je n'allais pas pouvoir éviter de regarder, moi aussi. À un moment ou à un autre, il faut quand même bien vérifier contre qui on se bat. Ceci dit, la lune, je l'avais regardée depuis la fenêtre des toilettes, et même plusieurs fois depuis que j'en étais sorti. Des coups d'œil très courts, certes, mais suffisants pour me retrouver dans le même état que les autres. J'ai tourné la tête et j'ai commencé par le coin de l'œil, lentement. Graduellement, le sentiment me revenait que celle-là était bien *ma* lune à moi, celle qui se levait dans ma nuit à moi, avec la sensation que *l'axis mundi*, l'axe du monde, se dressait juste contre mon dos, à me toucher les fesses.

J'ai sursauté. La lune bougeait. Palpitait. Comme un cœur blanc au milieu de la poitrine écartelée de la nuit. Non, c'était une illusion. Quand on fixe quelque chose avec une intensité telle qu'on ne voit plus rien d'autre, on finit par croire que cette chose bat d'une vie illusoire. La lune ne bougeait pas. Mais alors quoi ? Quelque chose était en train de changer, c'était certain. Sûr et certain, quelque chose…

Ah, c'était donc ça : la lune était en train de pivoter. La lune, qui ne montre jamais sa face cachée à la terre, était en train de se retourner. Regarde-moi ça ! Le cratère Tycho Brahé et ses purs rayons de lumière, comme une ophiure, se décalaient vers la droite, passaient derrière. Et l'un après l'autre, la mer des Nuées, le cratère Copernic, la mer des Pluies, le cratère Anaxagoras, disparaissaient.

Puis la rotation s'est arrêtée. La lune s'est immobilisée, révélant la face censée rester invisible pour la terre. Comme pour dire : Voici mon vrai visage. Or, la face cachée de la lune est quasiment exempte de mers, par conséquent, plus de lapin qui pile des gâteaux de riz, plus de petite fille qui porte un seau d'eau, plus de vieille femme lisant un livre, plus d'homme transportant un fagot de bois sur son dos. Autrement dit, la face cachée de la lune ne raconte aucune histoire. Elle n'a pas d'âme. C'est un monde morne et désolé, avec des cloques comme une feuille de papier japonais fraîchement fabriqué, sur lequel sont tombées quelques gouttes d'eau.

L'étourdissement que je ressentais n'était pas tant causé par le retournement de la lune que par le chamboulement de mon propre cerveau. Sans réfléchir, j'ai détourné les yeux et je suis tombé sur un spectacle encore plus étrange : tout à coup, Taisuké a pivoté. Pas seulement Taisuké. Shiori aussi, et Mio. Tous les trois se sont tournés vers moi. Mais leur façon de bouger était tellement atroce que j'ai eu du mal à ravaler ma salive. Comme si seuls leurs visages avaient glissé à la surface de leurs corps liquides.

Ce mouvement malsain, par lequel toutes les articulations de l'existence se remettaient en place, m'a donné la nausée. Puis en un instant tout est rentré dans l'ordre, avec la bruyante résonance de la réalité entière. Le restaurant, plongé jusque-là dans un silence absolu, s'est soudain rempli de voix, de bruits de vaisselle, sur un fond de musique classique feutrée, et le tout formait une harmonie prégnante, épaisse. Cette mise en vibration du monde était si brutale que, l'espace d'un instant, je me suis senti emporté, comme si mon âme flottait au-dessus du sol.

Un serveur souriant passait à côté de moi avec une corbeille de pain fraîchement sorti du four. Une dame d'un certain âge, assise derrière moi, déclarait dans mon dos :

– Je suis allée à la journée du sport l'autre jour, à l'école de mon petit-fils, et évidemment je me suis inscrite à l'épreuve de gymnastique.

Deux bus l'un à la suite de l'autre sont passés devant la fenêtre sur la route départementale. Qu'est-ce que c'était, alors ? Une vision ? Un rêve que j'aurais fait, assis à ma place ? J'ai examiné le ciel nocturne en poussant un soupir. La pleine lune était bien là. Mais pas le lapin qui pile un gâteau de riz. Balayé, le conte pour enfant, comme s'il n'avait jamais existé, et la face cachée de la lune nous regardait froidement. Ce n'était donc pas un rêve. À moins qu'il ne soit toujours en cours ? Était-ce ce fameux rêve dans lequel vous vous réveillez dans un autre rêve…

– Pardon ?

Shiori avait enfin prononcé une parole. Avait-elle remarqué quelque chose d'anormal dans le comportement de son mari ? Sourcils froncés, comme sous le coup d'une étrange confusion. Mais elle parlait, c'était déjà ça. Le monde était de nouveau en ordre.

– Hmm ? Oui ? ai-je répondu.

– Vous êtes qui ? a demandé Shiori d'une voix hésitante. C'est la place de mon mari, ici.

– Hein ? me suis-je écrié avec surprise, suivi d'un petit rire. À quoi on joue, cette fois ?

Je me suis tourné sur le côté, avec un sourire de bonne volonté, mais Taisuké aussi présentait le même masque gêné et faisait le va-et-vient entre sa mère et moi. Et pas la moindre trace d'espièglerie dans son regard dur, comme sur ses gardes. Même Mio, bouche crispée, qui lorgnait ailleurs comme pour chasser la présence de cet homme. Je connaissais bien cette réaction : c'est celle qu'elle a quand un étranger s'approche d'elle, surtout lorsqu'il s'agit d'un homme.

– Ce n'est pas un jeu ni quoi que ce soit, Monsieur.

D'ailleurs, la voix de Shiori était un peu nerveuse, comme si la peur picotait le fond de sa gorge.

– Mon mari est aux toilettes, il va revenir d'un instant à l'autre. Mais de toute façon, je veux dire… c'est la table de notre famille, et puis… qu'est-ce qui vous prend, tout d'un coup ?

– Hein ?

Je ne trouvais rien d'autre à répondre, et si je riais encore, c'était d'un rire forcé et grinçant. Je ne savais pas que Shiori pouvait avoir ce regard froid, fermé avec des barreaux, j'en ressentais un choc. Et ce « qu'est-ce qui vous prend, tout d'un coup ». Je ne lui avais jamais entendu cette voix, ça piquait pour de vrai ! Comment croire qu'elle jouait la comédie ? La façon aussi qu'elle avait eue de se tourner vers les toilettes pour chercher quelqu'un des yeux quand elle avait dit « mon mari »... Elle n'avait trouvé personne, et pour cause ! Alors elle m'avait dévisagé, droit dans les yeux. Ce regard, c'était celui de la femelle prête à protéger ses petits contre le mâle inconnu qui venait s'imposer à leur table.

Mais si je ne suis pas celui qu'elle appelle « mon mari », alors je suis qui ? ai-je pensé.

J'ai jeté un coup d'œil sur la vitre derrière Taisuké et j'ai regardé mon reflet nocturne : je voyais Takashi Ootsuki, un professeur d'université à lunettes de 43 ans, commentateur d'actualités aux informations télévisées du soir, joues glabres, menton assombri par une barbe négligée, faisant légèrement plus que son âge, et trop maigre, mais enfin, ce n'est pas comme si c'était la première fois que mon image me causait cette déception, et en tout état de cause, c'était bien moi ! Même s'il fallait avouer que je paraissais plus terne, épuisé, comme en retrait au milieu de la salle animée du restaurant.

– S'il vous plaît !

L'air très ennuyé, Shiori a secoué la main pour attirer l'attention d'un serveur. J'ai failli me lever... Mais pourquoi est-ce à moi de me lever ? me suis-je demandé. Finalement, je me suis levé quand même.

– Shiori ! Tu es bien Shiori, n'est-ce pas ?

Je me suis approché de ma femme, qui continuait à appeler un serveur, je voulais la confronter, j'ai même failli l'appeler d'une façon plus vulgaire, que je n'avais jamais au grand jamais employée jusqu'à présent avec elle. Plusieurs appellatifs ont failli franchir mes lèvres, des façons usuelles et plus ou moins respectueuses d'interpeller sa femme, il y en a tellement au Japon : *o-mae, anta, kimi*... mais je m'étais toujours interdit de les employer avec Shiori. Je me suis retenu, parce que si je me le permettais une seule fois, alors la distance entre nous apparaîtrait au grand jour et deviendrait réalité. Depuis plus de vingt ans, cette personne qui s'appelle Shiori, je n'avais eu qu'une seule façon de l'appeler, celle pour lui faire l'amour, si l'on peut dire, et c'était par son prénom : Shiori. Or, cette fois, je n'avais aucun mot approprié, et, après avoir fouillé au fond de mon cerveau, j'ai pointé mon index vers sa poitrine et j'ai demandé :

– Je parle bien à Shiori Ootsuki, n'est-ce pas ?

Shiori a sursauté et s'est tournée vers moi avec l'air de chercher dans les tréfonds de sa mémoire.

– On se connaît ? a-t-elle demandé.

J'ai poussé un lourd soupir. À mon âge, parvenu à ce stade de ma vie, ce que cette femme exigeait de moi, c'était de déclarer où nous nous étions vus, c'est ça ? D'accord, allons-y : Il y a plus de vingt ans dans le local du club « Musique facile » de la fac ? Tous les soirs ou presque, dans l'entrée de notre maison ? Ce matin dans le lit comme tous les matins en ouvrant les yeux ? Ou peut-être il y a encore un instant, dans un autre monde où c'était la face visible de lune que l'on voyait dans le ciel ?

Ono, le gérant, approchait, signalant d'un regard aux serveurs qu'ils pouvaient continuer leur service, il allait gérer ça. Il avait sans doute entendu l'appel de Shiori et il avait flairé l'incident en salle. Ono devait être exténué, mais il savait donner l'apparence de l'homme rapide et efficace, malgré son teint blême et son regard charbonneux. Une seconde, un éclair d'espoir m'a traversé l'esprit : lui m'avait vu à la télévision et me reconnaîtrait. Enfin, rien n'était moins sûr. Dans la mesure où ma propre famille m'avait oublié, pourquoi un gérant de restaurant que je ne comptais même pas parmi mes amis me reconnaîtrait-il ?

Ono s'est arrêté devant Shiori, le sourcil exagérément haussé.

– Oui, madame ?

Shiori ne semblait toujours pas convaincue de m'avoir vu quelque part et cherchait encore.

– Eh bien… Ce monsieur arrive tout d'un coup et s'assoit à notre table.

Ono a commencé par acquiescer, avec une grande inclinaison de la tête propre à faire cesser tout malaise, puis, après s'être tourné un instant vers moi, nous a demandé à tous les deux, en cherchant la réponse dans le visage de chacun :

– Vous vous connaissez ?

Shiori allait commencer une phrase, mais je l'ai interrompue :

– Monsieur Ono… voyons, vous nous connaissez. Nous venons souvent chez vous, tous les quatre, n'est-ce pas ?

Ono m'a regardé plus intensément, puis Shiori, puis les enfants, puis moi de nouveau avec assurance. Et avec une grimace très ennuyée, il a répondu :

– Je suis désolé, j'ai peur de ne pas être en mesure, comme ça… Je reconnais bien Mme Ootsuki et ses enfants, évidemment, qui viennent régulièrement dans mon modeste établissement, mais…

– Mais justement, Ootsuki, c'est moi ! Takashi Ootsuki ! C'est moi !

J'avais très nettement haussé le ton, et m'entendre crier en public m'a fait prendre conscience que j'étais tout bêtement en train de devenir fou, ce qui m'a laissé abasourdi.

Mais qu'est-ce que ça veut dire ? Où est la sortie ? J'allais me réveiller dans un instant, certainement. Et je me blottirais dans les bras de Shiori qui ouvrirait un œil endormi. Je lui dirais : « J'ai fait un horrible cauchemar », et je frotterais me joue contre la sienne. Malheureusement, dans l'immédiat, Shiori exprimait plutôt le dégoût que lui causait ma présence, plus que tout parce que j'avais déclaré sans la moindre gêne que j'étais, oui, exactement, Takashi Ootsuki, son mari. Les regards de la salle commençaient à se tourner vers nous, avec agacement. Une grosse ride s'est formée entre les yeux innocents de Taisuké, dégoûté par le spectacle des adultes, Mio s'est mise à pleurer « Mamaaan ! » et à ramper sur la banquette pour rejoindre sa mère. Shiori l'a prise dans ses bras et l'a caressée pour la rassurer, exactement ce que je venais de désirer qu'elle me fasse à moi.

La suite, comme si ce n'était pas encore assez, est venue sans tarder.

– Qu'est-ce qui se passe ? Qu'est-ce qui ne va pas ?

C'était l'homme que j'avais croisé tout à l'heure dans les toilettes. Il s'est approché de Shiori.

– Mais j'en sais rien ! a répondu Shiori d'un air dégoûté. C'est ce type trop bizarre, il est venu s'asseoir à ta place et… J'en sais rien, ça me donne mal au cœur.

Son ton, énervé mais intime, résonnait comme un reproche d'avoir été absent au moment où l'on aurait eu besoin de lui. L'homme l'a regardée d'un air embêté. J'ai encaissé une sensation inédite, comme deux aimants de même polarité qui se repoussent.

Ah, c'est donc ça, ai-je compris.

Je me suis forcé à l'examiner en détail. De fait, il me ressemblait beaucoup, physiquement. Pour les vêtements, la coupe de cheveux, et même les lunettes, nous étions très similaires. Ceci dit, tout était légèrement différent. Quasiment superposables, et néanmoins totalement autres. S'il existait deux personnes interchangeables dans le monde, il n'y avait pas de doute, c'étaient nous deux. Le malaise que j'avais ressenti tout à l'heure dans les toilettes devait être comme un mélange désagréable de familiarité et de cacophonie, ce que l'on ressent lorsqu'on entend sa propre voix sur un enregistrement.

L'homme a posé sa main sur l'épaule de Shiori dans un geste d'excuse dégoûtant. Je ne voudrais pas appeler cela de la jalousie, mais le fait est que mon ressentiment a été violent, comme une torsion de l'axe même de mon être, à la limite du point de rupture. Je me suis raidi. J'aurais voulu lui sauter dessus et lui tordre le poignet en grognant, les dents serrées, que Shiori était ma femme à moi. Et pas seulement Shiori. Taisuké et Mio aussi étaient en train de devenir les enfants de cet homme. J'avais déjà fait un demi pas en avant quand Ono s'est interposé.

– Monsieur, s'il vous plaît, a-t-il dit d'une voix apaisante. Peut-être pourriez-vous m'expliquer là-bas ce qui se passe ?

J'ai plongé mes yeux dans ceux du gérant. De petites rides d'expression étaient apparues sur son visage, comme un sourire forcé et hypocrite, trahissant son incertitude quant à la meilleure façon de se débarrasser de ce client importun qui avait manifestement pété les plombs. La situation était claire. C'est moi qui avais été éjecté du monde. Le monde m'avait expulsé et avait hermétiquement refermé sa ronde. Oui, mais expulsé où ? Où étais-je, désormais ? J'ai de nouveau regardé le ciel nocturne. La face cachée de la lune rayonnait de l'orgueil d'avoir attrapé sa proie dans son filet.

4

Le fait est que je n'avais pas été *complètement* expulsé hors du monde.

– Qu'est-ce que tu fabriques ici ? a fait une voix derrière moi.

Une voix éraillée de femme. Je n'imaginais pas que c'était à moi que la question s'adressait. Mais le gérant a levé un sourcil et a pris une expression incrédule. Je me suis retourné. Une femme s'était levée, la quarantaine finissante, menton fin, nez effilé, un visage symétrique mais agressif. Vêtue de façon voyante, la peau brune et couperosée, les sourcils haut placés, le regard aiguisé, les lèvres minces. Tout ce que je n'aimais pas, mais ce qui me déplaisait le plus, c'était l'air de victime qu'elle portait comme une ombre entre les yeux. Le même qui était peut-être en train de s'incruster sur mon visage.

La femme m'a dévisagé puis a balayé la salle du regard d'un air de colère, avant de revenir sur moi.

– Quoi ? Qu'est-ce qui se passe ?

Elle n'était d'ailleurs pas tant en colère que pleine de confusion. Simplement, son attitude trahissait son refus de trouver une alliée dans celle qui était la cause de sa confusion.

– Et elle, vous la connaissez ? a demandé le gérant.

Absolument pas, pour ma part, mais cette femme semblait penser le contraire et s'approchait pour le revendiquer. Si les membres de ma famille étaient capables de me traiter comme un étranger, il n'y avait pas de quoi être surpris qu'une personne que je voyais pour la première fois de ma vie me reconnaisse.

Aucune réponse convenable ne me venant à l'esprit, je me suis collé sur la figure une expression qui se voulait indéchiffrable, et j'ai regardé la femme d'un air qui n'engageait à rien. Elle avait les cheveux longs, teints en châtain, une veste en cuir brun-rouge, un rouge à lèvres rose pâle et glossy… Un refus farouche de renoncer à sa féminité débordait de chacun de ses pores, mais un soupçon de fatigue se laissait également percevoir, ce qui pouvait correspondre à une femme active, gérante d'une boutique, ou directrice d'une microentreprise, par exemple.

– Où étais-tu passé ? Qu'est-ce que tu fais ici ? Tu connais ces gens ? a-t-elle demandé d'une voix rude en désignant Shiori et les enfants du pouce.

Rien à dire sur le sac à main qu'elle portait à l'épaule, mais le sac plastique qu'elle tenait à la main parlait pour lui-même : le restaurant vendait aussi du pain et de la viennoiserie à emporter, près de l'entrée, cuits dans l'atelier à l'arrière de la cuisine. À l'évidence, la femme venait donc d'acheter du pain. Une fois réglés ses achats, l'homme qui l'accompagnait, c'est-à-dire moi, avait été introuvable. Elle avait conclu qu'il en avait profité pour aller aux toilettes et l'avait attendu en se tournant les pouces près de la porte. Ou quelque chose comme ça.

– « Je les connais » n'est peut-être pas le mot juste, ai-je baragouiné.

Sortons d'ici, ai-je pensé. Je vais sortir de ce restaurant avec cette femme, ce sera plus simple.

La femme a jeté un nouveau regard peu amène à Shiori. Quand ses yeux ont croisé ceux de l'homme qui venait d'être intronisé chef de cette famille, une expression de surprise est passée sur son visage. Elle s'est retournée très vite vers moi avec l'intention de dire quelque chose. Elle avait sans doute eu l'intuition fugace d'une imposture. J'ai fait comme si je n'avais rien vu, je lui ai effleuré le bras et j'ai dit à voix basse :

– Laisse tomber, sortons d'ici.

Le visage désolé du gérant s'est illuminé instantanément, comme si j'avais appuyé sur un bouton. En me dirigeant vers la sortie, je me suis retourné et j'ai considéré ma famille une dernière fois. Shiori, Mio dans les bras, m'a rendu un regard méprisant. Jamais je n'avais imaginé que cette femme était capable d'un tel regard. J'ai croisé les yeux de Taisuké, mais il a dévié les siens. Mio n'a même pas fait attention à moi.

Pour m'arracher à ce spectacle, j'ai préféré regarder devant moi. J'avais l'impression que c'était ma vie que j'abandonnais, que je fuyais. Si je me dépouillais de Shiori et des enfants, que me restait-il ?

Rien. C'est une coquille vide qui venait de quitter cette place à table, un corps sans vigueur qui avançait malgré tout, un pied devant l'autre.

Ma tête… la situation… tout cela était tellement chaotique. J'avais besoin de réfléchir, seul. Qu'est-ce qui m'arrivait ? Qu'est-ce qui m'était tombé dessus ? J'avais besoin de réfléchir. La femme me courait après à petits pas pressés.

– Dis, ces gens…, siffla-t-elle tout près de mon oreille.

Sans même lui prêter attention, je suis passé rapidement devant le comptoir de la boulangerie et suis sorti à l'air libre par la porte automatique. Une fois à l'extérieur, évidemment, je n'avais nulle part où aller. Mais sortir était la priorité.

Je me suis arrêté sur le trottoir, me suis retourné, et finalement, j'ai réussi à échanger un regard avec cette femme inconnue sans craindre de la bousculer.

– Dis, ces gens, par hasard… l'homme, tu le connais ? lui ai-je demandé.

La femme a ravalé sa salive. Un trouble est passé dans ses yeux, quelque chose qui disait : qu'est-ce qui lui arrive, tout d'un coup ? Je n'en ai tenu aucun compte et j'ai insisté :

– Réponds-moi. Tu le connais ? Qui est-ce ?

– Qu'est-ce que…

Elle semblait prise au dépourvu. Mais elle s'est vite reprise, se demandant sans doute si j'étais sain d'esprit.

– Mais c'est toi qui me l'as dit, un homme qui porte exactement le même nom que toi et qui passe à la télé, aux informations ou dans les magazines de la journée, je ne sais plus…

– Le même nom ? Ce type porte le même nom que moi ?

– Qu'est-ce que tu racontes ? Tu as oublié ? Tu me l'as répété je ne sais combien de fois. Le même nom, le même prénom, qui s'écrit avec les mêmes caractères, le même âge, tu disais même que ça donnait mal au cœur.

– Tu veux dire que, ce type, c'est lui qui est professeur à l'université de S. ? Qui écrit des livres ?

– Sans doute, oui… Je crois. Mais enfin, c'est toi qui m'as dit que tu l'avais pris une fois, à la gare de K., jusque chez lui. En le voyant à la télé tu as dit que tu étais sûr que c'était lui. Tu as oublié ? Ça va ?

– Je l'ai pris ? Je l'ai pris avec quoi ?

– Mais enfin, avec quoi tu veux le prendre ? fit la femme en laissant échapper un rire exaspéré.

Le rire exaspéré typique des gens qui pensent petit. Un rire gratuit, mesquin et blessant.

– Avec ton taxi, évidemment.

– Mon taxi ?

Un instant, j'en suis resté bouche bée. Il était professeur d'université, et moi, j'étais chauffeur de taxi ? Puis j'ai sursauté, j'ai ouvert mon portefeuille, j'ai sorti mon permis de conduire. La photo était bien la mienne. Un visage sans vie, comme confite dans le formol. Le type qu'on pouvait prendre pour un chauffeur de taxi honnête et consciencieux, tout aussi bien que pour un professeur d'université. Ou pour quelqu'un qui s'apprête à foncer dans la foule avec une voiture de location. « Nom et Prénom : Ootsuki Takashi. » Je dois dire que je me suis senti soulagé. En tout état de cause, il ne m'avait pas volé mon nom. Le lieu d'enregistrement de mon état civil aussi était correct. Mais l'adresse ne l'était pas. « Ville de K., Nishi-Honmachi 3-2-203. » À tort ou à raison, j'identifiais le quartier de Nishi-Honmachi comme cette large zone à l'ouest de la gare de K. composée d'habitations collectives bas de gamme. Le numéro 203 devait correspondre à l'un de ces appartements médiocres. Je me suis demandé si cela signifiait que j'habitais avec cette femme, mais en y réfléchissant, il m'a semblé que non. Son attitude n'insinuait pas cette sorte de proximité.

Dans la case « catégorie » de mon permis de conduire, il était marqué « 2 ». C'était la première fois que je regardais sérieusement cette case, mais je savais que le permis de catégorie 2 était requis pour un usage professionnel du transport de passagers. « Date d'obtention : 12 septembre de l'an 16 de Heisei. » Cela faisait onze ans. C'était une mauvaise blague, ou quoi ? Cela faisait donc onze ans que je faisais le même métier que mon père. Mais bon, qu'est-ce qui ne ressemblait pas à une mauvaise blague dans cette histoire ?

J'ai relevé les yeux. La femme a poussé un gros soupir sonore et a croisé les bras, l'air déçue. J'aurais bien aimé savoir qui elle était censée être, pour Takashi Ootsuka, le chauffeur de taxi, mais je n'osais tout de même pas le lui demander directement. Je n'avais pas envie qu'elle me prenne pour un fou. Mais pas seulement. Je n'avais pas envie de la blesser, non plus. Se faire demander à brûle-pourpoint en pleine nuit, par l'homme avec lequel on a une relation depuis un certain temps : « Tu es quoi pour moi, finalement ? Tu es qui ? », ça ne doit pas exactement faire plaisir. On se sentirait blessée pour moins que ça.

Elle était suffisamment irritée comme cela. Manifestement au bord de l'explosion, à vrai dire. Et elle ne jouait pas plus la comédie que Shiori et les enfants. Elle était ce genre de femme que je déteste, à toujours chercher le défaut des gens, à mentir sans sourciller, le genre qui ne s'excuse jamais, qui tire prétexte d'avoir été suffisamment déçue par les autres pour ne plus faire confiance à personne, qui parle en connaissance de cause de ce que c'est que de tromper son mari, qui doit d'ailleurs avoir un ou deux divorces dans son CV, sans enfant, qui du premier jour où elle rencontre un homme préfère se méfier, histoire ne pas être blessée à l'avenir, et qui, le jour même d'une rupture, laisse échapper son petit rire mesquin en disant : « De toute façon, les hommes, c'est tous les mêmes. » Une femme qui restera seule toute sa vie. C'est vrai, je voyais tout ça dans son teint couperosé.

Une chose est sûre : s'il m'était possible de parler avec elle comme je le faisais là, c'était parce que sa relation avec le chauffeur de taxi Takashi Ootsuki durait depuis au moins dix ans, et que ces dix ans étaient aussi réels que les dix ans du professeur d'université Takashi Ootsuki avec Shiori et ses enfants. Il ne pouvait pas en être autrement. Cette conviction m'était venue, aussi soudaine que ferme. D'ailleurs, deux individus qui vivent dans des réalités contradictoires et se croisent dans la rue, n'est-ce pas un phénomène quotidien, dans toutes les villes du monde ?

– Ah oui, c'est vrai, ai-je dit en refermant mon portefeuille, je m'en souviens. J'ai pris cet homme dans mon taxi, un jour. Je ne sais pas ce qui m'arrive tout d'un coup, ça ne va pas bien dans ma tête.

Le visage de la femme s'est adouci quelque peu. Mais elle ne devait pas savoir quoi répondre, car elle a lâché d'une voix molle :

– Ça, ce n'est pas impossible.

J'ai vu une ombre de tristesse passer dans ses yeux, ce qui m'a donné l'impression que je devais avoir une dette envers cette femme.

Cela représentait un changement brutal de mes dispositions psychologiques. Combien de temps s'était-il écoulé depuis que j'étais sorti des toilettes, au restaurant ? Dix minutes ? Quinze au grand maximum. Or, étrangement, je devinais que, des années auparavant, je m'étais trouvé dans une situation très délicate, abandonné de ma famille, et que seule cette femme avait été là pour moi et m'avait sauvé la mise. Comme une vague impression au fond de mon cœur. Cette femme dont je ne savais même pas le nom.

– Tu vas trouver que je pose des questions bizarres, mais..., ai-je bafouillé. Tu aimes ton nom ?

– Hein ? Qu'est-ce qui t'arrive, tout d'un coup ? a-t-elle réagi, le visage tordu.

– Non, non, je me demandais, juste comme ça...

– Décidément, tu es bizarre depuis tout à l'heure. Mon nom, bah, je ne peux pas dire que je l'adore, mais je suis déjà contente qu'il ne s'écrive pas avec le caractère « yû » de *yûshû*, « l'excellence ». Tant qu'à m'appeler Yûko, je préfère que ça s'écrive avec le « yû » de *yûgure*, « crépuscule », ça me ressemble plus, au moins.

– Oui, ai-je acquiescé.

Yûko, « La femme de la nuit », c'est vrai, ça lui allait bien.

– Mieux que « Aurore », en tout cas.

Pour la première fois, mon esprit caustique avait l'air de lui procurer un petit plaisir.

– Et toi ?

– Mon nom ? Ah non, je le déteste. « Hautes ambitions », tu parles ! On dirait une caricature !

Ce n'était certainement pas la première fois que je prononçais cette tirade, ni la deuxième, mais j'ai ajouté un petit rire nasal autodépréciatif pour faire bonne mesure.

– T'inquiète, il y a pire ! a répondu Yûko. Mon amie Utako, ça s'écrit « La fille qui chante », eh bien elle chante faux, mais faux ! Personne ne veut chanter avec elle au karaoké.

Je me préparais à rire, quand elle a levé la tête.

– Tiens, la pleine lune !

J'ai eu du mal à déglutir et je me suis retourné, comme si la lune venait de me passer un coup de langue sur la nuque. Plus de vitre pour nous séparer, cette fois, nous étions pour ainsi dire dans le même espace, nous respirions le même air et elle me toisait de son regard ironique. Elle m'était sortie de l'esprit, le temps de cette conversation d'une platitude infinie avec une parfaite inconnue, et j'avais oublié qu'elle venait de me voler ma vie.

Comme après un moment de somnolence, j'ai de nouveau observé la dénommée Yûko. Mais qu'est-ce que je faisais en pleine nuit, dans la rue, à bavarder avec une femme aigrie par la vie ? Vous feriez une pile avec des centaines comme elle, elles n'arriveraient toujours pas à la cheville de Shiori ! D'ailleurs, qu'est-ce qui lui prenait de parler de la pleine lune, tout à coup ? Pardon, mais je ne la croyais pas sensible à la poétique des clairs de lune. Je me suis tourné vers elle d'un air soupçonneux. Mais non, elle n'avait strictement rien en commun avec la lune. Et s'il fallait une preuve : elle ne remarquait même pas qu'elle était en train de regarder la face cachée de la lune.

Ma décision était prise.

– J'ai quelque chose à te demander...

Ma voix était devenue rauque et un sentiment de culpabilité avait étouffé la fin de ma phrase.

La femme a froncé les sourcils en remarquant que j'étais devenu raide et distant. Comme une flamme noire qui vacillait sur son front. J'ai détourné les yeux.

– Désolé, c'est brusque, je sais, mais ne me pose pas de question... Tu veux bien rentrer seule, d'abord ?

Les mots venaient avec la conscience que c'était beaucoup lui demander.

– Je... J'ai quelque chose à dire au type de tout à l'heure.

– Quoi ? Mais qu'est-ce que tu mijotes ? a-t-elle répliqué sur un ton acide.

– Ne me pose pas de question, s'il te plaît, ai-je répété, déposant les mots devant elle comme s'ils pesaient un poids énorme. S'il te plaît, aujourd'hui, rentre à la maison la première. Je te le demande comme un service.

– Hein ? Attention, je te préviens, je ne veux pas d'histoire...

– Je te le répète, ne me pose pas de question. Je te demande simplement de rentrer avant moi. Mais ne t'inquiète pas, il n'y aura pas de bagarre. Ça n'a rien à voir.

Elle a de nouveau croisé les bras, s'est mordu les lèvres avec irritation, s'est tue comme si elle s'apprêtait à donner un coup de couteau.

Cette femme avait dû poser le même regard glacial sur une foultitude d'hommes couchés à ses côtés. Je suis l'un d'eux, me suis-je dit. Dans son monde les hommes sont tous comme ça, voilà tout, ai-je pensé en lui renvoyant le même regard, froid et muet. Sous la lumière de la lune, nous nous sommes dévisagés un moment.

Puis elle a fini par tendre la main d'un air indigné. J'ai failli commettre la bêtise de croire qu'elle attendait une poignée de main, mais heureusement j'ai vu le bout de ses doigts qui s'agitaient.

– Hein ?

– La clé, a-t-elle répondu sèchement.

Quelle clé ? me suis-je demandé tout en fouillant les poches de ma veste.

Un instant, j'ai pensé qu'elle me demandait de lui rendre définitivement le double de la clé de son appartement. Dans ma poche, mes doigts entrèrent en contact avec quelque chose qui devait être une clé électronique. Ah, bien sûr, la voiture. Une clé que je n'avais jamais vue. La voiture appartenait-elle à la femme ou à moi ? En l'occurrence, cela n'avait strictement aucune importance, du moment que je me débarrassais d'elle.

Elle a pris la clé, a tourné les talons et s'est dirigée d'un air rancunier vers le parking du restaurant à pas bruyants. Je l'ai suivie en traînant les pieds, mal à l'aise. J'avais dû lui promettre quelque chose pour ce soir. Si je la suivais, qui sait si je n'allais pas trouver sur la banquette arrière quelques bouteilles de vin que nous avions choisies ensemble, et chez elle un petit repas qu'elle avait préparé spécialement pour moi ? Et dans le sac du restaurant, n'était-ce pas un somptueux sandwich au rosbif qui constituerait notre petit déjeuner demain matin ? Je me sentais sur le point de me souvenir de l'appartement de cette femme que je n'avais censément jamais vu, et presque du grain de sa peau que je n'avais en principe jamais caressé. Et pourquoi pas, après tout ? Si j'avais renoncé à devenir professeur d'université, c'est probablement ce genre de vie que j'aurais pu vivre. Mais il n'en était évidemment pas question.

Elle a appuyé sur la touche de déverrouillage et a ouvert la portière côté conducteur. Une compacte de marque française, rouge comme un rouge à lèvres, le genre de voiture agressive qui seyait à cette femme au visage agressif. Elle a violemment claqué la portière devant moi. Elle a démarré, m'a jeté un coup d'œil à travers la vitre. Une fine pellicule d'indifférence recouvrait sa colère. J'ai froncé les sourcils, levé la main droite, fait un petit signe du menton. C'était censé être une sorte de micro-excuse. Mais dans ma tête, c'était de disparaître à jamais de sa vie que je m'excusais. Nous nous étions rencontrés une dizaine de minutes auparavant, des années avaient passé, et c'était le moment des adieux. Indifférente à ces réflexions, la voiture a commencé à s'éloigner. Hébété, j'ai suivi des yeux cette femme renfrognée jusqu'à ce qu'elle sorte du parking, tourne à gauche, et se fonde dans la circulation.

5

Je marchais d'un bon pas dans la rue nocturne. Vers chez moi. Enfin, vers la maison censée être la mienne, en principe. Sauf que celle-ci pouvait porter une plaque au nom de quelqu'un d'autre, un Morimoto ou un Mizoguchi, quelqu'un qui ne me serait rien du tout. Car s'il y avait tout lieu de croire qu'un professeur d'université nommé Takashi Ootsuki habitait dans les environs, rien ne prouvait que celui-ci n'avait pas acheté une autre maison, à une autre adresse. Dans ce cas, j'aurais mieux fait de me cacher devant le restaurant à attendre que Shiori et les enfants en sortent pour les suivre discrètement, évidemment. Mais j'avais donné l'impression d'un homme totalement hors de ses sens, ils allaient être sur leurs gardes, ils ne se seraient pas laissé suivre sans rien remarquer.

La lune montait dans le ciel juste en face de moi, comme un prédateur qui guette sa proie. C'était *ma* lune, après tout. Personne d'autre que moi n'avait remarqué qu'elle s'était retournée. Dans mon enfance, j'avais lu dans une encyclopédie pour jeunes astronomes amateurs que le fait que la Lune montrait toujours la même face à la Terre était dû à un léger décalage de son centre de masse par rapport à son centre géométrique ; raison pour laquelle c'était le côté avec le lapin, légèrement plus lourd, qui se trouvait toujours plus fortement attiré vers la terre, de la même façon qu'un culbuto se redresse toujours quand on le couche. Alors qu'est-ce que j'étais en train de voir, en ce moment ? À la fac, une fois, j'avais emprunté le CD *Lunacy*, de Pink Floyd, à un ancien du club « Musique facile ». Qui était finalement sorti sous le titre *The Dark Side of the Moon*, si je ne me trompe. Conclusion, la face cachée de la lune implique la folie. Et l'alternative est simple : soit c'est moi qui suis fou, soit c'est le monde.

Lentement mais sûrement, je m'enfonçais dans les profondeurs de mon raisonnement.

Mais la folie peut bien être là où ça lui chante, pourquoi est-ce que je ne crie pas de toutes mes forces, pourquoi je ne hurle pas pour qu'on m'entende à l'autre bout de l'univers ? Pourquoi est-ce que je ne lui demande pas en face : non, mais qu'est-ce que c'est que ce bazar ? Qu'est-ce qui t'arrive ? Je t'ai fait quelque chose ? Je suis censé accepter ces conneries sans rien dire ? Je me suis donné tant de mal pour construire une vie et il faut que je regarde tout s'effondrer sans un mot, ah, oui, c'est marrant, il arrive de ces choses, tout de même... Il faut que je continue à marcher en acceptant mon sort avec philosophie ? Trente minutes plus tôt, vous étiez un professeur d'université jouissant d'une petite réputation, en train de manger au restaurant avec votre famille bien-aimée, et il faudrait que vous acceptiez bien sagement de devenir un banal chauffeur de taxi, parce que, pourquoi pas, et c'est très amusant de se promener tout seul dans la rue en pleine nuit ! Je sais que personne n'est jamais à la merci d'une chute, d'accord, mais ce n'est pas un peu trop soudain, quand même ? Elle n'est pas un peu trop haute, cette falaise ?

D'ailleurs, non, ça ne pouvait pas être aussi catégorique. Ou en tout cas pas aussi simple. Je me faisais des idées, à l'évidence. Ça n'allait pas durer éternellement. Demain, une autre lune se lèverait. Dans pas longtemps, le monde se figerait de nouveau comme un musée de cire et tout s'inverserait, c'est-à-dire que tout rentrerait dans l'ordre, évidemment. Et même si cela me resterait sur l'estomac comme un truc franchement indigeste, une marque indélébile, le souvenir de cette histoire finirait par perdre de ses couleurs et se couvrirait de poussière dans un coin de mon crâne, comme celui qui s'est réveillé un jour avec une vieille sorcière lourde comme un rocher assise sur son ventre et a fini par vivre avec, ou celui qui s'est fait enlever par des extraterrestres qui lui ont introduit des choses dans le nez.

Enfin, était-ce si sûr ? Et si la même lune se levait demain ? Et après-demain ? S'il n'y avait aucune sortie à cette folie ? Je ne voulais même pas y penser. Surtout pas. Mais comment ne pas y penser ?

À propos… j'ai fouillé les poches de ma veste. J'y ai trouvé un téléphone portable, un modèle antédiluvien à clapet, couleur bronze. J'ai consulté l'historique des appels et des messages, rien qui me dise quoi que ce soit, à part « Bureau » et « Yûko Masumoto ». Et ce carnet d'adresses d'une indigence… En fin de compte, le nom de Yûko était le seul que je connaissais. La femme que je venais de quitter pour toujours m'apparaissait maintenant comme ma corde de salut la plus solide.

Par exemple, pourquoi ne pas arrêter de marcher et lui téléphoner, à cette femme ? Faire demi-tour, courir jusqu'à son appartement, me mettre à genoux et tout déballer : « Je vais te dire une chose que tu ne croiras sans doute pas, alors promets-moi de ne pas m'interrompre… » Je me voyais le faire. Lui raconter en y mettant toute mon âme ce qu'avait été réellement ma vie. Lui raconter dans les moindres détails à quel point j'avais réussi ma vie, lui expliquer à quel point elle était épanouie… jusqu'au moment où le petit sourire narquois de la femme faisait son apparition et me serrait le kiki. Oui, mais, dans un effort surhumain, je parvenais à redresser ce récit décousu et grandiloquent, tellement lourd qu'il s'effondrait perpétuellement sur lui-même, et à en faire un monument d'éloquence structuré qui allumait des lumières dans ses yeux. À la fin, la femme secouait la tête, terrassée, anéantie. « Je n'arrive pas à le croire », murmurait-elle. Sur le ton qui, évidemment, signifiait « je te crois ». Alors, elle tendait le bras et me caressait gentiment la joue. Alors je tendais moi aussi timidement la main, je la prenais dans mes bras, et… Ça fout le frisson, une imagination pareille.

Une maison individuelle que je connaissais bien se dressait dans le quartier résidentiel calme et silencieux. En revanche, le monospace blanc garé sous l'abri, bien que quasiment le même que celui que j'avais acheté il y a trois ans, était d'une autre marque. La plaque à la porte, que je regardai avec une énorme appréhension, indiquait « Ootsuki ». En inox, certes, mais cela a suffi pour me rassurer. Tant que nos noms étaient le même, je pouvais récupérer ma famille… D'où sortais-je cela ? De nulle part, mais l'espoir fait vivre.

La maison était toute en légèreté, avec une structure en acier sur deux niveaux et un jardin de dix mètres carrés à l'arrière. La construction datait de douze ans, mais un ancien camarade de fac, devenu architecte de première classe depuis, à qui j'avais demandé de l'examiner, m'avait dit que ce n'était pas un mauvais plan. À tout le moins, elle ne finirait pas en tas de décombres lors du prochain tremblement de terre de la faille Nankai. Elle avait également beaucoup plu à Shiori qui voyait dans la surface totale de « 119 » mètres carrés un jeu de mots avec « un bon coin », ce qui ne pouvait que tenir les incendies à distance. Non pas que Shiori prêtât la moindre foi à la divination, la numérologie et ces sortes de choses, mais enfin, elle ne négligeait pas les petits signes quand ils se présentaient. Tant que l'on se garde des espérances démesurées, il n'y a pas de mal à croire à ce qu'on veut, n'est-ce pas ? Saine pratique défensive, assurément. Moi-même, n'avais-je pas fait la même chose quand j'avais jugé que la première condition d'une bonne maison, c'était avant tout de plaire à la femme du foyer ? Elle n'était pas d'une surface excessive, et le revêtement mural extérieur de style occidental était plutôt bas de gamme, mais pour moi, cette maison était un temple, un sanctuaire dédié à ma victoire sur l'existence et je n'en étais pas peu fier. Enfin, jusqu'à tout à l'heure.

J'ai ouvert le portail en aluminium noir, j'ai avancé jusqu'à la porte d'entrée. J'ai sorti les clés de ma poche. Des clés que je ne connaissais pas s'étaient ajoutées à mon trousseau, et la clé de mon labo à la fac avait disparu. Mais la clé de la maison était encore bien là et c'était l'essentiel. Je l'ai retournée dans tous les sens pour m'en assurer, mais enfin c'était bien elle. Fonctionnerait-elle ? Je n'en étais pas tout à fait convaincu quand je l'ai insérée dans la serrure. Elle a coulissé avec facilité. D'accord, mais. Allait-elle tourner ? Elle a bel et bien tourné et la serrure s'est ouverte. Pour de vrai. Qu'est-ce que je disais, c'est bien toujours ma maison, ici ! Hé, hé, un peu négligente, madame la lune.

Si Shiori et les enfants habitaient ici, ils n'allaient pas tarder à revenir du restaurant. J'avais trente minutes de marge, maximum. Que comptais-je faire ? Je n'avais réfléchi à rien de particulier en pénétrant dans cette maison, et pourquoi aurais-je dû y réfléchir, après tout ? Je ne *pénétrais* pas dans cette maison, d'abord : je rentrais chez moi.

Chez.

Moi.

J'ai fait tourner la poignée et j'ai tiré la porte avec précaution, au cas où un chien d'intérieur en aurait profité pour s'échapper. Pas de chien. Des chaussures que je ne connaissais pas étaient alignées dans un meuble à chaussures que je ne connaissais pas. J'ai refermé délicatement derrière moi et j'ai tourné le loquet. L'obscurité, si éloignée de l'image que j'avais de chez moi, était suffocante. D'habitude, je cherchais l'interrupteur avec la main pour allumer dans l'entrée, mais là, le scrupule était plus fort que la mémoire du geste. Une lumière qui s'allume dans une maison supposée vide et rien ne vous dit que la police n'est pas automatiquement alertée.

Après quelque hésitation, j'ai décidé de ne pas me déchausser. J'ai posé un pied sur la marche du plancher surélevé. Dès que j'entendrais Shiori et les enfants revenir, je pourrais fuir par la porte du jardin, au moins. Bien qu'il n'y eût personne, je longeais le couloir à pas de loup. Enfant, il m'était souvent arrivé, quand je m'apercevais que j'avais oublié quelque chose alors que j'avais déjà mis mes chaussures, de retourner dans ma chambre sur la pointe des pieds, comme un voleur. Dans le placard à rangement sous l'escalier, comme je m'y attendais, j'ai tout de suite trouvé la lampe torche suspendue à l'arrière de la porte. Décidément, l'imposteur avait eu la même idée. J'ai appuyé sur le bouton. Une lumière blanche comme la neige a giclé en direction du plafond.

Une fois dans le salon, un seul balayage de la lampe a suffi à provoquer un malaise en moi. Pas le même tapis, pas les mêmes rideaux, pas la même table, pas la même télé, pas le même canapé, tout était différent. Pas au point de trouver cela repoussant, cependant, et un autre jour, j'aurais même pu apprécier ce style-ci. D'où le malaise. Si tout avait été d'un goût déplorable, j'aurais pu tout rejeter en bloc, mais la dissonance était d'autant plus irritante qu'elle était subtile. Insupportable.

Le faisceau de la lampe est passé sur les encadrements de photos posés sur le buffet. Essentiellement des photos de Taisuké et Mio qui me faisaient fondre de tendresse, mais une aussi de tous les quatre. Je me souvenais parfaitement d'où elle avait été prise : le musée des dinosaures de Fukui. Tous les quatre debout devant la statue du dinosaure en blouse blanche et tenant un livre ouvert dans une patte. J'avais demandé à un passant de nous prendre. C'était pendant les dernières vacances d'été, je suppose. Shiori, Taisuké, et même Mio exhibaient un magnifique sourire, sans le moindre nuage. Sauf que je n'étais pas sur la photo. C'était le type de tout à l'heure au restaurant qui passait familièrement une main autour des épaules de Shiori, l'autre autour de celles de Taisuké, possessif et arrogant, souriant d'un sourire sans pitié, l'air de dire : Alors, qu'est-ce que tu dis de ça ? L'air de dire : Je t'ai tout pris ! Pas le coup franc et massif, non, la technique de perforation au ralenti, qui imprime jusqu'à l'âme, pour être sûr de bien voir ce qui te tue. Avec Shiori qui sourit alors que ce n'est pas moi qui ai mon bras autour de ses épaules. Et Taisuké et Mio qui rient pareil, alors que ce n'est pas moi leur père.

Là, devant cette photo, j'ai senti que quelque chose de définitif se passait, comme un pont-levis qui se refermait sur la ville. Tout à l'heure, au restaurant, je les voyais comme une fausse famille déguisée et masquée de neuf. Mais cette photo était bien plus éloquente que toutes les vérités que je pouvais leur opposer, plus réelle et plus convaincante que toute ma vérité à moi. Tout ce que j'avais à leur opposer, c'étaient des points de mémoire isolés et sans cohérence, des souvenirs. Et des souvenirs incompatibles avec les leurs et ceux de tous les témoins qu'ils pourraient faire comparaître. Un lapin qui pile du riz sur la lune ? À qui pensez-vous faire croire des contes de fées pareils ? Demain ? Mais, demain, ce ne sera pas une nouvelle lune qui se lèvera, ce sera toujours la même. Et après-demain et pour l'éternité, la même lune que ce soir.

Soudain, je me suis trouvé pris de vertige, ma respiration est devenue difficile. J'ai détourné les yeux de la photo et j'ai attendu que ma respiration se stabilise. Un sentiment terrible et opaque, comme je n'en avais jamais ressenti, s'est mis à tourbillonner dans ma poitrine. Quelque chose qui ressemblait à la colère, mais qui n'était pas de la colère. Un peu comme la jalousie, mais pas vraiment de la jalousie. Ou la haine, mais pas de la haine non plus. Comme la tristesse, mais pas exactement de la tristesse. Peut-être tout cela à la fois, mais pas seulement cela. Le cocktail de sentiments que l'on découvre en face du déni fondamental, total, frontal, que rien, mais rien de rien n'avait été vrai, jamais, depuis quarante-trois ans, rien qu'une trahison abyssale. Un sentiment qui n'a pas de nom.

Je suis resté planté devant le buffet.

Puis je suis passé à l'action. J'ai retraversé le couloir, j'ai de nouveau ouvert le placard sous l'escalier. J'ai tout de suite trouvé ce que je cherchais : une tige de métal munie d'un crochet. L'objet à la main, je suis monté à l'étage. En passant la torche sur le plafond, j'ai trouvé la trappe rectangulaire qui donnait accès aux combles. Avec le crochet, j'ai attrapé l'anneau qui actionne l'ouverture de la trappe, il y a eu un déclic et une échelle s'est déployée. J'ai posé le crochet et la torche dans le couloir et je me suis assuré que, dans ce monde-ci, les échelles pliables étaient suffisamment solides pour supporter le poids d'un homme adulte. J'ai actionné le cordon qui allumait le néon fixé à la charpente. Mes yeux, habitués à l'obscurité, en ont été éblouis.

Une fois accoutumé, j'ai passé la tête par la trappe. Compte tenu de la pente du toit, impossible de me tenir debout dans les combles. Cela faisait un espace de rangement d'environ huit mètres carrés, occupé par plusieurs cartons remplis des livres de l'autre type. Des vêtements que l'on n'arrive pas à jeter, un lit d'enfant, un ventilateur, une valise, un humidificateur d'air, des poupées de princesses en kimono, une poupée de samouraï en armure, ce genre de choses. Mais l'espace était suffisant pour s'y cacher. Il y avait même des bouches d'aération sur les murs, on n'y mourrait pas d'asphyxie.

Il me fallait me dépêcher. Ils pouvaient rentrer d'une minute à l'autre. Je suis redescendu jusqu'au placard sous l'escalier, cette fois pour y prendre une pelote de ficelle blanche en polypropylène. Puis je suis passé au salon pour récupérer la paire de ciseaux dans le porte-crayons sur le buffet, et je suis remonté en vitesse à l'étage. L'échelle des combles se repliait en trois. J'ai attaché la ficelle à la première marche de la seconde section et, une fois dans les combles, et je l'ai tirée jusqu'à moi. J'avais fait l'essai avec Taisuké il y a quelque temps, je savais que cela fonctionnerait.

À ce moment, j'ai eu besoin d'aller aux toilettes. Je suis redescendu au rez-de-chaussée, pressé par l'envie, et j'ai uriné assis sur la cuvette. Rien de plus n'est sorti, même en me forçant. Tant pis, j'ai fait un bruit avec ma langue et j'ai abandonné. J'ai tiré la chasse et je suis remonté à l'étage, puis j'ai posé tout mon équipement dans les combles et j'ai refermé la trappe derrière moi.

Un silence assourdissant, mat et plat, m'enveloppait tout entier. Allongé entre les cartons, je pouvais presque voir ma respiration désespérée ramper autour de moi.

Au bout de cinq minutes, j'ai entendu Shiori et les enfants devant la porte d'entrée. Pour éviter que la lumière ne filtre par les interstices de la trappe, j'ai tiré le cordon et éteint la lumière. L'obscurité m'a fait suffoquer. J'ai sorti mon téléphone portable et cligné des yeux à la lumière trop forte. 20 heures 17, la nuit commençait à peine. Messages reçus : 0. De peur que Yûko ne m'appelle, j'ai coupé le téléphone. En bas, la porte d'entrée était désormais ouverte. Peut-être à cause de l'incident du restaurant, le retour à la maison avait l'air plutôt lugubre.

Très vite, j'ai pu identifier les pas des quatre personnes. Les pas lourds de l'homme ressemblaient étrangement à ceux de mon propre père. C'était dégoûtant, comme s'il me marchait sur le ventre, et je me suis dit que sans doute je marchais exactement de la même façon. Le son montait jusqu'à moi, peut-être me trouvais-je à l'endroit où tous les bruits de la maison convergeaient. Leurs pas sont passés plusieurs fois juste sous la trappe. Chaque fois, je me contractais. Finalement, ils se sont regroupés dans le salon, au rez-de-chaussée, et j'ai entendu la télévision. Une conversation aussi, mais la distance était trop importante pour distinguer ce qui se racontait. Mais qu'est-ce que je suis en train de faire ? ai-je pensé. La question est restée en suspens. Je n'avais rien d'autre à faire, de toute façon. Rien d'autre à être.

6

Toute la famille dormait à l'étage. Les parents dans un lit, les enfants dans des futons. C'est Shiori qui les avait couchés. D'habitude la porte de la chambre des parents restait toujours ouverte, mais pas cette fois. Seule la lampe de chevet était allumée, des chuchotements ont été échangés, et comme la marée montante, un rapport sexuel a été engagé. Le moindre de leurs mouvements, dans ma tête, était encore plus langoureux et obscène que si je les avais vus. Ils n'étaient plus jeunes, ils ne s'embrassaient plus à pleine bouche en pleurant, ni n'expérimentaient de nouvelles positions en riant, bref, ils faisaient l'amour, doucement, lentement, creusant un peu plus profond le sillon qu'ils connaissent si bien.

Shiori n'avait pas connu d'autres hommes que moi. Elle ne me l'avait jamais dit formellement, mais j'en étais sûr. Elle était le genre de femme qui ne couche que dans l'étroite intersection où le désir et l'amour se superposent. Et voilà qu'elle était dans les bras d'un autre, sa respiration s'altérait, des gémissements lui échappaient, elle frémissait. Par-dessus les grincements du lit et le froissement des draps, la voix de l'homme demandait : Je te fais mal ? La femme répondait non. Il demandait : Ça te plaît ? La femme répondait oui. C'était le dialogue qui se reproduisait chaque fois que leurs corps étaient l'un sur l'autre, comme une promesse, un rituel qui durait depuis plus de vingt ans. Quel sens cela avait-il ? L'amour, évidemment.

Je me suis redressé, en sursautant, pour repousser ces mots qui assaillaient mes oreilles. Cette fois, plus de gémissements, tout était aussi silencieux. J'ai éclairé la trappe avec la torche. J'ai agrippé l'échelle et je me suis préparé à ouvrir avec précaution pour éviter qu'elle ne s'ouvre d'un seul coup. Le loquet a fait un petit clic et la trappe s'est entrouverte. J'ai tendu l'oreille, le lit continuait à grincer.

En maintenant l'échelle, j'ai laissé aller la trappe vers le bas. Puis j'ai laissé filer petit à petit la ficelle en polypropylène. À chaque petit bruit, je bloquais tout, j'arrêtais de respirer, j'écoutais le lit grincer. Les pieds de l'échelle ont touché le sol du couloir. J'ai éteint la torche. Le crochet dans une main, je suis descendu comme un chat.

La veilleuse du couloir emplissait l'espace de sa lumière rougeâtre, visqueuse, presque viscérale. La porte de la chambre des enfants était grande ouverte. Là aussi, une veilleuse rougeâtre était allumée. J'ai jeté un coup d'œil à l'intérieur. D'habitude, ce n'est pas parce qu'ils dorment qu'ils renoncent à leur droit d'être des enfants, ce qu'ils affirment par un sommeil totalement désinhibé. Cette nuit, allez savoir, ils étaient tous deux bizarrement alignés en travers de leur futon, sur le dos, droits comme des cadavres dans un corbillard.

Je me suis éloigné et arrêté devant la chambre du couple. La porte fermée semblait respirer faiblement au rythme de leurs halètements. J'ai attrapé la poignée. Je l'ai tournée délicatement. Mais ce que je pensais n'être qu'un bouton de porte fonctionnel s'est mis à grincer, comme s'il n'avait pas servi depuis dix ans. Ils s'aimaient tellement, là-dedans, à moins que chacun soit trop absorbé dans son propre plaisir, en tout cas aucun des deux n'a rien remarqué. J'ai poussé légèrement et la porte s'est ouverte de la largeur d'un doigt, sans faire le moindre bruit. La poignée a retrouvé lentement sa position initiale.

Par l'entrebâillement, je les voyais tous les deux enlacés sur le lit. L'homme était sur Shiori, ses hanches montaient et descendaient, ses fesses de quadragénaire décharnées, blêmes et bandées, et il mordait sa nuque. Shiori était couchée sur le dos, les yeux fermés, ses bras enlaçant l'homme pour le caresser, ses genoux écartés ondulaient d'un côté de l'autre, essayant de retenir le plaisir qui montait. Leurs corps nus et glabres, fragiles, précaires, étaient éclairés d'une douce lumière par l'abat-jour d'une lampe japonaise en papier, voilant pudiquement leurs pubis réunis.

De la main gauche, j'ai poussé la porte. Dans un silence si parfait qu'il faut croire que la porte avait décidé de se taire pour laisser passer l'intrus. Qui a mis un pied à l'intérieur et a fait un pas, deux pas. Et pourtant, ses jambes n'avançaient pas comme il le voulait, comme si l'air de la chambre s'était condensé en une matière gluante.

Enfin, j'étais tout près du lit. Ils continuaient de s'aimer de plus belle, comme si c'était le moment ou jamais, le dernier instant qui leur restait avant la fin du monde. Shiori a fermé très fort les yeux, a froncé les sourcils, l'homme a enfoncé avec opiniâtreté ses hanches pour tirer à lui l'orgasme qui se profilait à l'horizon, les mâchoires toujours refermées sur la nuque de son épouse. Le dos en sueur de l'homme n'était qu'une planche sans visage, il n'avait aucun cœur, je le savais. Je les ai contemplés un moment. Cette Shiori décoiffée, je l'avais vue un nombre incalculable de fois, et pourtant, d'une certaine façon, c'était comme d'assister au coït d'une femme inconnue. Eux, en revanche, semblaient partis pour s'aimer jusqu'au bout.

La barre en fer est tombée à la base du crâne de l'homme, dans la région du bulbe rachidien. Le son sur la chair a résonné dans la chambre. Puis une seconde fois. L'homme a laissé échapper un petit grognement et s'est effondré sur Shiori. Shiori a entrouvert des yeux étonnés, aperçu l'intrus, et a enfin écarquillé ses mirettes pour de bon. Il y a eu un bruit de déglutition, et le temps s'est arrêté. Comme si le cri véritable, celui qu'un humain n'a le droit de pousser qu'une seule fois dans sa vie, ne venait pas de la gorge mais du fond de la terre, et que par conséquent il lui fallait quelques secondes pour franchir toute cette distance. Le temps pour moi de jeter la barre, ôter de là le corps affalé de l'homme, sauter sur Shiori, l'enfourcher et placer mes mains sur son cou, à la base duquel s'était accumulée la sueur.

Jamais je n'avais entendu un tel cri de la bouche de Shiori, mais cela n'a duré qu'un instant. Son visage est devenu tout rouge, boursouflé, sur le point d'éclater. Je me suis tordu pour échapper à ses mains qui essayaient de me griffer la figure, j'ai fermé les yeux et j'ai continué à serrer en silence. Je ressentais comme une aspiration qui plaquait mes paumes sur ce cou, comme si l'os qui se trouvait au centre était la destination finale d'un long, long voyage. Les mains qui avaient enfoncé leurs ongles dans mes poignets, les jambes qui donnaient des coups frénétiques dans la couette ont fini par se relâcher, et Shiori a expulsé une urine tiède, qui est tombée en cascade sur le sol puis contre le cadavre de l'homme au pied du lit. Mais j'avais entendu dire que les condamnés à mort par pendaison ne sont pas décrochés avant trente minutes, alors j'ai continué à serrer, en vérifiant l'heure sur le réveil du chevet...

J'ai ouvert les yeux pour m'arracher de ce cauchemar. Je ne savais pas où j'étais, ma conscience a continué un moment à flotter, sans attache. Je ne voyais rien. Dans l'épaisse obscurité qui m'oppressait, seule était audible ma propre respiration. Où suis-je ? Quand ? J'ai tâté autour de moi. Mes jambes, le sol dur, des cartons. Et une sorte de barre de métal. J'ai frissonné d'effroi.

La barre munie d'un crochet pour ouvrir la trappe des combles. La mémoire m'est revenue d'un seul bloc et m'a crucifié au sol. C'est avec cette barre que j'étais sorti des combles et que j'avais tué l'imposteur avant d'étrangler Shiori… dans mon rêve. Un faible soupir de soulagement s'est échappé de mes lèvres. En revanche, j'étais monté dans les combles et je m'étais enfermé, et ça, ce n'était pas un rêve. C'est ça. J'étais monté par l'échelle. Quand Shiori et l'autre m'avaient donné leur concert, j'avais cru ne pas pouvoir fermer l'œil, mais il faut croire qu'après une courte agonie, en fin de compte je m'étais rapidement endormi. Mes paupières étaient mouillées. J'avais dû pleurer en dormant. Comment avais-je pu rêver que j'étranglais Shiori ? J'avais même l'impression de garder sur mes doigts comme une pellicule, la mémoire du poids de la tête de Shiori qui se balançait au bout de son cou.

Peu à peu, dans le même temps que le tremblement de mes mains se calmait, les événements de la nuit dernière retrouvaient de leurs couleurs. La lune, se tourner de l'autre côté ? Un imposteur qui débarque et Shiori et les enfants qui m'oublient ? Comment croire à une histoire aussi stupide ? Maintenant que la tension était relâchée, cette histoire était encore plus incroyable, et d'autant plus insupportable. Oui, mais que faisais-je dans les combles, alors, à me cacher comme un voleur ? Et ces ronflements inconnus, en provenance de la chambre parentale, assez forts, comme je devais en produire moi-même la nuit ?

J'ai retrouvé la torche électrique à tâtons, j'ai éclairé ma montre, une montre à énergie solaire que Shiori m'avait offerte pour mes quarante ans. Deux heures quarante-huit. Toujours la nuit. Sauf que cette fois, je n'étais pas près de dormir. Si je refaisais un cauchemar et que je gémissais dans mon sommeil, ou plus simplement si je me mettais à ronfler, j'étais bon pour me faire embarquer par la police.

Je me suis redressé et j'ai commencé à ouvrir un carton en m'éclairant avec la torche, sans faire de bruit. Je m'en doutais, ce n'étaient quasiment que des livres. Mes livres de sociologie, matière que j'enseignais, étaient dans mon bureau à l'université, bien entendu. C'étaient quelques romans et des mangas, mais surtout des essais divers, des livres de vulgarisation ou de culture générale.

Un livre a tout particulièrement attiré mon attention. Le titre : *Où sont les patriotes ?* L'auteur : Takashi Ootsuki. « 80 000 exemplaires vendus ! » disait le bandeau. Sans doute un exemplaire qui m'avait été envoyé par l'éditeur à l'occasion d'une réimpression. Et sur le côté de l'argument commercial, la photo de l'autre avec un regard quelque peu provocateur. Pur hasard, vraisemblablement, mais en l'examinant, je ne pouvais m'empêcher de penser que son air arrogant m'était personnellement adressé.

Au-dessus du colophon, en dernière page, figurait une présentation succincte de l'auteur : « Né en 1972 dans la préfecture de Kanagawa. » Moi, je suis de Chiba, donc le lieu de naissance était erroné. L'université d'origine et celle où j'enseignais étaient les bonnes, en revanche. « Diplômé de l'université K., département de sociologie. Enseigne actuellement à l'université S. » Avec la liste de quelques-uns des livres qu'il avait publiés. Ses thèmes étaient assez similaires aux miens. Et d'après ce qu'avait dit Yûko, ce type se permettait de commenter les actualités à la télé. Bref, sur les plans professionnel, personnel et familial, il s'était tout mis dans la poche.

Tout à coup, je me suis souvenu d'une impression bizarre que j'avais ressentie un jour, il y a longtemps, en m'examinant dans le miroir. Je devais être au lycée. À l'époque, j'avais un fantasme, pas très original au demeurant, selon lequel un autre univers existait de l'autre côté du miroir, et que pour le Takashi que je voyais dans la glace, c'est mon côté qui était le monde du miroir. Cela m'avait donné des frissons. Quand celui d'en face avait envie de se regarder dans le miroir, je me présentais avec le sentiment que j'agissais selon ma propre volonté, alors qu'en réalité, c'est l'autre qui l'avait voulu, un micro-instant avant moi. Le moindre geste, le moindre pas que je faisais m'était en fait imposé par celui d'en face. Et si la vraie vie, c'était en face que ça se passait, et que ce côté-ci n'en était qu'un reflet ? Et si, quand j'étais gosse et que je faisais la danse de Saint-Guy pour essayer de décrocher mon ombre, l'ombre, c'était moi ?

Raisonnement sans la moindre consistance, sans doute, mais à l'époque, j'étais hanté par l'idée que rien ne pouvait me démontrer le contraire. Hantise qui était encore la mienne aujourd'hui. Non, pas « encore ». Hantise qui, *justement*, *précisément*, était la mienne aujourd'hui. Allons même plus loin : et si ce n'était pas l'image d'un miroir mais les deux faces de la lune qui étaient interchangeables ? Et si, dans les toilettes d'un restaurant, un type qui n'était qu'une ombre avait franchi par erreur la ligne rouge, en principe interdite, et que la face cachée de la lune était en train de lui arranger en vitesse un rôle pour ici, hein ?

J'ai fermé le livre et je l'ai remis précautionneusement dans le carton. Puis j'ai éteint la torche, et dans le noir j'ai posé ma tête entre mes bras. Mes larmes tombaient au sol et ne voulaient plus s'arrêter.

7

Je croyais avoir réussi à lutter contre le sommeil, toujours assis dans le noir, mais rien n'était moins sûr. J'avais bien l'impression d'avoir rouvert les yeux à chaque assoupissement, mais il n'est pas impossible que cinq, voire dix minutes de sommeil se soient parfois écoulées. Plongé dans l'obscurité, telle une personne enterrée vivante, comment savoir combien de temps j'avais perdu conscience ? La conscience de la perte de conscience n'est pas très probante. Mais l'aube n'allait pas tarder à poindre. Le journal avait été jeté dans la boîte aux lettres, les oiseaux gazouillaient de tous les côtés, l'air du matin s'infiltrait partout, jusque dans les combles toujours plongés dans le noir.

La Shiori que je connaissais réglait son réveil sur 6 heures. Ce qui ne veut pas dire qu'elle se levait immédiatement. Elle arrêtait la sonnerie et s'octroyait dix minutes avant de se décider à vivre cette journée, puis s'extrayait du lit sans se presser. Si la Shiori qui dormait en dessous suivait la même routine, alors je voulais croire qu'elle et moi étions encore liés par un fil, même ténu. Il suffisait de remonter ce fil tout doucement pour trouver une réponse. Presque rien, l'odeur d'un inconnu qui lui rappellerait quelque chose… De temps à autre, je consultais ma montre à l'aide de la torche électrique, comme une prière, attendant que l'heure vienne.

Le réveil a sonné. Pas la sonnerie à laquelle j'étais habitué, mais il était bien 6 heures. Je voyais comme si j'y étais la main de Shiori s'extraire de sous l'oreiller pour arrêter l'alarme. Qu'est-ce que je disais ! Plus d'alarme. Un moment sans rien, puis la succession de bruits qui indiquent que Shiori se lève, sort de la chambre, descend les escaliers et va aux toilettes. Sort des toilettes et entre dans la salle de bains, où elle était censée se débarbouiller et faire ses gargarismes. Et c'est exactement ce qu'elle a fait ! Ah, ah ! Un peu que je la connais, ma Shiori ! Que je la *connaissais*, hélas… Comme quoi, simuler le bonheur rend le deuil encore plus amer.

À partir de là, je savais absolument tout ce qui se passerait dans la maison, je pouvais décrire le moindre geste, le moindre bruit, je connaissais tout par cœur, par tous les pores de ma peau. L'autre sortait à son tour de la chambre d'un pas traînant, descendait au rez-de-chaussée, faisait ses divers besoins, puis allumait la télé et faisait claquer les pages du journal du matin. Pour la chaîne, c'était la même que moi. Le micro-ondes fonctionnait à plein régime, assiettes et bols cognaient sur le plateau de la table basse, des mots brefs étaient échangés. La seule différence, c'est que je n'y étais pas, il faut bien l'admettre. Autrement dit, la lune avait beau s'être couchée, le soleil avait beau s'être levé, rien n'était revenu dans l'ordre, et j'étais toujours à retenir ma respiration dans l'obscurité des combles, comme un corps étranger, comme une poussière dans l'œil.

À 7 heures, l'autre est remonté à l'étage. Tous les matins, réveiller Taisuké et Mio était la dernière chose qui lui incombait avant de quitter la maison, comme un rite. « Bonjour ! C'est le matin ! » a-t-il fait en entrant dans la chambre des enfants, trouvant un certain plaisir à ce rôle du méchant qui interrompt le sommeil. Moi, j'appelais ce travail « faire le représentant des ventes forcées ». Comment il appelait ça, l'autre ? Taisuké était encore assoupi et marmonnait quelque chose qui devait provenir d'un rêve en cours. Mio, qui avait le réveil aussi difficile que le coucher, n'avait pas encore ouvert les yeux qu'elle pleurait déjà. Il l'a prise dans ses bras, je le sais. C'était comme si je le voyais. Comme si je l'avais moi-même dans les bras. Il ne quitterait pas la maison qu'il n'ait échangé au moins un vrai regard avec chacun, et ces regards, il allait les ruminer et les ruminer. Il ne pouvait pas partir, sinon. Quand ses obligations l'obligeaient à rentrer tard, si les enfants étaient déjà au lit, il les avait ainsi vus au moins une fois dans la journée.

Une fois Taisuké et Mio debout, il a quitté la maison. Il arriverait à 8 heures au labo de la fac, dans son bureau surchargé de livres, il se poserait tranquillement dans son fauteuil, et les yeux perdus à regarder par la fenêtre il respirerait une fois, profondément. Ensuite, il ferait bouillir de l'eau, choisirait un sachet et se servirait un thé. Je suis sûr qu'il adorait cet instant. C'était le moment privilégié où il avait les idées les plus claires.

Peu avant 8 heures, Shiori a envoyé Taisuké à l'école par le pédibus scolaire. Il reviendrait vers 15 heures 30. Après ça, j'ai entendu le ronronnement de la machine à laver. Mio n'aimait pas jouer seule et suivait Shiori partout dans la maison avec ses petites pattes, pour la déranger, ce qu'elle appelait « l'aider ».

Vers 10 heures 40, enfin, Shiori a quitté la maison avec Mio. Pour faire les commissions, je suppose. Là, je ne savais pas si elle comptait aller au supermarché du quartier, ou si elle allait pousser jusqu'au centre commercial, un peu plus loin. Quoi qu'il en soit, je n'allais pas rater l'occasion. J'ai ouvert la trappe, je suis descendu rapidement et j'ai foncé aux toilettes. J'ai laissé échapper un gémissement sonore.

Après les toilettes, je suis allé à la cuisine pour me désaltérer au robinet. J'étais censé avoir faim, mais mon estomac était serré comme un poing, de solitude et d'angoisse, rien ne passerait. Je suis allé au salon, je me suis affalé dans le canapé beige. Ce n'était pas celui que j'avais acheté, mais c'était bien la douceur et le confort de ma vie jusqu'à hier que je sentais sous mes fesses. J'ai poussé un long soupir, comme si j'allais me dissoudre sur place. Je voulais dormir en boule, là, mais j'avais tellement peur de sombrer pour de bon. Et pourquoi pas, d'ailleurs ?

J'ai fini par me remettre debout, lourdement, et je suis allé jusqu'à l'entrée. J'ai enlevé mes chaussures et je les ai rangées tout au fond du meuble à chaussures. Comme ça, en rentrant, aucun risque que Shiori aperçoive cette paire de chaussures qu'elle ne connaissait pas.

Je suis remonté à l'étage et dans les combles. J'ai refermé la trappe derrière moi et je me suis assis entre les cartons, me disant qu'il n'y en avait plus que pour un petit moment. Allons, ai-je pensé, je suis enfermé ici depuis quatorze heures, je peux tenir encore un peu.

Il était presque 11 heures 30 quand elles sont rentrées. Leurs voix aiguës ont fusé dans toute la maison. Puis c'était la chanson du générique d'*Anpanman*. Elle avait installé Mio devant la télé et préparait le déjeuner. Bruit du couteau de cuisine qui émince quelque chose sur la planche à découper, grésillement de la poêle, sans doute un riz cantonais ou des nouilles sautées.

Pendant qu'elles déjeunaient, la voix de Mio s'est faite de plus en plus discrète. Le sommeil. Cette fois, on ne l'entendait plus du tout. Shiori a monté lentement les marches, Mio endormie dans ses bras, je suppose. Elle a couché Mio dans sa chambre et en est tout de suite ressortie. Combien de temps dormait-elle, en principe ? Une heure ? Deux ? Trois ?

Shiori est redescendue et est entrée dans les toilettes. Nous voici donc enfin seuls, me suis-je dit, nous allons pouvoir parler face à face, cette fois. Mon cœur commençait à battre plus fort. J'avais attendu ce moment une nuit entière, et maintenant qu'il était là, j'étais terrifié. Mais je devais le faire, je n'avais pas le choix. C'était ma seule chance.

Heureusement, Shiori s'est mise à passer l'aspirateur au rez-de-chaussée. Même si je faisais du bruit, elle ne remarquerait rien. J'en ai profité pour me glisser jusque dans le couloir sans prendre de précautions.

Je suis resté debout devant la porte du salon, d'où provenait le son de l'aspirateur. À travers la vitre, j'apercevais Shiori de dos, penchée en avant. J'hésitais à entrer spontanément, comme je l'aurais fait normalement, mais la situation n'était pas normale. J'ai tendu la main vers la poignée, j'ai pris une grande respiration, j'ai ouvert calmement.

Au premier pas que j'ai fait dans le salon, la respiration bloquée, Shiori s'est retournée d'un mouvement désinvolte, avec une expression de parfaite tranquillité. Nos regards se sont croisés. Elle n'a pas crié. Ses yeux se sont agrandis, un souffle bizarre s'est échappé de sa bouche, une sorte de « Ah ». Elle a sursauté et a lâché le tuyau de l'aspirateur. Ses yeux comme des soucoupes toujours fixés sur moi, elle est restée figée un instant.

J'ai levé la main, paume ouverte, et j'ai crié :

– Shiori ! C'est moi ! Je ne te ferai rien ! Laisse-moi juste parler !

Elle avait dû m'entendre par-dessus le bruit de l'aspirateur, mais elle n'a pas eu un mouvement de cils. Elle était pétrifiée.

– Éteins l'aspirateur ! ai-je crié à nouveau, la main toujours en l'air.

Shiori a enfin repris sa respiration et s'est redressée. Puis elle s'est assise lentement par terre, sans quitter un seul instant l'intrus des yeux, a attrapé l'aspirateur et a appuyé sur le bouton d'arrêt.

Un silence assourdissant nous a enveloppés. J'avais toujours la main en l'air. Un regard tellement cassant qu'il semblait sur le point de se fissurer mangeait tout le visage de Shiori, le tuyau de l'aspirateur toujours serré à deux mains. J'ai repris, deux tons plus bas :

– Shiori, laisse-moi parler. Après, je m'en vais.

– Qui êtes-vous ? a finalement dit Shiori d'une voix cassée, tremblante.

Je m'attendais à cette réaction, bien sûr, et malgré tout, j'en étais de nouveau bouleversé.

– Qui êtes-vous ? a-t-elle répété.

8

Pourquoi ne hurlait-elle pas ? Pourquoi ne me bombardait-elle pas de tout de ce qui lui tombait sous la main ? Je connaissais la réponse : parce que Mio était à l'étage. Si elle faisait perdre son sang-froid à l'intrus, il risquait de s'en prendre à son enfant. Si elle avait été seule à la maison, sans doute aurait-elle tenté de s'échapper, courir pieds nus s'il le fallait, attraper le premier passant et lui demander d'appeler la police. Mais elle ne pouvait pas, parce que Mio était dans la maison. Autrement dit, sans même l'avoir seulement prémédité, je détenais ma fille en otage.

Nous nous tenions face à face devant la table basse en chêne. Ce mobilier était le seul mur qui s'élevait entre nos deux mondes, désormais. Nous nous étions vus la veille au soir au restaurant, je n'étais donc pas un visage inconnu pour elle, ce qui ne garantissait pas pour autant sa sécurité physique. Au contraire, depuis hier, elle devait trembler à l'idée d'être suivie par cet inconnu. Pour la rassurer, je me suis assis le premier. Cela ne suffirait sans doute pas, Shiori n'allait pas se détendre devant un type qui avait pénétré chez elle par effraction. Elle me fixait toujours de ses yeux effrayés, durs comme des pierres.

J'ai sorti le permis de conduire du portefeuille et je l'ai fait glisser sur la table, sous les yeux de Shiori.

– Regarde mon nom.

Shiori a jeté mécaniquement un coup d'œil sur le permis. Elle a sans doute vu le nom mais cela n'a eu aucun effet sur elle. Ah, bon, un homonyme. Ou un faux permis. C'est tout ce que cela devait lui dire. J'ai sorti mon trousseau de clés, j'ai détaché la clé de la maison, je l'ai posée devant Shiori.

– La clé de la maison. Je vivais ici. Dans cette maison.

Non, les paroles ne suffiraient pas. J'ai fait un grand geste des bras pour embrasser tout l'espace.

– Jusqu'à hier soir… Jusqu'à hier soir au restaurant.

Shiori a dégluti difficilement et a ouvert la bouche.

– Qu'est-ce que ça veut dire ? Ça fait deux ans et demi que nous habitons ici.

– Je sais. Moi aussi, ai-je commencé, avant de poser la main, doigts écartés, sur ma poitrine. Moi. Aussi. Pendant deux ans et demi, j'habitais dans cette maison. Jusqu'à hier soir… Je sais que tu penses que ce que je dis n'a pas de sens. Mais je ne peux pas le dire autrement. C'est idiot, ça ne se peut pas, c'est certainement ce que tu penses, mais imagine, juste. Ou essaie. Juste un instant, juste une fois, essaie juste de l'imaginer. Qu'il existe une autre toi… Même apparence, même personnalité, même nom : Shiori Ootsuki, et qui pour moi existait jusqu'à hier soir. Cette autre Shiori Ootsuki, je l'ai rencontrée à la fac quand nous étions étudiants. Nous nous sommes finalement mariés à 35 ans, Taisuké est né quand j'avais 36 ans, nous avons acheté cette maison, j'avais 40 ans, et à mes 41 ans, Mio est née.

Shiori se montrait toujours aussi butée. Elle devait se dire que même un type avec quelques boulons en moins était capable de dégotter ces informations. À moins qu'elle ne se demande si ce n'était pas une nouvelle forme d'escroquerie ? Dans tous les cas, Shiori n'était pas du genre à s'ouvrir à n'importe qui comme ça, il allait falloir se montrer patient.

L'essentiel pour moi était de continuer à parler, et de parler le plus calmement possible, alors même que j'avais envie de lui marteler des faits.

Que son nom de jeune fille était Konno. Qu'elle était née dans la ville de T., département de Miyagi. Que son père était de Fukushima, sa mère d'Iwate. Qu'elle avait déménagé à Saitama au moment d'entrer à l'école primaire, à cause d'une nouvelle affectation de son père, qui travaillait pour un fabricant d'appareillages électroniques. Qu'elle avait deux frères aînés et une sœur plus jeune qu'elle. Qu'une fois, quand elle avait six ans, un policier l'avait attrapée à faire du vélo avec sa petite sœur sur le porte-bagage et avait voulu lui faire peur en lui disant qu'il allait la mettre en prison, mais elle lui avait tenu tête et l'avait traité de menteur. Et qu'en dernière année d'école primaire, deux fois, l'un de ses frères, fan de catch professionnel, lui avait déboîté le coude en voulant lui montrer une prise.

Je lui ai donné aussi des détails sur Taisuké et Mio, dans le désordre, comme ça me venait. Que sur la table d'accouchement, pour Taisuké, elle, qui se disait pourtant dure au mal, avait crié et crié : « Aïe ! J'ai mal ! », et que moi, dans la pièce d'à côté, je m'étais dit qu'à sa place, j'aurais avoué n'importe quel secret plutôt que de vivre ça. Et quand j'avais vu Taisuké, vagissant, tout rouge, je m'étais dit, ah, c'est pour ça qu'on dit « bébé rouge » pour dire un bébé qui vient de naître, et qu'il m'avait fallu attendre trente-six ans pour découvrir cette évidence. Qu'il pesait exactement 2 980 grammes à la naissance, et que nous avions bien ri tous les deux en imaginant un article à prix discount : 2 980 yens, une affaire ! Pour Mio, elle était en train de tailler les plantes au jardin quand elle avait perdu les eaux, ça avait été terrible. Qu'elle était née couverte de poils très noirs, sur le dos, le ventre, les oreilles, partout, je m'étais demandé si elle n'allait pas devenir un chimpanzé, mais que maintenant c'était une adorable petite fille. Qu'elle disait « stapeghi » pour spaghettis, et « togoban » pour toboggan et que c'était devenu l'habitude à la maison de dire « stapeghi » et « togoban ».

Je n'avais aucune garantie que ce que Taisuké et Mio étaient pour moi était identique à ce qu'ils étaient pour la Shiori que j'avais en face de moi, mais il n'y avait pas d'autre façon de raconter tout ce qui me revenait de ce passé, passé que j'étais persuadé d'avoir vécu.

Qu'on s'était connus au club « Musique facile » de l'université K., que le hasard avait voulu que notre film préféré à tous les deux soit *Paris, Texas* de Wim Wenders, que j'avais finalement réussi à me faire titulariser professeur de plein exercice à 35 ans, qu'on avait visité des maisons ensemble un peu partout avant de tomber sur celle-ci, que j'avais failli érafler la Mercedes parce que cela faisait tellement longtemps que je n'avais pas conduit.

À parler ainsi sans m'arrêter à Shiori qui restait muette, je commençais à ressentir une impression bizarre. Lui avais-je déjà parlé avec autant de sincérité, jusqu'à ce jour ? Ou à n'importe qui d'autre, d'ailleurs. J'étais en train de dévoiler des sentiments dont je n'avais jamais parlé à personne, pas même à Shiori, ou plutôt à une femme qui soutenait ne pas me connaître. Pour donner un tout petit peu le goût du vrai à mon histoire abracadabrante, je débitais ce qui me passait par la tête, comme si je retournais son âme pour lui en montrer la doublure.

En réalité, je me confessais. J'étais en train de passer aux aveux. Comme si j'étais devant Enma, le roi des Enfers, pour le jugement dernier. Mais Shiori n'était pas le roi Enma. Mais alors quoi ? Qu'est-ce que j'attendais d'elle ? Croyais-je vraiment que quand j'aurais tout dit de ce que je savais d'elle, de Taisuké, de Mio et de cette maison, elle mettrait l'autre à la porte et me rendrait ma vie ? Enfin, oui, c'est peut-être ce que je *croyais*. Au fond du fond de mon cœur, le dernier brin de paille qui me restait pour me raccrocher, c'était le désir de cette possibilité, peut-être bien. Mais cette possibilité, je n'y croyais même pas vraiment. Et malgré tout, je ne pouvais pas m'arrêter de parler. Comme un poisson qui meurt s'il cesse de nager, je ne pouvais m'empêcher de penser qu'il me fallait continuer de parler si je voulais rester ici avec Shiori.

Pendant que je parlais, un changement commençait à s'opérer chez Shiori. Parfois, une lueur d'émotion se montrait dans ce visage fermé. Comme si elle voulait dire quelque chose, ses lèvres commençaient à s'entrouvrir, avant de se fermer de nouveau. Cela s'est produit plusieurs fois, et finalement, n'y tenant plus, elle m'a interrompu.

– Mais alors... pourquoi... pourquoi êtes-vous ici ? Si vous dites que jusqu'à hier soir vous viviez dans cette autre maison, avec une autre moi, un autre Taisuké, une autre Mio, alors pourquoi vous êtes là, en ce moment ?

Elle ne m'accusait même pas de mentir. Sa voix exprimait plutôt la confusion, de se sentir prise dans une situation qui grignotait la réalité de son bonheur. Tous les détails que j'avais alignés avaient peut-être commencé à générer des trains d'ondes perturbatrices dans son âme. Comment se fait-il que cet homme sache ces choses ? Pourquoi ? Pourquoi ?

– Pourquoi je suis ici ? Mais je n'en sais rien. C'est ce que je me demande depuis hier soir, ai-je murmuré en secouant faiblement la tête. Hier soir, nous sommes allés au restaurant, tous les quatre…

J'ai commencé le récit de ce qui m'était arrivé. Pendant le repas, j'étais allé aux toilettes. Aux toilettes, par la fenêtre, j'avais regardé la lune. Elle m'avait paru bizarre. Puis, l'autre Takashi Ootsuki était entré dans les toilettes et était passé derrière moi, alors que j'étais devant le lavabo. Et quand j'étais ressorti des toilettes, tout le restaurant était figé à regarder par la fenêtre.

– La lune ? a dit Shiori.

– Oui… Tout le monde regardait la lune. Toi, Taisuké, Mio aussi. Et tous les autres, les clients, les employés, tout le monde regardait la lune, sans un mot, sans le moindre geste. Et pas seulement à l'intérieur du restaurant, les gens qui attendaient devant le passage piéton, ceux qui conduisaient dans leur voiture, même un chien qui se promenait, tous étaient en train de regarder la lune. Comme si le temps s'était arrêté. Alors moi aussi, j'ai regardé la lune, et à ce moment-là…

Je me suis interrompu, comme essoufflé. J'ai eu l'impression que je ne croyais pas moi-même ce que j'étais en train de dire. Le souvenir encore parfaitement vif du choc que cela avait été, transformé en mots, perdait instantanément toute couleur, se désagrégeait. Comment croire que cela s'était réellement passé ? La lune ? Se retourner ? Toute ma famille m'avait oublié ? À qui voulais-je faire croire cette histoire ? Shiori me regardait droit dans les yeux, de nouveau avec l'incrédulité la plus abyssale.

– Et puis… soudain, le monde s'est remis en route. Toi, Taisuké, Mio, vous avez quitté la lune des yeux et vous m'avez regardé. Et à partir de là… Bon, tu t'en souviens, après.

Shiori est restée muette et a baissé les yeux sur la table, comme pour ne pas voir quelque chose. Perdu, ai-je pensé. Que répondre à une histoire pareille ? Un instant, je m'étais cru sur le point de remonter la pente, mais j'avais de nouveau dévalé tout en bas. Je ne récupérerais rien du tout. Ça ne pouvait pas marcher, évidemment. Aux yeux de Shiori, je n'étais qu'un type glauque qui en savait un peu trop sur la famille Ootsuki. Toute mon éloquence était partie en fumée et je m'effondrais irrémédiablement. Un silence pénible s'est installé dans le salon. Mais j'ai repoussé de nouveau le silence, j'ai raccroché de nouveau des mots les uns aux autres.

– Encore juste une chose… Une dernière chose. Est-ce que tu peux me montrer ta main gauche ?

Shiori a relevé la tête, alarmée.

– Pourquoi ?

– La Shiori que je connais a une cicatrice sur la paume gauche. Je voudrais vérifier si tu l'as aussi.

Shiori n'a rien répondu, m'a regardé fixement, mais n'a pas tendu sa main.

– J'étais avec Shiori le jour où elle s'est blessée, il y a dix ans. Pas une blessure grave, mais la cicatrice est restée. J'avais 33 ans à l'époque, j'étais chargé de cours vacataire dans plusieurs universités, mais mes revenus n'étaient pas mirobolants, je ne voyais pas du tout où j'allais.

Dix ans plus tôt, à l'automne, nous étions sortis pour admirer le feuillage des arbres. Du côté de la gare de N., à Saitama, il y avait une ancienne ligne locale qui partait pour R. La ligne avait fermé en 1986. Il y avait des endroits assez dangereux, des ravins, mais le paysage était magnifique, qu'on pouvait atteindre en passant par les anciens tunnels, les viaducs en fer, ce n'était pas officiellement reconnu comme parcours de randonnée mais c'était assez excitant.

Pas mal de gens empruntaient l'ancienne voie ferrée à cette saison. J'en avais eu connaissance par la télé et j'avais proposé à Shiori d'y aller.

J'avais largement sous-estimé la difficulté. Il fallait passer par six tunnels en tout, il faisait complètement noir là-dedans, il aurait fallu au minimum prendre une torche électrique, et je n'y avais même pas pensé. Nous avions croisé quelques autres randonneurs, et tous avaient des torches, eux. Les tunnels étaient en courbe, à certains endroits on ne voyait ni l'entrée ni la sortie, il faisait si noir qu'on n'aurait pas vu si quelqu'un vous pinçait le nez. J'avançais à tâtons, en tenant Shiori par la main.

– Je te tenais par la main et j'ai commencé à avoir des émotions de plus en plus étranges. Un sentiment d'effroi… que ça, cette scène, ce soit nous. Que ce soit l'image de notre vie. Le type qui ne pense même pas à prendre une lampe électrique, qui ne prépare rien, qui t'entraîne de force dans un tunnel dont on ne voit même pas le bout. Au début, c'était amusant, mais le noir était si dense, ça a fini par ne plus être amusant du tout. On marchait en parlant, puis on ne parlait même plus, on ne se voyait pas, on continuait simplement à progresser dans les ténèbres, prisonniers de l'idée que ce que nous étions aujourd'hui, cela n'avait aucune importance, c'était nous dans le futur qui comptait. Et j'ai fini par comprendre que j'étais en train de t'entraîner de force dans cette vie effroyable sans aucune visibilité. Et soudain, nos mains se sont lâchées. Peut-être tu t'étais embronchée quelque part et tu es tombée. Tu as crié « Aïe ! », je me suis affolé, je t'ai demandé : « Qu'est-ce qui se passe ? Ça va ? », et tu as juste répondu : « Je suis tombée. » J'ai répété : « Ça va ? », et tu as dit : « Qu'est-ce qu'on fait ? On ne voit rien. Il fait complètement noir. » Et on a éclaté de rire, on a ri tous les deux comme si on n'avait pas ri depuis dix ans. Ensuite, on s'est cherchés dans le noir, on a retrouvé nos mains et on a repris notre marche. Toujours sans parler, mais ma peur s'était amenuisée. Le fait d'avoir ri m'avait donné la certitude qu'on pouvait s'en sortir, qu'on n'était pas encore fichus. Cette fois, j'ai serré ta main très fort, je ne te lâcherais plus, la prochaine fois, je te retiendrais avant que tu tombes. Mais quand finalement on est sortis du tunnel, on a vu que tu étais blessée. Le sang coulait. Ta main gauche avait dû tomber sur un morceau de verre ou quelque chose. Et la blessure avait la forme du caractère « être humain ». Et j'ai pensé : voilà, sans que je m'en aperçoive, je la blesse, c'est ma faute. Et ça continuera. Et je m'en apercevrai toujours longtemps en retard... Voilà, c'est pour ça que je veux voir si cette blessure, cette blessure que tu t'es faite par ma faute, la Shiori qui est là devant moi l'a aussi.

Shiori serrait les lèvres, mais ses yeux tremblaient.

– À quoi ça t'avancera, quand tu auras vu ?

– Juste pour vérifier. C'est tout.

Elle a continué, la voix altérée :

– Qu'est-ce que ça change, si elle y est ? Et si elle n'y est pas, ça change quoi ? Quelle différence ? Qu'est-ce que ça va changer ?

– Ça change tout ! me suis-je écrié beaucoup plus fort.

– Ça ne changera rien du tout ! Même si cette cicatrice existe, elle me vient du Takashi Ootsuki que je connais, pas vrai ?

– Non ! Pas du tout ! Tu le sais bien ! Même en supposant que ta cicatrice te vienne du Ootsuki Takashi que tu connais, pour moi ça a beaucoup de sens. Parce que moi, je sais comment cette cicatrice s'est faite ! Parce que je sais ce que j'ai pensé quand j'ai vu ta blessure ! Je sais ce que j'ai pensé de toi !

– Mais, ce n'est pas moi, ça ! Toi, tu parles de l'autre Shiori Ootsuki, celle que tu connais !

– Mais il n'y en a pas d'autre ! Il n'existe pas d'autre Shiori Ootsuki. Plus, en tout cas. Plus maintenant ! Plus jamais ! Il n'y a qu'une Shiori, pour moi, il n'y en a toujours qu'une et il n'y en aura jamais qu'une, c'est celle qui est devant mes yeux ! C'est pour ça que je suis là !

Shiori a détourné les yeux, une ride profonde s'est creusée sur son front, elle a secoué la tête comme pour se débarrasser de quelque chose.

– Non. Ce n'est pas moi. Vous pouvez dire ce que vous voulez, moi, je ne vous connais pas... Partez. Je vous ai laissé parler, comme vous me l'avez demandé. Je vous ai suffisamment écouté, maintenant, partez. C'est chez nous, ici.

– Je vais partir ! Mais avant de partir, la dernière chose que je te demande, c'est de me montrer ta main gauche !

Sans me regarder, elle a de nouveau secoué la tête. J'ai attendu, attendu, puis j'ai tendu la main au-dessus de la table. Shiori, croyant peut-être que j'allais la tirer de force, a sursauté, et s'est écartée. J'ai repris le permis de conduire, je l'ai remis dans mon portefeuille, et j'ai encore attendu. Puis j'ai dit, très calmement :

– Pourquoi tu ne veux pas me la montrer ?

Shiori, toujours tournée sur le côté, ne répondait pas.

Cette fois, j'ai tendu la main vers la clé de la maison, sur la table. Shiori s'est brusquement retournée.

– Laissez la clé et partez !

Les yeux dans les yeux, la main sur la clé, j'ai secoué la tête.

– Non, c'est ma clé. Celle de l'autre maison, où j'habitais.

J'ai commencé à faire glisser la clé vers moi. Soudain, Shiori a lancé les deux mains pour repousser la mienne. Je les lui ai attrapées au vol. Elle se débattait, je me suis levé, j'ai enjambé la table basse et, après une lutte rapide, je l'ai fait tomber par terre. Je la maintenais plaquée au sol, ses poignets dans mes mains, crucifiée sur le tapis.

– Arrêtez ! Vous avez dit que vous ne me feriez rien ! criait Shiori en se débattant.

Je mettais toutes mes forces pour la maîtriser.

– Je ne te ferai rien ! Je ne te ferai rien alors écoute-moi !

Shiori s'est relâchée à ces mots. J'en ai profité pour saisir sa main gauche et la forcer à ouvrir son poing. La cicatrice était là. Celle que je connaissais bien et qui avait effectivement la forme du caractère « 人 », « être humain ». Mais Shiori a recommencé à se débattre.

– Tu vois que tu me fais quelque chose ! Tu m'as forcée ! a hurlé Shiori, la voix déformée.

C'était la première fois qu'elle me repoussait avec une telle force, la première fois qu'elle me résistait avec une telle violence. Mais ce qui m'étonnait le plus, à vrai dire, c'était que pour la première fois j'usais de brutalité avec elle.

– Tu ne comprends pas ? Je veux juste que tu me croies ! Je ne demande pas à Taisuké ni à Mio de me croire. Ce sont encore des enfants. Mais toi, Shiori, je veux que tu me croies ! Hier soir, j'ai tout perdu, sans rien comprendre à ce qui m'arrive. Je suis tout seul ! Je suis complètement seul, maintenant ! Mais je veux juste que tu croies que je ne l'ai pas toujours été, que je n'étais pas seul avant-hier soir. Que tu me croies quand je dis que nous vivions ici, dans cette maison, tous les quatre, toi, Taisuké, Mio et moi, que c'était ma vie, que j'ai été cet homme. Ça j'ai besoin que tu le croies. Je ne te demande rien d'autre. Je ne te demande pas de faire quelque chose pour moi. Je te demande juste de me croire, c'est tout ! Si tu me crois… Shiori, si toi tu me crois, alors je peux partir, je peux sortir de cette maison sur-le-champ !

Shiori avait peu à peu cessé de se débattre. Un souffle rauque soulevait encore sa frêle poitrine, et ses yeux me surveillaient, mais elle serrait les lèvres de peur que je la contraigne encore si elle prononçait un seul mot. J'ai relâché ses poignets, je l'ai attrapée par les épaules d'une main tremblante et j'ai approché mes lèvres de son oreille.

– Les hommes sont ainsi faits, n'est-ce pas ? ai-je dit à voix basse.

Shiori a regardé le plafond avec étonnement. Elle respirait lentement. Nous n'avions plus rien à nous dire mais nous sommes restés ainsi un moment, allongés maladroitement l'un sur l'autre, comme deux existences qui n'avaient pas réussi à se mêler parfaitement, et qui, chacune, restait couchée dans son temps propre.

Puis on a entendu Mio pleurer à l'étage. Nous avons tous les deux relevé la tête et jeté ensemble un coup d'œil sur la pendule du salon. Deux heures et demie passées. À chaque respiration, Mio s'éloignait un peu plus du cauchemar dans lequel elle était plongée. Je me suis relevé sur les genoux, je l'ai libérée sans croiser son regard. Shiori non plus n'a pas cherché à croiser mon regard et s'est redressée en me tournant le dos. Le dos bien droit, comme si elle avait décidé de renoncer à une liaison adultère. Puis elle s'est remise debout en remettant de l'ordre dans ses cheveux. Puis, comme si elle se repérait aux pleurs de sa fille pour retrouver la réalité, elle m'a laissé.

Dans mon dos, les pas de Shiori martelaient le couloir, puis grimpaient l'escalier avec une légèreté exagérée. « Mamaaan ! » faisait la voix innocente mais encore pleureuse de Mio, à laquelle celle de Shiori répondait : « Alors, Mii-chan ! Quelle bonne sieste tu as fait aujourd'hui ! » J'étais sûr que Mio était maintenant dans ses bras.

J'avais le sentiment que quelque chose venait de finir, et je n'avais rien obtenu, à peine le droit de la frôler. L'écho de ce qui venait de se passer me demandait de partir, maintenant. J'ai posé mes mains sur mes genoux et me suis remis pesamment sur mes jambes. La clé était tombée par terre, à côté de la table basse. Le dernier objet qui me liait encore à mon bonheur passé me tournait le dos et avait choisi de rester dans cette maison.

J'ai longé le couloir sans faire de bruit jusqu'à l'entrée, j'ai sorti mes chaussures du meuble. Je les ai enfilées, j'ai ouvert doucement la porte, fait un pas à l'extérieur et me suis tourné vers l'escalier. Les petits rires chatouilleux de Mio me parvenaient. Shiori répondait d'une voix apaisante, mais le bruit du dehors m'empêchait de l'entendre. En guise d'adieu à Shiori et à ma famille, j'ai refermé la porte en la claquant. En passant le portail, j'ai regretté de ne pas avoir pensé à voler une photo de Shiori et des enfants, mais il était déjà trop tard.

9

Je me suis mis à marcher, et j'ai remarqué que le ciel était froid et extrêmement clair, comme lavé de frais. À l'horizon, côté est, quelques rares fins nuages, comme des lambeaux de barbe à papa, restaient timidement éparpillés. Jamais je ne m'étais trouvé aussi libre devant un ciel si bleu, pas plus que je ne m'étais trouvé aussi seul au monde. Mais les grandes émotions étaient encore loin, le temps que leur ressac atteigne mon cœur, cela pouvait prendre du temps.

Quand j'ai rejoint la route qui longe la rivière, je me suis arrêté, j'ai une nouvelle fois sorti mon permis de mon portefeuille pour vérifier l'adresse. Nishi-Honmachi 3-2-203. Je n'avais en principe jamais mis les pieds dans ce quartier, mais je voyais à peu près le chemin pour y arriver, cela ne devait pas prendre une heure. J'ai vérifié si par hasard mon passe de transports en commun, celui que j'avais utilisé jusqu'à hier, n'était pas dans mon portefeuille. Il n'y était pas. En revanche, j'avais 400 yens en petite monnaie et 12 000 yens en billets. Mais tout compte fait, après mon séjour prolongé dans les combles, je me suis dit qu'un peu d'exercice ne me ferait pas de mal et j'ai décidé d'y aller à pied.

Je me suis mis à suivre le même itinéraire que la ligne de bus, quand mon estomac a poussé un long grognement.

Il était resté noué jusque-là, mais cela commençait à bien faire et il protestait. Ah, mais, de l'autre côté de l'autoroute, il y a un restaurant de râmen, en principe, ai-je pensé. Cela me faisait un nouvel objectif très concret dans la vie. La motivation commençait à revenir.

Au bout d'une vingtaine de minutes, je suis tombé sur le resto. À l'intérieur, je ne saurais dire pourquoi, je me suis senti aspiré par la place au bout du comptoir et je m'y suis assis. C'était la première fois que j'entrais ici, et pourtant, mes fesses avaient l'air d'être de vieilles amies de ce tabouret crasseux et fatigué. Les deux hommes en tee-shirts noirs qui s'activaient à la cuisine étaient du genre que l'on trouve dans n'importe quel resto de râmen du pays, certes, mais sans savoir pourquoi, j'ai eu l'impression que je m'attendais à les trouver là. Je n'ai même pas eu besoin de consulter le menu qui tapissait les murs, j'ai tout de suite commandé le râmen et les gyôzas. Ensuite, j'ai pris le supplément nouilles. Sur la télé passait une émission de l'après-midi, il y avait encore eu une fusillade quelque part aux États-Unis, avec plus de quinze morts dont des enfants. Le criminel était un jeune, un Blanc, je me suis dit qu'il s'était peut-être fait expulser d'un autre monde, lui aussi.

Après, j'ai encore marché une vingtaine de minutes jusqu'à la gare de K. J'ai repéré la station de taxis, il m'est soudain venu à l'esprit que j'étais peut-être censé travailler aujourd'hui, que j'avais donc planté une journée sans autorisation, je me suis vite éloigné, je suis passé sous les voies et je suis ressorti sur l'esplanade ouest. En quelques minutes, le quartier animé a laissé la place à un quartier d'habitations calme. Le genre de quartier sans la moindre personnalité, comme il y en a partout au Japon, mais c'était à croire que mes jambes jouaient à domicile, elles n'hésitaient même pas sur le chemin à prendre.

Finalement, je suis arrivé devant un bâtiment d'appartements sur trois niveaux, en bois, adossé à un petit jardin public. En caractères bleus complètement délavés, sur un mur qui avait dû jadis être d'un blanc éclatant, il était marqué : « Garden Court Bât.1 » Des boîtes aux lettres en inox étaient alignées sur le côté de la rampe d'escaliers qui menait aux étages, sur celle du n° 203, le nom Ootsuki était écrit au feutre indélébile sur un bout de ruban adhésif. J'ai jeté un œil par la fente, ça avait l'air d'être plein de pubs sans intérêt, je les ai laissées et je suis monté.

Je suis resté un moment devant la porte du 203, avec une clé que je ne connaissais pas à mon trousseau, mais je n'ai ressenti aucune angoisse particulière pour ce qui m'attendait. La clé est entrée toute seule dans la serrure et a tourné sans accroc. À l'instant où j'ai ouvert la porte, une odeur de vie quotidienne qui me rappelait quelque chose m'a frappé les narines, tellement familière que l'instant suivant je ne la sentais même plus.

J'ai enlevé mes chaussures dans l'entrée, j'ai traversé un petit couloir qui passait devant une salle d'eau et qui aboutissait dans une cuisine-salle à manger d'une dizaine de mètres carrés, avec de la vaisselle sale dans l'évier, et derrière, une chambre de six tatamis avec un futon même pas replié. Je ne savais pas quoi faire, alors j'ai commencé par m'asseoir sur une chaise-coussin sans pieds, devant la télé. Mais je n'avais pas envie de regarder la télé. J'ai poussé je ne sais combien de soupirs, puis une énorme fatigue m'est tombée dessus, je me suis senti lourd comme un sac de sable mouillé. Quand soudain, j'ai compris ce que je voulais faire. Dormir.

J'ai seulement ôté ma veste et mes chaussettes, j'ai tiré le rideau, et je suis tombé sur le futon. C'était la première fois que je dormais dans ce futon, mais mon corps y a trouvé immédiatement ses aises, comme un animal dans la litière qu'il s'est arrangée lui-même. Le sommeil est venu en un clin d'œil, ni doux, ni cruel, un sommeil tout simple, sans aucune place pour les rêves.

Quand je me suis réveillé, la chambre était déjà plongée dans le noir. J'ai regardé le balcon, une lumière froide et pâle brillait par l'interstice du rideau, ce qui m'a fait comprendre que cette nuit encore, on verrait la lune. Je me suis traîné jusqu'à la fenêtre, j'ai ouvert le rideau et j'ai levé les yeux avec prudence. Ce n'était plus la pleine lune, un fin morceau s'était déjà estompé sur le côté droit, mais c'était bien toujours la lune à face plate, sans lapin, sans mer, sans littérature. Je l'ai contemplée un moment, mais elle est restée butée dans la même attitude d'indifférence qu'elle avait depuis la veille, et elle n'a pas fait le moindre geste pour regarder de nouveau de l'autre côté.

Je me suis levé, j'ai allumé, j'ai regardé ma montre, il était à peine 9 heures. Sur la petite table, j'ai aperçu un paquet de couleur bleue, des Peace, un briquet Zippo et un cendrier chromé, comme de mauvaises fréquentations qui m'invitaient à sortir avec elles. C'était la marque que je fumais quand j'étais étudiant, mais ça faisait des années que j'avais arrêté. Je me suis installé sur la chaise sans pieds, j'ai tendu le bras vers le paquet de cigarettes et j'en ai mis une entre mes lèvres, juste pour voir. Rien que le contact donnait du plaisir à mes lèvres. Le Zippo a fait son bruit tellement nostalgique, je l'ai allumée. La fumée s'est écoulée dans ma gorge, s'est étirée paresseusement dans mes poumons, c'était bon. Pas de toux, pas de vertige. C'était peut-être la première cigarette que je grillais depuis vingt ans, mais la fumée s'est mise à flotter dans la pièce comme si nous vivions ensemble depuis toujours.

À propos…

J'ai sorti le portable de ma veste. J'ai hésité un moment, puis je me suis décidé et je l'ai rallumé, avant de le reposer sur la table. J'ai tiré une bouffée et tout de suite, le téléphone s'est mis à sonner. C'était le bruit synthétique d'une goutte d'eau qui résonne. Dans l'appartement vide, ça résonnait encore plus. Ça n'a pas arrêté. Ça a duré, ça a duré encore et encore. Je me suis dit qu'à tous les coups je devais être d'astreinte, aujourd'hui. Je devais avoir plusieurs messages du bureau de la compagnie sur mon répondeur, aussi. Ou alors, de Yûko. En tout cas, ai-je songé, ce n'est pas encore dans ce monde-ci qu'on est à l'abri des pénibles et des vindicatifs, clairement.

Ça s'est enfin arrêté. J'allais d'abord finir ma cigarette, et après ça, je regarderais mon portable. Je m'attendais au pire. Je suis allé jusqu'au bout du bout du filtre avant de me résoudre à éteindre le mégot. Trois messages sur le répondeur. Bon, ça, ça va encore, mais vingt-trois e-mails... Qu'est-ce que ça voulait dire ?

J'ai ouvert la boîte de réception avec suspicion. J'avais une flopée de messages de personnes qui ne me disaient rien du tout : Kôzô Shinohara, Chiaki Matsuda, Taeko Sakaue, Yukihiko Furuya... Et les titres des messages : « Enchanté ! » « Bienvenue dans notre monde ! », « Il y avait un lapin dans la lune ! », « Nous, les Lightsiders of the Moon », « La lune vous a tourné le dos, à vous aussi ? »... J'ai failli m'étrangler. J'en ai ouvert un, pour voir : « Bonjour, M. Takashi Ootsuki. Je suis arrivé ici il y a quatre ans. J'étais dans le bus à Nagoya quand soudain... »

J'ai senti l'axe de mon âme vaciller. J'ai vite fermé le portable, je l'ai jeté sur la table comme si c'était un objet dangereux. Mais je ne pouvais pas le quitter des yeux. J'ai pris une autre cigarette, je l'ai allumée, j'ai tiré plusieurs bouffées. Je ne pouvais pas rester assis, j'ai commencé à tourner comme un malade dans la pièce étroite. Mais ça ne m'a pas aidé à retrouver mon calme, alors je me suis approché de la fenêtre et j'ai encore regardé cette nouvelle lune qui était accrochée à ma vie. Rien de neuf, depuis tout à l'heure. Mais en même temps, tout allait devenir nouveau. Mes doigts, qui tenaient la cigarette, tremblaient, impossible de les arrêter. Le bruit de goutte d'eau qui tombe a recommencé dans mon dos et n'a pas arrêté de toute la nuit.

PIERRE DE LUNE

1

L'une de mes amies, chaque fois que nous sortions boire ensemble, n'arrêtait pas de m'expliquer que les hommes étaient des nuisances, atteints de collectionnite compulsive. Parmi les garçons qu'elle avait fréquentés, il y avait celui qui vivait très modestement dans un minuscule appartement au milieu d'une dizaine de guitares électriques qu'il fallait enjamber et contourner, et celui qui avait accroché au plafond une escadrille de maquettes d'avions en plastique, sous lesquels on était censés faire des choses en se demandant si le tapis n'allait pas subir un raid. D'après elle, ces collections avaient une seule origine : le rêve de tous les hommes de se constituer un harem. Guitares électriques ou maquettes d'avions, mangas ou motos, tout ce que les hommes pouvaient collectionner n'étaient que des substituts de femmes. J'ai essayé de lui soutenir que quantité de femmes collectionnaient les sacs à main, les chaussures ou les peluches, mais d'après elle, les femmes, ce n'était pas pareil, c'était juste un vestige de l'époque où elles faisaient la cueillette avec leur bébé sur le dos parce que les hommes, ces bons à rien, rentraient bredouilles de la chasse.

À propos de la manie des femmes de collectionner des tas de choses, j'aurais pu raconter à mon amie une histoire intéressante. Cette histoire concerne ma tante, qui est partie pour l'autre monde alors que j'avais neuf ans. Ma mère était l'aînée d'une fratrie de trois, mon oncle d'Osaka au milieu, et ma tante Keiko la benjamine. Ma tante avait sept ans de moins que ma mère, mais paraissait encore plus jeune. Sur une photo de toute la famille prise il y a un quart de siècle, ma mère, déjà très maternelle, déploie une sorte de fierté qui ressemble à de la fatigue, alors que ma tante, maigre et pâle comme une pousse de soja, la coiffure négligée, sans aucun maquillage, a encore l'air d'une gamine. Sa petite figure, à peine grosse comme un poing d'enfant, son cou longiligne qui vous marquait tout de suite, ses traits, son nez et ses yeux minces mais bien dessinés et pleins de fraîcheur, tout cela ajoutait à son apparence frêle et fragile. Bref, elle dégageait une impression de personnage en verre filé qui donnait à tous ceux qui la voyaient envie de la protéger.

C'est pour cela que mon frère et moi l'appelions « Keiko », plutôt que « ma tante ». Si nous l'appelions « ma tante », elle ne nous répondait même pas. Alors que si nous disions « Keiko ! », elle se retournait avec un sourire de fée et lançait un « QU'Y A-T-IL ? » à nous déchirer les oreilles. Combien de fois avons-nous fait cette plaisanterie ! Keiko savait amuser les enfants, elle inventait toutes sortes de jeux nouveaux qui nous amenaient à explorer toute la maison : le jeu du vaisseau spatial, de l'expédition dans la jungle, le jeu des détectives, des jeux très banals sans doute pour les enfants d'aujourd'hui, mais que Keiko savait transformer en de palpitants récits d'aventures pleines de péripéties, de hauts et de bas, de tensions et de déceptions. C'est pourquoi, à peine arrivés à H. chez nos grands-parents, avec maman, nous nous précipitions à l'étage pour aller trouver Keiko dans sa chambre.

Je ne le pensais pas à l'époque, mais je suppose que Keiko n'était pas tout à fait normale. Les murs de la maison étaient couverts de peintures à l'huile de très bonne facture, peints par Keiko, et quand elle s'asseyait au piano, elle nous jouait des morceaux de Chopin ou de Debussy avec une exquise dextérité. Elle chantait à la perfection les chansons de Joni Mitchell, sa chanteuse préférée, sur sa guitare folk, et je me souviens que maman disait qu'elle était titulaire d'un degré supérieur en calligraphie. Dès qu'elle commençait quelque chose, elle s'y consacrait au point de ne plus rien voir autour d'elle, elle progressait à une rapidité phénoménale. Puis, dès qu'elle avait attrapé ce qu'elle cherchait, ce qui l'avait possédée se détachait et c'était fini. « Keiko réussissait tout ce qu'elle entreprenait, mais... », disaient souvent maman, ou mes grands-parents. Dans le « mais... » qui laissait leur phrase en suspens, il y avait sans doute l'idée d'un manque de sens pratique. Keiko réussissait tout ce qu'elle entreprenait, mais elle n'entretenait pas *tout*... De fait, Keiko n'avait jamais pris un véritable métier après ses études, elle avait vécu de petits boulots précaires, jusqu'à sa maladie soudaine et sa mort, à vingt-neuf ans.

Quelque chose avait possédé Keiko jusqu'à la fin de sa vie, c'est sa collection de pierres. Je ne parle pas de pierres au sens de minéraux rares ou d'une beauté exceptionnelle comme en achètent les véritables collectionneurs. La collection de Keiko n'obéissait qu'à une règle et une seule : « Ça ne s'achète pas. » Autrement dit, sa collection était constituée de cailloux ramassés par terre, un peu n'importe où. Enfin, non, pas n'importe où, ce n'est pas le mot. Au contraire, Keiko voyageait dans tout le Japon, se promenait dans tous les lits de rivière, sur tous les rivages, à la recherche de pierres qui mettaient en vibration une corde quelque part en elle. Parfois seule, parfois avec quelqu'un dont elle avait fait la connaissance en ramassant ses pierres. Il semble que cette personne ait été son seul petit ami de toute sa vie.

Ensuite, seule, ou avec son ami, elle disposait les quelque deux cents pierres qu'elle avait ramassées sur un lit de coton, dans des boîtes qu'elle conservait dans un ordre parfait. À vrai dire, la plupart des pierres de sa collection ne dépassaient pas un niveau de qualité moyen, même dans le monde des amateurs de cailloux de rivière, et nous autres, les enfants, n'y trouvions aucun intérêt.

Mon nom est Sumika et on m'appelait Suu-chan. Un jour, Keiko m'a dit : « Suu-chan, tu ne trouves pas ça formidable ? Dans le monde entier, il n'y a pas deux cailloux absolument identiques. Par exemple je suis la seule au monde à posséder ce caillou-ci… » Évidemment, cela m'a un peu impressionnée. Le plus grand roi de la terre, le milliardaire le plus riche ne pouvaient pas avoir un seul des cailloux de la collection de Keiko, c'est sûr, mais les cailloux, gris ou marron ou blancs, les cailloux banals de Keiko, ne se sont pas mis à briller pour autant, et Keiko a ajouté avec autodérision et un sourire triste : « Bah, quand on se met à collectionner les cailloux, c'est le début de la fin, hein… » À l'âge qui est le mien, je ne connais pas de passe-temps plus mortel que de collectionner des cailloux. De toute façon, même au bout du monde il y a encore des cailloux, alors s'il s'agit de trouver plaisantes leurs différences à chacun, c'est déjà vivre un peu sur les contreforts de l'éternité.

Pour autant, les cailloux de Keiko n'avaient-ils aucune valeur ? Je ne le pense pas. Il y a ce qu'on appelle les « pierres-paysages ». Ce sont des pierres dont les motifs évoquent des paysages. Pas seulement celles à propos desquelles on finit par se dire qu'on y voit comme un paysage, quand on les regarde en y pensant très fort. Dans certains spécimens, vous ne pouvez pas ne pas en voir un. De telles pierres sont rares, mais elles existent. Il y a un ciel, il y a une terre. Dans la partie ciel, on voit le soleil, ou la lune, ou des nuages, dans la partie terre, les arbres d'une forêt, une chaîne de montagnes, ou des constructions. Keiko en possédait une, une seule, que lui avait offerte son petit ami, lui-même collectionneur de pierres. Elle lui avait donné un nom : *Gekkeiseki*, et l'aimait particulièrement. À l'époque, je ne savais pas encore écrire beaucoup de *kanji*, mais plus tard, elle m'a appris que cela signifiait « La pierre-paysage de la lune » et dans ma tête, ce nom s'écrivait avec les trois caractères : Lune-Paysage-Pierre.

La forme du Gekkeiseki était d'un bel ovale d'une dizaine de centimètres de haut sur six de large, et trois d'épaisseur. Il avait dû être poli par le courant d'une rivière, il était parfaitement lisse, agréable au toucher, sans aucune aspérité. Sa forme était celle d'un caillou de rivière générique et n'avait rien de bien remarquable, c'étaient ses motifs qui l'étaient. Un paysage nocturne. Dans le ciel gris sombre, des grains de quartz étaient dispersés comme des étoiles, et au milieu, une étoile beaucoup plus grosse. Si cette grosse étoile avait été blanche ou jaune, on aurait immédiatement pensé : Ah, la pleine lune ! Malheureusement, c'était difficile d'y voir la lune.

Keiko disait : « Ce gros astre bleu, tu ne trouves pas qu'il ressemble à la Terre ? »

C'était exactement ça. Les taches blanches dans le bleu pâle faisaient même penser aux nuages que l'on voit à la météo, et les parties un peu marron ressemblaient à des continents. C'était la Terre, c'est sûr. La Terre, astre et seigneur de la nuit, au milieu du ciel étoilé. Mais alors, évidemment : d'où observait-on ainsi la Terre ?

– Vue depuis la Lune, la Terre apparaît beaucoup plus grosse que la Lune que l'on voit de la Terre. Et puis elle ne bouge jamais, toujours au même endroit. Comme si elle restait là tout le temps à te regarder… Tu ne trouves pas ça atroce ?

C'est ce que Keiko pensait. Mais je n'étais pas tout à fait convaincue. Que ce soit la Terre que l'on voyait flotter dans le ciel nocturne, d'accord, mais alors, qu'est-ce que c'était que cet arbre blanchâtre, en dessous ? Un arbre magnifique, aux branches très denses, qui se tenait solitaire sur le sol grisâtre, un peu comme le camphrier géant du sanctuaire du quartier. Or, grâce à la télé ou à une encyclopédie, je savais que la Lune était un monde mort, un désert gris à l'infini. Il n'y a pas d'atmosphère sur la Lune pour permettre aux arbres de respirer, il n'y a même pas un souffle de vent, la moindre trace de pas à sa surface restera comme une marque indélébile qu'une humanité douée d'un tant soit peu de raison a existé, même quand nous nous serons éteints.

– Mais il n'y a pas d'arbres sur la Lune, lui ai-je fait remarquer avec un peu d'effronterie.

– Pourtant, j'en ai vu, a-t-elle rétorqué, l'air de rien.

Les adultes – tous les adultes – prennent un visage spécial quand ils ont envie de se moquer d'un enfant, et j'étais déjà suffisamment grande pour le reconnaître quand je le voyais, ce visage.

– Ah bon ? Avec un télescope, peut-être ? ai-je demandé avec un petit air ironique.

– Non, non, j'en ai vu de mes propres yeux, quand j'y suis allée, a-t-elle répondu très naturellement.

– Mais bien sûr, où avais-je la tête ! ai-je fait en prenant la voix de ma mère.

Keiko a alors baissé la voix pour dire :

– C'est un secret, hein. Quand je mets cette pierre sous mon oreiller avant de dormir, je peux voyager sur la Lune. Ne le fais jamais, toi, d'accord Suu-chan ? C'est un horrible cauchemar.

Le monde de la pierre… C'était comme un nouveau jeu que Keiko avait inventé, et même si c'était une invention, mon cœur s'est mis à battre plus fort tellement je trouvais l'idée magnifique. Le Gekkeiseki avait roulé jusque dans ma tête, et la nuit, dans mon futon, je m'endormais en imaginant qu'il se trouvait sous mon oreiller. Et quand Keiko a rajouté à son histoire l'idée que les motifs de la pierre changeaient imperceptiblement chaque fois qu'on la regardait, j'ai été encore plus intriguée. Chaque fois que nous allions chez mes grands-parents, je la tannais jusqu'à ce qu'elle me la montre. Et en effet, quand on cherchait si quelque chose avait changé, d'une fois sur l'autre les nuages sur la Terre me semblaient différents, et le feuillage de l'arbre géant scintillait d'une autre façon. L'enthousiasme de mon frère est vite retombé, mais en ce qui me concerne, je ne saurais dire pourquoi, je ne m'en suis jamais lassée, et dans mon imagination, le monde du Gekkeiseki gagnait en profondeur de jour en jour.

C'est aussi au cours d'un de ses voyages pour ramasser des cailloux que Keiko a eu son attaque. Elle souffrait d'une maladie cardiaque depuis sa petite enfance, et il lui arrivait d'avoir des crises d'asthme ou des palpitations. Celles-ci sont devenues de plus en plus sévères à compter du milieu de la vingtaine. Elle commençait à se faire à l'idée de devoir subir une opération chirurgicale, quand, sur le rivage de la péninsule de Boso, elle a eu une dernière crise. Par malchance, elle était partie seule cette fois. Avait-elle rompu avec son petit ami, celui qui lui avait offert le Gekkeiseki ? Je ne connais pas les détails. Ce devait être un endroit peu fréquenté, quand des touristes l'ont découverte par hasard, elle était déjà aussi froide que la mer.

J'ai la mauvaise habitude de perdre mes affaires depuis que je suis petite, et chaque fois que je grommelais en recherchant quelque chose, j'entendais ma mère me dire : « Cherche mieux, c'est obligatoirement quelque part. » À neuf ans, j'ai appris que, pour la vie, ça ne marchait pas.

La vie, si on la perd, on ne la retrouve jamais. Quand je suis arrivée chez mes grands-parents, je suis montée à l'étage, sa chambre était comme avant, sauf que Keiko, elle, n'était plus là. Elle ne pouvait pas être loin et pourtant elle n'était nulle part. Elle était pleine de vie et pourtant elle n'était plus vivante du tout. Je me suis assise sur le lit de la modeste chambre de Keiko, une sorte de silence vide semblait se rapprocher, venant de très loin. Je me suis allongée, l'odeur de Keiko a frôlé mes narines. Elle était morte, elle n'était plus de ce monde, son odeur seule demeurait accrochée au lit. À cet instant la peur m'est tombée dessus au galop, comme à cheval sur la tristesse, et je n'oublierai jamais le bond que j'ai fait hors du lit pour ne pas mourir. De ce jour-là, c'est ainsi que la mort s'est gravée dans mon esprit : quelqu'un qui meurt, c'est un lit vide qui dessine la silhouette du mort.

Mais en perdant Keiko, si je puis m'exprimer ainsi, j'ai bel et bien gagné quelque chose : la pierre-paysage de lune, que je désirais tant. Ma grand-mère savait que j'aimais cette pierre et me l'a offerte comme souvenir de ma tante. Toutefois, c'était comme si le Gekkeiseki était mort avec Keiko. Alors que je ne l'avais jamais trouvé froid auparavant, il l'était désormais, et il restait froid quand bien même je le gardais longtemps dans mes mains. Le paysage, imperceptiblement différent chaque fois que je le regardais, montrait désormais le même visage uniforme et lisse quand je le sortais de son tiroir. Avec l'attirance des enfants pour tout ce qui fait peur, je l'ai mis sous mon oreiller avant de m'endormir, plusieurs fois, eh bien, aucun mauvais rêve n'est venu. Ma faculté enfantine de croire aux histoires devait commencer à s'estomper. Je n'ai pas oublié Keiko, ni le silence de sa chambre depuis que celle-ci avait perdu son occupante, mais j'ai peu à peu oublié de penser au Gekkeiseki.

2

À trente-deux ans, pour la première fois de ma vie, je me suis mise en ménage avec un homme dans une résidence moderne de la ville de M. C'est à ce moment que j'ai rencontré une jeune fille qui ressemblait à Keiko.

J'arrivais toujours chez moi après le travail à sept heures passées. Je pénétrais dans le hall du rez-de-chaussée de la résidence, quand l'ascenseur s'est ouvert et j'ai aperçu de dos une très jeune fille, toute frêle, cheveux courts, qui était sur le point d'y monter. Je devais prendre mon courrier, je me suis donc dirigée vers les boîtes aux lettres, et j'ai crié à la jeune fille : « Montez devant, je vous en prie ! » C'est à cet instant que j'ai sursauté. J'ai ressenti une impression de déjà-vu, je me suis demandé ce qui se passait et le regard que j'ai lancé à la jeune fille était peut-être un peu trop appuyé. Elle n'était pas en uniforme d'école, mais il m'a semblé qu'elle avait l'âge d'aller au collège. Des épaules maigres et plates, un cou blanc et très long sur lequel était posé un tout petit visage empreint de solitude.

– Non, non, je vous attends, a-t-elle répondu avec fermeté.

Elle l'avait dit non pas comme une gentillesse pour moi, mais comme par exigence vis-à-vis d'elle-même, avec une expression de rigueur morale sur le visage, comme si elle était prête à attendre une heure comme cela en appuyant sur le bouton d'ouverture de la porte, ce qui m'a fait forte impression. Jamais, en trente-deux ans, personne ne m'avait dit « je vous attends » devant l'ascenseur, j'étais même étonnée que cette réponse existe. J'ai pensé que cette pureté de caractère n'était possible qu'à cet âge. Cinq ans de moins et il aurait été illusoire de compter sur une telle amabilité, cinq ans de plus et sa rigueur aurait disparu. J'ai ramassé mon courrier en toute hâte, je me suis précipitée dans l'ascenseur et je me suis placée en diagonale derrière son dos en disant « merci » à haute et intelligible voix. Elle s'est tournée légèrement vers moi, sans lever les yeux, et m'a demandé :

– À quel étage ?

– Troisième...

Mais en même temps que je répondais, j'ai vu que le bouton du troisième était déjà enfoncé, et le temps que j'ajoute « s'il vous plaît », la porte de l'ascenseur se refermait.

Pendant la montée, j'observais la jeune fille de dos. Je ne pouvais m'ôter de l'idée qu'elle me rappelait quelqu'un, mais qui ? Cela m'échappait encore. Elle avait environ cinq centimètres de moins que moi, dix kilos aussi, probablement. Elle portait un pull fatigué en polaire bleu ciel, et des baskets blanches plutôt sales. Un sac plastique de supermarché dans chaque main, dans lesquels j'ai aperçu du lait, des œufs et d'autres articles qui allaient peut-être servir pour le dîner de ce soir. Ses parents avaient dû lui dire qu'ils rentreraient tard, fais-toi quelque chose à manger de ton côté, et elle était sortie faire des courses. Entre le deuxième et le troisième étage, l'espace d'un instant, la lumière s'est coupée et nos regards se sont croisés. Elle avait dû deviner que je l'observais, j'ai vite détourné les yeux, mais elle les avait détournés encore plus rapidement que moi. Un regard sombre et silencieux.

Au troisième étage, les portes se sont ouvertes, la jeune fille a tout de suite appuyé sur le bouton « ouverture », sans bouger. Son attitude disait : Passez devant. J'ai répété « merci » à voix basse et je suis prestement sortie de l'ascenseur pour me diriger vers le 303. Alors, à petits pas timides, comme en retenant sa respiration, elle m'a suivie.

Je me suis arrêtée devant ma porte, elle est passée derrière moi. J'ai vu qu'elle s'arrêtait devant la porte d'à côté, celle du 302, et qu'elle me jetait un coup d'œil en se faufilant à l'intérieur. Nos regards se sont de nouveau croisés, elle a dû trouver cela embarrassant alors elle a fait un léger signe de tête. Je lui ai répondu de même et elle a passé la porte comme pour échapper à une situation déplaisante. Je me demandais toujours à qui elle ressemblait, tout en agitant ma main dans mon sac pour trouver ma clé, c'est-à-dire que je remuais mes doigts pour faire semblant. J'ai quand même fini par mettre la main dessus, puis j'ai reculé jusqu'à la rambarde de la coursive pour lire le nom sur la plaque du 302. Je le savais déjà, en fait. Sur la plaque en plastique blanc, au marqueur indélébile, était écrit : Kataoka. Compte tenu de l'écriture grossière, je pensais que ce ne devait pas être des gens très recommandables. J'imaginais les parents vulgaires qui se détestent cordialement, les disputes perpétuelles, et au milieu, les enfants qui se bouchent les oreilles comme dans *Le Cri* de Munch. Je voyais la scène dans ma tête. Bien entendu, vérifier leur nom ne m'a pas aidée à me rappeler à qui leur fille ressemblait. Cela faisait bientôt deux semaines que j'avais emménagé, mais c'était la première fois que je voyais la tête d'un voisin.

Saitô, avec qui je vivais, finissait généralement tard le soir. Je rentrais dans un appartement aussi sombre et désert que quand je vivais seule. J'ai passé mes vêtements détente, je me suis démaquillée, je me suis allongée sur le canapé. En principe, c'est là que j'allume la télé, mais pour une fois, j'ai commencé à réfléchir à la jeune fille que je venais de voir. J'ai passé en revue toutes les têtes des actrices et chanteuses que je connaissais, les amies et les personnes de mon entourage, mais ça n'a rien donné.

Les choses ont pris une tournure étrange quand j'ai laissé tomber et que j'ai allumé mon ordi. J'avais un mail de ma mère dont le titre en objet était : « J'ai encore pris une super photo. » Mon frère avait eu son fils six mois plus tôt, ma mère bavait devant la moindre photo de son premier petit-fils, elle n'arrêtait pas de le mitrailler. Et dès qu'elle était persuadée d'avoir pris un chef-d'œuvre, c'est-à-dire à tout bout de champ, il fallait absolument qu'elle me l'envoie. Ce jour-là, c'étaient peut-être cinq photos de bébé en train de pleurer, bébé en train de sourire, bébé les cheveux en pétard… Je les ai regardées avec un sourire en coin quand soudain est apparu un vieux cliché délavé. J'ai sursauté comme si la photo était sortie de l'écran. C'était un portrait de Keiko et moi qui datait de quand j'avais environ cinq ans. On voyait le salon chez ma grand-mère en arrière-plan. En soi, il n'y avait pas de quoi s'exciter : depuis que ma mère avait appris à scanner de vieilles photos, dès qu'elle en trouvait une qui la faisait fondre de nostalgie, elle me l'envoyait avec celles de mon neveu. Mais je n'avais pas revu le visage de Keiko depuis si longtemps. Celui-ci s'est superposé exactement avec celui de ma petite voisine et une sorte de vent brumeux s'est mis à souffler.

C'était donc ça, ai-je pensé en me tapant – mentalement – sur la cuisse. Il suffisait d'un déclic, c'était tellement évident.

Maintenant, plus moyen de penser autrement. Keiko, âgée d'environ vingt-cinq ans, assise sur le canapé en cuir marron, et moi, encore toute petite, qui la serrais dans mes bras par-derrière, de toutes mes forces. Quand je la serrais ainsi, à chaque fois Keiko s'écriait « Gouiiik ! », et sur la photo on voyait à une légère déformation de sa bouche que c'était exactement ce qu'elle était en train de faire. Ses cheveux noirs coupés en bob court, exactement comme la très jeune fille que j'avais vue quelques minutes auparavant, quelques grains de beauté éparpillés sur son visage sans artifice, la peau pâle et translucide comme de la paraffine. On aurait pu la prendre pour une lycéenne. Dans mon enfance, je pensais que Keiko était la plus jolie de la famille. Mais sur elle pesait un silence qui faisait qu'il aurait été inconvenant de le dire, même si on le pensait. Dire « Comme elle a l'air jeune ! » était comme dire : « Quel malheur… » Quelques années plus tard, Keiko mourrait seule. Son corps serait battu par les flots sur ce rivage désert et désolé. À l'époque, j'étais surtout atterrée de son absence, mais à présent, plus âgée qu'elle ne l'était à sa mort, j'ai tendance à me souvenir d'elle comme d'une petite sœur. Je ressens un pincement au cœur, et je me dis : Comme tu as dû avoir peur. Comme tu as dû souffrir.

D'autre part, je vois l'innocence qui était la mienne quand je me regarde sur la photo, c'est l'innocence de l'enfance, ça n'a pas d'autre nom. Qu'est-ce que ces yeux comprenaient du monde, qu'est-ce que j'avais compris de la vie ? Mais ce n'est pas encore cela, l'important. Même si la scène avait depuis longtemps sombré dans les abysses de ma mémoire, le point important sur la photo, c'était ce que l'enfant que j'étais tenait à deux mains, comme un hamburger : le Gekkeiseki. Keiko était morte, j'étais devenue trentenaire, et où était passé le Gekkeiseki ? Je le savais parfaitement.

La prochaine fois que je rentrerais dans la vieille maison de famille, je n'aurais qu'à ouvrir le tiroir de mon bureau. Il serait exactement comme il était sur cette photo, et pourtant je ne voulais pas le croire : puisque tant de choses avaient changé, comment un simple caillou pouvait-il demeurer dans la permanence et l'immuable ?

Devant la photo, j'ai commencé à avoir des soupçons. En premier lieu, pourquoi aujourd'hui ? Pourquoi cette photo m'était-elle envoyée précisément aujourd'hui ? Je croisais la fille de la voisine pour la première fois, je me demandais à qui elle ressemblait, et paf, un mail arrivait. Comme pour dire : Alors, tu ne trouves pas ? Comme un coup de lame sur ma lenteur intellectuelle. Bien sûr, si je téléphonais à ma mère, elle éclaterait de rire. Un hasard tout bête, quoi d'autre ? N'empêche, de mon point de vue, la coïncidence avait un peu de mal à passer. Je déteste les histoires d'horoscopes et de divination, les pouvoirs psychiques et tout ce bazar, je m'étonne même d'avoir eu l'idée de chercher une signification à un simple hasard, mais... c'était bizarre. Encore plus bizarre, dès que mes yeux se posaient sur la photo, je restais focalisée sur le Gekkeiseki, comme si je m'alarmais qu'une enfant ait en main un objet si dangereux, comme si cette enfant serrait son propre cœur humide dans son poing. Comme si à chaque pulsation, la pierre me chuchotait : Tu m'avais oubliée, hein ? Tu m'as oubliée, mais je suis revenue, me revoilà dans ta vie !

Saitô, mon concubin, avait quarante-deux ans, dix de plus que moi. Il était planificateur de la végétalisation des toits, c'était son métier, et travaillait depuis vingt ans pour une entreprise qui menait des projets de végétalisation architecturale. Il était devenu chef de service. Divorcé, il avait un fils qui allait entrer au collège, mais il était déjà séparé quand je l'avais rencontré, il vivait en célibataire. Il était beaucoup plus social que moi, grand, la voix qui porte. Quoi qu'il fasse, il faisait tout vite et bien, il traçait sa voie dans le monde d'un pas hardi. Sur tout, son opinion était vite faite, il aimait ou il n'aimait pas, les tergiversations, connaît pas. Nous bossions ensemble sur un chantier de végétalisation d'un immeuble de bureaux. Le projet à peine achevé, l'attaque était venue de face. Il m'avait invitée à dîner, juste lui et moi, je m'en souviens comme si c'était hier, il buvait de la bière comme si c'était de l'eau et m'avait annoncé comme ça de but en blanc que je lui plaisais. Sans même me demander si j'avais déjà un fiancé, ce qu'il avait justifié par : « Si tu avais un copain, ça se verrait. » Et si je l'avais rejeté d'emblée, ça ne l'aurait pas travaillé plus que de s'arrêter au feu rouge. C'était le genre d'homme à aller voir ailleurs sans éprouver la moindre déception. J'ai commencé à sortir avec lui comme tirée par un taureau, en un rien de temps je me suis retrouvée à l'étape suivante et nous nous sommes rapidement mis ensemble.

Très honnêtement, est-ce que je l'aimais ou pas, je n'en savais trop rien. C'était un type extraordinaire, ça je le pensais souvent, mais je pensais aussi très souvent que j'avais du mal à me détendre avec lui. Nous étions trop différents. Il aimait sortir, je voulais rester à la maison, il buvait par seaux entiers, je devenais écarlate dès mon premier verre, il lisait le journal, je lisais des romans, il aimait les intérieurs clairs et nets, j'aimais les intérieurs tamisés, il voulait un grand lit, je préférais dormir seule… La liste était longue. Saitô trouvait ça amusant, et moi aussi. Parfois. Mais je n'étais pas sûre que cela reste amusant longtemps. Saitô non plus, d'ailleurs. Plusieurs fois nous avons commencé à nous disputer, sans que cela devienne trop grave, heureusement. Je ne veux pas dire que c'est l'expérience du divorcé, mais il s'arrêtait avant de franchir la ligne de non-retour et fermait sa bouche. Sauf que moi, sa façon de fermer sa bouche, je n'aimais pas. Je voyais sur sa figure qu'il pensait que c'était lui qui avait raison mais qu'il se retenait de le montrer par condescendance. La patience et la retenue sont des qualités, c'est exact, mais lui, j'avais l'impression qu'il profitait de sa bonne mémoire pour accumuler sa patience et sa retenue dans ses tripes et ça devenait une dette que j'étais supposée avoir envers lui.

Ce qui m'empêchait de lui donner mon cœur, en fin de compte, c'était juste que je ne voyais pas en quoi j'étais nécessaire à sa vie. Grand et bâti comme il était, quand il défiait le monde, le menton en avant, il était suffisamment sûr de lui, et si son visage était rude et peu raffiné, il était tout de même beau, sans l'arrogance de la beauté. Bref, aucune femme ne trouverait à redire au fait de se laisser séduire par son boniment. Parfois, au lit, il me caressait la joue et disait sans autre précaution oratoire : « J'aime ce visage. » Mais ce que ces mots m'apportaient, ce n'était pas la joie, bien plutôt l'inquiétude. Car même s'il voulait m'apporter la joie, dans l'expression « ce visage », il y avait surtout l'idée que ce pouvait être n'importe lequel, et que c'était juste celui qu'il avait ramassé par hasard.

Un grand soupçon avait commencé à enfler en moi. Je suis sensible aux odeurs. Je n'ai connu que trois hommes, Saitô inclus, et je peux me remémorer chacun rien qu'à l'odeur de son corps. En admettant que j'étais amoureuse de Saitô, l'explication la plus plausible était que c'est à cause de son odeur. Je ne le lui ai jamais dit, mais il sentait la chaude chaleur des grands espaces terrestres. J'aimais frotter mes joues contre son corps pour remplir mes poumons de cette odeur, même s'il n'était pas au courant de cette louche habitude et ne le saurait probablement jamais.

Il y avait des nuits où il sentait un autre parfum. Ce n'était peut-être pas un parfum, c'était peut-être juste une crème pour les mains ou un shampooing, mais c'était toujours la même odeur, une odeur de jasmin, que je n'aimais pas. Moi aussi, je travaillais à l'extérieur, et bien sûr je rencontrais des femmes qui se parfumaient. Mais le fait est que je ne sentais ce parfum que les nuits où il rentrait très tard, et que ces soirs-là, comme par hasard, il ne me faisait pas l'amour. Il y avait de quoi sentir souffler le vent de la parano, à tout le moins. À part cela, son comportement restait inchangé. Toujours aussi sûr de lui, toujours aussi gentil, toujours autant d'humour. Ses frontières étaient solidement tenues, pas la moindre faille dans la cuirasse. J'avais entendu parler de la théorie selon laquelle au cours de l'évolution les femmes ont développé la faculté de deviner quand un homme ment, mais je devais être la seule exclue de ce grand mouvement tendanciel. À moins que mon sens olfactif soit précisément la preuve de cette faculté ? De toute façon, au matin, toute odeur de jasmin avait disparu, aussi bien du corps de Saitô que de ses vêtements au fond du lave-linge. À croire que c'était ma parano qui s'était mise à dégager cette odeur pendant la nuit.

Alors, une voix tapie au fond de mon cœur me disait que cet homme me trompait, certes, mais le sabbat des monstres de l'enfer qui s'annonçait m'emmerdait tellement que je préférais restée enfermée dans un placard comme un enfant martyr à me boucher les oreilles. Mieux que ça, chaque fois que Saitô me disait quelque chose de gentil, ou qu'il insistait pour faire l'amour, un diablotin venait me murmurer à l'oreille : Tu vois, tu te fais du souci pour rien. Dans ces moments, l'important était de ne surtout pas imaginer une autre femme, surtout pas une femme parfumée au jasmin en train d'agoniser sous le corps de Saitô. Cela me donnait trop l'impression d'être couverte d'immondices, et une chair de poule atroce me venait. J'ai entendu dire que les odeurs du jasmin et des excréments avaient la même origine chimique, je me demande si c'est vrai. Comme quoi il suffirait de diluer l'odeur de la merde pour finir par sentir le jasmin.

Heureusement ou malheureusement, le problème qui m'occupait le plus l'esprit, à ce moment-là, ce n'était pas les supposées tromperies de Saitô. Dès que mes mains n'étaient plus occupées à faire quelque chose, mes pensées étaient aimantées par la fille de l'appartement d'à côté.

Quand nous avons emménagé, Saitô m'a suggéré d'aller nous présenter aux voisins du 302 avec des nouilles de sarrasin, comme le veut la tradition. Personnellement, je suis plutôt du genre à trouver ces traditions totalement inutiles, mais Saitô, qui mettait des expressions comme « il faut faire ce qu'il faut » dans toutes ses phrases, aimait bien. Nous n'étions même pas mariés, je trouvais ça tout de même gênant de nous présenter comme un couple, et je n'y suis pas allée. Saitô est allé sonner à trois reprises. Il n'a jamais eu de réponse. Pourtant, nous avions entendu du bruit à travers les murs, ils étaient donc supposés être là, mais personne ne lui a répondu. « Ils ont quelque chose à cacher, ces gens, ils ont dû me prendre pour un recouvreur de dettes ou autre chose », a dit Saitô l'air très sûr de lui. Il prétendait avoir entendu quelqu'un venir jusqu'à la porte, pour vérifier à travers le judas qui c'était. J'ai des doutes sur le fait qu'il soit possible de percevoir une présence à travers une porte, mais le soir où j'ai aperçu la fille pour la première fois, cette histoire m'est revenue. Quand elle avait vu le gaillard baraqué de l'autre côté de la porte, elle s'était certainement retirée le plus discrètement possible, et s'était embronchée sur la marche de l'entrée.

D'ailleurs, je me doutais qu'il y avait des enfants dans cet appartement. Des cris aigus ou des pas de courses dans le couloir nous parvenaient parfois. Saitô prenait les paris pour deux garçons à l'école primaire. Perdu. Enfin, plus tard, nous avons découvert qu'il y avait aussi deux garçons en primaire, mais il n'avait pas deviné l'aînée collégienne.

Un jour de congé, nous sommes allés à pied à la bibliothèque municipale, à une dizaine de minutes de chez nous, et nous avons vu pour la première fois les trois enfants Kataoka ensemble. À gauche en entrant, il y avait un espace avec un canapé bas et très large pour les enfants. En arrivant, j'ai reconnu la fille assise à côté d'un petit garçon qui devait être son frère, à qui elle lisait une histoire. Non loin se trouvait un autre garçon, un peu plus grand, disons d'âge de la grande école, mais allongé de tout son long sur le canapé, lisant de son côté son propre livre qu'il tenait ouvert au-dessus de lui. J'ai tiré Saitô par la manche et je lui ai fait signe de les regarder. Saitô a acquiescé de la tête, l'air de dire : Ah, les fameux… Je lui avais déjà raconté ma rencontre avec la fille et je lui avais même montré la photo de moi avec Keiko.

Pendant que nous faisions la queue pour rendre nos livres, nous les avons discrètement observés tous les trois. D'après leur taille, le plus jeune des garçons devait être à peine entré à la grande école, le grand pouvait avoir deux ou trois ans de plus. La fille, elle, devait être un peu plus âgée. Son attitude était plus responsable, presque maternelle. D'ailleurs leurs parents pouvaient aussi être quelque part, mais j'ai regardé alentour sans remarquer personne qui aurait pu être l'un ou l'autre de leurs parents. J'ai trouvé quelque chose de curieux dans le fait que trois enfants avec une telle différence d'âge sortent pour se promener ensemble, mais les parents avaient peut-être confié les deux petits à la grande, et elle avait choisi de les amener à la bibliothèque faute d'un meilleur endroit, pourquoi pas ? Je lui ai trouvé le même air de petit bouton de fleur durci que la fois où j'avais pris l'ascenseur avec elle, mais de temps en temps, elle pouvait montrer un sourire très doux, très « grande sœur », à son petit frère. Quand Saitô et moi sommes ressortis après avoir choisi d'autres livres à emprunter, tous les trois étaient encore sur le grand canapé à attendre que le temps passe. « À tous les coups, les parents sont en train de fabriquer le quatrième ! » m'a dit Saitô à l'oreille. Même si, à certaines bribes d'information que nous avions ramassées de-ci de-là Saitô et moi, nos déductions concernant les Kataoka allaient plutôt vers l'idée d'un foyer monoparental, une mère qui élevait seule ses enfants.

La mère était une femme dans la trentaine, très maquillée, les cheveux châtains et abîmés jusqu'aux épaules, toujours vêtue d'habits provocants, belle, sans doute, mais avec une profonde ride permanente entre les sourcils. Je l'avais vue une fois, déjà fatiguée à peine midi passé, maussade, alors qu'elle devait sortir pour se rendre à son travail, et rentrer à plus de minuit, exténuée et toujours aussi maussade. On l'entendait parfois hurler sur ses enfants, mais sur lequel en particulier et pour quelle raison concrètement, je n'en sais rien. Elle fumait sur son balcon, ce qui déposait une sale odeur sur notre lessive à nous. Saitô disait que ce n'était rien du tout, mais moi, je trouvais cela insupportable, et chaque fois que je la voyais, dans ma tête je la fusillais du regard.

Une dame d'un certain âge qui devait être la grand-mère des enfants venait aussi souvent chez eux. À la différence de sa fille, c'était une femme de grande classe, très souple de langage et de manières, qui me saluait de la tête d'un air sincèrement désolé chaque fois que je la voyais.

J'imaginais facilement que seul le dévouement de cette femme sauvait ce foyer monoparental de l'effondrement, j'éprouvais de la compassion pour elle. Je répondais toujours à ses salutations en m'inclinant moi-même le plus poliment possible. Si l'émotion principale de la mère était la colère, celle de cette femme était sans conteste la tristesse, et celle de sa petite-fille la résignation. Voilà l'impression qu'elles donnaient. Ce que les deux garçons pouvaient avoir dans le cœur, en revanche, je n'en avais aucune idée. Comme leur grande sœur, ils étaient tous les deux très mignons de visage, mais de vrais enfants sauvages, ingérables, à jouer à se cracher dessus dans le tout petit ascenseur, comme je les avais vus faire une fois. Devant le sol de l'ascenseur tout collant de leurs crachats pleins de bulles, l'envie m'était venue de les réprimander vertement, mais leurs hurlements et leurs gesticulations m'avaient laissée abasourdie, alors j'avais poussé un soupir et j'avais pris l'escalier. En principe, je ne déteste pas les enfants, mais rien que d'imaginer vivre tous les jours avec deux bêtes fauves comme ceux-là, je comprenais le perpétuel air maussade de la mère. Saitô se demandait si par hasard la fille et les garçons n'étaient pas de pères différents, mais évidemment, il n'y avait aucun moyen de le vérifier.

Le week-end, un homme venait parfois, le petit ami de la mère, à l'évidence. Je n'aimais pas sa mise de dandy, sa barbe de trois jours, sa petite quarantaine à cheveux châtains et négligés, je n'aimais pas ses lunettes criardes derrière lesquelles on voyait ses yeux effilés, et je détestais le sourire qu'il sortait sur commande comme de sa poche de poitrine quand je le croisais dans la coursive. Mais ce que je détestais plus que tout, c'était que, quand il venait, les enfants étaient mis dehors pour plusieurs heures. C'était vraisemblablement le cas le jour où nous les avions vus à la bibliothèque, et par la suite j'ai continué à les voir, souvent le week-end, à traîner dans le quartier sans avoir nulle part où aller. La mère devait leur dire d'aller se faire oublier dehors pour un moment, cela lui permettait de donner à l'homme ce que celui-ci était venu chercher, j'en étais sûre. La Lexus noire qui devait appartenir à l'homme, garée sur la place de parking de la résidence réservée aux visiteurs, j'avais très envie de la repeindre avec des taches blanches, façon zèbre de la savane.

Mais bien entendu c'était la fille qui m'inquiétait le plus. Depuis que j'avais vu les traits de Keiko sur son visage, je ne pouvais m'empêcher de me demander si cette enfant ne souffrait pas, elle aussi, d'une grave maladie chronique. Je la voyais parfois faire ses courses toute seule au supermarché du quartier, et chaque fois, elle donnait l'image d'une collégienne contrainte de sacrifier sa jeunesse, épaules courbées, le regard éteint, en train de préparer un repas du soir insipide. Sa mère qui lui crie dessus les yeux révulsés, ses frères sans respect qui n'obéissent pas, le copain de sa mère qui la met dehors, c'était la figure même de la jeune fille obligée de chercher à chaque respiration une faille dans cette vie pour pouvoir prendre son souffle. Et pourtant, sa bonne nature lui faisait retenir l'ascenseur et attendre une femme qu'elle ne connaissait pas pendant que celle-ci prenait son courrier dans la boîte aux lettres. Comment ne pas trouver cela touchant ? Il était à espérer qu'elle ait au moins une vraie amie, mais je ne l'ai jamais vue avec personne de son âge. Des adultes solitaires, il y en avait partout, mais à cet âge, la solitude, ça devait donner l'impression que le monde était comme le fond d'un puits glacial.

Telles étaient mes pensées quand m'est venue une sorte de rêve idiot. J'aurais voulu lui prendre la main et la serrer très fort, par exemple quand je l'aurais croisée, et lui dire : « Laissons tout là et partons quelque part ! »

Elle serait restée bouche bée, bien sûr, mais je l'aurais tirée de force, et pour commencer, je l'aurais accompagnée dans un salon de coiffure, pour lui couper cette frange qui lui cachait les yeux comme un rideau de porte, et lui montrer que le monde était un peu plus lumineux que ce qu'elle croyait. Ensuite, je l'aurais entraînée dans une boutique de vêtements et je lui aurais acheté des fringues de toutes les couleurs qui l'auraient fait rougir rien qu'à se voir dedans. Et troisièmement, la conduire dans un parc de loisirs et lui faire essayer toutes les attractions qui font peur, pour qu'enfin elle puisse sortir tout ce qu'elle avait accumulé en elle de cris contre cette vie. Et quatrièmement, on serait allées dans un restaurant super chic avec des lumières scintillantes de partout, on aurait couvert la table de tous les plats les plus délicieux sans regarder le prix et je l'aurais fait manger pendant au moins une demi-journée. Ensuite, je ne sais pas. Peut-être je lui aurais parlé de Keiko. Keiko, qui réussissait tout ce qu'elle faisait mais qui n'avait finalement rien pu faire. Et puis je lui parlerais de la pierre merveilleuse. Bref, je me faisais mon petit film.

3

La fois suivante, quand je suis retournée dans ma famille, j'ai sorti le Gekkeiseki du tiroir. Il se trouvait dans une boîte en fer-blanc avec d'autres babioles, des billes, des aimants, enveloppé dans un essuie-main teint à l'indigo bio que m'avait donné ma grand-mère. J'ai déplié le tissu, cela faisait peut-être vingt ans que je ne l'avais plus regardé, j'avais l'impression de scruter le passé par un trou de serrure, j'ai senti mon cœur battre plus fort. Dans ma paume, il était beaucoup plus petit et léger que dans mon souvenir. Mais à l'œil, quelle surprise !

La Terre bleu pâle flottant dans le ciel étoilé, et un arbre immense en dessous… Qu'un tel paysage apparaisse sur une pierre, sans que la main de l'homme y soit pour rien, c'est en soi un tout petit miracle, mais un miracle tout de même. Et j'étais devenue, pour le coup, « la seule personne au monde à posséder cette pierre ». Puis j'ai remarqué quelque chose. Il y avait quelque chose de pas normal dans l'arbre. Je ne me souvenais pas que le feuillage était si pauvre. Il était beaucoup plus abondant que ça dans mon souvenir, alors que ce que j'avais devant les yeux, c'était un arbre d'hiver, des branches blanches qui s'étalaient misérablement sur le ciel. Ces branches qui dessinaient comme un réseau de vaisseaux sanguins avaient même un je-ne-sais-quoi d'inquiétant.

Il devait y avoir une erreur. J'ai demandé à ma mère d'ouvrir sur l'ordi le fichier de la photo de Keiko et moi. La pierre que je tenais dans mes mains à cinq ans n'était pas du tout la même. Enfin, si, le ciel étoilé et la terre n'avaient pas changé, la différence venait seulement du feuillage de l'arbre. Mais ma mère a balayé mes interrogations en disant que c'était juste une question de lumière, et mon frère, ce cynique, a été encore pire et a suggéré que je la vende, j'en tirerais un paquet. Jusqu'à mon père, qui est très vieux et dont la mauvaise vue ne lui permet plus de distinguer les détails, mais qui est tout de même venu jeter un coup d'œil et est reparti en secouant la tête sans rien dire. Pas une âme charitable pour réfléchir rationnellement avec moi, c'est ça ? Mais je n'allais pas me mettre à crier, je n'avais pas envie de leur donner le spectacle de la laissée-pour-compte hystérique, perdue dans ses délires ésotériques... J'ai ramassé mon caillou et je l'ai fourré dans mon sac.

Dans le train du retour, je me demandais ce que Saitô allait en dire. Eh bien, il n'a rien dit du tout. Quand je lui ai montré la pierre et la photo, concernant une quelconque évolution du motif, je n'ai eu droit à aucune réponse satisfaisante. Pourtant il a comparé les deux à la loupe. « Il n'est pas impossible que les petits motifs blancs qui ressemblent à des feuilles sur la photo se soient décollés. La prochaine fois que tu rentres chez tes parents, tu n'auras qu'à chercher si par hasard il n'y a pas des paillettes de quartz au fond de la boîte de ta pierre... » Mais c'était de la théorie, il ne se penchait pas sérieusement sur la question, et à vrai dire, je voyais bien qu'il se disait que ce n'était qu'une histoire d'angle d'éclairage, comme ma mère. J'ai insisté. « Non, mais regarde-la, même en admettant qu'elle se soit écaillée, tu crois vraiment que cela aurait pu laisser des lignes qui ressemblent à des branches ? » Mais qu'est-ce que j'espérais, de toute façon ? Il ne l'avait pas vue de ses yeux, quand l'arbre avait des feuilles. Il m'a fait un sourire qui était censé me rasséréner, mais qui m'a surtout confortée dans l'idée qu'il pensait que cette bonne femme avait encore des idées de petite fille, comme c'est mignon. Ça m'a vexée encore plus. Si je disais que les feuilles sur la pierre n'étaient pas comme cela avant, c'est parce que j'en étais sûre, tout de même ! J'avais même pris la peine de sortir les preuves photographiques de ce que j'avançais. Bon, c'était un peu flou, mais il te faut quoi de plus ? Je ne lui demandais pas de me croire sur parole, d'ailleurs. J'en avais marre à la fin de ne pas trouver une seule personne de mon côté. Surtout que moi, ce n'était pas du tout la première fois que je sentais son odeur de jasmin, et il n'en aurait peut-être pas fallu beaucoup plus pour que mon petit cœur parano se pose des questions. Et si son manque d'enthousiasme ne cachait pas une baisse inquiétante de ses sentiments pour moi, par exemple, hein ?

Mon insatisfaction a dû transparaître, il a dit que s'il fallait ça pour me convaincre, il n'y avait qu'à prendre une photo du Gekkeiseki en gros plan haute définition, et la comparer avec la pierre elle-même dans six mois. Si le feuillage de l'arbre suivait les saisons, un nouveau feuillage allait certainement se former d'ici-là. Je n'avais jamais prétendu que le feuillage de l'arbre du Gekkeiseki suivait les saisons, mais je me suis dit qu'il valait mieux ne pas trop le contrarier, et on a fait sa photo.

Depuis que nous vivions en concubinage, nous ne couchions pas dans la même chambre. Peut-être parce que j'avais trop longtemps habité seule, je n'arrivais pas à dormir avec quelqu'un. J'aimais bien l'odeur de Saitô, mais je ne pouvais pas dormir avec l'haleine de quelqu'un d'autre sur moi. En plus de ça, Saitô préférait dormir dans un lit, alors que je préférais dormir dans un futon que j'étendais chaque soir. Même si c'était toujours dans son lit qu'on faisait l'amour. Pas qu'il ait fallu négocier, ça s'était fait comme ça, naturellement. Il savait que j'étais très pointilleuse sur les odeurs, alors il avait dû penser que je n'allais pas aimer que mon futon s'imprègne d'une odeur de sueur masculine.

La nuit où nous avons pris la photo du Gekkeiseki, il m'a tirée jusqu'au lit. Parler d'homme « herbivore » était devenu courant, mais Saitô, lui, avait renforcé sa vigueur sexuelle depuis qu'il avait passé la quarantaine. Pour le dire en termes positifs, disons qu'il s'attachait à honorer une femme, en termes négatifs, disons qu'il était lourd. Avec lui, c'était souvent et longtemps. J'aurais beaucoup de mal à expliquer le rapport qui existe pour un homme entre passion physique et amour spirituel, entre le désir de satisfaire une femme au lit, et son amour hors du lit. Y en a-t-il seulement un, de rapport ? Personnellement, rien que l'idée de coucher avec un homme que je déteste, quand bien même il aurait le corps divin du *David* de Michel-Ange, me ferait dresser les cheveux sur la tête. Les hommes, eux, sont capables de coucher avec une femme pourrie jusqu'à la moelle, du moment qu'elle est jolie, paraît-il. Considérant l'addiction de Saitô au sexe, je me disais qu'il était tout à fait capable de sauter la femme parfumée au jasmin le matin, et moi le soir. Une fois, il m'a expliqué le sens de l'expression « effet Coolidge ». Il semblerait qu'un coq trouve une vigueur sexuelle renouvelée dès qu'il est mis en présence d'une nouvelle poule disponible pour être couverte. Bref, si j'avais bien compris, Saitô essayait de m'avouer qu'il y avait du coq en lui. Peut-être lui fallait-il deux roues, le travail et la baise, pour rouler. Ce qui signifiait que le jour où je le refuserais sans raison particulière, il irait immédiatement voir ailleurs et c'est tout. Plein de rancœur et de désespoir, comme si la moitié de son monde s'était effondrée.

Quand c'était fini, nous étions toujours exténués et il nous fallait un bon moment avant que nous puissions nous relever. Pour bien me montrer qu'il n'était pas de ceux qui allumaient une cigarette ou jouaient avec leur smartphone dès qu'ils avaient fini leur affaire, Saitô me serrait fermement dans ses bras par-derrière et se reposait un moment. Son haleine chaude dans mon cou n'était pas désagréable, tant qu'il ne s'agissait pas vraiment de dormir. Mais ce soir-là, tout à coup, Saitô m'a dit d'une voix ensommeillée :

– La pierre, pourquoi tu ne la mets pas sous ton oreiller pour dormir ?

J'ai fait « Hein ? » sans même ouvrir les yeux, puis je me suis souvenue que je lui avais raconté cette histoire en lui montrant la photo de Keiko.

– On rêve qu'on voyage sur la Lune, ce n'est pas ça ?

– Jusqu'à présent, ça n'a jamais marché.

– Mais l'arbre a changé, tu as dit. Ça va peut-être marcher, cette nuit.

Il voulait me montrer qu'il me prenait au sérieux avec mon histoire de pierre-paysage de lune. Ou peut-être que ma superstition n'était pas contradictoire avec le fait que je sois une femme, ça ne dépareillait pas ma féminité, disons.

– Ah oui…

D'ailleurs, quand on avait pris la photo du Gekkeiseki, il n'était pas froid. Depuis que Keiko était partie, et bien que ma grand-mère me l'ait donné en souvenir d'elle, il était toujours resté froid comme un caillou ordinaire. Je me souvenais que, dans mon cœur d'enfant, je m'étais imaginé qu'il était mort avec elle.

– Mais il paraît que c'est un rêve horrible. Vraiment atroce.

Avant de me coucher, j'ai ressorti le Gekkeiseki de ma commode et je l'ai pris dans mes mains. Il n'était pas froid. J'ai regardé le thermomètre de la chambre, qui indiquait 16 °C. Normalement, c'est considéré comme froid. Mais quand je l'ai serré dans ma main, même si c'est étrange à dire, il avait la tiédeur d'un corps humain. Quelle théorie ce matérialiste de Saitô allait sortir pour expliquer cela ? Je l'ai glissé sous mon oreiller. Mon dernier essai remontait à l'époque de l'école primaire. Finalement, c'est un peu comme de l'autosuggestion, quand on met la photo de son amoureux sous son oreiller en espérant rêver de lui. Plus on se concentre sur quelque chose ou quelqu'un, plus la probabilité d'en rêver augmente. D'ailleurs, qui me dit que je n'avais pas rêvé de la lune, quand j'avais essayé, petite ? Les rêves qu'on fait juste avant de se réveiller ne restent pas dans la mémoire, je l'avais peut-être simplement oublié, en fin de compte.

Mais depuis que ma vingtaine était derrière moi, je dormais moins bien. J'éteignais la lumière et au bout d'un moment, les soucis de la journée ou de vieux traumas émotionnels me remontaient au cerveau et je tournais en rond pendant des heures dans un marasme complètement stérile. Il m'arrivait souvent de me réveiller en pleine nuit, comme les vieux, et il ne me restait plus qu'à attendre le matin, ballottée dans les profondeurs du monde tout autour, plongée dans le silence, écrasée sous le poids de la solitude. Je ne sais plus quand j'avais pris l'habitude de m'endormir en écoutant de la musique à très faible volume. Au moins, ça m'évitait de me noyer dans ces pensées qui ne demandaient qu'à me submerger. Cette nuit-là aussi, j'ai mis *Für Alina* d'Arvo Pärt et je me suis blottie dans mon futon. Le violon accompagnait les accords égrenés au piano…

J'avais l'impression de sentir la tiédeur du Gekkeiseki à travers l'oreiller. Et si c'était la chaleur de Keiko ? C'était suffisamment glauque pour que je me l'imagine, évidemment. J'ai essayé de voir ma tante en pensée, mais la figure butée de la petite voisine venait s'interposer et je ne pouvais plus distinguer l'une de l'autre. Finalement, toutes les deux, fondues en une seule personne, m'ont dit :

– Il ne faut pas faire ça, Suu-chan, tu vas faire de très mauvais rêves.

Pourquoi je le faisais, d'ailleurs ? Peut-être juste pour pouvoir dire à Saitô que j'avais fait un rêve. Pour pouvoir lui dire que j'avais vu l'arbre géant qui pousse sous la Terre ? Je voulais sans doute le forcer à reconnaître que ce n'était pas un banal caillou. Ou peut-être parce que je voulais penser à autre chose qu'à la femme au jasmin qui me hantait. Ça y est, je vais encore passer une nuit blanche, je me suis dit, et je me suis forcée à fixer mon attention sur la musique.

J'étais persuadée que le pianiste et le violoniste étaient un couple, qu'ils étaient ensemble depuis des dizaines de milliers d'années. Ils s'assoient sur un banc au sommet d'une colline, ils se tiennent par la main, ils regardent le monde en bas d'où l'humanité a disparu. Ils n'ont pas besoin de parler. Le sens que l'on donnait autrefois aux choses est en train de s'éteindre avec le monde. La seule chose qui reste, ce sont deux vieilles mains qui se touchent. Leur chaleur à tous les deux. Le rideau tombe sur l'histoire de l'humanité, le seul travail qu'il leur reste à faire à présent, c'est de rester là en silence. Ce jour-là, c'est cette musique qu'on entendra.

4

Les secousses continuelles ont été la première chose que j'ai ressentie, dans mon demi-sommeil. Mais enfin, où il m'emmène ? me suis-je demandé, les paupières closes. Est-ce qu'il a quitté la route pour une piste de gravier ? Ce qui est sûr, c'est que la voiture faisait d'énormes embardées, grinçait de partout, et que je prenais tout dans les fesses et dans les reins. Dans un second temps, j'ai senti la puanteur à ne pas pouvoir me retenir de faire la grimace. L'odeur dégueulasse de merde et de pisse de latrines publiques. Évidemment, ça m'a encore rappelé la femme au jasmin, et l'horreur m'a prise. Si ce n'est pas la preuve qu'il avait déjà fait monter cette femme dans sa voiture, ça, cette fois, je te tiens, mon vieux.

Mais c'est le sommeil qui me trompait, je faisais totalement erreur. Saitô n'était pas à côté de moi, et je n'étais pas en train de dormir sur le siège du passager. J'ai entrouvert les paupières, j'étais dans une pièce sombre et exiguë. Non, non, pas ça, j'ai pensé en secouant la tête. Ce n'était pas ma chambre, c'était l'habitacle d'un camion de la Fédération de la Face Lunaire, convoyant les Ishidakis capturés. Cela faisait des jours qu'on roulait en direction de Jahol, la capitale de la République centrale.

La lumière blême de la pleine Terre, en conjonction avec le Soleil, luisait faiblement par la petite fenêtre qui donnait sur la cabine, à l'avant, et éclairait les silhouettes de la dizaine d'Ishidakis endormis dans toutes les positions, qui assis le dos contre les ridelles, qui en boule au milieu. Évidemment, j'étais l'une d'entre eux, affamée, affalée contre la paroi. Dans un coin à l'arrière, j'ai aperçu l'ombre d'une sorte de baquet muni d'un couvercle et dont le contenu clapotait. Tous évitions l'espace autour du seau des latrines, d'où provenait la puanteur.

J'ai senti une tiédeur contre mon abdomen. Quelqu'un de plus petit que moi dormait là, la tête contre mon ventre, les cheveux hirsutes et sales. On comprenait au premier coup d'œil que plusieurs jours s'étaient passés depuis sa dernière toilette. Une tache noirâtre au-dessus de l'oreille droite, à côté du vertex : du sang séché, à première vue. Elle avait dû se débattre quand les soldats de la Fédération l'avaient attrapée. Une de mes mains également, posée sur la cuisse, était pleine de terre ou de sang, je ne sais. J'avais été jetée ici au terme d'une fuite mouvementée, cela au moins était clair. Je me suis penchée sur elle, encore à moitié inconsciente, pour voir sa figure, et j'ai reconnu la jeune fille à la peau si pâle, dont la maigre poitrine se soulevait et s'abaissait au rythme d'une respiration rude et exténuée. Ah, c'est… Je ne retrouvais plus son nom. Je la reconnaissais, mais je ne me souvenais pas de comment nous étions devenues amies au point qu'elle se laisse aller à dormir dans un abandon complet auprès de moi. Peu importe, je laissais mon autre main sur son épaule osseuse, je savais à l'évidence que je devais protéger cette enfant. Quand une enfant dort la tête posée sur votre ventre, vous ne vous posez pas la question.

À ce moment, une voix rauque à ma droite a dit :

– Ne la prends pas trop en pitié. Quand on arrivera, attends-toi à ce qu'on soit tous séparés. À quoi ça sert de se rendre les adieux encore plus difficiles, hein ? Tu crois que c'est le moment d'aider les étrangers ? On sait même pas ce qu'on va nous faire à nous, de toute façon.

La femme d'une soixantaine d'années, qui n'avait plus que la peau sur les os, s'était redressée pour me parler. Son visage était fatigué et marqué de rides profondes, mais il y avait encore de la force dans ses yeux, et on sentait à la fois de la douceur et de la détermination dans sa façon de parler. Je ne me souvenais pas de son nom à elle non plus. J'ai paniqué un instant, puis cela m'est revenu : Shtchaemma, du village de Magirow, comme moi. Ouf, je me suis sentie soulagée. Je devais avoir dormi tellement profondément que je n'étais pas encore totalement sortie de mon rêve. L'atroce réalité n'avait pas encore totalement pris racine. Ma conscience était engourdie, comme si je m'éveillais d'un sommeil de plusieurs dizaines d'années, la moindre de mes pensées était terne et lourde.

Tout de même, je me demandais pourquoi je m'étais crue dans la voiture d'un type qui s'appelait Saïtô. C'était bizarre comme nom, « Saïtô »... De quel tiroir de mon crâne j'avais bien pu sortir un nom pareil ? Sans doute le type de mon rêve. Je ne me souvenais déjà plus de son visage. Mais je me souvenais qu'il était costaud. Des bras puissants, je gardais même le souvenir physique d'avoir plusieurs fois fait l'amour dans ces bras-là.

« Les étrangers. » Shtchaemma venait de parler d'étrangers. C'est ce qu'elle avait dit de la fille. J'ai examiné autour de moi le camion, ça m'a un peu réveillée. Les noms des autres Ishidakis affalés çà et là me sont revenus. Tchertonim, Sethbahama, Xavierdak... Je les connaissais tous, tous des Ishidakis de Magirow ou des environs qui s'étaient fait ratisser par les soldats de la Fédération. Sauf la fille. Oui, oui, cela commençait à me revenir. Elle avait été attrapée toute seule, après nous, je ne sais où. Elle avait dû recevoir un méchant coup de crosse de fusil ou d'autre chose, ils l'avaient jetée inconsciente dans le camion. J'étais à côté, je l'avais tirée à moi pour la coucher dans une position un tant soit peu plus confortable, rien de plus.

– Mais regarde, Shtchaemma, ai-je dit. Regarde sa poitrine… C'est une Ishidaki, comme nous. Elle porte une pierre, ce n'est pas une étrangère, pas vrai ? Surtout une grosse pierre comme ça…

Shtchaemma a porté la main sur la poitrine de la jeune fille et a palpé un instant la pierre d'âme sous sa peau.

– C'est ma foi vrai. Une belle pierre, pour une étrangère. D'où sort cette fille ? Je ne la connais pas, ça m'étonne, avec une pierre pareille. Il faut qu'elle vienne de loin. Surtout qu'à son âge – combien ? quatorze ? quinze ans ? – sa pierre va encore grossir. D'ailleurs, toi aussi, Smikadoumi, tu as une grosse pierre. À l'âge que j'ai, et j'ai déjà soixante ans, je n'ai jamais vu une enfant du village qui soit née avec une aussi grosse pierre !

– Bah, elle est grosse et c'est tout. Ce n'est pas la taille qui compte. Pour ce que ça me sert… Ce n'est pas comme la tienne, elle ne guérit personne. Elle n'éclaire même pas les ténèbres comme celle de Tchertonim, elle n'appelle pas les oiseaux comme celle de Sethbahama.

– Ta pierre dort encore… Les pierres les plus puissantes ont le sommeil le plus long, comme on dit.

– Oui, eh bien, elle dort un peu trop, je trouve ! Si elle reste comme ça à faire la grasse matinée, si elle ne se réveille pas bientôt, je ne sais pas mais moi, je…

– Ne le dis pas, Smikadoumi ! m'a coupée Shtchaemma de sa voix rauque. Ne te fais donc pas de souci. Si les Fédéraux en voulaient à nos pierres d'âme, ils n'auraient qu'à nous tuer sur place et nous les arracher. Alors rassure-toi, ils ne nous tueront pas. Ça prendra peut-être des années mais nous reviendrons tous vivants au village. Quand les désordres auront cessé, tout redeviendra comme avant.

– Mais le Grand Laurier ? Cela fait tellement longtemps qu'il a perdu ses feuilles, il va finir par mourir !

– Ce n'est rien du tout. Le Grand Laurier, qu'il meure ou qu'il soit abattu, ce ne sera pas de notre faute. Et puis cela n'a aucun rapport avec nos pierres. Qui profite des bienfaits du grand laurier ? Les Fédéraux et encore... Ceux de Jahol et c'est tout. Alors si le grand laurier meurt, c'est à cause de leur propre comportement, ce sera de leur faute à eux ! L'arrogance n'a qu'un temps, comme on dit.

– Mais si le Grand Laurier meurt, l'atmosphère de la planète va se raréfier, ceux de la Fédération ne seront pas les seuls à en pâtir, l'influence s'en fera sentir jusque sur l'arrière-lune, nous mourrons tous ! C'est déjà le cas, certains disent que l'atmosphère de la Lune a commencé à se raréfier, même moi, depuis quelques jours, j'ai l'impression d'étouffer...

– Décidément, tu aimes bien te faire des idées. Sur l'arrière-lune, nous avons notre forêt à nous, alors, quand bien même l'atmosphère deviendrait un peu plus légère, personne n'en mourra, va !

– Mais les Fédérés ont dit que si le Grand Laurier mourait, l'attraction lunaire s'affaiblirait et l'atmosphère s'échapperait dans l'espace et la Lune redeviendrait le désert gris qu'elle était dans les temps anciens...

– Ha ha ha ! Parce que d'après toi, le Grand Laurier génère une force gravitationnelle sensible ? Non, mais qu'elle est bête... Faut pas croire tout ce que les autres inventent pour se donner du sérieux ! Et puis quoi, admettons, admettons par impossible que ce monde disparaisse avec la fin du Grand Laurier, qu'est-ce que nous y pouvons, hein ? Il faudra se résigner, histoire ne pas se donner le spectacle d'une fin ridicule.

– Mais nos pierres ne pourraient pas le guérir, le laurier ?

– Si c'était le cas, il serait déjà guéri depuis longtemps. Depuis dix ans que ça dure. Combien ils ont déporté des nôtres, déjà ? Cinq mille ? Dix mille ? Vingt mille ? Personne ne sait. Et ça ne leur suffit pas, encore ?

– On dit que d'après le Pontifex Mexhlosa de l'Ordre Sacré de l'Arbre-Dieu, il suffirait d'une seule pierre, une pierre spéciale, la Pierre du Verbe de l'Arbre…

– Quelle époque formidable nous vivons, ma pauvre chérie ! N'importe quelle rumeur à de beaux jours devant elle, aujourd'hui. Tu n'es pas d'accord ? À propos, je te prierais de ne pas prononcer son nom devant moi, j'ai peur que les oreilles m'en tombent. Tous nos malheurs ont commencé à cause de ce fou. Peuh ! Alors, comme ça il peut parler en rêve avec l'Auguste Arbre-Dieu, lui ? Fais-moi rire, oui ! Il rêve surtout de ce qui n'est pas à sa portée. Ce n'est qu'un petit escroc qui a toujours bavé devant le vrai pouvoir que nous détenons, nous, les Ishidakis. Il nous a toujours considérés comme une écharde dans le pied. Alors quand le Grand Laurier auquel ils doivent leur existence a montré des signes de faiblesse, il a commencé à se faire des sueurs et il a voulu nous faire porter le chapeau. Ah oui ? Alors comme ça nos pierres pompent la force du Grand Laurier ? Et maintenant, il faudrait qu'on lui rende la force que nous avons volée ? Rien que d'y penser, ça me rend malade. Si je le croise un jour, je lui plante mes crocs dans la gorge et un couteau dans le dos, c'est moi qui te le dis. Je ne l'ai jamais vu en vrai, mais un vieux gros plein de morgue qui reste au pied de l'arbre à faire briller son or et à engraisser, je ne le manquerai pas.

– Oui mais si ce qu'il dit est vrai…

– Oh, je sais. Tu te dis, et si c'était moi qui l'avais, la pierre spéciale qui sauve le péché du monde, hein ? Et s'il fallait que je me mette sous l'arbre pour que ma pierre se réveille, pas vrai ? Eh bien, je te le répète : tout ce que disent ces gens, c'est des foutaises. La vérité est cachée dans le cœur de chacun. Quand les gens commencent à parler, dis-toi que c'est juste des balivernes, ça va plus vite. Et puis, d'ailleurs…

Soudain, Shtchaemma a baissé les yeux.

– Tu sais, Smikadoumi, la fille, là, ça fait un bout de temps qu'elle est réveillée. Pas vrai ?

À ces mots, j'ai senti sur ma jambe que la respiration de la fille s'était arrêtée. Elle entendait notre conversation.

– J'aime pas les gens qui écoutent en faisant semblant de dormir. Qu'est-ce que ça veut dire, dis donc ?

Les cils de la jeune fille se sont ouverts lentement. Ses yeux noirs de petit animal tremblaient faiblement et luisaient d'humidité dans la pénombre. Son front et ses joues pâles étaient maculés de sang et de terre, mais elle avait un beau visage bien dessiné. Pas le genre de beauté flamboyante qui plaît aux hommes, une beauté sans destination, une beauté comme repliée sur elle-même, petite et durcie.

– Elle a juste peur, c'est tout, ai-je dit. Personne ne la connaît, ici…

Elle s'est redressée, effrayée, et a regardé l'habitacle du véhicule de transport de captifs comme si c'était l'intérieur de l'enfer. Le caisson, où étaient entassés les onze Ishidakis, était limité par des ridelles d'acier de faible hauteur, auxquelles étaient fixés des arceaux, le tout recouvert d'une bâche de grosse toile vert foncé. À l'arrière, une petite porte en barres de fer, fermée par un cadenas de la taille d'un poing, suffisant pour décourager tout espoir de ce côté-là.

– Je suppose que tu as compris. Tu es dans un camion de captifs de la Fédération, expliqua Shtchaemma. Ils t'ont prise. Comme nous. Nous sommes dans le même bateau. Tu as entendu nos noms, je suppose ? Alors maintenant, c'est à toi de te présenter, je crois.

La jeune fille était tellement paniquée qu'elle ne pouvait garder ses yeux fixés sur un point. Elle a bien essayé de dire quelque chose, plusieurs fois. Mais elle était peut-être muette ? Ou faible d'esprit ? Finalement, elle a réussi à prononcer quelque chose, d'une voix terriblement éraillée.

– Youa… nuia…

Ça devait être son nom, mais comme si c'était la première fois en cent ans qu'elle le prononçait.

– Mon nom est… peut-être… Youanuia…

– « Peut-être » ? Tiens, c'est nouveau, ça ! s'est exclamée Shtchaemma en haussant un sourcil d'exaspération. Tu parles d'un nom ridicule… Youanuia… Tu n'as rien trouvé de mieux, c'est ça ? J'te jure ! Et tu viens d'où, comme ça ?

La jeune fille est restée de nouveau muette. Elle me regardait, regardait Shtchaemma, revenait sur moi… Finalement, elle a baissé les yeux d'un air résigné, elle a secoué la tête, et a répondu d'une voix fluette et cassée :

– Je ne sais pas… Je ne me souviens pas. Seulement mon nom. Même mon nom… Ce n'est peut-être pas le mien…

– Toi, alors ! Si tu nous joues pas la comédie ! a fait Shtchaemma avec un regard suspicieux.

Mais je lui ai montré la tête de la jeune fille.

– Regarde ! Elle a été frappée. Elle a plein de sang dans les cheveux… L'autre fois, quand Horsfoy s'est blessé à la tête en tombant de la falaise de Rgund, lui non plus il ne se rappelait plus aucun nom des gens de son village, il paraît. C'est la même chose !

– Peuh, qu'est-ce que j'en sais. Je ne vois pas ce qu'il y a dans la tête des gens, moi, a répondu Shtchaemma en hochant ironiquement la tête sur le côté. Eh bien, si tu ne te souviens même plus d'où tu viens, tu te souviens tout de même d'autre chose, j'espère ?

Les lèvres de la jeune fille tremblaient, son expression disait qu'elle ne comprenait toujours pas où elle se trouvait. Elle répondait de façon très hachée, comme si elle devait ramasser les mots un par un avant de les mettre ensemble.

– J'ai l'impression que jusqu'à tout à l'heure, je faisais un très long rêve… J'étais ailleurs, un endroit complètement différent d'ici, j'ai l'impression que je rêvais que je vivais dans un autre monde.

Ça m'a fait sursauter. Moi aussi, j'avais un peu l'impression, bien que très atténuée, d'avoir encore un pied dans un très long rêve que je faisais jusqu'à il y a quelques instants. Serait-il possible que… Non, ce serait complètement fou. Mais… Et si nous avions fait le même rêve ? Je l'ai regardée dans les yeux.

– Un rêve, maintenant ? Hum, toi alors…, a fait Shtchaemma. Enfin… Puisqu'au moins, tu portes une pierre dans la poitrine, ça veut bien dire que tu es née sur l'arrière-lune, ça c'est sûr. Et une sacrément grosse pierre. Quel est son pouvoir ? Tu l'as oublié, ça aussi ?

La jeune fille a froncé les sourcils et a posé ses mains sur sa poitrine. À travers son vêtement, elle a tâté timidement sa pierre d'âme, a passé son doigt sur son pourtour. Elle a sursauté, elle a regardé sa poitrine puis a plongé sa main sous le tissu. Bouche bée, elle a murmuré :

– Qu'est-ce que c'est… C'est quoi ? Une pierre ? Mais pourquoi ?

Shtchaemma, la tête inclinée d'un air dubitatif, me regardait comme si c'était moi qui avais fait monter la fille dans le camion.

– Mais c'est qui, cette fille ? Une Ishidaki ? Pour de vrai ?

C'est ce que j'aurais bien aimé savoir ! Était-ce possible d'oublier le passé aussi lointain à cause d'un coup sur la tête ? Parce que l'autre explication, ce serait qu'elle ne soit pas une Ishidaki. Mais alors, une pierre d'âme qui lui serait venue en une nuit, pour le coup, ça m'étonnerait que ça soit possible. Et pourtant, l'incompréhension, pour ne pas dire l'angoisse de cette fille avait l'air sincère. J'aurais voulu la prendre dans mes bras pour la rassurer, tellement elle me faisait pitié. Je ne savais pas quel était le destin qui nous attendait, mais une chose était sûre, pour elle ça allait être encore plus compliqué. Elle semblait si douloureusement sensible à tout, comme si sa peau était couverte de cloques et que le moindre contact la faisait atrocement souffrir.

Je lui ai posé la main sur l'épaule et j'ai essayé de lui redonner confiance.

– Ce n'est pas une maladie, Youanuia, ne t'inquiète pas, c'est tout à fait normal. Nous autres, les Ishidakis, nous naissons avec une pierre d'âme dans la poitrine… Tiens, tu veux toucher la mienne ? Tu vois, j'en ai une, moi aussi !

Elle a tendu timidement la main et a caressé ma pierre d'âme à travers mon vêtement. Elle a acquiescé faiblement. Ça n'a peut-être pas suffi à la convaincre tout à fait, ça ne lui expliquait pas pourquoi tout ça lui arrivait et ce qu'elle faisait dans un convoi de captifs de la Fédération.

À ce moment-là, l'une des silhouettes couchées du côté de Shtchaemma a commencé à se réveiller. Un vieux tout voûté, aux pommettes saillantes, à la grosse moustache grise. Les rides au coin de ses yeux lui donnaient un air amusé, comme s'il allait se mettre à rire.

– Tu ne dors plus, Yafnéfurné ? lui a demandé Shtchaemma.

– Comment tu veux dormir avec des jacasses pareilles ? Cela dit, j'ai entendu parler d'un Ishidaki, il y a fort longtemps, dont la pierre avait un pouvoir assez spécial. Il était d'un village de la région du Séjm, et en rêve il voyageait dans un autre monde. Alors il faisait comme ça des allers-retours entre la Lune et cet autre monde.

– Tu entends ça, Smikadoumi ? a renchéri malicieusement Shtchaemma. Les imbécillités sortent de la bouche des imbéciles, comme on dit. Si c'est pas magnifique, ça ! Désolée de t'apprendre la vie à ton âge, Yafnéfurné, mais y a pas besoin de pierre dotée d'un pouvoir spécial pour ça ! C'est la définition des rêves, ce que tu racontes !

– Non mais tu me laisses finir, oui ? Il était encore jeune, mais un jour, il a complètement perdu la tête, il racontait qu'il venait d'un monde qui ressemblait au nôtre par certains côtés mais quand même différent. Et qu'il lui suffisait de rêver pour retourner dans son monde… Évidemment, on se moquait de son histoire invraisemblable, alors il a dit : Puisque c'est comme ça, la prochaine fois, je ramènerai la jolie femme que j'ai là-bas. Personne ne l'a cru, bien sûr, sauf que le lendemain matin, une très belle jeune femme comme personne n'en avait jamais vu est arrivée en titubant au village. Et elle portait bien une pierre d'âme. Tous les hommes du village, des étoiles dans les yeux, lui ont demandé d'où elle venait et ce qu'elle venait faire ici, mais elle a dit qu'elle ne se souvenait de rien… Alors le rêveur est arrivé, fou de joie, et a fait le tour du village en disant, tout fier : Regardez ! Je vous l'avais dit ! C'est ma femme. Je l'ai ramenée de l'autre monde de mon rêve.

– Oui, et alors ? Tu nous diras quand il faut rire, hein.

– Ne te moque pas, ce n'est pas une blague ! Les gars du village, au début, eux aussi ils ont rigolé, mais très vite, ça n'a plus été drôle du tout. D'abord parce que la femme aussi a dit qu'elle avait l'impression de venir d'un autre monde, et surtout que finalement, elle a effectivement épousé cet homme. Ils sont restés unis, à vivre dans leur village jusqu'à la mort du mari, des dizaines d'années plus tard. À sa mort, la veuve a retiré la pierre d'âme de son mari, eh bien c'était une énorme pierre-paysage. Moi, j'étais jeune à l'époque, mais je l'ai vue de mes yeux, cette pierre, elle était exposée dans la dernière salle au fond du pavillon de restitution des pierres du village. Sur la pierre, au milieu on voyait un paysage avec un arbre comme le Grand Laurier, et au-dessus dans le ciel une chose ronde et bleuâtre qui ressemblait à la Terre. Vraiment comme un tableau, et très bien dessiné. C'est la seule et unique fois que j'ai vu une pierre-paysage.

– Une pierre-paysage, d'accord… C'est vrai, on dit que les Ishidakis qui portent une pierre-paysage font des rêves bizarres à partir d'un certain âge. Mais qu'est-ce que tu veux dire avec ça ? Que c'est pour ça que cette jeune fille ici ne sait même plus qu'elle est une Ishidaki ?

– Ça remonte à il y a cent ans, je ne me souviens pas des détails, mais c'est possible, en tout cas.

– Ouais, bah, c'est un peu flou. Parce que, même en admettant que ce soit vrai, pour commencer il faudrait qu'un Ishidaki porteur d'une pierre-paysage ait disparu, pour ramener celle-là, sinon ça marche pas, ton histoire.

À ces mots, Yafnéfurné a fait une sorte de pas de danse comique, puis s'est immobilisé, le doigt pointé sur moi.

– Eh bien… Et qui on a là ? Ça fait longtemps que je me demande si Smikadoumi n'est pas porteuse d'une pierre-paysage. Ne dit-on pas que les pierres-paysages s'éveillent très tardivement ? Dis-nous, Smikadoumi, ne ferais-tu pas des rêves bizarres, récemment ?

Je me suis forcée à rire, mais j'ai bien senti que je n'étais pas crédible.

– Tes blagues sont de mauvais goût, Yafnéfurné !

J'ai senti mon sang se glacer en repensant aux derniers souvenirs du rêve que j'étais en train de faire tout à l'heure : n'était-il pas exactement du même genre que celui dont parlait Yafnéfurné ? Il y a une pléthore de légendes et de contes pour enfants autour des pierres-paysages, et la plupart du temps, c'est le prétexte pour se moquer de ceux dont la pierre d'âme est un peu lente à se réveiller. Je n'ai pas réussi à me retenir d'échanger un regard presque complice avec la jeune fille. De plus en plus perdue, elle ressemblait à un poulet qui se demande comment il va être mangé.

Shtchaemma aussi s'est fabriqué un rictus pour me lancer un regard volontairement cruel.

– Non ? Smikadoumi ? Ta pierre d'âme serait une pierre-paysage ? Ma foi, je crois qu'il va falloir t'ouvrir vivante pour vérifier ça ! Ah, je n'ai rien qui coupe sur moi, dommage. Yafnéfurné, tu n'as pas ça, toi ?

– Attends, je vérifie…, a relancé Yafnéfurné sur le même ton, en plongeant sa main pour fouiller dans l'échancrure de son vêtement. En général, je ne sors jamais sans un ou deux couteaux de cuisine.

La consternation m'a gagnée à mon tour, alors j'ai ricané et j'ai rajouté :

– Ah, bah, ça tombe bien ! Si tu finis par trouver ton matériel de cuisine, profites-en pour me découper en morceaux et me faire en pot-au-feu, tant qu'à faire.

Notre vulgarité n'était pas du goût de la jeune fille. Son expression s'était encore durcie, elle avait du mal à déglutir et me regardait avec des yeux ronds. Finalement, même Shtchaemma s'en est rendu compte. Elle s'est tournée vers elle en arrondissant les épaules.

– On blague, voyons ! Tu ne penses tout de même pas que nous parlons sérieusement, pas vrai ? D'abord, tu imagines bien qu'ils ne nous ont même pas laissé une aiguille sur nous. Comment c'est, déjà, ton nom ? Youanuia, c'est ça ? Si tu veux le fond de ma pensée, Youanuia, je me demande si tu n'aurais pas fait une tentative d'évasion après avoir été arrêtée une première fois par les Fédérés. Auquel cas, tu sais peut-être ce qui nous attend, toi ? Puisqu'on dit que pas un seul Ishidaki embarqué par les Fédérés n'est jamais revenu sur l'arrière-lune. Bref, tu vas peut-être nous apprendre des choses importantes, non ? Non... manifestement pas, c'est ça ? Tu ne sais rien du tout, hum ?

La jeune fille a baissé les yeux et a secoué faiblement la tête.

– Et voilà, c'est bien une réponse de pierre-paysage, ça, a commenté Yafnéfurné avec un sourire amer.

– Bah, c'est peut-être aussi bien, a ajouté Shtchaemma avec un gros soupir, comme si elle était fatiguée de parler. Bienheureux ceux qui ne savent pas ce qui va leur tomber dessus, comme on dit. Bon, moi, les enfants, je dors. On a encore du chemin avant Jahol. Smikadoumi, toi aussi, tu ferais mieux de dormir. Profitons-en pour nous reposer pendant qu'on peut, pour ne pas être prises de court ensuite.

Sur quoi, Shtchaemma nous a tourné le dos et s'est allongée sur le côté. Yafnéfurné aussi a repris sa position pour dormir, la tête sur ses mains en guise d'oreiller. La conversation s'est arrêtée, le seul bruit que j'entendais était le grincement de notre cachot roulant. Mon odorat avait perdu toute sensibilité, la puanteur me gênait beaucoup moins qu'à mon réveil.

Je me suis couchée sur le sol de tôle, moi aussi. La jeune fille était trop terrifiée pour bouger, alors je lui ai fait signe de venir se coucher près de moi, à ma gauche. Elle s'est glissée dans l'espace vacant et s'est blottie contre moi. Notre proximité n'était due qu'à l'étroitesse du véhicule, mais j'avais l'impression que la chaleur de son corps était la preuve qu'elle m'ouvrait son cœur.

Comment aurais-je réagi, à sa place ? Admettons que je me réveille soudain dans un convoi de captifs. Avec une odeur insupportable et des gens que je n'ai jamais vus autour de moi, tous prisonniers eux aussi. Et je ne sais pas pourquoi je suis là. Où suis-je emmenée ? Même pas ça. Si mon passé est un gouffre obscur, l'avenir aussi n'est que ténèbres. La seule chose qui existe, et d'où je ne peux pas m'échapper, c'est l'instant présent. L'intérieur de la prison est terrifiant, mais en sortir l'est encore plus. La conscience, qui était à peine un point dans le noir, écarquille les yeux et s'effraie de tout. On voudrait ne penser à rien, mais on ne peut pas. On se débat à la recherche d'un fétu de paille auquel se raccrocher. Et pour elle, ce fétu de paille, c'était peut-être moi. Mais je ne savais pas ce qui allait se passer, et je ne pouvais sans doute rien faire pour la sauver. Ni même me sauver moi-même.

Était-ce vraiment moi qui l'avais attirée dans ce monde ? Foutaises, ai-je pensé. Encore les absurdités de Yafnéfurné. En même temps, je me disais pour de bon que ma pierre d'âme devait être une pierre-paysage. Parce que la plupart des Ishidakis qui naissent avec une pierre-paysage meurent sans que leur pierre se réveille du tout.

Telle était la question : qu'est-ce que c'était, ce rêve que j'avais fait tout à l'heure ? Je ne m'en souvenais quasiment plus, mais j'avais l'impression qu'il avait duré comme ma vie entière, je sentais dans mon cœur la fatigue de quelque chose long comme une existence. Ce Saïtô de mon rêve, quel genre d'homme était-ce ? Qu'était-il pour moi ? Les mains puissantes de Saïtô rampaient sur mon corps, ses doigts lourds creusaient doucement ma peau. Soudain, j'ai eu l'impression d'entendre une voix grave, une voix d'homme qui s'introduisait tout au fond de mon crâne. J'aime ce visage… J'aime ces seins… J'aime ce ventre… J'aime cette langue…

L'instant d'après, j'étais ramenée à la réalité par une main qui s'agrippait à ma manche gauche. C'était la fille qui se retenait de toutes ses forces à mon bras, je la sentais trembler. Je sentais son souffle effrayé jusque dans ma poitrine. Je lui ai pris la tête dans mon autre bras et lui ai murmuré :

– Tout va bien se passer, ne t'inquiète pas. On sera sauvées. Il ne nous arrivera rien de bien terrible, j'en suis sûre.

5

« On sera sauvées… » Tu parles. Pur mensonge, oui. Et voilà comment dans les moindres recoins du monde des tas de pauvres petits mensonges sont inventés puis disparaissent, sans que personne en sache rien. Je me faisais cette réflexion en me grattant entre les seins, quand j'ai ouvert lentement les yeux. J'ai vaguement erré un moment sur la frontière du rêve, puis j'ai sursauté. La question a surgi comme une bulle qui serait venue se cogner au sommet de mon crâne : Où suis-je ? Je me croyais encore dans le convoi de captifs et dans la chambre de l'appartement 303, j'avais l'impression que ça dépendait seulement de la position dans laquelle j'allais me retourner.

Puis j'ai senti le futon moelleux, j'ai aperçu une fenêtre et un rideau beige, le sol n'était pas secoué, pas de grincement de carrosserie, personne aux alentours, pas de jeune fille agrippée à mon bras. Mais je ne sais pourquoi, j'avais toujours cette désagréable odeur d'excréments dans mes narines.

J'étais tellement soulagée que j'ai poussé plusieurs soupirs, les yeux au plafond : ce n'était qu'un rêve ! Particulièrement réaliste, mais un rêve quand même ! J'avais peur de revenir dans le convoi de captifs si je fermais les yeux par mégarde.

Pourquoi ce rêve si atroce qui me collait à la peau ? Quand soudain, je me suis souvenue. J'ai bondi sur mes genoux et j'ai jeté mon oreiller à l'autre bout de la chambre : le Gekkeiseki. L'arbre, trop branchu, crochu, griffu, grisâtre. C'est ça. J'ai tâté ma poitrine d'un doigt timide. Mais la pierre d'âme n'était plus là. J'ai pris le Gekkeiseki dans ma main. Il était tiède, évidemment. D'une tiédeur étrange, désagréable, organique. Comment le dire autrement ? Dans mon rêve, j'avais quelque chose de dur de la même taille, de la même forme, tiède, enfoui sous la peau, dans la partie supérieure du sternum. Et lorsque j'appuyais dessus, il changeait de place comme la rotule, avec cette sensation caoutchouteuse, avant de retrouver sa place.

C'est ça ! C'était lui qui m'avait fait faire ce rêve affreux ? L'idée était absurde et en même temps, elle résonnait en moi et ne voulait pas disparaître. Je pouvais bien essayer de me persuader que ce rêve sur la Lune n'avait été qu'un effet de ma propre autosuggestion, j'en étais même certaine, en tout cas plus question de dormir avec cette pierre sous mon oreiller. J'avais manqué mourir, moi ! Si ce cauchemar n'avait pas pris fin, je serais morte, d'une façon ou d'une autre. Avec la jeune fille. Youanuia.

Je ne sais pas avec quel matériau mémoriel mon esprit avait créé Shtchaemma et Yafnéfurné, mais en tout cas, pour Youanuia, il n'y avait aucun doute : c'était la fille de la voisine. Sa silhouette, son visage, sa voix même. Et pourtant je ne l'avais entendue que très peu. Et les noms ? Smikadoumi, franchement nunuche comme nom de personnage, mais il venait sans aucun doute de mon vrai nom : Sumika. Alors, Youanuia… Est-ce que c'était aussi dérivé d'un nom en Yu ou Yû-quelque chose ? Je ne connaissais même pas son nom, à cette fille. Mais si je vérifiais et que son nom commençait effectivement par Yu ou Yû, je crois que je tiendrais là une pièce importante pour comprendre comment s'était formé ce rêve incroyable. Ceci dit, je ne me voyais pas vraiment aborder la voisine en lui disant : j'ai rêvé de toi, tu peux me dire ton nom ?

J'ai allumé la lampe. J'ai regardé la pendule : 04 h 07. Je me réveillais souvent vers ces heures-là. Je pouvais encore me rendormir. J'avais lu je ne sais où qu'on fait plusieurs rêves par nuit, et que chacun dure à peine quelques minutes. S'il n'avait fallu que quelques minutes de rêve pour fabriquer une histoire aussi riche et cohérente, je ne m'étonnais pas qu'on puisse rêver une vie entière en une seule nuit.

J'ai enveloppé le Gekkeiseki dans son essuie-main indigo et il est retourné dans le tiroir de la commode. Il était resté dans le bureau de la maison familiale pendant vingt ans sans que personne s'en préoccupe, et désormais, j'avais la sensation de dormir à côté d'une bombe. La veille, Saitô m'avait dit de le mettre sous mon oreiller pour dormir. S'il l'avait pensé un tant soit peu sérieusement, le lendemain matin il m'aurait demandé, comme une blague : « Alors, comment c'était ? » Et une chose était sûre : hors de question de lui raconter mon rêve tel quel. Même si je m'en souvenais suffisamment pour le lui rejouer assez exactement, au moins en partie, je ne voyais absolument pas par quelle technique théâtrale je pouvais communiquer l'impression de réalité que possédait le monde de là-bas, et l'impression de flou brumeux dans lequel s'estompait la réalité de celui-ci. Et entasser des mots sur les mots ne pouvait qu'augmenter l'impression de maladresse laborieuse. Je le voyais déjà avec son petit sourire en coin, à me dire que décidément, il y avait toujours de nouvelles facettes à découvrir chez moi, c'est fou. Comme s'il goûtait l'insondable et éternelle irrationalité féminine. Et encore, je pouvais m'estimer heureuse si ça n'allait pas plus loin, parce qu'il pouvait aussi bien dire : « Ah bon ? J'ai bien envie d'essayer cette nuit, moi aussi. » Et franchement, je n'avais pas envie de lui prêter le Gekkeiseki. Le lendemain, je ne voulais pas le voir se réveiller complètement changé, devenu quelqu'un d'autre, après avoir vécu en une nuit une somme d'expériences qu'il n'aurait pas assez de toute une vie pour raconter.

Mais en définitive, le matin venu, il ne m'a pas posé une seule question sur mon rêve de la nuit. Nous en avions pourtant parlé en long en large et en travers, des motifs sur la pierre, il avait même pris des photos. Eh bien, pas un mot ! Il le savait, pourtant, que c'était un sujet important pour moi, j'avais mis ma santé mentale en jeu, dans cette histoire ! Eh bien, pour Saitô, c'était une question triviale qui pouvait être oubliée du jour au lendemain. Au carrefour du Gekkeiseki, Saitô avait pris le chemin ensoleillé et facile, et je m'étais retrouvée toute seule, avec mon angoisse, à choisir le chemin lourd et boueux. Quelque chose de Smikadoumi s'était incorporé en moi, je n'étais plus aussi saine ni aussi naïve qu'avant. Et Saitô qui ne s'apercevait de rien.

Quelques mois après mon fameux rêve, c'était un samedi, Saitô était au travail et moi, j'étais de repos. À la fin de la journée, en revenant des courses au supermarché, dans le hall du rez-de-chaussée j'ai appelé l'ascenseur, mais il restait apparemment bloqué au sixième. En plus de ça, il y avait une sorte de grondement qui résonnait et qui semblait venir de la colonne elle-même, de l'autre côté de la porte vitrée. Quelqu'un secouait la cage au sixième. Il n'y avait que des enfants pour faire ça, à jouer à touche-touche ou à se battre dans une cabine d'ascenseur.

Je songeais à monter par l'escalier avec mes sacs de commissions, quand finalement l'ascenseur s'est remis en marche, avec des cris aigus de garçons. Je me suis dit que c'étaient encore les garnements des Kataoka. Ça n'a pas manqué, la cabine était à peine arrivée au rez-de-chaussée que les deux garçons ont déboulé à l'extérieur. Le plus jeune a bondi comme un lapin, poursuivi par le plus âgé avec un rire qui lui mangeait toute la figure. Neuf ans et sept ans, à vue de nez. Il a fallu que je me pousse pour qu'ils ne me rentrent pas dedans. « Tss », ai-je fait dans leur dos. Quand j'ai pensé à leur demander des nouvelles de leur sœur, je les ai interpellés.

– Hé ! Vous deux !

Ils allaient sortir de l'immeuble mais se sont retournés, l'air surpris. Il ne leur venait même pas à l'idée qu'ils pouvaient se faire enguirlander. Comme on ne s'était jamais parlé, évidemment, pour eux je devais être « une dame qu'on ne connaît pas », ou à la limite – si j'avais vraiment de la chance – je pouvais entrer dans la catégorie des « jeunes femmes qu'on croise de temps en temps ».

– Vous n'êtes pas avec votre sœur, aujourd'hui ?

Le grand à fait : « Hein ? » Ils se sont regardés, la bouche ouverte, tout juste si une série de points d'interrogation ne flottaient pas au-dessus de leurs têtes.

– Vous avez bien une grande sœur, qui doit aller au collège ?

– Hein ? a répété le grand.

Mais cette fois, il a ajouté :

– On n'a pas de sœur ! On n'est que tous les deux…

Pour le coup, c'est moi qui ai fait :

– Hein ? Enfin, la jeune fille qui est avec vous, de temps en temps, je vous ai vus plusieurs fois tous les trois à la bibliothèque municipale.

Le grand a froncé les sourcils et a penché la tête sur le côté, les bras croisés.

– On va pas à la bibli avec une fille, nous. De temps en temps, on y va avec maman, mais sinon, c'est tout.

– Non, non, une très jeune fille, de l'âge d'aller au collège. Ou au lycée, peut-être, je ne sais pas, mais il y a bien une jeune fille avec vous, de temps en temps ? Euh, vous êtes les enfants de Mme Kataoka, n'est-ce pas ?

La conversation avait mal commencé, mais j'ai tout de même appris qu'ils étaient les deux enfants de la famille Kataoka, Kent, en troisième année du primaire, et Shôya, en première année. Mais ils n'avaient pas de sœur. Ils vivaient avec leur papa et leur maman au 302. Quatre personnes et aucune autre, ils ne voulurent pas en démordre. J'ai essayé de leur demander s'ils ne connaissaient pas quelqu'un qui s'appelait Yu ou Yû-quelque-chose, mais ils ont secoué la tête sans hésitation. Le fait est qu'ils n'avaient pas l'air de mentir. Mentir pour quoi faire, d'ailleurs ?

Pendant que je montais au troisième, j'ai commencé à ressentir une sorte d'agitation en moi. Le jour où j'avais croisé la jeune fille pour la première fois, elle portait un sac de supermarché. Elle était entrée au 302, cela j'en étais sûre. Nos regards s'étaient croisés, on avait même échangé un signe de tête. À deux reprises nous avions aussi échangé quelques mots, la première fois dans le hall, la seconde dans l'ascenseur. Ensuite, je l'avais plusieurs fois aperçue à la bibliothèque et au supermarché. Non, ces souvenirs ne pouvaient pas tous être des constructions de mon esprit, et ce n'était certainement pas non plus un fantôme qui hantait l'appartement des voisins, je pense que je peux être assez catégorique sur ce point. D'ailleurs, mais oui, c'est vrai, Saitô aussi l'avait vue ! Bon, pas autant de fois que moi, mais quand même plusieurs fois.

Néanmoins, une question troublante m'est venue à l'esprit : l'avais-je vue récemment ? Il me semblait bien que non. Mais alors, depuis quand ? Depuis quand ne l'avais-je plus revue ? J'ai senti mon sang se glacer. Parce que la réponse m'était venue en même temps que la question : je ne l'avais pas vue une seule fois depuis que j'avais fait ce fameux rêve. Dans la coursive du troisième étage, toute seule, je murmurais : « Qu'est-ce que c'est que cette histoire ? » J'avais l'impression de marcher en équilibre instable sur le bord d'une immense question grande comme le monde. Si je pensais de travers, je pouvais perdre l'équilibre et tomber tête la première dans la folie abyssale.

J'ai regardé la plaque à côté de la porte du 302. Le nom « Kataoka » écrit au marqueur noir n'avait pas changé. Mais il m'a semblé qu'avant, le style était plus négligé. J'aurais voulu trouver une trace, quelque chose qui me rappelle la toute jeune fille que j'avais vue ici, autour de cette porte 302, mais non, rien. J'ai laissé tomber, je suis rentrée dans mon appartement, j'ai posé le sac de courses sur le sol du salon, je me suis jetée sur le canapé, sur le dos. J'ai regardé le plafond dans la pénombre, mais ma conscience flottait dans le vide, avec cette question qui tournait toujours dans ma tête : Qu'est-ce que ça veut dire ? Qu'est-ce que c'était, ce rêve ? Où la fille avait-elle disparu ?

Le soir même, à 21 heures passées, Saitô était allongé sur ce même canapé, une canette de bière ouverte à la main.

– Tu te rappelles la collégienne d'à côté, au 302 ? lui ai-je demandé l'air de rien.

– Hein ?

La même réponse. Avec la tête de qui se demande pourquoi je lui raconte des mensonges. Une tête assez mignonne sur des enfants mais qui, sur un homme de quarante ans, lui donnait surtout l'air agacé de me voir complètement débloquer. Dire que je l'avais attendu comme mon dernier espoir, et il envoyait tout balader d'un revers de main.

J'ai insisté.

– Mais enfin, il y a les deux garçons et une fille, ne me dis pas que tu ne l'as jamais vue !

Il s'est emparé de son journal de sports et s'est contenté de hausser les épaules.

Je m'attendais à une réponse de ce genre, à vrai dire, mais j'avais envie de le secouer par les épaules : on l'a vue ensemble à la bibliothèque, tu ne te souviens pas ? Je t'ai raconté qu'elle ressemblait à ma tante Keiko, tu ne te souviens pas ? C'était idiot, je sais, mais je comptais sur lui comme sur un filet de sécurité. Mais voilà, il n'avait tellement pas de mémoire qu'il a laissé la fille d'à côté s'écraser par terre, comme si elle n'avait jamais existé, et la houle que je sentais s'accumuler dans mon cœur ne faisait même plus de différence entre la colère et la tristesse. Et pour ne rien gâcher, j'avais franchement l'impression de sentir une odeur de jasmin encore plus forte que d'habitude, qui vibrait dans mon cerveau comme un mirage de chaleur. Je savais déjà qu'il ne viendrait pas réclamer mon corps ce soir. Il a préparé sa tête exténuée par le boulot, comme un prétexte. La vision de Saitô, comme un animal sans poil en train de dévorer à pleine bouche une autre femme que moi, sans visage mais luisante de fluides corporels, a commencé à grouiller dans ma tête.

Enfin, bon, ce n'était pas le sujet. La silhouette de la jeune fille est venue recouvrir la vision obscène. Elle me regardait depuis l'ascenseur en passant la tête par les portes ouvertes. Elle disait : Non, je vous attends. Mais où ça ? Où serait-elle à m'attendre ? Non… quand même pas… dans le rêve ? Mais je ne voulais plus retourner dans ce rêve ! La prochaine fois, j'avais l'impression que je serais capturée par la gravitation lunaire et que je ne pourrais plus revenir. La prochaine fois, je lèverais mes yeux en dévotion sur le Grand Laurier blanchi en train de mourir.

Saitô a dû sentir que quelque chose ne tournait pas rond.

– Tu dis qu'on l'a vue ensemble ?

Cela m'a fait revenir à moi, mais que répondre à ça ? Je suis restée muette, à le regarder droit dans les yeux. Le mur qui me séparait de cet homme, moi qui me souvenais de cette jeune fille, lui qui l'avait oubliée si facilement, était trop épais. Évidemment qu'on l'avait vue ensemble. Mais celui avec qui j'étais quand on l'avait vue ensemble, c'était le vrai Saitô. Celui que j'avais en ce moment devant les yeux devait être un faux. D'ailleurs, c'était peut-être pour ça qu'il puait tant. Un soupçon m'a soudain traversé l'esprit, complètement à contrepied. Ces derniers temps, le corps de Saitô sentait le jasmin… le parfum du jasmin, que je déteste le plus au monde. Rien qu'à le dire, ma gorge se nouait. Et le sentiment horrible de ne pas savoir où est l'axe de ma vie remontait le long de mon épine dorsale. Où trouver un minimum de stabilité mentale ? J'étais en équilibre instable entre le monde où cette jeune fille existait et celui où elle n'existait plus, et je pouvais basculer dans l'un ou l'autre. Mais en même temps je me sentais coincée entre deux murs indestructibles, incapable de faire un pas de plus d'un côté ou de l'autre.

– Bien sûr qu'on l'a vue ensemble. Mais tu l'as oubliée. J'en suis sûre et certaine, me suis-je entendue chuchoter.

– Hum, non, je ne me souviens pas, a dit Saitô en vidant sa bière pour dissimuler une légère inquiétude.

– Je n'arrive pas à croire que tu aies pu l'oublier. En revenant de la bibliothèque, nous avons parlé d'elle, nous étions d'accord pour la trouver très jolie, comment est-il possible que tu l'aies oubliée ? C'est trop, trop bizarre. Oublier les choses à ce point, c'est carrément un superpouvoir.

Saitô est resté muet, les yeux fixés sur moi, le visage inexpressif. Sur son front, on aurait presque pu lire : Ça va lui passer. Comme si, lorsque les femmes et les hommes étaient incapables de se comprendre, il n'y a absolument rien d'autre à faire qu'attendre sans rien dire.

J'ai tergiversé encore un mois. Un cycle de lune. À m'accrocher au faux espoir que si j'attendais encore un peu, je la croiserais peut-être de nouveau. Tous les week-ends, tous les jours fériés, je me suis rendue à la bibliothèque municipale, j'ai pris prétexte de la moindre banalité à acheter pour aller au supermarché, je sortais à tout bout de champ sur le balcon pour voir si je ne percevais pas sa présence à côté. Tout a été vain. Non seulement la jeune fille n'était nulle part, mais elle semblait n'avoir jamais existé. J'ai plusieurs fois revu les deux garçons et leur mère, mais pas la moindre poussière de sentiment d'absence chez eux. Au contraire, un homme habitait désormais au 302, et ce n'était pas le même qu'avant. Plus sérieux. La mère aussi était beaucoup plus aimable qu'avant, plus détendue au moins. Elle n'avait plus cette apparence d'apache. Comme si c'était elle, *cette* fille, qui avait opposé une force contraire à leur bonheur familial.

J'ai sorti le Gekkeiseki. Je me suis dit : Juste une fois. Oui, je sais, c'est complètement idiot. D'abord, parce que rien ne prouvait que c'était à cause de ce caillou que j'avais fait un rêve bizarre la dernière fois, sans même parler de croire que la jeune fille avait pu disparaître dans ce rêve… Mais bon, je n'avais qu'à dormir une nouvelle fois avec le Gekkeiseki sous mon oreiller et s'il ne se passait rien, au moins les choses seraient claires. Que pouvais-je y faire ? Après ça, je n'aurais plus qu'à attendre que le temps passe et que, lentement, mes souvenirs s'amenuisent. Et finalement, un jour viendrait où je me dirais que cette jeune fille n'avait sans doute jamais existé.

Avant de le glisser sous mon oreiller, je l'ai regardé de près. Il n'avait pas changé depuis la dernière fois. Les branches innombrables de l'arbre géant étaient déployées sur le ciel étoilé. Dans mon rêve, cet arbre s'appelait le Grand Laurier, mais si c'était la même espèce de laurier à feuilles persistantes que nous avons sur Terre, il n'était pas censé perdre ses feuilles d'un seul coup, en principe. Mais surtout, en japonais, le nom du laurier est *gekkeijû.* Le *gekkeijû* sur le *gekkeiseki*, le « laurier » sur la « pierre-paysage de lune ». Les deux mots se ressemblent. Sauf que *gekkeijû*, le « laurier », signifie étymologiquement « katsura de la lune », le katsura étant le nom japonais de l'arbre à caramel, qui, lui, est à feuilles caduques. Enfin, sur la Terre, au moins. Tout ça n'est peut-être pas très logique, mais l'idée de départ était à peu près claire : le nom du « grand laurier » venait clairement de Keiko, qui s'écrit lui aussi avec le même caractère *kei* que *katsura*, « arbre à caramel ». Alors que *Gekkeiseki* s'écrit avec le caractère *kei* qui signifie paysage. Deux caractères *kei*, qui se prononcent pareil mais ne s'écrivent pas pareil ni ne signifient la même chose. C'était peut-être un peu tiré par les cheveux, mais au moins ça ne pouvait pas avoir été imaginé par une imbécile. Il fallait une intelligence un peu artiste pour y penser. Cela m'a rassurée, je l'avoue.

J'ai mis le Gekkeiseki sous mon oreiller, j'ai remis *Für Alina* d'Arvo Pärt, je me suis couchée dans le futon, sur le dos. Plus ou moins les mêmes conditions que la dernière fois. Je restais étrangement lucide, et dans la pénombre de la chambre, mon esprit s'est rempli de réflexions bizarres. En fait, m'étais-je seulement réveillée de mon rêve de la dernière fois ? Est-ce que la suite du rêve de la dernière fois n'avait pas dérapé et glissé dans un monde où la jeune fille n'était pas, par exemple parce qu'elle avait été changée de camion ? Ce qui signifiait que, dans la réalité, j'étais peut-être depuis des mois à dormir couchée dans un lit d'hôpital. Et que Saitô, le plus fidèle des hommes, restait à me tenir la main, inlassablement, tous les jours, tous les jours, dans l'espoir que j'allais me réveiller. En répétant « j'aime tes mains », « j'aime tout de toi »…

6

– Ah, on voit le Grand Laurier ! On arrive bientôt à Jahol, ai-je entendu murmurer dans mon demi-sommeil.

Ça ne m'a pas empêchée d'identifier immédiatement la voix de Shtchaemma. Nous étions enfermés là-dedans depuis des jours, et pourtant, étrangement, alors que pendant un instant je ne savais plus qui j'étais, j'ai ressenti comme un petit bonheur à revoir son vieux visage ridé.

Nul ne savait ce que devenaient les Ishidakis capturés par l'armée fédérale, mais à ce qu'on racontait, tous passaient obligatoirement par Jahol, sur les rives de la Mer des Nuées. La ville de Jahol s'était développée en forme d'anneau autour du laurier géant. C'était la plus grande ville de la Lune et la capitale de la République centrale et Fédération de la Face Lunaire. On disait qu'un million d'habitants y vivaient, dans des palais étincelants pour certains, d'autres de mendicité dans les rues. Les plus belles femmes de la Lune lançaient des œillades pour attirer l'attention des hommes de pouvoir, et les malfrats des gangs mafieux jetaient en rigolant ceux qui les gênaient dans la fosse aux serpents de lune. Bien sûr, la grande majorité vivaient une vie ordinaire et pieuse, vénérant le Grand Laurier comme leur divinité tutélaire, c'étaient des gens pleins d'astuce et d'esprit commerçant.

Bien que le Grand Laurier fût planté au milieu de la ville qu'il dominait, les habitants de Jahol n'avaient pas libre accès à Lui. Un mur de basalte gris foncé de plus de trente mètres de haut entourait la colline de Godim où Il se trouvait. Seul un nombre extrêmement limité de personnes recevaient l'autorisation de pénétrer dans l'enceinte pour faire leurs dévotions à l'arbre sacré, certains jours précis, après avoir attendu des années de gagner à la loterie. Les auberges alignées le long de l'avenue qui montait à la porte des remparts étaient bondées de pèlerins venus de la campagne, parfois de fort loin, bien que l'immense majorité d'entre eux devaient quitter Jahol sans avoir pu embrasser l'écorce de l'Arbre, avec pour seul espoir de revenir un jour tenter de nouveau leur chance. Oui, pour les fidèles de l'Ordre Sacré de l'Arbre-Dieu, se prosterner aux pieds du Grand Laurier, appuyer leurs mains ouvertes contre le tronc de l'Arbre était un bonheur suprême, le but de toute une vie.

Or, on dit que les Ishidakis qui étaient ramassés sur l'arrière-lune depuis une dizaine d'années, eux, franchissaient directement, et par camions entiers, la porte du sanctuaire. Aucune habitation n'était autorisée à l'intérieur du rempart et personne ne savait ce qui s'y passait. Les pèlerins qui avaient la chance d'être admis ne pouvaient voir que le sombre sentier qui montait jusqu'au laurier sous une arche de rosiers sauvages, d'où ils ressortaient sans regarder en arrière. En d'autres mots, nul n'avait jamais vu ce qu'il y avait de l'autre côté de la colline. Ce qui, évidemment, laissait le champ libre à toutes sortes de rumeurs, que certains voyageurs indélicats se complaisaient à adapter à leur guise.

Toutes ces rumeurs n'avaient pas le même degré de vraisemblance, mais leur variété tenait la population en haleine. La plus modérée parlait d'un immense camp de concentration caché derrière la colline, où des milliers et des milliers d'Ishidakis se prosterneraient quotidiennement, sans interruption, et prieraient pour le rétablissement du Grand Laurier qui était en train de dépérir. Cette version avait l'avantage de ne pas mettre en scène la mise à mort des Ishidakis, et laissait intacte la possibilité que ceux-ci puissent à terme, quand leurs prières seraient entendues et que le Grand Laurier aurait recouvré la santé, retourner chez eux sur l'arrière-lune. Les bulletins officiels de l'Ordre Sacré de l'Arbre-Dieu n'étaient d'ailleurs pas très éloignés de cette théorie : « Les Ishidakis, qui accourent spontanément toujours plus nombreux de l'arrière-lune, avec un admirable sens du devoir, ne quittent pas un seul instant le chevet du Grand Laurier et vouent sans repos la totalité de leurs forces spirituelles à la guérison de l'Arbre-Dieu », répétaient depuis dix ans les prêtres de l'Ordre Sacré. D'autres rumeurs existaient néanmoins, plus sinistres. C'étaient même les plus nombreuses, tant la description de l'enfer titille plus facilement l'imagination que celle du paradis. Dans celles-ci, les Ishidakis n'échappaient pas à la mort. De l'autre côté de la colline s'étendrait un immense charnier d'Ishidakis, afin que leurs cadavres, retournant au sol lunaire, nourrissent les racines du Grand Laurier moribond. Ou cette autre rumeur qui décrivait le sacrifice quotidien d'un Ishidaki au pied du Grand Laurier par extraction à vif de sa pierre d'âme.

Le point de départ de toutes ces histoires était qu'à ce jour, aucun Ishidaki n'était jamais ressorti de l'enceinte sacrée. Aucun n'en était ressorti vivant, aucun n'en était ressorti mort non plus. Personne n'avait rapporté avec quelque vraisemblance avoir vu des corps transportés hors des murs. Bien sûr, les camions de l'armée de la Fédération qui avaient transporté les Ishidakis captifs à l'intérieur ressortaient bien, eux, et il n'y aurait eu rien d'étrange à ce que ces camions ressortent non pas vides, mais pleins de cadavres, pour aller les enterrer dans des fosses communes ou les incinérer. Eh bien non, rien de ce genre. Cela avait fixé dans le cœur des Ishidakis encore libres, si l'on peut dire, encore en fuite plutôt, comme une tumeur maligne : quel que soit le destin qui les attendait une fois qu'ils auraient franchi ce mur, en tout cas, ils n'en reviendraient pas.

L'heure approche, me suis-je dit sans même ouvrir les yeux, quand Shtchaemma a annoncé que le Grand Laurier était en vue. Elle m'a secoué l'épaule pour me réveiller de ma torpeur.

– Regarde ! Je l'avais déjà vu plusieurs fois, mais c'est la première fois que je le vois dans cet état. Je comprends que ceux de Jahol se fassent du souci.

J'ai ouvert les yeux en faisant la grimace. Youanuia avait toujours sa tête sur mon ventre, elle aussi se réveillait et ouvrait les paupières, les refermait, les rouvrait, les refermait… Des larmes avaient creusé des sillons dans la crasse de ses joues. Elle a sursauté, comme si elle se rendait compte qu'elle avait passé l'âge de se blottir innocemment contre quelqu'un, a frotté son visage avec ses manches et a essayé de remettre un peu d'ordre dans ses cheveux.

– Tu as réussi à dormir un peu, je vois.

Elle a eu un petit signe pudique d'acquiescement, comme prise sur le fait d'avoir profité d'une tendresse indue, avant d'afficher une expression beaucoup plus dure. Elle s'est retournée vers la fenêtre que Shtchaemma montrait du doigt à l'avant, comme pour voir en face le destin qui nous attendait. Ce n'était plus l'enfant effrayée et sans force qu'elle était avant de s'endormir. Je sentais qu'elle avait pris la résolution de se montrer courageuse.

La pensée que je devais ramener cette enfant à la maison m'a traversée, comme une injonction, une voix dans ma tête, comme une main inconnue et glaciale dans l'échancrure de mon vêtement. Mais la ramener où ? Je ne savais même pas où elle était née. Sur l'arrière-lune ?

J'ai secoué la tête pour faire tomber les derniers restes d'hébétude du sommeil et j'ai regardé avec Youanuia à travers la cabine. De part et d'autre, les épaules des soldats de la Fédération, et en face, les lumières de Jahol, la ville immense, dans la nuit lunaire, scintillantes comme un écrin à bijoux renversé. Au-dessus, le Grand Laurier étendait ses branches. Et encore au-dessus, au milieu du ciel, la Terre, ronde et lumineuse, la Terre bleue de nos origines.

Si l'on en croyait les affirmations de l'Ordre Sacré de l'Arbre-Dieu, le Grand Laurier mesurait plus de 700 mètres de haut, et son tronc 330 mètres de circonférence. Le diamètre de sa canopée 1 200 mètres. S'il avait pu marcher sur ses racines, il aurait enjambé les plus hauts remparts de la ville en un seul pas et il ne lui aurait pas fallu un jour pour réduire la ville entière en un tas de décombres.

J'avais visité Jahol seize ans auparavant, en compagnie de Shtchaemma, et cette fois-là, quand j'avais levé les yeux sur lui, ma première réaction avait été l'effroi. Parce que la réaction primale devant quelque chose d'immense est toujours l'effroi. Et s'il s'effondrait ? Et s'il était frappé par la foudre et s'embrasait comme un flambeau ? J'avais senti ma poitrine frémir. Mais au bout de quelques jours, mes craintes s'étaient dissipées, et j'étais au contraire devenue fascinée, je le cherchais partout des yeux, où que je sois dans la ville. Son feuillage était alors si dense qu'on ne voyait pas le ciel au travers, et son parfum caractéristique se répandait dans toute la ville.

Que s'était-il donc passé ? Une vision à vous donner froid dans le dos. Le Grand Laurier, dans la lumière éblouissante de la pleine terre, avait entièrement perdu son lourd feuillage, et ses branches osseuses, comme les mains du diable aux doigts innombrables, s'élevaient vers le ciel du sommet de la colline. Son écorce avait la blancheur blême d'une peau de vieille femme. Je ne m'attendais pas un jour à voir un spectacle aussi funeste. Oui, le Grand Laurier était effectivement en train de mourir. Les gémissements de l'arbre écartelé sous le souffle grinçant du vent de la nuit lunaire semblaient résonner jusqu'ici.

Jahol devait sa prospérité aux feuilles du Grand Laurier, dont on dit qu'elles procurent longévité et santé. Comment s'étonner dans ces conditions que certains prophétisent la disparition de l'air que l'on respirait et la fin du monde lunaire si le Grand Laurier venait à mourir ? La chasse aux Ishidakis était dirigée par les prêtres de l'Ordre Sacré de l'Arbre-Dieu, l'armée de la Fédération faisant le sale boulot, et les citoyens ordinaires préféraient faire comme s'ils n'avaient rien vu. Était-ce leur complexe de culpabilité mal assumée qui rendait les lumières de leur ville plus ternes, moins scintillantes qu'il y a seize ans ? On entendait dire que le prix d'une feuille de laurier rendait totalement impossible au commun des mortels de pouvoir s'en offrir, et que le nombre de touristes avait chuté de façon dramatique.

Pour les habitants, le dernier espoir résidait dans l'enseignement de la catastrophe des feuilles mortes. Dans les *Chroniques d'Abuhara*, l'un des textes épi-canoniques de l'Ordre Sacré de l'Arbre-Dieu, il était fait mention d'un épisode censé être survenu il y a six cents ans, au cours duquel le Grand Laurier avait perdu toutes ses feuilles et failli mourir, comme aujourd'hui. L'Arbre-Dieu n'aurait dû son salut qu'à un groupe d'un millier d'Ishidakis sous la conduite d'un couple, Naoyamuel et Keikoglenn, à la fois frère et sœur et mari et femme. La doctrine de l'Ordre Sacré de l'Arbre-Dieu affirmait que la pierre d'âme que possèdent les Ishidakis dans la poitrine est par essence constituée de la cristallisation du pouvoir spirituel du Grand Laurier, et que c'est en restituant ce pouvoir à l'arbre que celui-ci a pu ressusciter. Par conséquent, d'après les prêtres, pour guérir l'arbre de la chute de ses feuilles, il n'y avait qu'une seule solution : faire de nouveau appel aux pouvoirs des Ishidakis. Même s'il était impossible de reproduire la séquence exacte décrite par la légende. Un appel avait bien été lancé aux quatre coins de l'arrière-lune, mais le millier d'Ishidakis censés venir sauver le Grand Laurier ne s'étaient pas fait connaître. Il avait donc fallu recourir à la force. Et un millier n'avait pas suffi. Les feuilles ont continué à tomber. Alors ils ont commencé à nous transporter en secret, en convois plombés, comme celui d'où nous observions le Grand Laurier mourant.

– J'ai l'impression que je connais cet arbre, a dit Youanuia dans un murmure.

– Tiens donc, a fait Shtchaemma en haussant un sourcil, la mémoire commence à te revenir, à ce qu'on dirait ! Bah, ça ne m'étonne pas. On ne perd pas la mémoire pour un petit coup sur la tête. D'ailleurs, comme dit le proverbe, on oublie de respirer avant d'oublier le Grand Laurier.

– Mais je ne me souviens de rien d'autre. Seulement de cet arbre, a dit Youanuia en secouant la tête. Je ne sais pas avec qui je l'ai vu, ni même si je l'ai vu pour de vrai. Mais cet arbre souffre. Il appelle au secours.

– Tu veux dire que tu parles avec l'arbre ? lui ai-je demandé. Il y a six cents ans aussi, Keikoglenn, qui conduisait les mille Ishidakis avec Naoyamuel, parlait avec l'arbre grâce au pouvoir de sa pierre. Enfin, c'est ce qu'on dit.

Youanuia a de nouveau secoué la tête.

– Je ne sais pas. Mais depuis que je suis revenue à moi, j'entends comme une sorte de gémissement. Pendant que je dormais, il est devenu plus fort, et maintenant que je vois cet arbre, je pense que c'est sa voix.

– Comment tu peux le savoir ? a demandé Shtchaemma d'un ton très concerné. En admettant que tu entendes la voix des plantes, ça peut très bien être un champignon sur le bord de la route qui appelle au secours parce qu'il est en train de se faire bouffer par un insecte !

– Comment dire… Je ne sais pas. C'est juste une supposition. Il faut que ce soit un arbre énorme comme celui-là pour avoir une voix comme celle que j'entends, comme une vibration du sol.

– Tu l'entends en ce moment ? ai-je demandé.

Elle a eu un petit signe d'approbation. J'ai regardé Shtchaemma. Les Ishidakis qui entendent la voix des arbres, on disait qu'il en naissait un tous les cent ans. Personnellement, je n'en avais jamais rencontré, évidemment, et même dans un autre village, je n'avais jamais entendu qu'il y en ait eu un ou une. Je veux dire… de façon crédible. Et je suis à peu près sûre que Shtchaemma et Yafnéfurné non plus, ni aucun des Ishidakis présents dans ce camion. Cela faisait dix ans que les soldats de la Fédération remuaient ciel et lune, et que je sache, eux non plus n'en avaient pas trouvé. L'opinion générale était que personne de notre génération ne possédait ce pouvoir. Ce qui rendait hautement improbable qu'une telle personne se trouve juste devant moi à ce moment-là. Mais improbable ne veut pas dire impossible. En admettant qu'il existait un Ishidaki possédant le pouvoir d'entendre la voix des arbres, cela ne pouvait être qu'une personne venue de nulle part, qui débarquerait tout d'un coup, et qui aurait elle-même perdu la mémoire, pour ne même pas savoir qu'on la cherchait partout. D'ailleurs, dans les *Chroniques d'Abuhara*, Keikoglenn est une femme extrêmement mystérieuse, on ne sait rien d'elle, si ce n'est qu'elle est jeune et d'une grande beauté.

– Et… en ce moment, tu entends aussi la voix d'autres arbres ? lui ai-je demandé.

Youanuia a murmuré :

– Je ne sais pas.

Elle a tendu l'oreille. Des cultures s'étendaient à perte de vue de chaque côté de la route, appartenant vraisemblablement aux paysans dont on apercevait les maisons dispersées de-ci de-là. Le plus souvent, des arbres se dressaient autour de ces maisons. Je voyais que la jeune fille essayait de tourner la tête de façon à capter le mieux possible une éventuelle voix en provenance de ces arbres.

– Presque rien. Juste comme un bruit de fond, comme un brouhaha.

– Quoi ? s'est écriée Shtchaemma. Un brouhaha, tu veux dire… qu'ils parlent tous en même temps ?

La jeune fille a confirmé de la tête.

– Ils disent qu'il faut se dépêcher, je crois.

– Se dépêcher d'aller où ? a demandé Shtchaemma.

Youanuia n'a sans doute pas entendu la question. Elle regardait fixement le Grand Laurier qui se détachait, tout blanc, sur le ciel étoilé.

7

Le camion est entré dans Jahol. La piste a laissé place à des rues pavées, sur lesquels les pneus crissaient. Je ne sais si c'était à cause de la puanteur du baquet des latrines qui avait endormi mon odorat, mais l'air du dehors ne sentait absolument pas le laurier. Quelle différence avec le parfum qui embaumait la ville il y a seize ans ! Notre conducteur a fermé le rideau de la petite fenêtre, impossible de se faire une idée de l'ambiance de la ville, ni même de l'heure, puisque nos montres nous avaient été retirées lors de notre arrestation. Selon l'activité qui régnait dans les rues, et que l'on percevait à travers la bâche, il semblait être l'heure du lever. Nous aurions pu faire du vacarme dès que le camion se serait arrêté, mais je ne pense pas que cela eût donné à qui que ce soit l'idée de nous aider. Quand bien même des gens auraient compris que d'innocents Ishidakis étaient retenus captifs, ils auraient détourné le regard et passé leur chemin. La population de Jahol avait tellement peur de la fin du Grand Laurier, peu importe s'il leur fallait sacrifier leur bonne conscience avec la vie d'autrui pour se sortir de ce danger.

C'était le noir complet dans le caisson, maintenant que le rideau de la seule fenêtre avait été tiré. On ne voyait pas ses propres mains. Tout le monde était réveillé, mais personne ne disait un mot et le silence était d'autant plus lourd. Se tenir prêt au sort qui nous attendait n'avait même pas de sens. Et pourtant, dans le tréfonds du cœur de chacun, une timide, oh, très timide lueur d'espoir avait certainement commencé à germer. Un espoir si faible et incertain qu'il ne méritait pas le nom d'espoir, mais je suis sûre que chacun le gardait précieusement au chaud.

Notre espoir, c'était Youanuia, bien sûr. Qui était cette fille, personne ne le savait, mais si c'était vrai... Si c'était vrai qu'elle comprenait le langage de l'arbre, alors même à l'instant ultime un miracle pouvait se produire et le désastre prendrait fin. Simplement, personne ne voulait prononcer les mots. Personne ne connaissait cette jeune fille, c'était peut-être une mythomane, ou tout simplement une folle. Dans la mesure où personne d'autre ne parlait aux arbres, comment prouver qu'elle ne mentait pas ? Comment prouver que son pouvoir était authentique ?

Youanuia tenait ses mains à plat sur ses oreilles comme pour attendre que quelque chose cesse. Les autres ne la voyaient pas, mais moi qui étais assise à côté d'elle, je la devinais. Je n'arrivais pas à croire que Youanuia puisse être une menteuse. Mais elle aurait pu être mentalement dérangée, disons même que c'était fort probable. On dit que les fous entendent des voix, ou prétendent entendre la voix d'un dieu, ou d'un esprit. Et si elle avait perdu la mémoire, cela lui aurait peut-être dérangé l'esprit. Pourtant, je n'arrivais pas à me dire que c'était juste ça. Ce n'était pas rationnel, je le savais, c'était plutôt un besoin d'avancer, un murmure qui me dictait de marcher devant soi.

Le convoi s'est arrêté et l'on a entendu un long grincement métallique, comme l'ouverture d'un lourd portail. Quelqu'un a soulevé la bâche et a jeté un coup d'œil à l'intérieur. Un militaire de l'armée de la Fédération, sans doute. Après avoir rabaissé la bâche, il a engagé une conversation avec un autre individu.

– Combien ?

– Cinq hommes et six femmes.

Puis le camion a redémarré.

Dans le noir, je reconnaissais la voix de Yafnéfurné qui avait manifestement décidé de montrer qu'on pouvait rire de tout :

– Je crois qu'on a gagné à la loterie, les enfants ! Je vais pouvoir baiser le cul du Gros bon Dieu de bonsoir, dites donc ! Ça valait le coup de vivre jusqu'à mon grand âge, pas vrai ? Ha ha !

– Dis plutôt que tu as gagné un gage pour ton humour lamentable, et que nous allons tous en payer les conséquences, a répliqué Shtchaemma avec dégoût.

– Oh, pour ce qui est de payer les conséquences, je crois que personne ne te surpassera. Tu crois que j'ai oublié le passé, moi ? Hum... j'ai la langue qui me démange.

– Eh bien, ferme-la, je le dis pour ton bien. Les vieux gâteux qui ne savent pas ce qu'ils bavent, on les oublie facilement sur les aires de service.

Après un court moment, le camion s'est de nouveau arrêté. Une forte lumière l'éclairait de tous les côtés, au point que la bâche nous apparaissait d'un vert vif. On a entendu le portail se refermer. À l'avant, les deux soldats fédérés, le conducteur et son binôme qui avaient la charge de notre camion sont descendus. Nous étions arrivés à destination, semblait-il.

L'éclairage était tellement puissant que nous pouvions suivre l'ombre des deux soldats faisant le tour du camion. La bâche s'est ouverte et une lumière aveuglante a envahi le caisson. L'ensemble des captifs ont fermé les yeux. L'un des soldats a défait le cadenas et ouvert la porte.

– Dehors. L'un après l'autre.

Toujours aveuglés, nous avons tenté de nous regarder. Ils n'allaient tout de même pas nous abattre à peine après avoir posé le pied sur le sol, dans l'ordre dans lequel nous sortirions ? C'était bien la même réflexion que nous avions tous à l'esprit en cet instant.

– Eh bien…, a dit Yafnéfurné, c'est au plus âgé que revient le privilège de fouler le premier le paradis, normal.

Nous avions passé plusieurs jours dans cet espace réduit, nos membres étaient engourdis. Yafnéfurné se tenait aux barreaux du caisson pour garder son équilibre. Shtchaemma l'a suivi, puis tous les autres comme un chapelet de perles. Même si de l'eau et de la nourriture nous avaient été passées à travers les barreaux au cours du trajet, nous étions le ventre vide et nos mouvements étaient lents. Youanuia ne fermait plus ses oreilles avec ses mains, mais je voyais bien, à sa respiration altérée et son visage douloureux, combien les gémissements du Grand Laurier devaient être assourdissants pour elle. Je l'ai fait passer avant moi et je suis descendue la dernière. J'aurais voulu lui dire que tout se passerait bien, mais à quoi bon ? Au point où nous en étions, les belles paroles n'étaient que des mensonges. J'ai laissé la chaleur de ma main sur son épaule lui parler à ma place.

Une fois dehors, la première chose qui m'a sauté aux yeux, c'est le rempart. Le mur. Bien sûr, je l'avais déjà vu seize ans plus tôt, je l'avais même contemplé jusqu'à en avoir mal au cœur. Mais, désormais, je voyais sa face interne. Puis je me suis retournée et j'ai eu le souffle coupé : le Grand Laurier, complètement nu, sans la moindre feuille, me regardait d'en haut comme s'il allait s'abattre sur moi.

Vision d'horreur. Seize ans auparavant, il était luxuriant, il avait encore l'apparence d'un Dieu tutélaire, son tronc majestueux était couvert de mousses vertes, de fougères et d'épiphytes de toutes sortes. À présent, il était entièrement blanc et nu, sans écorce, comme un mort vivant qui exposait ses os à la vue de tous. C'était étrange et atroce. Atrocement douloureux. Pas une feuille visible sur aucune des branches principales qui s'ouvraient dans toutes les directions. Et juste au-dessus, la pleine Terre dans le ciel, toute ronde, énorme, imposante, dont la lumière bleu pâle, filtrée à travers les branches du Grand Laurier, descendait jusqu'à moi.

Il était certes mourant, mais quelle majesté encore ! Trois cents personnes les bras ouverts n'auraient pu en faire le tour. Cinq cents personnes les unes sur les épaules des autres n'auraient pu atteindre son sommet. Il n'était pas seulement debout, il rayonnait d'une présence surnaturelle, comme s'il déployait un univers pour lui seul dans l'espace lunaire au-dessus de la colline, pour y développer un microcosme complet, total. Les textes canoniques de l'Ordre Sacré de l'Arbre-Dieu le disent, il avait germé sur la Terre il y a vingt mille ans, puis, quand les humains avaient commencé à dégringoler la pente de la perdition et de l'extinction, il les avait pris dans ses bras, ainsi que toutes les autres formes de vie, petites et grandes, et s'était envolé dans l'espace pour rejoindre la Lune, qu'il avait rendue habitable en ses moindres recoins, jusque sur l'arrière-lune. Youanuia était elle aussi bouche bée devant ce spectacle et ne pouvait en détacher les yeux.

– Alignez-vous ici ! a crié un soldat.

Nous nous sommes retournés, face au mur. Une ligne blanche était tracée sur le sol. Nous nous trouvions dans la cour d'un bâtiment intégré au rempart, une sorte de casemate emmurée de tous les côtés, ce qui rendait impossible toute fuite, même en direction de la colline.

Celui qui nous avait donné l'ordre de nous mettre en rang sur la ligne n'était pas un soldat de l'armée de la Fédération, dont les uniformes sont vert foncé. Il portait un uniforme gris et un couvre-chef assez particulier, surmonté d'une sorte de crête de coq. Je me rappelais en avoir déjà vu de ce genre à l'extérieur du rempart, il y a seize ans. C'était un prêtre-soldat de l'Ordre Sacré de l'Arbre-Dieu. Il arborait un brassard blanc marqué du motif de l'Arbre-Dieu, et un splendide fusil avec baïonnette dans le dos, astiqué comme un miroir. Alors que les soldats de l'armée fédérale étaient généralement jeunes, vulgaires et indolents, pour ne pas dire amorphes, ceux-là vous regardaient avec des yeux durs et méchants. Je comptais six prêtres-soldats qui brillaient de tous leurs feux, dispersés dans cette cour, et surveillaient nos petits mouvements honteux, de fatigue, de faim et de mauvaise hygiène. De la garde de l'armée fédérale, nous étions passés sous l'autorité de l'Ordre Divin.

Un officier âgé d'une quarantaine d'années est venu nous demander à chacun avec arrogance quel était le pouvoir de notre pierre d'âme. À quoi cela pouvait-il servir ? Le malheur qui allait nous tomber dessus serait-il différent en fonction de la réponse ? « J'appelle les oiseaux. – Je lis l'eau. – Je vole en pensée. – Je lis les rêves. – Je suis guérisseuse. – Je fais de la lumière… » Tous ont répondu à contrecœur, comme s'ils devaient déposer aux pieds de l'ennemi l'arme secrète qu'ils cachaient encore. Pour ma part, je n'ai eu aucune hésitation.

– Je ne sais pas. Ma pierre d'âme ne s'est pas encore réveillée.

L'officier a levé un sourcil méfiant.

– Pas encore ? À ton âge ? Tu es attardée ou quoi ?

– C'est la vérité. Pour l'instant je n'ai aucun pouvoir.

La crête de coq a fait un pas vers moi et m'a saisi le col pour lorgner ma poitrine. Puis il m'a décoché un coup de poing dans la figure. Il a regardé ma poitrine de plus près, et avec un sourire libidineux a agrippé ma pierre d'âme à pleine main par-dessus mon vêtement.

J'ai failli crier sous la douleur, comme s'il m'avait planté un clou dans le thorax.

– Et ça, c'est quoi ? À quoi ça sert ? C'est un troisième nichon ? Ou alors, tu as ramassé le premier caillou que tu as trouvé au bord d'une rivière et tu l'as avalé, qui sait ? Bon, et la dernière ?

Ça avait l'air de l'amuser. Il était maintenant devant la jeune fille. J'ai senti que nous étions soudain encore plus tendus. Nous autres, les Ishidakis, je veux dire. Qu'allait-elle répondre ? Dans le camion, j'aurais pu lui conseiller de ne pas dire qu'elle parlait aux arbres. Elle était encore si jeune, elle pouvait dire que sa pierre n'était pas encore éveillée, cela n'aurait pas été impossible. Mais sa réponse nous a tous surpris.

– Je… J'entends la voix des arbres, a-t-elle fini par répondre d'une voix claire et assurée.

L'officier s'est instantanément figé. Puis il a fait d'un ton soupçonneux :

– Tiens, tiens. C'est intéressant, ça. Eh bien, tu vas répondre à quelques questions, ma petite. Notre Seigneur l'Arbre-Dieu, là, que dit-il ?

– Que la fin est proche. Que le moment du dernier voyage arrive.

Le prêtre-soldat a fait un pas en avant, presque à toucher le nez de Youanuia avec le sien, les yeux dans les yeux, comme s'il voulait les arracher.

– Et que demande Notre Seigneur ?

Youanuia a détourné légèrement les yeux. Sa voix tremblait mais restait ferme.

– La dernière pierre n'est pas encore là ?

– La dernière pierre ? Qu'est-ce que ça veut dire ? C'est toi, la dernière pierre ?

– Je ne sais pas, a répondu la jeune fille en secouant la tête. Il est si fatigué, je comprends à peine ce qu'il dit.

– Mais c'est que tu as un sacré culot, ma petite ! Tu penses vraiment tromper le monde en alignant des stupidités pareilles ?

– Je vous ai dit ce que j'entendais, c'est tout.

À nouveau, le prêtre-soldat a agrippé Youanuia par le col et a plongé la tête dans son échancrure. Puis il lui a lancé un regard plein de colère.

– Des pierres grosses comme ça, on n'en voit pas beaucoup. Mais Keikoglenn portait une pierre de cette taille, paraît-il. Enfin… Ça ne veut rien dire. Grosse pierre, gros con, comme on dit.

Sur ces mots, on nous a ordonné d'entrer dans la casemate adossée au rempart. Nous avons pénétré dans une pièce basse de plafond dont le centre était occupé par un grand panier. On nous a dit de nous déshabiller entièrement. Shtchaemma a émis une protestation, mais un prêtre-soldat a pointé une baïonnette contre sa gorge et lui a crié d'un ton qui n'offrait aucune réplique : « Ces vêtements sont plus précieux que ta vie, peut-être ? » Dès notre capture par l'armée de la Fédération, nous avions dû nous débarrasser de tout ornement ou objet de valeur. Cette fois, nous n'avions plus droit au moindre vêtement. Nous avons tout jeté dans le panier comme si nous n'en aurions plus jamais besoin. L'un des prêtres-soldats a dit qu'il n'était pas question d'être mis en présence du Seigneur l'Arbre-Dieu couvert de telles guenilles. L'Arbre-Dieu, Lui, se présentait à nous sans vêtement, par quel orgueil osions-nous rester vêtus devant Lui ?

Devant les prêtre-soldats dans leurs uniformes impeccables, nous étions nus, sales, minables. Je me sentais comme un mouton qui vient de passer à la tonte. Nous osions à peine nous regarder, échangeant quelques regards furtifs. Youanuia présentait un renflement plus gros qu'aucun de nous autres au niveau de sa pierre d'âme, d'autant plus remarquable que sa poitrine n'était pas encore totalement développée. Les prêtres-soldats, qui sont censés avoir fait vœu de pureté, ne parvenaient pas plus que nous à se retenir d'observer la nudité de la jeune fille. Youanuia, elle, paraissait plus préoccupée par les gémissements du Grand Laurier que par les regards braqués sur elle. Je voyais ses sourcils froncés, comme pour supporter une douleur, et ses bras le long du corps dont elle ne savait que faire.

Dans cette situation, que faire d'autre que nous résigner à notre sort ? À quoi bon exposer notre unique vie à une balle ou à un coup de baïonnette ? Autant la porter encore un peu sur ce chemin, quand bien même l'espoir était mince. Qu'étaient devenus les Ishidakis qui avaient été déportés avant nous ? Nous allions bientôt avoir la clé du mystère. Quand plus aucun de nous n'a eu le moindre vêtement sur lui, il nous a été ordonné de sortir, par une porte qui n'était pas celle par laquelle nous étions entrés. Shtchaemma s'est approchée de moi et m'a dit à voix basse, avec une sorte de sourire déçu :

– Pas sûr que Mexhlosa me donne l'occasion de l'égorger avec mes dents. Il se cache, le pleutre.

Que pouvais-je rétorquer, à part acquiescer silencieusement ? On disait que le Pontifex Mexhlosa souffrait depuis longtemps d'une grave maladie et n'apparaissait même plus en public. Nous ne savions pas ce qui allait advenir de nous, mais il paraissait évident que ce n'était pas ici que nous aurions pu nous attendre à croiser le grand prêtre.

Nous nous sommes retrouvés dans un vaste espace sombre dans lequel notre nudité paraissait encore plus fragile. Un plafond haut de vingt mètres, une salle toute en longueur, peut-être cinquante mètres de profondeur, qui ressemblait à une crypte souterraine construite par un géant, soutenue par de lourdes colonnes de basalte artistiquement sculptées. Chacune des colonnes portait un candélabre dont les chandelles donnaient une lumière faible et tremblotante. Tout cela empreint d'une sévérité antique, affirmant combien toute vie est insignifiante. J'en suis restée le souffle coupé. À chaque bout, une grande porte en forme d'arche richement sculptée de motifs enchevêtrés. Deux gardes se tenaient en faction de chaque côté. Sans doute celle de gauche donnait sur le rempart extérieur, celle de droite du côté du Grand Laurier, car les prêtres-soldats nous ont dirigés avec des signes des bras vers cette dernière. Tout en marchant pieds nus sur le sol dallé, l'idée m'a traversé l'esprit que nous nous trouvions dans un couloir secret fermé depuis des centaines d'années. Il y a seize ans, j'avais entendu parler de l'existence d'une telle galerie secrète, qui mènerait à une immense grotte derrière le Grand Laurier, mais cela restait du domaine de la rumeur.

Quand les prêtres-soldats ont atteint la porte, les gardes postés de part et d'autre l'ont fait pivoter lentement sur ses gonds avec un grincement lugubre. Un long couloir, ou plus exactement un escalier en pente douce d'environ cinq mètres de large se dessinait au-delà. Cet escalier grimpait à l'intérieur de la colline de Godim. D'autres chandeliers étaient accrochés aux parois, mais l'atmosphère était encore plus sombre et terrifiante, nous étions comme avalés au fond de la gorge d'une bête géante endormie depuis des temps immémoriaux. Si, comme je le pensais, cet escalier conduisait directement au pied du Grand Laurier, nous allions encore devoir grimper cinq cents mètres, toujours entièrement nus.

Je fermais la marche, Youanuia juste devant moi. Son pas était régulier mais ses mains, constamment agitées, se portaient à ses oreilles ou à son cou. Je suppose que les hurlements lugubres du Grand Laurier étaient tellement forts qu'elle luttait pour ne plus les entendre.

Ce qu'elle avait déclaré à l'officier tout à l'heure tournait encore dans ma tête. « La dernière pierre n'est pas encore là ? » Était-ce vraiment ce qu'elle avait entendu ? Était-ce vraiment ce que le Grand Laurier avait dit ? Auquel cas, on pouvait en déduire que tous les malheurs qui frappaient les Ishidakis depuis dix ans étaient liés d'une façon ou d'une autre à cette « dernière pierre ». Mais de quelle pierre s'agissait-il ? Où se trouvait-elle ? Était-ce la pierre de Youanuia, qui comprenait le langage des arbres ? Ou existait-il encore un ou une Ishidaki, sur l'arrière-lune, qui possédait une pierre d'âme dont avait besoin le Grand Laurier ? Et s'il s'agissait de ma pierre à moi ? Yafnéfurné me soupçonnait d'être porteuse d'une pierre-paysage. Même si, jusqu'à présent, elle m'avait été totalement inutile.

Mais non, voyons. Cette jeune fille avait été frappée violemment avant d'être jetée dans un camion, elle avait perdu la raison et elle délirait, inutile d'aller chercher plus loin. Ce n'était pas si rare, chaque patelin connaissait ce genre de « fou du village ». Mais il ne fallait pas négliger la taille exceptionnelle de la pierre de cette toute jeune fille. Je n'y comprenais plus rien. De toute façon, que pouvais-je faire ? À part garder les yeux ouverts quoi qu'il arrive, jusqu'au dernier moment.

L'escalier interminable, la soif et la faim, j'étais déjà à bout de souffle. Le Grand Laurier devait se trouver juste devant nous. Nous avons atteint une nouvelle salle, beaucoup plus large, à la lumière extrêmement faible. Où étions-nous ? J'ai levé les yeux, mais il était impossible de deviner où se trouvait le plafond, tant les ténèbres étaient épaisses. Pareil en regardant à droite et à gauche. Un bref instant, je me suis demandé si nous n'étions pas à l'extérieur, mais la résonance des bottes des prêtres-soldats ne pouvait prêter à confusion. À environ trente mètres devant nous, j'ai aperçu une autre porte, triangulaire et de grandes dimensions, qui nous barrait le chemin. Le sol sous nos pieds avait changé. De la terre. Le Grand Laurier se trouvait-il juste derrière cette dernière porte ?

Les gardes se mirent à quatre pour pousser les panneaux de la lourde porte. Pourquoi une forme si inhabituelle ? J'ai eu une petite surprise quand j'ai compris que cette porte marquait la fin du souterrain et l'entrée de la grotte du Grand Laurier. Ce qui se trouvait devant nous n'était pas un mur de maçonnerie mais les racines mêmes de l'Arbre Sacré. Quand ma vision a été suffisamment adaptée, j'ai cru à un mirage. Nous nous trouvions pris entre deux racines géantes, comme si nous remontions entre des jambes écartées. C'est au bout, disait la rumeur, que se tenait la grotte secrète, cachée au plus profond de l'arbre.

8

La porte s'est ouverte. Dans la grotte, très profonde, scintillait une lumière dorée. Le tronc du Grand Laurier était-il déjà si creux ? L'odeur du laurier m'a saisie, mais l'instant suivant une puanteur sauvage nous est tombée dessus, âcre et qui s'amplifiait à chaque pas, comme si nous étions encerclés par un troupeau de bêtes fauves. J'ai pensé à un tas de cadavres ou une fosse commune, mais ce n'était pas vraiment l'odeur de corps en décomposition. Sur quoi allions-nous tomber ? J'avais envie de m'enfuir. Et pour ne rien arranger, une sorte de martellement, un bruit sourd qui résonnait à intervalles réguliers. Boom… boom… boom… Cela vous hérissait le poil. Comme quelque chose de lourd que l'on soulevait et laissait retomber, indéfiniment.

La grotte se resserrait en une sorte de corridor sur vingt mètres. Sous nos pieds nus, le sol était recouvert de caillebotis, et des câbles noirs, ou du moins ce qui m'apparaissait comme tel, couraient le long des parois. Des luminaires disposés à intervalles réguliers projetaient une lueur jaunâtre sur nos corps nus, à nous faire transpirer. Un espace violemment éclairé était visible au bout du couloir, où nous devinions la présence de plusieurs prêtres et soldats. Voilà, c'est là. C'est là que ça va se passer, me suis-je dit. Les milliers d'Ishidakis qui avaient disparu depuis dix ans étaient tous passés par là, c'était une certitude. Et maintenant, mon tour était venu, j'allais les rejoindre.

Nous voici au bout du voyage, au cœur du Grand Laurier, par où passe l'axe central de l'Ordre Sacré de l'Arbre-Dieu, autour duquel tourne le dogme officiel. Le spectacle qui s'offrait à nos yeux était ahurissant. Comme si la pleine lumière était braquée sur un tabou, quelque chose que le commun des mortels ne devait pas voir. Pour le dire simplement, nous étions à l'intérieur d'un tube immense, un cylindre de plus de cinquante mètres de diamètre qui, par ses dimensions, correspondait à l'idée que l'on peut se faire d'un puits creusé par des Dieux.

Des prêtres-soldats, l'arme à la main, se tenaient à intervalles réguliers contre la paroi circulaire, et nous suivaient froidement des yeux pendant que nous avancions vers le centre du cercle. Au fond, une douzaine de vieillards, sans doute des prélats ou des prêtres de haut rang, étaient assis en rang dans des trônes, avec des dossiers très hauts et très luxueux, aux pieds larges, et nous fixaient d'un œil vide, comme s'ils étaient fatigués de veiller sur le destin des hommes.

Au milieu de cette rangée, un autre individu d'apparence étrange. Compte tenu de sa position au centre des douze prélats, il semblait naturel qu'il en soit le membre le plus éminent. Or, son siège était ridiculement simple, sans même un dossier. Il était lui-même très maigre, décharné, comme un arbre mort, mais il nous regardait d'un œil extrêmement aiguisé. Et surtout, alors que les autres étaient vêtus d'une chasuble d'un blanc étincelant, lui était nu. Oui, entièrement nu, comme nous autres, le dos courbé et le sexe exposé à la vue de tous. La seule différence avec nous, les captifs : sa nudité ne le gênait absolument pas. Son regard impitoyable, ses yeux noirs et or étaient dépourvus de la moindre pudeur. Il dégageait une autorité écrasante.

Ce vieil homme nu et desséché était-il le Pontifex Mexhlosa ? Était-ce là le prélat suprême de l'Ordre Sacré de l'Arbre-Dieu ? La rumeur disait qu'il était gravement malade et qu'il n'apparaissait plus en public depuis longtemps. Le vieillard sur son tabouret n'avait pas l'air très leste, c'est un fait. Sa complexion, son teint terreux, ses articulations hypertrophiées comme des branches noueuses faisaient penser à un pantin de bois. Sa tête surtout offrait une vision impressionnante : presque entièrement chauve, si ce n'est une sorte de longue coiffure de boue séchée qui pendait jusqu'au sol.

Mais le vieil homme ne nous impressionnait pas autant que la grotte elle-même. D'énormes lianes rampaient le long de la paroi. Et pas des lianes normales. Je les ai suivies des yeux vers les hauteurs et j'ai compris qu'elles étaient en fait plutôt fines, comme le doigt peut-être, mais torsadées pour former des torons qui s'agitaient comme un nid de serpents suspendus. Il y avait donc du vent ? Pourtant, l'air tiédasse qui nous enveloppait de son étreinte poisseuse semblait aussi immobile qu'à l'intérieur d'un cercueil.

J'ai ensuite examiné les lianes au sol et là, j'ai eu l'impression que le temps s'arrêtait. La paroi était couverte de statues, serrées sans le moindre interstice. C'était pourtant la première chose que l'on remarquait en pénétrant dans cette salle, mais je n'y avais pas suffisamment prêté attention. Cette fois, j'ai vu. Des figures humaines, comme un bas-relief, toutes de face, poitrine en avant, les membres et le dos incrustés dans l'écorce de l'arbre. Certaines représentaient des hommes musculeux, d'autres des femmes plantureuses, d'autres des vieilles aux seins flasques et aux côtes rachitiques, des enfants au crâne rasé. On reconnaissait une volonté évidente de représenter la totalité des types humains du monde lunaire, caractéristique de la pensée universaliste de la religion du Grand Laurier, me semblait-il. Et une expression faciale commune à tous, les yeux écarquillés, fixés pour l'éternité dans une attitude d'effroi et d'extase.

Autre point commun : une fente verticale dans la poitrine. Certaines petites, d'autres larges, mais toutes sans exception béantes et laissant voir… Un os ? Un muscle ? Difficile de le dire. Une envie de vomir m'a prise, malgré mon ventre vide, et mes genoux se sont mis à trembler. Évidemment. Ce n'étaient pas des statues. C'étaient des Ishadakis. Voilà donc où finissaient les Ishidakis. Voilà ce qu'il advenait des Ishidakis, éviscérés, après ablation de leur pierre d'âme : ils étaient incorporés au Grand Laurier.

Un cri terrible a déchiré l'espace. Shtchaemma s'est s'effondrée sur place. Yafnéfurné a dû se retenir à son voisin pour ne pas tomber. Ses yeux jaunis par l'âge semblaient sortir de leurs orbites et ses mains étaient agitées de tremblements violents.

– Qu'avez-vous fait ? Bande de salauds ! Qu'avez-vous fait ? Qu'avez-vous…

Il ne savait plus que répéter la même chose, comme si son cœur bégayait.

Sethbahama, Tchertonim, Xavierdak, et tous les autres, ne retenaient plus leurs cris de désespoir et leurs insultes. Certains étaient à genoux, la tête entre les mains, d'autres titubaient, se frappant la poitrine ou le crâne. La folie se lisait sur leur visage à tous. Youanuia se serrait contre moi et gardait ses yeux fermés très fort, les deux mains plaquées sur ses oreilles, haletante, pour maintenir la petite lumière de sa raison allumée. J'ai vomi. De larges vagues de nausée me frappaient, mais seuls des filets de glaire s'échappaient de ma bouche. Combien étaient-ils ? Combien d'Ishidakis étaient tombés dans cet enfer ? Les milliers, les dizaines de milliers d'Ishidakis qui avaient disparu depuis dix ans, ils étaient tous là, à n'en pas douter. Il n'en manquait pas un, je n'avais pas besoin de les connaître personnellement pour le comprendre.

Tchertonim et Xavierdak ont couru vers la sortie en hurlant d'une voix qui n'avait plus rien d'humain. Deux prêtres-soldats, baïonnette au canon, se sont rapidement postés en travers de la porte. L'effroi avait fait perdre toute raison à Tchertonim et Xavierdak qui ne ralentissaient même pas.

L'instant suivant, quelque chose les attaquait par-derrière. Les lianes qui s'agitaient au-dessus de nos têtes, telles des mains géantes, ont écarté leurs dizaines de doigts munis d'épines et ont agrippé mes compagnons par le dos, la nuque, la tête, se refermant avec une poigne prodigieuse. Une mare de sang s'est rapidement formée à leurs pieds, pendant que des cris déchirants résonnaient dans toute la grotte.

J'ai attrapé Youanuia à bras-le-corps et je l'ai plaquée au sol. Bien sûr, je ne pensais pas pouvoir échapper aux lianes, et où fuir ? Sans compter les prêtres-soldats armés qui nous encerclaient.

Shtchaemma, les larmes mouillant son visage comme un bébé, s'est précipitée vers Tchertonim pour le dégager des lianes qui s'étaient imprimées dans son dos. Au moment où une autre liane allait fondre sur Shtchaemma, Yafnéfurné a bondi et l'a écartée d'un coup d'épaule. Tous deux sont allés valdinguer sur le sol. Mais une nouvelle liane était déjà là, agrippant Yafnéfurné et lui plantant ses épines acérées dans le corps. Shtchaemma a bien tenté de l'arracher à la poigne de fer, mais le cadavre a été emporté dans les airs sans offrir aucune résistance, tel un supplicié.

Le corps de Yafnéfurné, maintenu au-dessus du sol, rejetait une écume sanguinolente par la bouche. Tchertonim et Xavierdak ont subi le même sort. D'abord les yeux fermés, sans même la force de crier, puis saisis de spasmes violents, le dos arqué comme des crevettes.

Une brume de sang est tombée sur nous. Les trois poitrines avaient été ouvertes et leur pierre d'âme arrachée. Je ne saurais dire quelle force était à l'œuvre, mais le fait est que les trois pierres d'âme flottaient en l'air. Le sang gouttait sur le sol, mais les pierres étaient en lévitation, comme soutenues par des fils invisibles, et s'élevaient peu à peu. Où allaient-elles ? La lumière n'allait pas jusque-là, et passé une certaine hauteur on n'y voyait plus rien. Ou presque. Quelque chose semblait se tenir caché dans les ténèbres. En regardant avec toute mon attention, il m'a semblé discerner une forme oblongue, couleur chair, humide, d'environ quinze mètres, et sans doute en lévitation elle aussi. Ou plutôt non, elle ne flottait pas, c'était de cette masse rougeâtre que sortaient les lianes qui avaient vidé les Ishidakis de leur sang comme des éponges. Elle devait se maintenir par la force de ses appendices sur la paroi tubulaire, comme une araignée géante au fond de son nid. Les trois pierres s'élevaient vers cette chose marquée de plissements. Sans heurts, elles se sont enfoncées comme dans un liquide et ont disparu instantanément. La chose les avait englouties.

Quelle était cette horreur ? J'avais suivi la scène, ahurie, le cerveau vide. Au bout d'un moment, j'ai remarqué que la masse tremblait par intermittence. Plus exactement, elle battait comme un cœur. Ce battement lourd que j'entendais depuis que nous étions dans la grotte semblait synchrone avec la déformation de la masse visqueuse en suspension. Que je sache, les arbres n'ont pas de viscères, mais comment le voir autrement ? C'était bien le cœur, ou en tout cas l'organe du Grand Laurier qui commandait les lianes préhensiles.

Pendant que les pierres avaient été avalées, les corps des trois Ishidakis, eux aussi, avaient continué de s'élever dans les airs. Il n'y avait plus rien à faire pour eux de toute façon, sans pierre d'âme, un Ishidaki meurt immanquablement au bout d'un temps plus ou moins court. Les lianes qui les tenaient par le dos se rétractaient, se résorbaient à l'intérieur de la paroi, jusqu'à ce que chacun des corps vienne se plaquer contre elle. Alors, le mur, comme une boue vivante, avec un bruit de succion, aspirait leurs bras et leurs jambes, pour les maintenir comme punaisés, ou crucifiés, trouvant leur place parmi l'étrange tapisserie. Leur chair était encore souple, mais les tissus perdraient peu à peu leur chaleur, ils se dessécheraient bientôt comme des sculptures de bois, pour s'incorporer à l'écorce du Grand Laurier.

Shtchaemma, elle, n'avait pas encore été attaquée par une liane. Après avoir contemplé, hébétée, ce qui arrivait à nos compagnons, elle s'est remise sur ses jambes et, dans un hurlement, est partie en courant en direction des grands prêtres qui assistaient à cette scène dans l'indifférence. Sa cible était le vieil homme nu assis au milieu. Elle devait faire le pari que c'était bien lui Mexhlosa, le Pontifex. Nous autres, toujours à terre depuis tout à l'heure, la tête dans les mains, n'avons pas anticipé le sprint de Shtchaemma et n'avons rien pu faire pour la retenir. Les prêtres-soldats eux-mêmes ont été pris de court. Les prélats ont grimacé, preuve qu'ils devaient juger la situation préoccupante, et se sont enfoncés un peu plus dans leurs fauteuils. Shtchaemma avait réussi à franchir la distance, elle a ouvert la bouche, dents en avant, et s'est jetée tête la première. Mais elle s'est effondrée sur une chaise vide qui s'est renversée dans un grand vacarme. L'instant d'après, les prêtres-soldats étaient sur elle et appliquaient les gestes techniques d'un plaquage au sol.

Où était passé le vieillard nu ? Et comment avait-il disparu ? La réponse est venue dès que j'ai levé les yeux. Il était là, flottant au-dessus de son tabouret. Une liane tenait le vieillard par la tête et le dos, exactement comme tout à l'heure Yafnéfurné et les autres. Ce que j'avais pris pour une coiffure de boue était en fait l'extrémité préhensile d'une liane, et c'était elle qui, en le retirant à grande vitesse, lui avait fait quitter son tabouret avant que Shtchaemma ne lui tombe dessus. Le plus étrange était qu'il restait vivant. Pourquoi le Grand Laurier le laissait-il siéger parmi les prélats ?

Le vieillard, toujours suspendu par la liane, est venu se positionner au-dessus de nos têtes, d'où il nous a regardés d'un œil torve. De près, son apparence était encore plus incroyable. Sa peau avait la couleur de la terre, mais sèche, cireuse et patinée comme un vieux meuble. En fait, il était déjà à moitié arbre. Ses mains noueuses semblaient recroquevillées sur une boule dure. On m'aurait dit que c'était une statue en bois hyperréaliste, j'aurais certainement acquiescé. Ce vieillard était-il réellement Mexhlosa ? Cela expliquait pourquoi le Pontifex n'avait plus été vu en public depuis longtemps. Il avait fusionné avec le Grand Laurier, il ne ferait plus un pas hors de cette grotte.

Et j'ai enfin compris. La poitrine du vieillard présentait un renflement. Ce vieillard était un Ishidaki. Peut-être n'était-ce pas aussi invraisemblable que cela pouvait le paraître. Les Ishidakis ne naissaient que sur l'arrière-lune, certes, mais il n'était pas exceptionnel que certains émigrent et fassent leur vie à Jahol. Quoi d'étonnant que certains se soient convertis, et soient devenus prêtres de l'Ordre Sacré de l'Arbre-Dieu ? En revanche, je ne m'expliquais pas pourquoi sa pierre d'âme ne lui avait pas été arrachée. À l'instant où la question s'est formulée dans ma tête, le vieillard m'a fixée droit dans les yeux. Il m'a semblé voir ses lèvres frissonner et sa gorge a émis une voix grinçante comme une scie raclant du métal.

– Ce n'est qu'un sursis qui m'a été octroyé. Par la forme qui est la mienne actuellement, j'ai acquis le pouvoir de comprendre le langage de l'arbre. Mais bientôt, je serai moi aussi incorporé à l'arbre, je ne ferai plus qu'un avec lui. Ce moment arrivera bientôt. Très bientôt.

J'ai eu du mal à avaler ma salive. Cet Ishidaki lisait les cœurs. C'est un pouvoir très rare, qui n'apparaît que chez un Ishisaki sur dix mille, dit-on. Cela expliquait comment il avait réussi à se hisser jusqu'à la position de Pontifex de l'Ordre Sacré de l'Arbre-Dieu.

– Vos trois compagnons sont à présent unis à l'Arbre-Dieu, a continué Mexhlosa. Mais ils ne sont pas morts. Ils ont restitué leur pierre à l'Arbre et sont entrés dans un long sommeil.

Mexhlosa a glissé de nouveau dans les airs, gagnant de la hauteur tout en s'approchant de la paroi. De sa main figée, il a désigné deux Ishidakis incorporés à l'arbre.

– Regarde cet homme et cette femme enlacés. Ils sont venus ici accompagnés de mille Ishidakis il y a six cents ans : Naoyamuel et Keikoglenn. Naoyamuel avait le pouvoir de rêver d'un autre monde, Keikoglenn avait le pouvoir de comprendre le langage des arbres. Tu ne me crois pas, mais ils sont encore vivants. Ils attendent que vienne l'heure à laquelle ils se réveilleront de nouveau.

Cela me semblait effectivement incroyable. J'avais beau regarder les deux Ishidakis nommés par Mexhlosa, il m'était difficile de reconnaître un homme et une femme. Du point ou je me trouvais, je ne distinguais même pas les traits de leur visage. Et comment reconnaître des personnages légendaires ? Qu'est-ce qui me prouvait que c'étaient bien la Naoyamuel et le Keikoglenn des *Chroniques d'Abuhara* ?

Mexhlosa est revenu vers moi et m'a regardée dans les yeux.

– Femme, il semble que c'est toi qui possèdes la pierre-paysage du rêve de l'autre monde. C'est donc toi qui as amené dans ce monde cette jeune fille, qui possède le pouvoir de comprendre le langage de l'arbre. Si tu savais combien j'ai attendu ta venue ! Aujourd'hui est un jour de joie ! Un jour de grande joie, vraiment !

Mexhlosa a étiré un sourire maladroit, et ses yeux cerclés de rides se sont animés d'une lumière de bonheur. Mais que pouvais-je dire ? Avais-je vraiment amené Youanuia ici ? D'un autre côté, quel intérêt Mexhlosa aurait-il à tromper une personne aussi insignifiante que moi ? Ce vieillard semblait détaché du monde des trivialités et des mauvaises plaisanteries. Et puis il y avait autre chose. N'avais-je pas, chaque fois que je voyais la solitude qui émanait de Youanuia, ressenti une vague de culpabilité ? L'idée que je devais ramener cette enfant à la maison m'avait explicitement occupé l'esprit sans que je comprenne ce que cela voulait dire.

Mexhlosa s'est alors tourné vers Youanuia.

– Fille qui parle aux arbres, je crois que toi aussi tu comprends ce que dit le Grand Laurier, n'est-ce pas ? Que dit-il en ce moment ?

Youanuia s'est redressée et s'est mise lentement mais dignement sur ses pieds. Elle a levé les yeux sur Mexhlosa et a répondu d'une voix frémissante.

– Il dit : « La dernière pierre est enfin arrivée... La pierre du départ... Le moment du dernier voyage est venu, le moment d'entrer dans le grand sommeil... »

– Exact. C'est exactement cela, ma fille. Je vais moi aussi être libéré de cette longue souffrance. Pour se préparer à son dernier voyage, le Grand Laurier a déjà accumulé une grande quantité d'énergie. Aujourd'hui est le dernier jour où j'aurais le pitoyable visage d'égarement et d'effroi des Ishidakis devant les yeux.

Avec un léger mouvement d'air, la grande porte par laquelle nous étions entrés s'est ouverte, et des pas précipités, probablement ceux d'une escouade, se sont fait entendre. Deux prêtres-soldats sont entrés dans la grotte en traînant un homme nu par les bras. Certainement un autre Ishidaki, mais seul. Ce n'était donc pas un nouveau convoi qui venait d'arriver. L'homme était de solide constitution, pas moindre que celle des prêtres-soldats qui le soutenaient. Il aurait suffi de le vêtir pour lui donner une apparence tout à fait respectable. Il avait bien le renflement d'une pierre d'âme au niveau de la poitrine, et même très grosse. Peut-être plus grosse que celle de Youanuia.

Qui était-il ? À peine l'ai-je vu que son visage s'est détaché sur le tréfonds de ma conscience. Il devait s'être débattu quand il avait été capturé, car sa figure était tuméfiée et rouge, et son œil gauche presque entièrement fermé. Mais j'avais déjà vu ce visage. Et ce corps m'était familier. Le cou épais comme un tronc d'arbre, les épaules massives et rondes, une ligne de poils qui descendaient sous son nombril… Comment, et d'où le connaissais-je ? Dans quel village de l'arrière-lune ? À moins que… Il y a seize ans à Jahol ? Non, non, certainement pas. Beaucoup plus proche que ça… La réponse était à portée de la main. Je n'avais qu'à tendre un doigt, je le sentais… J'avais presque l'impression d'entendre son souffle.

Mexhlosa est resté un long moment à regarder l'homme d'un air satisfait, puis il est revenu à moi.

– Peu de temps avant que vous n'arriviez, l'armée a arrêté cet homme qui errait seul dans les rues de Jahol. Ils se sont vite aperçus que c'était un Ishidaki, ce qui les a intrigués. Cela fait longtemps qu'il ne reste plus un seul Ishidaki à Jahol, en principe, excepté moi-même. En outre, cet homme ne savait absolument pas ce qu'il faisait là et avait oublié jusqu'à son nom. Et ce n'est pas de la simulation, je viens de lire dans son cœur.

Soudain, un mot à moitié oublié est apparu au fond de mon crâne : Saïtô. J'ai répété ce nom dans ma tête. Saïtô... Saïtô... Se pouvait-il que ce soit le nom de cet homme ? Je l'ai dévisagé et nos regards se sont croisés. Il a eu un sursaut de surprise. Un instant, une sorte de fil s'est tendu entre nous deux, et quelque chose est passé le long de ce fil. Mais quoi ? De l'amour ? De la haine, peut-être ? Ou un tout autre sentiment, que nous n'avions fait qu'effleurer. Une sensation très vive, comme une fissure courant sur la fine pellicule de glace qui recouvrait ma mémoire. Et la sienne aussi, d'ailleurs, car il n'a pas vraiment réagi, à part une légère perplexité qui s'est dessinée sur son front. Je suppose qu'il était aussi frustré que moi de ne pas se souvenir. Je pouvais deviner l'agitation qui se faisait dans son esprit.

– Puis, j'ai compris ! a repris Mexhlosa. Enfin, la voilà, je me suis dit ! Depuis longtemps, je savais que le porteur de la dernière pierre apparaîtrait comme il avait disparu, tout à coup, de nulle part, comme une condensation de l'air. Comme Naoyamuel avait ramené Keikoglenn de l'autre monde. Femme du rêve de l'autre monde ! Ô, combien je t'ai attendue ! Si tu savais comme je t'ai espérée ! J'en brûlais d'impatience. Ne pouvais-tu venir plus tôt ? Je t'en ai tellement voulu de me faire attendre ! Mais te voilà finalement et c'est tout ce qui compte. Tu as parfaitement rempli ton devoir, puisque tu as ramené la dernière pierre, ce que même Naoyamuel n'avait pu faire il y a six cents ans. Toutes les pierres sont aujourd'hui revenues, le rideau peut tomber.

Alors, Mexhlosa a ouvert les bras, comme pour embrasser la totalité du monde lunaire, et a souri d'un air béat. Soudain, j'ai entendu un bruit sourd. Quand je me suis tournée, une liane préhensile venait de s'empaler dans le dos de celui qui portait la dernière pierre. Il ne comprenait pas ce qui se passait. Les yeux écarquillés, il a fait un pas en avant comme s'il allait trébucher. Mais dans son ultime regard, il y a eu comme un éclair de compréhension, comme s'il avait retrouvé la mémoire de qui j'étais. Et moi aussi, je crois, un très bref instant j'ai ressenti comme une intimité, une rémanence de chaleur, le souvenir d'un souffle sur ma peau. Oui. Ah ! oui, Saïtô... ou Saitô... même s'il me manquait encore une image nette à mettre sur cette sensation.

Le temps s'était figé, mais cela n'a pas duré. Tout a été pulvérisé. En un clin d'œil, l'homme a été emporté dans les airs. Il a poussé un cri sauvage au milieu des bulles sanguinolentes, tandis que des jets de sang s'échappaient de son dos et de son occiput. Et il n'était pas le seul. Comme un troupeau de bêtes fauves, toutes les lianes se sont cabrées et se sont tordues dans tous les sens pour fixer chacun une cible. Puis ça a été la fête du sang. Sethbahama, Yufsael, Wortelmi, Igwelambda, Diegoluego, tous étaient devenus des proies.

– Ne craignez rien, Frères ! s'est écrié Mexhlosa. Ce n'est point la mort qui vient à vous mais le sommeil ! Nous allons partir en voyage !

Que pouvais-je faire ? Je pouvais prendre Youanuia dans mes bras, tout en sachant que cela ne servait à rien. Quand j'ai senti une pluie de sang me tomber dessus, j'ai levé la tête. C'était cet homme, celui qui était arrivé après, suspendu dans les airs, et j'ai vu sa poitrine écartelée et sa pierre d'âme arrachée. Sa pierre, bien que couverte de sang, était énorme et brillait d'un bleu profond, comme la pleine terre dans le ciel. Jamais je n'avais vu une pierre d'une couleur aussi intense. Était-ce celle-là que le vieillard appelait « la dernière pierre » ? La pierre bleue s'est élevée, scintillante comme la surface de la mer sous les reflets du soleil, en direction de l'organe cardiaque du Grand Laurier, suivie des pierres d'âme des autres Ishidakis excisés.

À l'instant où le cœur a englouti la pierre bleue, un intense éclair de lumière azurée a coloré la grotte. Un bruit lourd a résonné dans tout l'espace et a fait vibrer mes jambes et mes tripes : Boom ! Boom ! Boom ! Boom ! Le cœur s'est mis à battre sur un rythme beaucoup plus rapide, de plus en plus frénétique, comme sous le coup de l'impatience. Tout tremblait, jusqu'aux racines les plus profondes. Le Grand Laurier secouait son immense charpente avec des craquements déchirants et des choses commençaient à tomber. Le Grand Laurier lui-même allait-il s'effondrer ? Les prélats, jusqu'ici apathiques, s'étaient levés, paniqués ou ahuris, et contemplaient la grotte avec dans les yeux une protestation indignée. Ce n'était pas le scénario qu'on leur avait promis. Les prêtres-soldats serraient fébrilement leur arme. Dans la panique généralisée, un seul conservait son sang-froid et restait aussi stable que l'axe de rotation de la Terre : le Pontifex Mexhlosa.

Quelque chose m'a frappé l'épaule. Je me suis retournée. Shtchaemma m'a entourée de ses bras pour me protéger. Nous tremblions toutes les deux et nos regards se sont croisés. Mais quels mots pouvions-nous encore échanger ? Y avait-il encore quelque chose à dire ? Ses lèvres bougeaient mais ses paroles étaient couvertes par les cris d'agonie, de douleur, de panique de tout le monde, les battements du cœur du Grand Laurier, et les prières psalmodiées par plusieurs prélats et soldats. Elle a approché sa bouche de mon oreille et a dit :

– Prends la fille avec toi et fuyez.

J'ai acquiescé. Oui, mais comment ? Au même instant, les yeux de Shtchaemma sont devenus énormes et se sont injecté de sang. Les doigts et les épines d'une liane l'avaient transpercée dans le dos et la nuque et l'agrippaient comme des crocs. La vieille femme a été emportée dans les airs en moins de temps qu'il n'en fallait pour le dire. J'ai tendu la main par réflexe pour la retenir, mais son pied m'a glissé entre les mains. Le sang pissait de sa bouche, mais elle trouvait les dernières forces pour m'indiquer la porte des yeux, celle par laquelle les prêtres-soldats armés commençaient à fuir. Les prélats, eux aussi, rasaient la paroi dans l'espoir d'atteindre la porte sans se faire éclabousser.

– Mais partez donc, prêtres, partez donc ! exultait Mexhlosa. Vous n'êtes plus d'aucune utilité, maintenant ! Ishidakis, Porteurs de pierre ! N'ayez aucune crainte ! Que notre destin s'accomplisse !

C'est le moment ou jamais, me suis-je dit. Je me suis levée en tenant Youanuia par la main. Elle semblait hébétée, comme si elle avait choisi de verrouiller son cerveau pour préserver son intégrité psychique. Mais elle est vite revenue à elle et s'est mise à courir avec moi en direction de la sortie. Les battements de cœur de l'arbre étaient à présent tellement forts, les vibrations qu'il communiquait à toute la grotte tellement violentes, que le caillebotis qui formait le plancher pouvait se disloquer d'un instant à l'autre. Les craquements et grincements du Grand Laurier étaient devenus des hululements horribles. Que voulait dire Mexhlosa quand il parlait d'un « départ » et d'un « voyage » ? L'Arbre allait-il quitter le monde lunaire comme il avait quitté jadis le monde terrestre ? Les racines du Grand Laurier, qui s'enfonçaient et s'entremêlaient dans les profondeurs de la colline de Godim, allaient-elles s'arracher toutes ensemble ?

La porte de la grotte était devant nos yeux quand Youanuia a glissé sur une flaque de sang et est tombée sur le dos. Le temps semblait s'écouler au ralenti. Tous mes mouvements étaient pesants : je me suis précipitée vers elle, mais j'avais l'impression de courir dans de la mélasse. Je l'ai attrapée par le poignet, et avec un terrible sentiment de frustration, je l'ai soulevée à bout de bras. Mais elle glissait de nouveau, toujours au ralenti. Lorsque je l'ai relevée à nouveau, une liane en apparence souple et délicate l'a frappée dans le dos et elle a craché un jet de sang qui m'a éclaboussé la figure. Son fluide est entré dans mes yeux et tout est devenu rouge. Un filet de larmes s'écoulait sur ses joues et tombait en gouttes sur le sol. Voulait-elle dire quelque chose ? Ses lèvres souillées essayaient de bouger. Mais les mots ne sortaient pas, ou en tout cas ils n'ont pas atteint mes oreilles.

Je l'ai serrée très fort dans mes bras. En passant ma main dans son dos j'ai frôlé la liane qui palpitait puissamment en aspirant sa vie. J'aurais voulu la décrocher, mais rien ne bougeait. Une force implacable était sur le point de la soulever, mais je ne la lâchais pas. Nous sommes montées ensemble dans les airs. À l'oreille, elle m'a dit un seul mot : « Fuis », et de sa main, c'est elle qui m'a repoussée. Le sang de Youanuia tombait à verse, et je tombais à la même vitesse que les gouttes autour de moi.

J'étais en chute libre quand nos regards se sont croisés. J'ai vu ses yeux tristes et solitaires s'éloigner dans l'ombre de la mort. Oui, bien sûr que je connaissais cette fille. N'avais-je pas eu un jour le projet de l'emmener quelque part ? Je voulais tout laisser et l'emmener quelque part. Pas ici. Quelque part… Je me voyais maintenant avec elle dans une sorte de tout petit espace fortement éclairé, elle portait une sorte de sac blanc à la main. Je lui avais dit de partir seule, mais elle ne l'avait pas fait. Elle m'avait attendue. Elle m'attend encore. Pour l'éternité, elle m'attendra. Mais je ne peux plus retourner à ses côtés. Je ne peux plus aller avec elle. Moi, je tombe, seule.

9

J'ai ouvert les yeux en sursaut. Mon champ visuel était entièrement rouge. Est-ce que la chambre avait été repeinte ? Non, quand même pas. Non, c'était du sang que j'avais dans les yeux. Le sang de Youanuia qui m'était entré dans les yeux quand… Couchée sur le dos, je me suis essuyé la figure de la main. Effectivement, c'était mouillé, mais mes doigts n'étaient pas rouges. J'ai frotté de nouveau, encore et encore, avec le même résultat. La chambre m'apparaissait de moins en moins rouge. Ah ! mais bien sûr, me suis-je dit. J'ai pleuré en dormant, voilà tout.

Quel soulagement ! J'ai poussé un gros et long soupir. Mais quel rêve atroce ! Puis je me suis souvenue que j'avais encore mis le Gekkeiseki sous mon oreiller. J'avais toujours à l'esprit l'image de Youanuia treuillée par la liane et crachant du sang. Son dernier mot, « fuis », résonnait encore à mes oreilles, comme un cheveu sur la langue, et la force de sa main qui m'avait repoussée était imprimée dans ma poitrine. Les images résiduelles de mon rêve me collaient à la peau, je pouvais les frotter jusqu'à ma mort, elles ne s'effaceraient pas.

Je suis restée ainsi un moment, les yeux au plafond, hébétée. Il y avait quelque chose de bizarre. Le plafond, lambrissé de bois sombre, et le luminaire rectangulaire. Il n'était pas rond ? Non, avant ça. Ce n'était pas du papier peint blanc ? Je me suis redressée. La pâle lumière de la lune traversait les nuages et éclairait faiblement la chambre. Ma commode blanche familière, ma table basse en pin, et mon ordi posé dessus. Mais pas du tout dans leur position normale. Le futon non plus n'était pas là où il était censé être. Le placard non plus. Le climatiseur non plus.

Où étais-je ? J'ai senti mon sang se glacer, je me suis mise debout, perdue, perplexe. Puis ça m'est revenu. C'était mon ancienne chambre. L'appartement que je louais à l'époque, au bord de la rivière, à K., avant que je me mette en concubinage avec Saitô. J'ai tendu l'oreille. Oui, c'était bien ça, le murmure de la rivière. Ma chambre de six tatamis. Derrière la cloison, ma petite cuisine-salle à manger d'environ 10 mètres carrés, ensuite le couloir et l'entrée. Et bien sûr, pas de chambre de Saitô. Mais qu'est-ce que je faisais ici ? Où était Saitô ? Je suis restée plantée là devant cette énorme question.

Ah…

Oui, c'est vrai. Saitô était bien dans mon rêve, tout à l'heure. Enfin, peut-être. Ce type qui lui ressemblait comme deux gouttes d'eau, tuméfié, le visage gonflé par les coups, qui avait été traîné par les prêtres-soldats dans la grotte, et qui avait fini comme les autres Ishidakis. C'est lui qui portait la dernière pierre, une pierre d'âme d'un bleu brillant qui ressemblait tellement à la Terre. Et sa pierre lui avait été reprise, comme les autres. Était-il possible que Saitô aussi ait disparu de ce monde, comme la fille ? C'était pourtant pour la ramener que j'avais une nouvelle fois réutilisé le Gekkeiseki. Avais-je échoué ? Et Saitô avait-il lui aussi disparu désormais ? Par ma faute ?

Bon. Déjà, téléphoner à Saitô. Dans la pénombre, j'ai cherché à tâtons mon smartphone à côté du futon. Il n'y avait rien. C'était toujours là que je le mettais en principe, avant de dormir. Aux grands maux les grands remèdes, j'ai appuyé sur l'interrupteur. Rien ne s'est allumé. J'ai recommencé. Encore et encore. Toujours rien. Les néons étaient HS ? Pas le choix, je suis passé dans la cuisine-salle à manger, j'ai allumé… Ici non plus, rien. Qu'est-ce que c'était que cette histoire ? J'ai tiré sur le cordon au-dessus de l'évier. Rien du tout. Une coupure dans le quartier ?

Ça commençait à faire beaucoup, mes pensées refusaient d'aller plus loin. Je ne retrouvais plus mon smartphone et il n'y avait plus de courant. Je me sentais entravée et je ne savais plus quoi faire. Peu à peu, je me suis dit que ce n'était peut-être pas anodin, que quelque chose de terrible était en train de se produire. Un malaise abyssal s'est insinué en moi. Et si c'était un accident majeur, et que toute la région était privée d'électricité ? Je suis retournée dans la chambre, me suis approchée de la fenêtre, mais j'ai eu peur de regarder dehors. D'ailleurs, la vitre était tellement sale qu'on n'y voyait quasiment rien. Tout était flou à l'extérieur. En tout cas, il n'y avait aucune lumière. De l'autre côté de la rivière, les immeubles de logement m'apparaissaient comme des blocs sombres et muets, des pierres tombales géantes. J'ai retenu mon souffle et j'ai ouvert la fenêtre en tournant le loquet grinçant. Je suis sortie sur le balcon.

À l'ouest, une pleine lune que je n'avais jamais vue occupait le ciel complètement dégagé. Que se passait-il ? C'était la Lune, ça ? Que je sache, la Terre n'a qu'un seul satellite naturel, n'est-ce pas ? Elle était si brillante que sa lumière faisait presque mal à la tête, comme un plat en argent, ce n'était pas la Lune que je connaissais. Elle ressemblait plutôt à la Terre des premiers âges, on voyait de vastes zones de forêts vertes, des océans bleus, des continents ocres, des nuages blancs. Une seule conclusion s'imposait : c'était la Lune de mon rêve. Celle où se dressait le Grand Laurier. Et vue de la Terre, voilà à quoi ressemblait ce monde lunaire. Mais pourquoi ? Le rêve n'était pas fini ? Mais alors, pourquoi étais-je sur Terre ? Et que se passait-il ici ?

J'ai regardé en bas. Pas une seule lumière dans la ville. Seule la lueur réfléchie de la Lune éclairait les immeubles. J'ai agrippé la rambarde du balcon, j'ai contemplé le monde. Pas un seul éclairage public non plus. En principe, les lampadaires le long de la rivière devaient éclairer la route. Il n'y avait ni feux rouges ni phares de voiture. En d'autres termes, aucun signe de présence humaine.

La lumière de la pleine lune était néanmoins suffisante pour deviner que la façade de l'immeuble d'en face était à moitié recouverte de lierre ou de vigne vierge. Pas seulement celui d'en face, d'ailleurs. Tous les bâtiments étaient plus ou moins envahis de végétation grimpante. Cela renforçait beaucoup l'impression que tout n'était que ruine, à l'abandon. Je me suis penchée par-dessus la balustrade pour regarder la façade de mon immeuble, et c'était bien ça ! Bon, ce n'étaient pas d'énormes lianes tueuses comme à l'intérieur du tronc du Gekkeijû, mais c'étaient bien des lianes, au feuillage dru, qui attaquaient la façade avec détermination.

Des images assez effrayantes ont commencé à pénétrer mon esprit. La vue sur la route goudronnée n'était-elle pas bouchée par de hautes herbes ? Et si ce n'était que ça ! En fait, les bas-côtés n'existaient quasiment plus et le bitume s'était effondré dans la rivière en plusieurs endroits ! Les berges bétonnées avaient éclaté sous la pression des arbres, et le cours d'eau ressemblait à une rivière tropicale serpentant au milieu de la jungle. Le jardin public, sur le côté, n'était plus qu'une forêt dense dont la silhouette noire se confondait avec le ciel nocturne. Le moindre artefact de la civilisation humaine se trouvait retourné, renversé, comme un jeton d'Othello sous les doigts de la Nature. Le spectacle était épouvantable. Cela n'avait pas commencé hier. Depuis combien de temps le processus était-il lancé ? Dix ans ? Cent ans ? Mille ans ?

Quel était ce monde ? Ce n'était pas seulement cette fille et Saitô qui avaient disparu. Où étaient passés tous les autres ? Tous les humains. Étais-je celle par qui toute l'humanité avait été transférée sur la Lune ? J'ai reculé, ahurie, jambes tremblantes. Je me suis rendu compte que de petites lianes avaient déjà poussé jusqu'ici, il y avait même plusieurs couches de feuilles décomposées des saisons précédentes accumulées sous mes pieds. Puis j'ai remarqué mes pieds. Depuis quand étais-je en chaussures ? Et quelles chaussures : des bottes faites de vieilles guenilles liées de bouts de ficelles, comme s'en font les soldats exilés, errants sur le champ de bataille. J'étais vêtue de couches de lambeaux de chemises et de manteaux crasseux que j'avais dû tirer des décombres. Rien d'élégant. Et c'est dans cet accoutrement que la clocharde que j'étais devenue s'était endormie sur son futon pourri.

Dans la pièce éclairée par la lumière blême de la Lune, les objets qui m'entouraient révélaient maintenant leur aspect véritable : le papier peint déchiré et maculé de taches de moisissure, la commode et la table basse couvertes d'une grosse couche de poussière, et des toiles d'araignée dans tous les coins. Les lattes du plafond déformées, prêtes à s'effondrer. À l'évidence, personne ne vivait plus ici depuis des années, et il ne fallait pas s'étonner de ce que l'électricité ne marche pas ; c'est le contraire qui aurait été surprenant.

Depuis combien de temps, exactement ? Comment avais-je pu dormir là-dedans ?

Je ne savais tellement plus quoi faire, ni ce que j'allais devenir, que je suis restée plantée là un moment, immobile. Puis, finalement – ah ! mais oui – une lueur d'espoir m'est apparue. Le Gekkeiseki. Je pouvais encore retourner sur la Lune avec la pierre, et tout récupérer. Comme un joueur qui essaie de sortir d'une spirale de désastres, j'étais prête à parier toujours plus, à tout miser sur ma dernière chance. Je me suis jetée sur le futon moisi, j'ai soulevé l'oreiller. Rien. Le Gekkeiseki n'était pas là. J'ai cherché partout, j'ai tout retourné. Pas de pierre. Cette fois, je suis devenue folle et j'ai tout balancé. Rien. Rien. Rien de rien... Mais sans ce caillou, je ne pouvais plus faire ce rêve, je ne pouvais plus rien récupérer ! À bout de nerfs, je me suis effondrée. Je suis restée sidérée je ne sais combien de temps.

Finalement, j'ai porté la main sur ma poitrine. Du bout des doigts, j'ai effleuré le renflement dur entre mes seins. Il était là. Elle était là. Ma pierre d'âme. J'étais Sumika *et* Smikadoumi... Je me suis examinée et, à l'odeur, j'ai pu constater que je ne m'étais pas lavée depuis plusieurs jours. Pour dire le moins. Sans doute vivais-je déjà depuis longtemps, en naufragée solitaire, la longue conclusion de cette civilisation. L'idée s'est répandue dans mon esprit et cela ne m'a pas affolée. D'ailleurs, je découvrais les preuves au fur et à mesure : ce gros sac à dos fatigué sur la commode, ce chapeau cloche à large bord, ce bâton de marche. Cela me rappelait qu'il ne me faudrait pas les oublier en partant. J'ai caressé les bretelles du sac à dos, elles m'étaient douces et familières, comme des amies avec lesquelles on a partagé de nombreuses années d'épreuves et de plaisirs. Mais où comptais-je aller, avec ce barda sur le dos ?

J'ai poussé un soupir, je me suis relevée, je suis ressortie sur le balcon. C'était bien la ville de K., pas d'erreur. Ou, disons, une ville qui s'était appelée K. dans un pays qui s'était appelé le Japon. Mais je n'avais pas l'impression d'avoir dormi ici souvent, c'était peut-être même la première fois depuis longtemps. Ce qui signifiait que j'avais dû voyager, j'étais allée quelque part, ou alors j'avais cherché quelque chose.

J'ai de nouveau regardé la pleine lune, comme une fleur d'azurite, quand soudain, j'ai remarqué un étrange objet qui flottait dans sa périphérie. Qu'est-ce que cela pouvait bien être ? Je ne voyais pas très bien à quelle distance de la Lune ce corps se trouvait, mais vu d'ici, il semblait plus ou moins de la même taille. La Terre aurait-elle un nouveau satellite, en plus de la Lune ? Tout de même pas, ai-je pensé. Un objet qui descendait du ciel, plutôt. Je le voyais bouger lentement, mais je ne pouvais distinguer les détails.

Ah, mais oui ! Je suis revenue dans la chambre pour prendre les jumelles dans le sac à dos. De nouveau sur le balcon, je les ai braquées sur le corps céleste en question, j'ai mis au point. Quelque chose de long et blanc s'étendait verticalement, se ramifiait à ses deux extrémités en multiples radicelles très complexes, qui formaient une sorte de panier. Ce corps était presque sphérique.

Un arbre ? C'est la première idée qui m'est venue. Un arbre géant. La zone blanche en travers devait être le tronc, et les ramifications : d'un côté les branches, de l'autre les racines. Pour autant que je pouvais en juger, branches et racines se rejoignant pour former une sorte de vannerie sphérique, une cage protégeant le tronc.

J'ai bondi dans la chambre, fourré mes jumelles dans mon sac à dos, enfoncé mon chapeau sur ma tête, j'ai attrapé mon bâton de marche au passage et je me suis précipitée vers la porte de l'appartement que j'ai ouverte d'un coup de pied. J'ai couru dans la coursive en faisant attention de ne pas tomber car la balustrade s'était effondrée, j'ai dévalé les escaliers en ratant plusieurs marches. Bien sûr ! C'était lui que je cherchais depuis des années ! Ou que j'attendais. J'attendais le retour du Gekkeijû sur Terre ! Mais je ne m'étais pas attendue à ce que le Gekkeijû prenne cette forme pour traverser l'espace entre la Lune et la Terre. La pierre de Saitô, celle qui manquait, une fois réunie à l'arbre, avait permis son départ.

Sur la route obscure le long de la rivière, je me suis remise à courir. Sur ma droite, juste à côté de la pleine lune, le Gekkeijû en train de tomber. Les herbes qui avaient percé le bitume m'arrivaient au thorax, mais il en fallait plus pour me perturber. Je courais toujours, zigzaguant entre les buissons, je shootais dans les cailloux, j'écoutais la musique de la rivière et des insectes. Au bout de la route, il y avait une colline, autrefois zone résidentielle, désormais recouverte d'une forêt, comme un mamelon triste. Est-ce que cela ne faisait pas un endroit idéal pour le Gekkeijû ? Pouvait-il choisir cet endroit comme lieu de sa transplantation, et y planter ses racines comme il l'avait fait sur la Lune, sur la colline de Godim ?

Parvenu à basse altitude, le Grand Laurier a démêlé ses racines et ses branches et s'est mis en position d'entamer son atterrissage. Je respirais plus difficilement, j'avais des crampes dans les abdominaux. Mais ce n'était pas le moment de m'arrêter. Il fallait absolument que j'arrive au pied du Gekkeijû avant que les Ishidakis, partis de la Lune, ne se réveillent sur Terre. Moi, la porteuse de la pierre-paysage, moi, qui avais eu le pouvoir d'aller et de venir entre ses territoires dévastés, je voulais être la première à les saluer, j'étais née pour les accueillir, c'était mon rôle à moi et je serais là pour le tenir. Puisque Youanuia allait revenir ! Puisque Saitô allait revenir ! Ainsi que tous les autres, dont l'écho de leur agonie résonnait encore, puisque tous allaient revenir : Shtchaemma, Yafnéfurné, Sethbahama, Tchertonim, Xavierdak, Naoyamuel, et Keikoglenn.

J'ai trébuché sur un bout d'asphalte et je suis tombée à genoux. Mais je ne ressentais plus la douleur. Au contraire, c'est un sourire qui m'est venu aux lèvres. Allons, Sumika ! Allons, Smikadoumi ! Ris ! Ris de tout ton cœur ! Je me suis relevée tandis que, dans mon dos, le ciel à l'est commençait à pâlir. C'était l'aube. Un nouveau soleil repoussait la pesanteur de cette longue nuit. Notre Soleil ne ménageait pas sa lumière bienveillante pour ce monde qu'avait déserté toute vie humaine. Était-ce hier ? Était-ce il y a cent ans ? Ou mille ans, peut-être. Après un instant pour retrouver mon souffle, j'ai remis mon chapeau, j'ai ramassé mon bâton de marche, et je me suis remise à courir, poussée par la lumière naissante de l'aurore.

LUNE RÉMANENTE

1

Demandez à des jeunes d'aujourd'hui combien ils connaissent de moonlings qui ont marqué l'histoire de notre pays, l'immense majorité sera incapable de vous en citer plus de trois. Sans doute savent-ils que dans les temps anciens, au Japon – pardon, dans le monde entier –, les nuits se passaient dans l'effroi de cette maladie infectieuse qu'on appelait l'anabasis. Mais au XXIIe siècle, l'anabasis évoque tout juste une tragédie attachée à un temps révolu, au même titre que des maladies comme la rage ou la variole qui étaient déjà quasiment éradiquées aux âges barbares, quand le Japon n'avait pas encore fait pleinement son entrée parmi les nations civilisées.

Pour commencer par la face obscure de la maladie, on vous citera sans doute Takeo Shiraiwa, de Kominé dans le département de Gunma, qui, en 1936, massacra trente-huit personnes, hommes, femmes, jeunes et vieux, à la hache et au fusil de chasse. Le nom de Ren Katayama, qui réunit cinquante-huit moonlings comme lui pour s'installer dans un village abandonné des montagnes de Nagano – seize morts au compteur pendant la guerre civile de 2003 – surgira peut-être aussi, mais uniquement parce que des adaptations cinématographiques récentes ont quelque peu ranimé le frisson délicieusement nostalgique associé aux moonlings. La controverse soulevée par la représentation tendancieuse des victimes de l'anabasis, qui a divisé le public en deux camps antagonistes, est encore dans toutes les mémoires.

Du côté plus lumineux, le nom de Hiromi Furuya, morte en état de catatonie en 1989, le jour précis de la nouvelle lune qui suivit la dernière note de sa 108ᵉ symphonie – une pour chacune de ses passions –, avec le sentiment de la mission accomplie, peut éventuellement avoir laissé quelques souvenirs à certains. Avant de mourir, Furuya déclara : « La pleine lune sonne comme une cloche. Quand je me bouche les oreilles, elle résonne dans mon crâne, je n'ai fait que transcrire sur la portée ce que j'entendais. » Exemple classique du renversement de la malédiction de l'anabasis en levier de créativité par un artiste. La poète et peintre Motoka Sugai, dont le recueil *Étranger sur la Lune* et sa série des *Trente-six vues du monde lunaire – Voyage sans fin avec les baleines de lune* figurent parmi les plus célèbres, reste également bien connue. Dans le documentaire *Moon Child*, sorti il y a vingt ans, Sugai, alors âgée de trente-deux ans, prononce à l'écran : « J'avais dix ans lorsque j'ai contracté l'anabasis. Actuellement, je ne peux plus me représenter ce qu'aurait été ma vie si je n'avais pas *grimpé à la lune*. Celle qui aurait connu le bonheur si elle avait eu la chance de ne pas tomber dedans est une autre… Je n'aurais jamais écrit mes poèmes, je ne serais pas devenue peintre non plus. Mais le tribut qu'exigent les phases de créativité débordante que nous connaissons chaque pleine lune est plusieurs fois supérieur à ce qu'elles nous rapportent. J'ai eu le temps de le constater, depuis plus de vingt ans que je vis en sanatorium. N'est-ce pas la définition même de l'Art ? Plus l'exigence créative est authentique, moins elle est enviable. La créativité artistique n'est pas un moyen d'accession au bonheur. La création est un phare, elle éclaire le monde autour de vous, jamais vos propres pieds. »

Sugai mourut en état de catatonie trois ans après la réalisation de ce reportage, au sanatorium spécialisé de l'île de Tamotsujima, sur la mer intérieure de Seto. Elle avait trente-cinq ans, bien qu'en l'espèce il soit peut-être déplacé de parler de mort prématurée. Un malade en phase symptomatique de l'anabasis sur deux mourait dans les vingt-quatre mois. Le taux de survie chutait à un sur trois au bout de trois ans, à un sur six après cinq ans. C'est essentiellement par la quantité d'œuvres qu'elle laissa durant sa longévité exceptionnelle, vingt-cinq ans avec la maladie, que cette artiste étrangère à tout circuit professionnel ou institutionnel réussit à capter l'attention du public au-delà des limites de son sanatorium.

Une chose est sûre, vous aurez beau élargir votre sondage aux personnes âgées, personne ne mentionnera le nom de Tôga Uno. Il ne fut ni un tueur sanguinaire, ni un artiste en vogue. S'il vécut un temps sous le feu des projecteurs et les acclamations de la foule, cela n'était dû qu'à l'effet de la maladie qui le faisait « grimper à la lune », pas de sa volonté.

Et pourtant, si vous précisez son pseudonyme, il n'est pas exclu que celui-ci rappelle vaguement quelque chose à certains. À l'origine, Uno était artisan menuisier à Osaka dans un atelier de fabrique de meubles, et on sait qu'il sculptait le bois à la main, à l'aide d'une banale lame montée sur un manche, dans un style à la fois brut et chaleureux qui évoque la statuaire bouddhiste de Enkû. Du jour où la maladie se déclara, il se mit à signer ses œuvres « Lune Rémanente », qu'il gravait au dos de ses statuettes, pseudonyme directement emprunté au poème éponyme de Motoka Sugai, dont on dit qu'elle l'écrivit en lettres de sang sur le mur de sa cellule de sanatorium en 2013, après s'être automutilé le doigt avec les dents, hurlant à la lune qu'on l'empêchait de regarder parce qu'elle avait refusé de prendre son dépresseur.

La vraie lune, c'est celle qui se lève dans notre cœur
Et ça, alors, c'est quoi ? demandez-vous
Mais votre lune à vous, elle est morte depuis le commencement
Ce plaqué argent blême et rond que vous regardez
C'est une carcasse de lune congelée jusqu'à la moelle, un cadavre
Notre lune à nous est vivante, elle palpite
Comme le cœur de la nuit comme la mère de notre cœur

Pendant que vous dormez, que vous faites des rêves, que vous pleurnichez
Notre sang jaillit, son odeur est forte
Nous sommes jetés à bas de nos lits, expulsés hors des maisons
Nos yeux jettent des flammes, nous nous léchons les babines, nous sommes en feu
Nous bondissons, errant dans la nuit aveuglante des villes
Notre lune aussi mourra bientôt
L'un après l'autre, sur le lit de la mort au fond de la nuit noire
Lentement nous nous refroidirons nous nous assécherons nous nous éteindrons
Comme votre lune à vous, comme votre cœur, comme vos rêves

Le savez-vous ?
L'aube va se lever dans votre ciel terne
La lune est toujours là, vous la voyez, elle murmure encore

Dans vos cœurs pleins d'ennui
De nos griffures,
Et du pâle sourire tête penchée de la lune rémanente

En 2064, pendant la dictature du Salut National qui dura une soixantaine d'années, l'Agence sanitaire, un organisme du ministère de l'Intérieur, promulgua l'éradication officielle de l'anabasis, une première mondiale. Façon de sauvegarder leur infâme loi de confinement forcé des personnes infectées par l'anabasis, à l'évidence. Le nombre total de moonlings, qui avait dépassé 70 000 dans tout le pays au cours des années 2030, chuta effectivement à 3 000, avec moins de dix nouveaux cas par an. L'avenir prophétisé par Sugai au cours de l'une de ses ascensions à l'approche de la pleine lune, « notre lune aussi mourra bientôt », était tout proche. Mais n'allez pas vous imaginer que ce résultat soit à mettre au crédit des progrès de la médecine. Comme elle l'avait prédit dans ses vers : « L'un après l'autre, sur notre lit de mort au fond de la nuit noire / Lentement nous nous refroidirons nous nous assécherons nous nous éteindrons », ils ne se réveillèrent pas de la phase catatonique de la nouvelle lune suivante et décédèrent l'un après l'autre dans l'enceinte de leurs sanatoriums, leur existence niée, dans la grande tradition des régimes totalitaires. Le Premier ministre de l'époque, Yoshizumi Arakawa, en proclamant l'interdiction de la maladie devant l'assemblée plénière du congrès du parti unique, promit, de sa voix forte, « qu'aucune lune gorgée de sang plus jamais ne se lèverait sur notre pays ». Alors même que « le soleil gorgé de sang » de la dictature du Salut National régnait sur le Japon depuis le XXIe siècle.

On appelle « lune rémanente », dite aussi « lune d'Ariaké » ou « lune de l'aube », une lune décroissante à son vingt-sixième jour environ, fine et pointue, qui se lève à l'est, presque en même temps que le soleil. Sugai parfois comparait cette lune enfouie dans la lumière du soleil à la cicatrice d'un coup de griffe d'un moonling, ou à un sourire tête penchée. Il est exact que pendant la phase catatonique, les moonlings, bien qu'inconscients, conservaient une sorte de demi-sourire. Nombreux sont ceux qui mouraient avec ce sourire aux lèvres. Sugai elle-même rendit son dernier souffle dans la nuit de la nouvelle lune de juin 2030, dans sa cellule du sanatorium, mais il ne fut jamais confirmé qu'elle eût ce sourire aux lèvres. Le cauchemar du grand tremblement de terre de l'ouest du Japon de mars 2028 était encore dans tous les esprits, personne ne prêta attention à un point de détail concernant la mort d'une moonling.

Si Tôga Uno utilisa le titre de ce poème oublié de Sugai comme pseudonyme, cela ne suffit pourtant pas pour marquer le cœur de la population d'un coup de griffe. Ce serait d'ailleurs beaucoup s'avancer de prétendre qu'il connut les feux de la rampe comme sculpteur sur bois. Le récit qui va suivre se veut une tentative de retracer la vie d'un inconnu, sinon d'un anonyme. Dans le dernier recueil de Sugai, *Regarde la lune, ne cligne pas des yeux*, figure un poème intitulé *La Voix*, qui commence ainsi :

Qu'il ne faut pas faire confiance à celui qui élève la voix
Tout le monde le savait
Que la vérité se tient dans le silence de l'anonyme muet
Tout le monde le savait
Quand le bruit est assourdissant
Celui qui crie le plus fort seul se fait entendre
Mais le silence de celui qui n'a pas de nom n'est pas le néant
Vous pouvez l'entendre en vérité

2

Le 12 mars 2048, alors que la pleine lune brillait dans la nuit, Tôga Uno, 27 ans, se trouvait au Centre de Protection temporaire géré par l'Agence sanitaire de l'arrondissement Nord-Est, Osaka. La dénomination « Centre de Protection » ne doit pas faire illusion. C'était bel et bien une arrestation – ou faut-il dire capture ? – et Tôga fut bel et bien incarcéré. Les cellules de confinement faisaient environ 5 m^2, avec un mur en verre renforcé dans lequel était aménagée une porte coulissante suffisamment robuste pour résister à la violence d'un patient en phase fulminante. Le sol et les trois autres murs étaient revêtus de caoutchouc mousse gris, sans fenêtre, et la cuvette de w.-c. en acier inoxydable brillait d'un éclat terne dans un coin. Une unique couverture marron clair pliée sur le sol en guise de lit. Bref, quelque chose de très similaire aux cellules de prison qu'on voyait dans les séries policières, mais que les inspecteurs de l'Agence sanitaire tenaient à appeler des cabines de protection. Le confinement rendait sans nul doute plus aisée la gestion de la violence potentiellement extrême des malades.

Cinq cellules étaient alignées, que Tôga put examiner de l'extérieur au moment de son incarcération. La cellule la plus à droite était occupée par un homme d'une cinquantaine d'années, fort sale. La barbe rebelle et arrogante, ses yeux injectés de sang jetaient une lumière intraitable. Il arrivait régulièrement que des moonlings se cachent parmi les vagabonds et celui-là correspondait bien au profil. Quand son regard croisa celui de Tôga, l'homme sourit, montrant une rangée de dents jaunes, et leva le pouce de la main droite comme pour signifier que c'était bien joué. Voulait-il dire par là qu'à plusieurs, une évasion serait plus facile ? Cela pouvait véhiculer différents messages, en particulier du fait que la cellule du milieu était occupée par une jeune femme d'une vingtaine d'années. « L'union fait la force » ? Ou « les doigts dans le nez » ? Ou « plus on est de fous plus on rit » ?

En apercevant la jeune femme, Tôga sentit soudain se contracter sa cage thoracique sous l'effet du souvenir de sa mère. Vingt-trois ans auparavant, la mère de Tôga avait contracté l'anabasis. Elle avait alors 42 ans. Elle en était morte dès la première phase catatonique. Cela faisait de Tôga et sa mère deux générations successives de moonlings. Mais la maladie de sa mère datait d'avant la promulgation de la loi de Salut National sur la prévention de l'anabasis, l'Agence sanitaire n'avait pas encore été créée à l'époque, ni tout le reste. La vision de la femme dans sa cellule ne pouvait manquer de susciter en lui de sombres visions de ce qu'il serait advenu de sa mère si celle-ci avait vécu plus longtemps.

La femme de la cellule était assise dos au mur, prostrée, les genoux dans les bras. Maigrichonne, le teint foncé, des cheveux qui lui descendaient jusque dans le dos, dans un désordre qui suggérait la teneur du malheur qui lui était tombé dessus. Un petit visage sombre enfoui au milieu. De quoi agiter encore plus la mémoire de sa mère. Pas le même âge, sans doute, mais sa mère aussi était petite et mince. Et si noire de peau que dans son enfance cela lui avait valu le surnom de *karintô*, du nom de ces biscuits glacés au sucre noir. Si elle avait laissé pousser ses cheveux quand elle avait vingt ans, elle aussi aurait pu les avoir aussi longs.

Quand Tôga passa avec son escorte, la jeune femme leva la tête d'un air agacé, et le dévisagea de ses yeux grands comme des soucoupes, comme si elle le voyait du fond du trou où elle avait vécu toute sa vie. Puis quand elle comprit que c'était un nouveau qu'on amenait, elle plongea de nouveau son menton dans ses genoux et ferma les yeux. Contrairement à l'homme de la cellule de droite, elle n'attendait rien de bon de son avenir de moonling en cage. Avait-elle un fils en bas âge qu'elle avait élevé seule jusqu'à sa capture ? Auquel cas, son fils était à présent orphelin. Comme moi, imagina Tôga, avant de se dire qu'elle était encore bien jeune. Et puis ses longs cheveux suggéraient au contraire qu'elle n'avait probablement pas encore d'enfant.

Il fut jeté dans la cellule la plus à gauche. Tous ses effets personnels, portefeuille, téléphone portable, lui avaient été confisqués. Il avait entendu dire que, dans les maisons d'arrêt et autres lieux de privation de liberté, on retirait la ceinture des détenus. Or, on la lui laissa. Personne ne contesterait jamais aux moonlings le droit inaliénable de se pendre. Si un patient se suicidait dans un Centre de Protection temporaire, il n'y avait aucun risque qu'une famille éplorée accuse publiquement la gestion défaillante de l'Agence sanitaire. Un problème de moins pour le Parti. Et du point de vue des familles, personne ne prétendait que les sanatoriums étaient le paradis des moonlings. Qu'ils meurent le plus vite possible évitait au moins de voir ces pauvres choses se rouler par terre de souffrance. Ce n'était jamais très agréable. Ceci dit, même en cherchant partout, les cellules ne présentaient aucun point fixe judicieusement placé où coincer une ceinture.

Les inspecteurs repartis, l'homme au bout à droite se mit à marteler la vitre en verre trempé qui donnait sur le corridor en gueulant : « Hé ! le nouveau ! » Mais Tôga n'était pas d'humeur à répondre. La femme au milieu ne faisait pas un bruit et ne semblait même pas là. C'était certainement son vœu, disparaître du monde, vœu qui ne tarderait pas à être exaucé. L'homme à droite, lui, avait probablement été incapable de contrôler son excitation pendant la pleine lune et était allé montrer sa queue en ville, comme Tôga. Mais comment s'était-elle fait prendre, elle ? Les femmes devenaient-elles, elles aussi, les servantes du Seigneur de la tentation, contraintes de sortir de leur tanière ?

Tôga n'avait pas d'énergie à perdre à s'inquiéter pour les autres. Quand le calme se fit du côté de la cellule à l'autre bout, il sentit son cœur nu flotter dans un silence absolu, au bord des abysses du désespoir.

Comment en était-il arrivé là ? Il avait été bêtement imprudent. Il s'était fait avoir comme un papillon de nuit qui se jette sur la flamme d'une bougie. Il avait pris le train jusqu'à Umeda, au centre d'Osaka, il s'était rendu dans un bar à filles de Dôjima qu'il connaissait pour y être allé dans le passé avec son patron. Cédant à l'excitation sexuelle qui lui était venue à l'approche de la pleine lune, il avait l'intention de se payer une fille seul pour la première fois de sa vie. C'est là que la chance avait tourné. Sur le moniteur vidéo du cabaret, il avait choisi une fille à l'air gentil, pas trop olé olé. Elle s'appelait Emily, 21 ans. Évidemment, la femme qui était apparue était une drôlesse, petite et grassouillette, qui n'avait rien à voir avec celle de la vidéo, mais il ne s'était pas montré contrariant. Après tout, ce qu'il recherchait, c'était quelque chose de tiède et mou dont il aurait pu jouir sans entrave, pas le parangon de la beauté.

Il était sorti du cabaret avec Emily et ils avaient marché dans le quartier chaud. Il ne savait pas quoi dire et préférait éviter de la regarder dans les yeux, pour ne pas trahir le fait qu'il était un moonling. Mais le besoin de chair fraîche tourbillonnait dans sa poitrine et commençait à devenir étouffant. Quand elle riait, elle était mignonne comme une fleur épanouie. Cheveux noirs, un maquillage pas exagéré, très bien. Il appréciait aussi le fait qu'elle ne soit pas vraiment experte dans l'art de se comporter avec le client. Elle lui avait dit qu'elle aimait les hommes grands, elle lui avait demandé si elle pouvait lui prendre la main. Et même s'il savait que cela faisait partie du contrat, cela suffisait à son bonheur.

L'idée que c'était peut-être la dernière fois de sa vie qu'il touchait une femme lui avait traversé l'esprit. S'il se faisait arrêter par l'Agence sanitaire, il serait enfermé dans un sanatorium pour hommes. Pourquoi ne s'était-il jamais trouvé une femme ? Parce qu'il n'était pas doué pour parler, parce qu'il avait grandi en institution pour orphelins… Les prétextes ne manquaient pas, mais la réalité était qu'il n'avait jamais eu le courage de se confronter franchement aux femmes.

Pourtant, une femme de bonne nature et amoureuse de moi m'aurait suffi, avait-il pensé ce soir-là.

Au fond de son irrépressible désir sexuel, une fine pellicule de tristesse se formait. Plusieurs visages de femmes avaient défilé dans son crâne. Mais il était un moonling, désormais, plus aucune ne s'approcherait de ce cœur. Jamais. Il avait tendu les doigts et avait pris la petite main froide d'Emily dans la sienne, sans un mot. Sa main était douce, comme si être gentille était son seul talent, la seule chose qu'elle savait faire. Elle l'avait complimenté pour ses mains rugueuses, qu'elle trouvait fortes et viriles. Il lui avait dit qu'il fabriquait des meubles dans un atelier de menuiserie. « Ouah ! C'est génial ! » s'était-elle exclamée. « Moi je suis tellement maladroite, je n'arrive même pas à séparer correctement une paire de baguettes jetables », avait-elle ajouté en riant. Tôga avait dit que ça lui arrivait aussi. Lui aussi riait. Et en riant, il s'était refait la promesse de ne surtout pas la contaminer. Mais quand elle serait nue, et qu'il grimperait à la lune, complètement déchaîné, comment se comporterait-il ? Il ne pouvait rien garantir.

Ils avaient franchi l'entrée du *love hotel* désert qu'Emily lui avait suggéré, ils étaient entrés dans la chambre, et juste au moment où elle se déshabillait dans la salle de bains, trois inspecteurs de l'Agence sanitaire en uniformes bleu marine avaient investi les lieux. Tôga, nu, consterné, n'avait rien fait pour fuir, il n'avait pas résisté. Deux des inspecteurs se tenaient prêts à faire usage de leurs matraques électriques, le troisième braquait son taser sur lui. À la vitesse à laquelle Emily s'était cachée derrière le lit, la tête dans les bras, il avait compris qu'il s'était fait piéger. Au cabaret, sans doute. Le vigile en noir à l'accueil ? Il s'était efforcé de ne pas parler trop vite, mais c'était peut-être ce ton traînant qui l'avait trahi. Ou peut-être un autre signe dans son apparence, dont lui-même n'était pas conscient.

Les agents sanitaires avaient entre vingt et quarante ans, tous les trois portaient des protections faciales encombrantes et moches. Ils l'avaient maîtrisé sans peine. À croire que cela leur avait donné confiance, ils paradaient, ils parlaient haut, ils roulaient de gros yeux. Ils n'auraient peut-être pas fait autant les matamores sans leurs uniformes. Quotidiennement en contact avec les malades, ils étaient exposés au risque d'être contaminés, évidemment. Ils faisaient un sale boulot, un boulot que personne n'aurait voulu faire à leur place, et la profession comptait bon nombre de bras cassés, c'est sûr.

Tôga s'était rhabillé, le taser pointé sur lui. Emily avait quitté la chambre sans se retourner une seule fois. Depuis le début, elle avait su qu'il était un moonling. Et si elle lui avait paru malhabile, ce n'était pas de la pudeur, mais tout bonnement de la peur. Peur des moonlings. Peur de l'anabasis. Et quand elle lui avait demandé si elle pouvait lui prendre la main, c'était aussi pour qu'il ne se doute pas qu'elle savait. Dans sa tête, il la voyait courir jusqu'au cabaret, passant directement aux toilettes se laver les mains et frotter à s'en arracher la peau, tout en maugréant : Et pourquoi je dois faire des trucs pareils, d'abord !

Une fois rhabillé, Tôga avait été menotté, entravé. Assis sur le lit, la matraque électrique sur le cou, on lui avait imposé un prélèvement nasal avec une sorte de coton-tige. Bleu signifiait « positif ». En moins de trois minutes, le test était devenu plus bleu que les mers du Sud. C'était le coup de grâce. On lui avait passé un bracelet électronique à la cheville. Un gorille muni d'une pince coupante n'arriverait pas à l'arracher, avait tenu à préciser l'un des inspecteurs en rigolant. S'il voulait absolument s'en débarrasser, on lui conseillait de s'amputer le pied. Devant l'hôtel, un fourgon banalisé était stationné. Il avait été poussé sans ménagement à l'intérieur, sous le regard des curieux.

Aux termes de la loi de Prévention de l'anabasis modifiée, toute personne atteinte de la maladie devait être isolée de la société et confinée dans un établissement de soins spécifique pour le restant de sa vie. Mais des centaines de porteurs de la maladie vivaient encore souterrainement, cachés dans les montagnes par leur famille, des amis, ou complètement seuls, en vagabonds. Dans ces conditions, bien sûr, les moonlings qui descendaient en ville la gueule enfarinée pour se payer une fille un jour de pleine lune étaient une espèce en voie d'extinction. Les bars à filles et autres maisons de tolérance étaient la nasse rêvée pour prendre au piège les moonlings mâles assez candides pour s'y aventurer. Et Tôga devait faire partie du lot, puisqu'il ne lui était même pas venu à l'idée que l'administration sanitaire et l'industrie du sexe étaient de mèche.

Dans sa cellule, Tôga était affalé contre le mur, la bouche à moitié ouverte, comme absent à lui-même. La phase fulminante avait commencé vendredi dernier, on était mardi soir. Il avait réussi à mener sa petite vie tant bien que mal pendant vingt-sept ans et demi, et voilà qu'en l'espace de cinq jours tout lui avait été enlevé. Il ne pouvait s'en prendre qu'à lui-même, d'ailleurs. Vingt-sept ans et demi à faire profil bas lui avaient sans doute donné trop d'assurance, il avait fini par se croire transparent. Il avait lui-même scellé son destin, il serait envoyé au milieu de nulle part dans un camp de concentration officiellement dénommé sanatorium, ballotté au rythme des phases de la lune, à faire des allers-retours entre le ciel et l'enfer. La plus stérile des existences. Existence qui ne serait d'ailleurs pas bien longue. Les vingt-cinq ans de maladie de Motoka Sugai restaient une exception, réservée aux personnes qui accusaient une affinité miraculeuse avec l'ascension de la lune.

Et puis, à quelque chose malheur est bon. Il ne serait plus jamais obligé de courir et de se cacher. Cette fois il était à la place qui lui était assignée par le destin. Il était là où il devait être. Comme l'eau s'écoule du haut vers le bas, il n'y avait plus qu'à se laisser tomber. Plus de choix à faire, plus besoin de prendre des décisions ni de faire preuve de volonté. De ses 4 ans à ses 18 ans, il avait vécu dans une institution pour orphelins, il avait développé une immunité à la promiscuité de la vie communautaire. La menuiserie Inada, qui l'employait, allait recevoir dès le lendemain la visite d'une escouade d'inspecteurs de l'Agence sanitaire, sans doute pas très délicats, et il ne se sentait pas le courage d'expliquer la situation à son patron. Mais où était sa faute ? L'anabasis avait déjà pris la vie de sa mère. M. Inada garderait sans doute de lui le souvenir d'une pauvre victime de la malédiction. Et puis, que pouvait-il y faire, de toute façon ? Il lui restait à prier pour que l'Agence sanitaire limite sa perquisition à l'atelier.

3

L'homme dont nous parlons, Tôga Uno, affichait 90 kilos pour 1,81 mètre. Un gabarit imposant. Et pourtant, il n'était pas particulièrement intimidant. Son visage était doux et simple. Et soigné. Un nez épais et proéminent, une bouche forte et volontaire mais, sous ses sourcils épais, un regard lumineux qui semblait affirmer sa fidélité aux valeurs morales dans un monde chaotique. Il n'était pas du genre à révéler les moindres variations de ses émotions sur sa figure, au point qu'on lui demandait souvent s'il lui était déjà arrivé de se fâcher pour de bon. À quoi il répondait « bien sûr », sans se départir de son sourire car lui-même ne se rappelait plus quand. Voilà le genre d'homme qu'il était.

C'était sa nature, depuis sa naissance. Quatre-vingts ans plus tard, cinquante-deux vidéos filmées par sa mère sont toujours disponibles sur internet. Une goutte d'eau dans l'océan, bien sûr, mais ces vidéos ne font-elles pas partie de la mémoire de l'humanité ? Elle souhaitait ainsi garder une trace de son fils unique, qu'elle avait eu à 37 ans. Quiconque aujourd'hui peut ainsi voir, s'il le désire, Tôga se retourner pour la première fois dans son sommeil, ou battre des paupières dans une attitude à la fois innocente et paniquée quand une cigale pénètre dans sa chambre.

Mais dans aucune de ces vidéos, vous ne le verrez piquer une colère ou faire un caprice. Par ce sourire qu'il arborait déjà au berceau, on devine que Tôga se représentait le monde comme un joli cercle dont il occupait le centre. Pourtant, hors-champ, l'épreuve de l'absurdité lui était déjà tombée dessus. Dans une vidéo où il est âgé de 4 ans, sa mère lui demande : « Qu'est-ce que tu veux être quand tu seras grand, Gakkun ? », à quoi il répond : « Quand je serai grand, je me marierai avec maman », ce qui met les larmes aux yeux de sa mère. Sa mère l'appelle alors « Gakkun », surnom formé à partir de la syllabe « ga » de Tôga, son prénom, avec un jeu de mots sur l'onomatopée *gakkun* qui signifie « oh, dommage... ». Mais le point essentiel, c'est que personne dans cette vidéo ne lui demande : « Et papa, alors ? » Le père avait abandonné son épouse et leur fils pour une femme un tour du zodiaque chinois plus jeune que la maman de Tôga – 3 ans à l'époque – et ne remit plus les pieds au domicile conjugal.

Tôga naquit en septembre 2020 à Osaka-Nord. Né comme une pousse qui brave le rude hiver, sa mère Kayo l'appela « Pousse d'hiver » : Tôga. Kayo était une bosseuse qui gérait trois petits bars *nomiya* en ville. À 27 ans, sa tante lui avait cédé un débit de boissons sans tables de moins de 10 m^2 à partir duquel elle avait développé son activité. Elle cuisinait toute la journée pour livrer chaque établissement, et le soir, elle tournait de l'un à l'autre pour faire la fermeture et clôturer la caisse. C'était intense. Son mari, Yoshikazu Horiuchi, était guitariste de jazz. Ça ne mangeait pas tous les jours, mais il était un habitué du magasin devant la gare. C'est de lui que Tôga hérita son gabarit, son teint de neige et ses traits harmonieux. Plutôt discret en temps normal, il se débridait dès qu'il avait un coup dans le nez, balançant des blagues d'une voix grave et chaude qui contrastaient avec sa figure et faisaient rire tout le monde. Tout cela lui assurait un certain nombre de succès féminins, à défaut de talent musical. Quand il se lançait dans *When I fall in love* avec sa guitare, assorti d'un demi-couplet où il imitait carrément Nat King Cole, les femmes dans le public avaient toutes une poussière dans l'œil. Kayo avait elle-même appris le piano dans son enfance, et s'était inscrite au club « Musique facile » à la fac. Quand Horiuchi se mettait à chanter, elle était en extase, le geste en l'air. C'est elle qui embarqua Horiuchi chez elle après la fermeture, le jour où il fut trop saoul pour mettre un pied devant l'autre. À partir de là, il commença à un peu aider aux magasins, et finit par assumer les fonctions de manager de l'un des trois. Ses manières agréables et sa capacité à ne pas trop se mettre en avant plaisaient à la clientèle, le magasin de Horiuchi prospérait. Au point que, même si l'enseigne affichait « Saudade », désormais tout le monde disait « chez Yoshi ».

Horiuchi avait donc été un client pour commencer. Eh bien, la femme qui lui prit Horiuchi aussi. Étudiante qui rêvait de devenir chanteuse de jazz, on l'avait d'abord vue régulièrement dans la salle quand Horiuchi était sur scène. On avait fini par la revoir Chez Yoshi. Puis, quand elle se retrouva enceinte de ses œuvres, elle l'attrapa par la peau du cou et l'emmena voir son père et sa mère, à Kyôto. Comme son surnom l'indique, Kayo était une fille ordinaire avec un teint foncé, très *karintô*. L'autre était plutôt une grande flamboyante à la peau blanche, genre « pièce montée de Noël ». Quand Horiuchi parla à Kayo de l'existence de sa maîtresse, sa façon de présenter les choses la laissa sans voix : « Même sans moi, tu te débrouilleras toujours. » Kayo chercha la réplique qui le moucherait définitivement, mais rien ne vint. Tout juste si, un tremblement dans la voix, elle réussit à sortir : « Jamais tu ne reverras Gakkun. De toute ta vie. »

Cela sonnait comme une malédiction, mais celle-ci ne se réalisa pas. Tôga devait revoir son père, plusieurs fois.

Les vidéos cessèrent d'être mises à jour lorsque Tôga eut quatre ans ; la dernière date du dimanche 2 février 2025. Une semaine plus tard, Kayo se réveilla avec un mal de crâne terrible, comme si sa tête était prise dans un étau. Articulations douloureuses, température qui monte en flèche, vertiges. Elle pensa à une grippe, un truc de saison. Malheureusement, c'était dimanche, l'hôpital était fermé. Elle râla, c'était bien la peine de se faire vacciner, et elle téléphona à la manager du magasin en face de la gare, à qui elle pouvait confier les clés de la boutique en cas de pépin. C'était une amie de la fac et son bras droit dans le travail. En plus, elle habitait à deux pas, les deux familles étaient en relation depuis des lustres. Elle alla déposer Tôga chez elle pour éviter de lui refiler son microbe. Cette amie était revenue vivre chez ses parents à l'issue d'un divorce. Tôga la connaissait, ils y étaient allés quantité de fois, et il aimait bien ses parents, aussi. Et pourtant, cette fois, comme s'il se doutait de quelque chose, il résista. « Non ! Je veux rester avec maman ! Je veux rester toujours avec maman ! », cria-t-il, la lèvre inférieure en avant, les yeux pleins de larmes, fixant les adultes droit dans les yeux.

Le lendemain, le soleil n'était pas encore levé quand Kayo appela une ambulance et fut admise à l'hôpital. Six jours plus tard, elle était morte. Les premiers signes de l'anabasis ressemblent souvent à une mauvaise grippe. Un patient sur dix mourait en quelques jours après des symptômes assez sévères. Bien plus tard, quand Tôga développerait lui-même la maladie, il survivrait à cette première étape et deviendrait un moonling, mais pour Kayo il n'y eut rien à faire. Elle se crasha à l'alunissage. Tôga, quatre ans, était dorénavant orphelin.

Tôga fut envoyé au Abiki gakkuen, une institution pour mineurs située à Kawada, dans le département de Hyôgo. Horiuchi le tenait par la main quand il lui dit : « Je reviendrai te voir. » Et en se retournant plusieurs fois, il répétait : « Je te téléphonerai toutes les semaines. » Avant de rentrer à Kyôto. Tout bébé déjà, Tôga ne pleurait pas beaucoup. C'était un enfant facile, comme on dit. Ce jour-là aussi, il serra les dents et refusa de laisser couler une larme. Car ce père, qui avait disparu depuis un an, n'était déjà plus pour cet enfant de quatre ans quelqu'un devant qui on pouvait se laisser aller à pleurer.

Le personnel de l'institution comptait soixante-cinq employés, et tous les enfants, des bébés jusqu'aux lycéens, vivaient sous le même toit. Tôga y demeura quatorze années, de ses 4 ans à ses 18 ans.

Quatre grands événements marquèrent la vie de Tôga Uno à l'orphelinat. Le premier fut l'arrivée au pouvoir du Premier ministre Hiraku Shimojô, du Parti National, en décembre 2027. Le second, le grand tremblement de terre de l'Ouest du Japon en mars 2028. Ces deux éléments forment ce qu'il est convenu d'appeler les « ingrédients constitutifs du poison ». L'un des deux eût-il manqué, le Japon ne serait pas devenu une dictature à parti unique.

Le Parti National, prédécesseur du Parti du Salut National, fut un parti politique typique du capitalisme d'État qui émergea parallèlement au déclin global de la démocratie libérale au XXIe siècle. Le capitalisme d'État avait rapidement gagné le monde entier au cours des années 2020, sur des bases populistes, nationalistes et racistes, suivant en cela les traces de la Chine, de la Russie et du Moyen-Orient. Dans quelque pays que ce soit, l'arnaque consistait à cimenter un soutien populaire en condamnant le totalitarisme dans les discours, tout en mettant la population en position d'attendre jambes écartées de se faire enfoncer. De fait, le Premier ministre Shimojô pouvait claironner sans ironie, au nom du Parti National : « Une dictature est impossible dans un pays développé comme le Japon », ou encore : « Pour passer de la démocratie à la dictature, il faudrait d'abord que l'homme évolue en sens inverse et redevienne un singe. » Mais il était bien là pour couver la dictature aux œufs d'or. « Les autres partis picorent les miettes de fromage qui leur tombent entre les pattes, nous, nous visons vingt ans plus loin, la montagne de fromage, là-bas. » Cette petite phrase était devenue la marque de fabrique de Shimojô, typique de sa rhétorique simpliste. Dans l'ombre de cette « montagne de fromage », alors que tout le monde voyait la renaissance du Grand Soleil Levant, c'était le retour de l'homme-singe de la dictature qui se cachait. Certes, Shimojô était un menteur patenté et un matamore d'une vulgarité affligeante, même ses supporters le savaient, mais au moins il était sûr de lui. Il donnait l'impression de posséder les réponses. Il avait l'air capable de tenir le Japon et de lui éviter de dégringoler sur la mauvaise pente, on lui prêtait un superpouvoir pour ça. Superpouvoir qui n'était perceptible chez aucun autre, ni homme ni femme. Les Japonais, devant l'horreur de la baisse démographique, la chute de la natalité, le vieillissement de la population, l'énormité de l'endettement public, le tarissement de la créativité, le dessèchement de l'esprit d'entreprise, qui pesaient comme une chape sur la nation tout entière, préféraient se blottir et trembloter dans les bras d'un jeune homme charismatique de cinquante-deux ans.

Survint là-dessus une catastrophe sans précédent. La plaque océanique des Philippines, en subduction par rapport à la plaque continentale eurasienne, eut un rebond élastique qui secoua violemment l'archipel nippon. Le marteau du méga-tremblement de terre de Nankai pesait depuis longtemps sur nos têtes, il frappa avec une magnitude de 9,2, suivi d'un tsunami qui lessiva la région. Les infrastructures furent réduites en miettes, les raffineries, complexes industriels, installations portuaires et zones urbaines brûlèrent comme le feu de l'enfer. Le nombre des victimes atteignit 250 000, morts et disparus, et 10 millions de sinistrés. Le coût économique s'élevait à 22 000 milliards de yens. La population était à genoux. Shimojô déclara l'état d'urgence nationale pour la première fois dans l'histoire du pays. Les citoyens, loin de prendre cela pour les mensonges d'un pompier pyromane, l'accueillirent comme l'annonce du Salut. En lieu et place de la Diète, une Assemblée de Salut National « plus professionnelle », « avec une vraie perspective de long terme », « prenant au sérieux la volonté d'unité nationale du peuple », fut constituée et prit tout en main. La majorité des membres nommés de cette chambre étaient des adhérents au Parti National ; le reste était convaincu que la crise à laquelle le pays était confronté, crise telle qu'il n'en survenait qu'une tous les mille ans, ne se réglerait pas avec des idées aussi fragiles que le libéralisme et la démocratie, tout juste bonnes à amuser les enfants. Shimojô restait Premier ministre, et assumait maintenant aussi la présidence de cette nouvelle entité. Il se trouvait à désormais à la tête d'un immense pouvoir, sans aucun horizon pour le limiter.

Shimojô était objectivement impressionnant. 1,84 mètre, plus de 100 kilos, portant beau, admirable sous tous rapports. Ceinture noire de judo, il avait écrit sur le livre de classe en dernière année d'école primaire que son rêve était de devenir médaille d'or aux Jeux olympiques. Il n'avait dû y renoncer qu'à cause d'une fracture au genou en deuxième année de lycée. De toute façon, il parlait trop pour faire un vrai combattant, il avait trop d'ambition et aimait trop les honneurs, et puis il était un peu trop joli garçon aussi. Il commença à prendre des contrats de mannequinat dès ses années d'études universitaires, puis, son diplôme en poche, débuta une carrière d'acteur. « Acteur, pas saltimbanque », disait-il. Mais, manque d'individualité remarquable dans ses traits peut-être, il peinait à décoller. Il se forgea peu à peu une identité de jeune commentateur conservateur. Troisième d'une fratrie de cinq, un grand-père sorti de l'école d'officiers d'infanterie devenu député de l'assemblée préfectorale de Tokyo, un père parlementaire, faction des « faucons », dont la phrase fétiche était : « Le Japon doit devenir un pays décent. » La graine était implantée dans son crâne depuis l'enfance. Mais qui eût cru que, confirmant la sagesse populaire, « le dragon naît du faucon », et qu'un politicien monstrueux était en train de naître ?

À la tribune de la Diète, Shimojô agitait crânement le poing, postillonnait : « Donnez-nous dix ans ! Le Japon, nous allons le reconstruire ! » Une foule, c'est 14 ans d'âge mental, précepte dont il avait fait son credo. Et avec ses mots faciles à comprendre, son langage simple, ses pauses ménagées qui laissaient l'auditoire haletant, l'intonation et le débit rapide qui parlaient aux tripes, les expressions faciales qui semblaient sincèrement partager les mêmes émotions de joie, de colère ou de deuil que les citoyens, il excellait réellement dans tous les compartiments du jeu. C'était un démagogue né qui pouvait discourir sans prompteur pendant des heures, grâce à sa mémoire phénoménale. Lui-même disait que quelque chose « descendait » en lui et qu'il montait alors aux rideaux, inspiré par sa propre exubérance. S'il jetait parfois un œil sur ses notes, c'était pour « ne pas mettre les rédacteurs au chômage ».

La nomination du gouvernement provisoire de salut national et la mise en œuvre du plan décennal de reconstruction impliquaient la suspension formelle de la Constitution, déjà squelettique. La communauté internationale se déclara consternée, mais d'une voix qui ne couvrait pas les témoignages de sympathie devant les dégâts provoqués par la catastrophe. Certains pays suggérèrent même qu'un régime totalitaire, temporaire, serait plus efficace pour surmonter la situation d'urgence. Au Japon, des manifestations en opposition au nouveau gouvernement apparurent dans tout le pays, mais furent dispersées en un clin d'œil par les milices spontanées de « patriotes ordinaires », secrètement activés à grande échelle par le Yamato Juku, ou « Académie du Yamato », une faction politique de gros bras mobilisés en sous-main pour le Parti National. Il y eut quelques blessés graves parmi les manifestants, et plusieurs centaines d'arrestations. Pas un seul parmi les contre-manifestants, armés de bois de chantier.

L'évolution rapide du pays en État policier s'appuya sur le prétexte de fréquents troubles à l'ordre public. La tristement célèbre Tokkô, la Haute police spéciale de la Deuxième Guerre mondiale, ressuscita sous la forme d'une nouvelle direction du ministère de l'Intérieur, qui prit le nom de Police spéciale du Salut National. Le sobriquet – Kyûtoku – changeait mais ses méthodes étaient les mêmes : surveiller de près les mouvements d'opposition antigouvernementale sur l'ensemble du territoire. Parmi les décrets que l'Assemblée de Salut National enregistrait par salves, il y eut celui qui changeait le nom des Forces d'Auto-Défense en Armée du Salut National, et par la même occasion, le Parti National devint Parti du Salut National. « Salut National », ça sonnait bien, ça alimentait le sentiment de crise, et ça donnait l'impression d'une situation temporaire, ce qui favorisait l'illusion que, non, non, le Japon n'était pas du tout en train de devenir une dictature à parti unique, voyons. Une Agence du développement culturel fut instituée au sein du ministère de l'Intérieur, chargée de mettre l'information en conformité, autrement dit d'imposer un système de visa de censure obligatoire. La nationalisation des industries clés était le cheval de bataille du gouvernement, et la NHK, la chaîne publique de télévision, fut la première à devenir média officiel du Parti, pendant que les autres chaînes et principaux journaux accueillaient des membres du Parti dans leur comité de direction. Tous les médias étaient sous contrôle. Sur l'internet, des *spreaders* rémunérés furent chargés de noyer les réseaux sociaux jour et nuit sous les posts pro-Shimojô et les commentaires pro-régime, et de lancer des campagnes de harcèlement et d'intimidation dès qu'ils localisaient une voix discordante.

Le chaos ambiant ne facilitait pas la vie des moonlings. Les ravages qu'avaient subis les infrastructures rendaient difficile l'approvisionnement en denrées alimentaires des sanatoriums généralement isolés, et plusieurs établissements un peu partout connurent des épisodes de violence ou des évasions de masse. Dans le département de Wakayama, un groupe de moonlings fugitifs, incapables de résister à la phase violente que provoquait chez eux la pleine lune, attaquèrent un peloton de forces de l'ordre à leur recherche. Bilan : deux officiers de police massacrés, quatre blessés graves. La même nuit, à Tokushima, sur l'île de Shikoku en face, une lycéenne de 18 ans était violée par deux moonlings qui s'étaient planqués dans une vallée montagneuse. De nombreux autres accrochages entre moonlings et patrouilles de vigiles ou résidents locaux furent à déplorer, qui, s'ajoutant aux informations autour de la situation des dégâts du tremblement de terre et du tsunami, augmentèrent encore l'inquiétude générale de la population. La réponse de l'Assemblée du Salut National fut de voter sans tarder une réforme de la loi sur la Prévention de l'anabasis. Dorénavant, toute personne infectée, indépendamment des symptômes ou du caractère violent ou non de la forme clinique, serait équipé d'un traceur et éloignée de la société par la détention permanente en établissement surveillé. Il était en outre fait obligation aux citoyens, sous peine de sanctions pénales, de signaler tout cas suspect aux autorités sanitaires ou à n'importe quel agent investi d'une mission d'ordre public. « En ces temps d'urgence nationale, où notre priorité est de faire face aux destructions du séisme, nous devons lancer un coup de filet pour éliminer la vermine qui prospère dans le corps du lionceau », vociféra Shimojô dans l'amphithéâtre de l'Assemblée du Salut National, déclenchant un tonnerre d'acclamations. On glosa pendant des mois sur l'utilisation flamboyante de ce proverbe par le Premier ministre, mais très peu perçurent ce que ces mots avaient de scandaleux. Avec cette privation de liberté à vie pour les moonlings par simple sanction administrative, le Japon venait de s'exclure de la modernité.

Le Japon n'avait plus connu une ère de bouleversements aussi radicaux depuis la guerre d'Asie-Pacifique du XXe siècle, et c'est dans ce contexte que s'écoulèrent l'enfance et l'adolescence de Tôga à l'orphelinat. C'est là que survint le troisième événement marquant de la vie de Tôga. En primaire, il commença la pratique du kendô, l'escrime au sabre japonais. Le directeur de l'orphelinat était lui-même un pratiquant classé, affilié à la société locale des amis du kendô, et recherchait de nouveaux adhérents parmi les pensionnaires de son institution. Tôga se porta candidat. L'entraînement avait lieu deux fois par semaine dans un gymnase municipal, non loin de l'orphelinat. Je n'ai pas dit qu'il s'était inscrit de sa propre initiative : c'est un ami du même âge que lui, Teruichi Yamamoto, qui lui en avait parlé.

Teruichi était un peu voyou, disons un enfant à problèmes. Il était arrivé à l'orphelinat en première année d'école primaire, pendant les vacances d'été. Martyrisé par son beau-père depuis l'âge de 4 ans, il avait finalement été retiré à ses parents sur l'intervention du centre d'aide à l'enfance. Teruichi était aussi petit, nerveux et intrépide que Tôga était grand et pondéré. Ils n'avaient aucun point commun, mais ils étaient étrangement complémentaires, comme un sabre et son fourreau.

L'envie de Teruichi de faire du kendô lui venait du désir de retrouver sa mère. La mère de Teruichi avait été inscrite au club kendô du collège au lycée. Si lui-même s'y mettait, sa mère serait contente de lui et viendrait assister à ses combats, se disait-il. Depuis la naissance de son petit frère, il avait senti que le sol ferme se retirait sous ses pieds, et il cherchait à regagner le cœur de sa maman, sentiment qui était loin d'être étranger à Tôga. Lui-même se rendait parfois dans la salle des enseignants et demandait la permission d'utiliser un ordinateur pour voir les vidéos que sa mère avait téléchargées sur un site web, de son vivant. Afin d'entretenir sa mémoire qui s'estompait peu à peu, il passait des heures à la regarder sur l'écran, où elle avait l'air si vivante. Lui, ancré dans le présent, grandissait de jour en jour, alors que sa mère, enfermée dans le passé, restait perpétuellement la même, toujours droite dans son cœur comme l'axe d'une toupie. Quand il perdait une dent de lait et qu'apparaissait la dent définitive, il ne pouvait s'empêcher de se regarder dans le miroir et de se dire que sa mère ne connaîtrait pas cette dent, que c'était la définition des dents de sagesse, « les dents que les parents ne verront jamais ». Lui, toutes ses dents étaient des dents de sagesse. Son corps se modifiait peu à peu et il devenait quelqu'un que sa mère ne connaîtrait pas.

Il n'eut pas l'ombre d'une hésitation quand Teruichi lui proposa de s'inscrire ensemble au kendô. L'idée d'agiter un bâton et de frapper quelqu'un de toutes ses forces le rebutait, mais puisque c'était Teruichi... Il acceptait presque toujours quand Teruichi lui proposait de faire quelque chose. Il s'y mit, et découvrit une facette de lui-même qu'il ne soupçonnait pas. S'il perdait un assaut, des larmes de regret lui montaient aux yeux lors de la minute de méditation qui clôturait chaque séance d'entraînement. Teruichi exprimait sa déception et sa colère. Tôga, lui, gardait au fond de ses tripes un sentiment de dégoût qui sédimentait. Une fois, Teruichi le vit pleurer. Il eut une sorte de grimace mais ne dit rien. Lui aussi détestait perdre, et il savait d'où venaient ces larmes.

C'est à leur passage au collège qu'ils s'inscrivirent tous les deux au club kendô. L'instructeur était Y-sensei, un homme sanguin d'une quarantaine d'années qui avait, dans le passé, mené son précédent club à la troisième place par équipe du championnat national. La section collège progressait aussi d'année en année. Y-sensei était très à cheval sur les règles de politesse et de respect, l'alignement des chaussures dans le vestiaire, la façon de porter le vêtement et de le plier à la fin de l'entraînement, sur le nettoyage des tatamis et des vestiaires, parce que c'est là que l'esprit des combattants apparaissait. Il était sévère et voyait tout.

La troisième année, le club remporta le tournoi départemental par équipe, qualificatif pour le championnat national qui avait lieu cette année-là pendant les vacances d'été à Wakayama. Au deuxième tour, ils furent opposés aux champions en titre, une école de Kumamoto. Deux victoires, trois défaites. Éliminés. Teruichi était le sabre n° 1 de l'équipe, Tôga le n° 2. Teruichi gagna son combat par son redoutable coup au flanc. Cela mettait l'équipe à une victoire, deux défaites. Le combat de Tôga était donc décisif. Il fut battu. Il avait poussé son adversaire jusqu'aux prolongations, sabre contre sabre, garde contre garde, quand il se prit un *men* très propre à la dernière seconde du combat. Il aurait été déclaré perdant de toute façon à la fin du temps réglementaire, au nombre d'assauts, et c'est en faisant ce calcul dans sa tête qu'il se laissa distraire et prit le coup final sur la tête. Il avait perdu contre lui-même. Il resta à regarder, dents serrées, le dernier combat entre les deux têtes de série, qui n'était plus maintenant qu'une formalité. Il n'en vit pas grand-chose, d'ailleurs, tant sa vue était brouillée de larmes de dépit contre lui-même.

Le tournoi terminé, Teruichi vint le trouver et le salua d'une inclinaison de la tête.

– Honneur au convaincu !

C'était une blague entre eux. À la fin d'un combat, au lieu de se congratuler mutuellement d'un « honneur au combattant », le perdant était ironiquement gratifié d'un « honneur au con-vaincu ». Cela permit au moins de faire revenir un semblant de sourire sur les lèvres de Tôga.

– Honneur au convaincu, lui renvoya Tôga, après une inclinaison de la tête.

Ce fut la dernière fois que Tôga combattit au côté de Teruichi. Teruichi décida de retourner à la rentrée du lycée vivre avec sa mère, qui avait finalement divorcé, ce dont il avait toujours rêvé, et qui vivait désormais avec un autre homme. Il passa le concours d'un lycée d'enseignement général d'Osaka et fut admis. Pour sa part, pour ses vœux d'orientation, Tôga demanda à être admis dans un lycée professionnel non loin de l'orphelinat, en section construction BTP. De la première année d'école primaire jusqu'à la fin du collège, ils avaient passé huit ans et demi ensemble, comme des frères. Réveil à la même heure, extinction des feux à la même heure, ils allaient à l'école et revenaient de l'école ensemble. Combien de fois s'étaient-ils battus ? À partir d'un moment, ils avaient cessé de compter, la main droite peut bien se disputer avec la main gauche, elles restent reliées l'une à l'autre. Le jour où Teruichi quitta l'institution, devant le portail, ils ne savaient tous deux pas quoi dire, alors ils ricanaient, le rouge aux joues. Teruichi se sentait coupable d'être le seul à avoir des parents à retrouver, et de son côté Tôga mettait un point d'honneur à ne pas laisser voir qu'il l'enviait. Alors, tout en sachant très bien ce que l'autre avait dans la tête, ils échangèrent une poignée de main à se rompre les os avec une grimace de débile.

– Salut, dit Teruichi.

– Ouaip. Passe me voir quand tu veux, dit Tôga.

Avant de monter dans la voiture de sa mère qui l'attendait au volant, Teruichi leva l'index et lui frappa le crâne d'une pichenette en rigolant.

– Honneur au convaincu !

Tôga lui rendit immédiatement la même pichenette.

– Honneur au convaincu !

Puis, dès que la voiture eut disparu, en compagnie du responsable de l'administration, Tôga réintégra le bâtiment de l'institution. Au même instant, il sentit un étrange silence souffler dans son cœur, comme si tout d'un coup il ne savait pas quoi faire. Le responsable le regarda, planté au milieu de l'allée.

– Tu vas te sentir seul, hein.

– Bah, à la base, je suis tout seul, alors..., répondit Tôga pour faire le balaise.

Mais il sentait bien que cette solitude, qui lui donnait la chair de poule, n'était pas tout à fait la même que celle qu'il avait éprouvée en arrivant à l'orphelinat.

Le responsable de l'administration, dans une pose théâtrale, gonfla sa poitrine en riant.

– Je te permets de pleurer sur mon épaule, si ça peut t'aider.

À son arrivée à l'institution, c'était déjà dans ses bras que Tôga avait pleuré une infinité de fois.

– C'est ça, moquez-vous, répondit-il en riant.

Parce que, quand même, il avait quinze ans, maintenant.

Au lycée, Tôga continua le kendô. C'était un petit club, peu d'adhérents, un bon esprit, une vraie volonté de victoire, et l'instructeur, I-sensei, était un ancien officier de police au parcours quelque peu atypique, mais animé par une vraie passion. I-sensei vit tout de suite le potentiel de Tôga.

– Uno, tu manques d'habileté mais tu le sais, et ça, c'est extrêmement habile, lui disait-il.

I-sensei utilisait souvent l'expression « pot ébréché », pour dire que « le pot ébréché qui sait où il fuit sait reboucher son trou tout seul ». Ce n'était peut-être pas l'interprétation orthodoxe du proverbe « même un pot ébréché peut trouver son couvercle », mais il faut croire que cela fonctionnait, car en troisième année, en compétition par équipe, dont Tôga assumait le sabre n° 1, le club arriva troisième du championnat départemental, et Tôga fut classé troisième aussi à titre individuel au championnat inter-lycées. Une très belle performance, quand on sait que celui contre lequel il dut s'incliner en demi-finale à l'issue d'un combat épique de quinze minutes, Tôru Shibata, d'Ibaraki, remporta facilement sa finale contre le représentant de Nagasaki. Tôru Shibata devait plus tard devenir officier de la police départementale d'Ibaraki, et remporta par deux fois le championnat national de kendô, gagnant par la même occasion le titre de « meilleur sabre de l'ère Reiwa ». Qu'avait-il pensé de Tôga, avec qui il avait croisé le fer, ou plutôt le *shinai* de bambou, en troisième année de lycée ? Nous ne le savons pas, mais il y a lieu de croire qu'il dut se sentir soulagé en apprenant les boires et déboires que connut son ancien adversaire par la suite. Il n'était pas passé loin.

Et puis, quatrième événement capital. Tôga était en seconde année du lycée quand, à la bibliothèque de l'établissement, ses yeux tombèrent sur un livre intitulé *Anthologie de littérature lunaire japonaise*. Trois livres plus exactement, numérotés tomes I à III, à couverture cartonnée rigide, couleur lie-de-vin. Sur l'anabasis et les moonlings, il savait ce que les programmes scolaires avaient à en dire, en primaire, au collège et au lycée. Il n'avait bien sûr jamais oublié que c'était son ennemi mortel, celui qui lui avait pris sa mère. Mais « littérature lunaire », qu'est-ce que cela voulait dire ? Il s'arrêta au milieu de la travée. Il prit le livre en main avec crainte, comme s'il touchait une plaie ouverte. Le colophon indiquait : Édition princeps, premier tirage, octobre 2019. L'année qui avait précédé sa naissance. Il s'agissait d'une sélection de nouvelles et de textes courts de divers auteurs, tous moonlings. La préface présentait les auteurs, dans leur quasi-totalité des écrivains non professionnels, confinés dans différents sanatoriums du pays. Les moonlings, une fois par mois, pendant une période de quelques jours centrée sur la pleine lune, acquéraient une puissance physique et mentale sans commune mesure avec les capacités humaines ordinaires. Une sorte d'état maniaque. Tous parlaient d'une sensation de ne pas pouvoir rester en place. Chez certains, cet état conduisait à une hyper violence ou à une ultra sexualité, et, dans d'autres cas, à un besoin irrépressible d'écrire, peindre ou composer de la musique. Aux dires de l'éditeur, certains pouvaient écrire un roman de plus de mille pages chaque mois, entre le premier et le dernier quartier de lune. La qualité était généralement médiocre, les écrits incohérents, mais il pouvait se trouver parfois un chef-d'œuvre, brillant comme un joyau. L'*Anthologie de littérature lunaire japonaise* était une sélection de ces textes. Dans leur majorité, il s'agissait de récits autobiographiques, courts ou de longueur moyenne, sur l'ombre tragique qui pesait sur eux depuis que la maladie s'était déclarée, écrits autant que faire se peut dans un état de réflexion rationnel, en dehors de la période où le désir de grimper à la lune était trop fort.

Tôga emprunta les trois tomes et les lut, petit à petit, avec le sentiment de fixer l'abîme duquel il avait systématiquement détourné les yeux jusqu'à présent. Chacune de ces histoires le touchait au cœur, jusqu'à lui être pénible à lire. Un couple se séparait. Des amis se séparaient. Même atteints de la même maladie, la séparation des moonlings était inéluctable. Les histoires de séparation entre parents et enfants lui étaient particulièrement douloureuses. Les mots jetés sur ses émotions à nu l'obligèrent plusieurs fois à interrompre sa lecture, en attendant que la violence de ses propres sentiments se calme. En plus de ces histoires de séparation, la famille, l'école ou les collègues de travail se détournaient. Les voisins se détournaient. Les bonnes gens n'avaient pas attendu la réforme de la loi de Salut National de prévention de l'anabasis pour mettre les moonlings au ban de la société. Ceux-ci n'avaient plus nulle part où aller. Alors, tête basse, certains franchissaient d'eux-mêmes les portes d'un sanatorium.

La tristesse de la condition humaine, le désespoir de la vie s'imposèrent à lui et le laissèrent un long moment désemparé à l'issue de sa lecture. Dans la nouvelle autobiographique de la peintre et poète Motoka Sugai, *La Lune m'appelle*, plusieurs points qui recoupaient sa propre expérience lui rendirent cette œuvre inoubliable. L'absence de son père tout d'abord, contraint d'entrer dans un sanatorium alors qu'elle-même avait sept ans, puis deux ans plus tard, sa mère qui avait été foudroyée dès la première crise. Sugai avait connu les symptômes de sa première phase fulminante un an et deux mois plus tard. Elle avait survécu, mais elle avait été internée dans un sanatorium pour mineurs à Nagano. À ce stade, son père était déjà décédé pendant la phase catatonique de la maladie, elle était donc seule au monde à dix ans. À neuf ans – elle n'avait pas encore la maladie – sa mère, sur son lit de mort, lui avait dit :

– Papa et maman partent d'abord et t'attendront sur la Lune. Tous ceux qui attrapent la maladie finissent par se rejoindre sur la Lune. Il y a foule, là-haut !

Elle avait acquiescé en pleurant, tout en sachant que c'était un mensonge. Elle savait déjà qu'il existe des mensonges très fragiles qu'il est du devoir de chacun de protéger.

Au sanatorium pour mineurs, bien sûr, tout le monde était frappé de catatonie à chaque nouvelle lune. Elle y avait perdu plusieurs camarades. Même si les variations en fonction des individus étaient importantes, on comptait 3 % de mortalité par mois. Autrement dit, dans un sanatorium de cent patients, trois mourraient à chaque nouvelle lune. Imaginez que chacun ait en main un dé à cent faces dont trois présentent une tête de mort, et que sur les quatre-vingt-dix-sept autres faces, il soit marqué : « C'est bon pour cette fois. À la prochaine lune ! »

Sugai aimait dessiner, même avant de contracter la maladie. Mais un jour proche de la pleine lune, à treize ans, elle avait senti une sorte d'enthousiasme, comme si la couche de vernis sur son âme se trouvait pelée, épluchée, et s'était mis à dessiner aux crayons de couleur dans son carnet de croquis, des vues de ce monde lunaire dont lui parlait sa mère. Son père et sa mère y figuraient, et chaque fois qu'une camarade mourait, elle l'y ajoutait. Elle ne pouvait pas s'en empêcher, c'était comme une injonction de sa personnalité alors en plein éveil. Quand on ne sert plus à rien, quand on est devenu inutile, tout le monde meurt, comme quand la braise devient froide. C'était la mort la plus silencieuse du monde. Les corps finissaient dans l'incinérateur du sanatorium, après quoi les cendres non réclamées étaient alignées dans l'ossuaire, sombre et étroit, avec toute une foule d'autres âmes réduites au silence. Elle ne voulait pas finir comme cela, mais c'était comme cela que tous finissaient. Dispersez nos cendres dans les champs, dans les bois, dans la mer, n'importe où, aurait-elle voulu crier. Mais les moonlings étaient rejetés, même devenus cendres, on les accusait de polluer le sol, de polluer l'eau. À chaque nouvelle lune, elle jurait de ne pas oublier ses camarades morts en catatonie. S'il ne restait qu'une seule personne à entretenir leur souvenir, elle serait celle-là, c'est pourquoi elle les dessinait tous. Mais elle ne pouvait perpétuer leur souvenir que tant qu'elle-même restait en vie. Chaque fois qu'une nouvelle lune approchait, elle se couchait avec la peur de ne pas se réveiller de sa catatonie. Par bonheur, si l'on peut dire, elle avait continué durant des années à tirer une bonne face sur son dé et se réveillait toujours. Elle ouvrait les yeux, et du fond de sa conscience brumeuse, elle s'agrippait à un rayon de lumière qui lui disait : Allez, encore un mois. Après le soulagement venait l'angoisse : qui est mort cette fois ? De qui allait-il falloir faire le portrait ? Qui allait-il falloir ajouter au dessin ?

Plus tard, elle utiliserait les dessins de son carnet de croquis pour sa série sur contre-plaqué *Trente-six vues du monde lunaire – Voyage sans fin avec les baleines de lune*. Une fois, au cours d'une phase de catatonie, elle avait rêvé que ceux qui étaient montés à la lune poursuivaient leur voyage sur le dos d'une baleine de lune qui nageait dans le désert. Cette image l'avait obsédée longtemps. Le monde lunaire était très animé, bien qu'un peu fou, aussi. Un troupeau de baleines de lune, portant les moonlings sur leur dos, nageaient sans fin. Le temps semblait s'être arrêté, ou pour mieux dire, c'était un monde dans une boîte, il suffisait de remonter la clé pour que la même scène recommence indéfiniment : le soleil brûlant, le ciel noir comme de la laque, le désert blanc. Par endroits, des arbres, mais ils ne se balançaient pas. Ils restaient tendus comme de complexes formes cristallines, et les maisons multicolores dévoilaient leurs façades comme un décor de théâtre. Les expressions des personnages et des baleines, de même, semblaient confusément teintées de tension et d'absence, même quand ils jouaient et s'amusaient, comme si ces ébats étaient forcés. Pour elle, le monde lunaire qu'atteignait les moonlings n'était pas le paradis auquel sa mère avait voulu lui faire croire.

4

Tôga était sorti en ville la première nuit de pleine lune après que la maladie s'était déclarée. Il ne réussit pas à coucher avec une femme et se trouva au lieu de cela nez à nez avec des hommes antipathiques, les inspecteurs de l'Agence sanitaire étant généralement des nocturnes, eux aussi, qui lui passèrent menottes et entraves. Plus tard, il fut tiré de sa cabine de protection et conduit dans une autre pièce du même bâtiment. Celle-ci faisait une douzaine de mètres carrés et contenait une table en fer sur laquelle était posé un ordinateur portable, et deux tabourets scellés au sol. Un homme, qu'il reconnut pour être le plus âgé des trois qui avaient procédé à son arrestation à l'hôtel, était déjà assis de l'autre côté de la table. Un autre agent, âgé d'une trentaine d'années, se tenait derrière lui, contre le mur, matraque électrique à la main. Le plus âgé des deux, celui qui était assis, était très massif, le cou épais comme un sanglier, oreilles de rugbyman, un regard par en dessous qui suggérait qu'il ne croirait pas un traître mot de ce que vous lui diriez. Celui qui se tenait debout était aussi grand que Tôga, des yeux froids et secs comme deux nœuds dans une planche de bois, et à peu près aussi expressifs. Tous deux arrogants, sans la moindre trace de sympathie pour ceux qui souffraient d'une maladie incurable. Ce n'était même pas l'avenir radieux de l'éradication de l'anabasis qu'ils contemplaient. Eux, ils ne voyaient pas plus loin que leur proie de ce jour, c'étaient des chiens de chasse. Des flics. Intuition soudaine : les inspecteurs de l'Agence sanitaire étaient sans doute des flics qu'il avait fallu écarter de la carrière classique pour avoir commis une bavure quelconque. De fait, cette pièce et ses occupants étaient parfaitement conformes à l'idée qu'on pouvait se faire d'une séance d'interrogatoire.

Tôga répondit à toutes les questions et détailla comment il s'était aperçu que la maladie s'était déclarée, quelles personnes avaient pu être cas contact ou pouvaient le devenir. Avait-il une idée de qui l'avait contaminé ? Non, aucune. D'ailleurs, compte tenu du temps d'incubation du virus de l'anabasis, comment savoir ? L'inspecteur à la nuque de sanglier lui rappela que toute personne qui pensait avoir contracté la maladie avait obligation d'en référer sans délai à l'Agence sanitaire, c'était un devoir citoyen, s'en dispenser était criminel. « Tu n'avais pas l'air content qu'on t'ait dérangé alors que tu allais faire mumuse mais, à la base, c'est quand même bien de ta faute. En outre, le fait de t'être rendu dans un établissement de tolérance en connaissance de cause, et d'avoir eu l'intention d'engager une relation physique pour assouvir un désir lubrique, sans égard pour le risque de communication de la maladie, caractérise, en principe, l'intention volontaire et préméditée de contrevenir à la loi de Prévention de l'anabasis modifiée. En conséquence de quoi, on pourrait t'envoyer faire un petit séjour dans un sanatorium dont les prestations peuvent laisser à désirer. Par exemple, l'un des sanatoriums de Hokkaidô, pour une raison qui n'est pas de mon ressort, connaît un taux de mortalité supérieur aux autres. Bref, déjà qu'il ne te reste pas longtemps, tu risques de raccourcir encore plus ton espérance de vie. »

Tôga n'avait pas attendu de se faire arrêter pour se trouver au fond du désespoir, mais les inspecteurs avaient manifestement envie de l'y plonger encore plus profondément. Que pouvait-il faire, à part acquiescer à ce qu'ils lui disaient d'une voix lugubre ? Qu'importe l'endroit où il serait envoyé, ce serait toujours dans les oubliettes de l'Agence sanitaire, il ne servait à rien de discuter. Puisqu'on lui expliquait qu'il avait enfreint la loi, il était censé avoir droit à un avocat, mais les rares avocats déterminés à contester le régime du Salut National étaient tous sous les verrous, et la sentence pour les moonlings était fixée administrativement, sans procès : la réclusion à vie.

Voilà précisément ce qui était étrange. Les laborieuses prétéritions du discours de l'homme au cou de sanglier, ses « en principe », ses « à la base », donnaient l'impression qu'il tournait autour du pot. Quand finalement Tôga lui demanda où il voulait en venir, l'homme se concentra sur un détail certainement passionnant de l'écran de son ordinateur et lui demanda, l'air de rien :

– Au fait, tu es classé au kendô. Troisième dan, je crois ?

Son grade au kendô devait être enregistré au Centre national d'information, ou bien il suffisait de le demander à l'orphelinat ou à son patron. Et pourtant, la question avait quelque chose d'anormal. Oui, et alors ? Le ton n'était pas celui de la simple conversation. Au contraire, il eut l'impression qu'on arrivait au vrai sujet, et que c'était seulement à partir de maintenant qu'il allait parler à quelqu'un.

– Je n'ai plus pratiqué depuis que j'ai quitté le lycée, répondit-il, légèrement perplexe.

– En terminale, tu es arrivé troisième au championnat inter-lycées en individuel. C'est pas rien, répliqua l'homme.

Il n'en crut pas ses oreilles. « C'est pas rien » ? Et ce sourire engageant derrière l'écran de protection faciale.

– Jeune… En bonne santé… Bien fait de sa personne, ajouta l'homme.

Tôga n'acquiesça pas. S'il était en bonne santé, il ne serait pas ici. C'est une blague ? Mais au même moment une lueur de compréhension s'alluma dans son crâne. Travail obligatoire ? Tous ces moonlings en sanatoriums, on ne pouvait pas les laisser attendre la mort sans rien faire. C'étaient des bouches inutiles, ils coûtaient à la société. Les émissions télé du gouvernement présentaient les sanatoriums comme de vastes surfaces cultivées, avec poulaillers et porcheries. Et affirmaient que le contact avec la nature, ainsi qu'une activité modérée, étaient essentiels pour les pensionnaires sur la voie de la guérison. Évidemment, cela voulait dire que les sanatoriums vivaient en autarcie, pour coûter le moins possible aux contribuables. Les moonlings ne se nourrissaient pas de nuages, et sans doute certains étaient volontaires pour travailler dans les champs. En phase de lune sombre, pendant une semaine environ, la plupart devaient être dans l'incapacité de travailler et la productivité devait s'effondrer, mais – pour ceux qui se réveillaient, bien sûr – en phase de lune claire, ils devaient pouvoir trimer bien plus que les humains ordinaires. Bon, en inversant le jour et la nuit, certes. Avec un pic les nuits de pleine lune. Raison pour laquelle lui-même restait menotté et entravé, et que les inspecteurs gardaient la matraque électrique à la main.

Oui, mais quel besoin de lui rappeler son grade au kendô si c'était pour lui parler de travaux agricoles ? Il devait s'agir d'une autre sorte de travaux pénibles. Les mines ? Les chalutiers pélagiques ? L'homme à cou de sanglier dut deviner ses soupçons, il lui adressa un sourire encore plus énigmatique et tourna son ordinateur portable de son côté.

– Regarde un peu ça.

Un espace très violemment éclairé, comme un stade. Pas aussi vaste qu'un stade de base-ball ou de football, mais les gradins, sur trois étages, étaient presque pleins. Une vidéo de qualité professionnelle, avec plusieurs caméras pour varier les angles et présenter au spectateur une vision totale. En vue aérienne même, filmée avec un drone. Deux écrans géants se faisaient face dans les tribunes et diffusaient ce qui ressemblait à de la propagande du gouvernement : une femme sexy, un sourire artificiel aux lèvres, expliquait quelque chose avec force mimiques. Son visage disait quelque chose à Tôga, sans doute s'agissait-il d'une des Salvation Girls, prétendument sélectionnées parmi les prostituées de luxe et entretenues par les huiles du Salut National.

L'espace de quelques secondes, on voyait passer la pleine lune dans le champ. Les tribunes avaient un toit mais le terrain central, de forme ovale, était ouvert sur le ciel bleu. Enfin, noir, puisque c'était la nuit. Les gradins donnaient l'impression que le terrain était de dimensions réduites, comme au Budôkan ou au Stade national, à la différence que ce dernier était entièrement ceint d'une paroi de résine transparente, comme un immense aquarium. Sauf qu'il n'y avait pas la moindre goutte d'eau à l'intérieur, bien sûr. Pas non plus de court de tennis, ni de ring de sumo. Un simple espace vide et uniforme, pareille à une arène de corrida. De nombreux spectateurs portaient autour du cou quelque chose qui ressemblait à des lunettes de réalité virtuelle.

Soudain, l'image changea et la caméra zooma sur un point particulier des tribunes. Il y avait une cabine, en béton et verre. Sans doute la tribune d'honneur. À l'intérieur, une dizaine de spectateurs, au centre desquels on reconnaissait, mais oui ! c'était bien le président du Parti du Salut National et notre Premier ministre éternel, Hiraku Shimojô ! La présence de Shimojô signifiait à tout le moins que le stade datait d'après le grand séisme. Les autres spectateurs étaient sans doute des membres du Parti et leurs familles. Mais pas de banderole, pas de mégaphones, aucun signe de l'enthousiasme le plus vif, ce qui suggérait qu'il s'agissait plutôt d'un événement interne au Parti.

Shimojô apparut en gros plan, un émouvant sourire sur les lèvres, comme si la plus belle saison de sa vie commençait aujourd'hui, avec cet événement, au milieu de ses amis. Il avait été mannequin et acteur dans sa jeunesse, et cela expliquait qu'à l'âge vénérable qui était le sien, les lignes de son nez étaient toujours aussi nettes, son regard toujours aussi vif, et ses dents aussi blanches qu'une cuvette de w.-c. Ses cheveux argentés – gris romantique, disait-il – plaqués en arrière, sa silhouette imposante, son corps enveloppé dans un costume prétentieux bleu marine à rayures, et bien sûr sa cravate dorée signature. Le jeune homme mince et élancé assis à sa droite, c'était son second fils, Gen Shimojô ; à sa gauche, ce devait être sa troisième fille, Manaka, mariée depuis quelques années avec le président d'un fonds d'État. Shimojô avait sept enfants publiquement reconnus. Ils n'étaient manifestement pas au complet dans la tribune officielle. Néné, son épouse, n'était pas là non plus, ce qui somme toute n'avait rien d'anormal. La consternation de Mme Néné devant les frasques et la vulgarité générale de son époux était de notoriété publique. À tel point que, chaque fois que son mari lui demandait de bien vouloir apparaître à ses côtés, histoire de montrer que tout allait pour le mieux dans le couple premier-ministériel, elle exigeait une nouvelle villa à l'étranger en dédommagement.

L'homme à lunettes à gauche de Shimojô Gen devait être Hayao Himura, son lèche-bottes et directeur général de la Kyûtoku, la Police spéciale. Himura était le fils d'un cousin de Shimojô, mais le bruit courait que Shimojô l'avait surtout nommé pour la ressemblance de son nom avec Himmler, le chef de la Gestapo de Hitler. Ça l'amusait. On disait même que c'était pour pousser la plaisanterie encore plus loin que Shimojô l'obligeait à exhiber un front dégarni et de petites lunettes rondes. Enfin, c'était plutôt une plaisanterie populaire, répandue par les mécontents de la dictature. Le fait est que Himura n'avait rien d'un foudre de guerre. Petit, l'air ahuri, une voix de fausset et butant sur le moindre mot, aucune dignité. Le visage plus large que haut, le menton fuyant, sa façon de rajuster ses lunettes avec le pouce était la risée de tout le monde. Mais Shimojô, qui faisait grand cas de sa propre mémoire, disait de lui : « Il n'oublie rien. Il se souvient du dîner d'il y a trente ans. » Le service des Relations publiques avait imaginé une émission de télé montrant Himura au jeu des paires, opposé aux jeunes loups du Parti. Himura avait gagné haut la main. L'interviewer lui avait demandé comment il faisait pour être si fort et Himura avait répondu : « Chacun sa petite marotte. » Comme une plaisanterie, l'interviewer lui avait alors demandé ce qu'il avait mangé il y a trente ans, jour pour jour. « À la maison, le mercredi soir, c'était curry », avait-il répondu, très sérieux. Une blague qui circulait sur son compte disait : « Quand Shimojô dit qu'il est fatigué, Himura se met à quatre pattes pour lui servir de tabouret ; quand Shimojô dit qu'il a sommeil, Himura se couche par terre pour lui servir d'oreiller ; quand Shimojô dit qu'il a envie de pisser, Himura ouvre la bouche. » Une vidéo le montre, les yeux brillants, prononcer ces paroles : « On rit de moi en me traitant de bureaucrate né, mais notre Premier ministre est un politicien né. Il n'en vient pas un sur cent millions, des hommes comme lui. » On l'avait souvent brocardé comme le symbole de l'État policier, presque autant que Shimojô lui-même. C'était bien lui qui avait étendu le réseau de surveillance de l'infâme Kyûtoku jusqu'aux moindres recoins du pays.

De temps à autre, on apercevait aussi à l'image un homme à l'apparence étrange, seul au milieu de l'arène. Âgé de quarante ou cinquante ans environ, il était vêtu d'une toge, une longue pièce de tissu blanc, qui lui donnait l'apparence d'un grand prêtre de la Grèce ou de la Rome antique qui se serait trompé de chemin. Il portait également une sorte de cotte de mailles, des bracelets d'or et d'argent à chaque poignet, des sandales en cuir finement tressé aux pieds. Le bas de son visage caché sous une barbe abondante et sévère, sur la tête une coiffe en hauteur rebrodée de fils d'or, et il tenait dans sa main gauche un long bâton surmonté d'une forme décorative en métal, comme un Khakkhara bouddhiste, ou une férule papale. Malgré cet attirail anachronique, il était équipé d'une oreillette, par laquelle devaient lui être communiquées des instructions, poursuivie par un micro. On le voyait parfois hocher légèrement la tête ou prononcer quelques mots. Était-il en charge du déroulement de ce qui allait se produire ? Le temps que Tôga en arrive à cette conclusion, soudain, l'homme serra fortement sa férule, frappa du pied comme pour se mettre en garde, jambes écartées et solidement plantées, le torse en avant, et cria dans le micro d'une voix martiale, comme pour annoncer au peuple un oracle formidable :

– Et maintenant, Mesdames et Messieurs, place à la troisième rencontre du premier tour de la Coupe Shimojô !

Zoom arrière. Le stade était à présent visible dans son entièreté. Plan noir, très court. L'instant d'après, des lumières colorées balayaient toutes les directions, transformant le morne espace de l'arène en un lieu éblouissant et plein de vie. Une armée de soldats antiques, des hologrammes sans doute, sourdaient du sable, comme modelés dans la glaise, en position agenouillée, puis se levaient dans un mouvement saccadé et un bruit sourd. Ils étaient plusieurs dizaines, tous ceints d'une cuirasse rouge vif, et se faisaient face sur deux rangées, le visage figé et inexpressif. Il ne manquait qu'un centurion pour les passer en revue. La foule commença à applaudir en rythme, à marteler un rythme grave qui semblait exprimer toute la sauvagerie de l'ère moderne. Des éclairages se braquèrent sur un coin de l'arène. Une section de la clôture qui entourait l'arène s'ouvrit, une grille à barreaux rouges surchargée de ferronnerie décorative. Un individu en sortit et marcha effectivement entre les deux rangées de soldats, dans une attitude courroucée et intraitable. Il fixa de même son regard sur les gradins, comme s'il voulait fusiller chacun des spectateurs. Les applaudissements et les acclamations éclatèrent – le stade n'attendait que lui. Mais aucun sourire ne vint sur ses lèvres et son arrogance ne faiblit pas.

L'homme déguisé en grand prêtre déclara alors, sur le ton des annonceurs de combats de boxe :

– Il vient de franchir le seuil de la Porte Rouge ! 28 ans, 1,84 mètre, 102 kilos, phalanstère n° 4, j'ai nommé : Akira « Barbarossa » Okajimaaa ! Quatorze victoires, trois défaites, deux nuls, troisième de la 16e coupe Shimojô !

Le Okajima en question, qui venait d'apparaître, était curieusement vêtu. Il ressemblait à un gladiateur romain perdu dans une fiction SF de série B. Casque en métal argenté poli, épée à lame large dans la main droite, bouclier rectangulaire cintré dans la main gauche. Son bras droit était protégé par une armure métallique articulée, ainsi que ses deux tibias. Ses hanches étaient ceintes d'une étoffe écarlate garnie de plaques dorées, maintenue par une épaisse ceinture de cuir aux ferrures massives. En revanche, son imposante poitrine et ses abdominaux saillants étaient nus, parsemés d'horribles tatouages qui brillaient de façon inquiétante sous les projecteurs. Sa peau rougeâtre présentait de nombreuses cicatrices qui ondulaient comme des lombrics. Son visage était recouvert d'un masque de résine transparente, une protection faciale, qui laissait voir une barbe rouge distinctive. Il affichait un visage agressif, le menton en avant comme s'il allait mordre le premier venu, martelant le sol à chaque pas au rythme de la musique, levant les bras pour attiser les acclamations de la foule.

Il avançait entre les deux rangées de soldats antiques et arriva bientôt au centre de l'arène, avec force moulinets de son épée pour dégommer des hordes d'ennemis invisibles, quand les projecteurs se braquèrent sur la porte bleue, diamétralement opposée à la sienne. Des figures armées de cuirasses bleues sortirent de terre et formèrent elles aussi une haie d'honneur, avec hallebardes et boucliers. Après un bref silence, un morceau de thrash metal assourdissant se mit à retentir. Tôga, qui n'était pourtant pas féru de musique, reconnut un arrangement de *La Symphonie du Destin* de Beethoven. L'ambiance dans le stade fit un bond et un malabar encore plus grand que le premier pénétra dans l'arène, le pas lourd, par la porte bleue. Le visage encore plus brutal que l'autre, il montra les dents comme une bête et fit sauter sa tête par à-coups pour détendre sa nuque blindée de muscles.

Puis de nouveau l'annonce.

– Porte Bleue, 32 ans, 1,88 mètre, 120 kilos, phalanstère n° 1, j'ai nommé : Hideto « Myôô » Wakisakaaa ! Quinze victoires, deux défaites, un nul, vice-champion de la 16ᵉ coupe Shimojô !

Son accoutrement ressemblait plus ou moins à celui d'Okajima, mais son armement était différent, et quelque part encore plus comique. Dans la main droite il tenait un trident et dans la gauche une sorte de filet lesté. Tatoué sur sa poitrine : le portrait en pied d'un personnage grimaçant, une épée dans une main, entouré d'un halo de flammes rouges, et l'indication « Fudô Myôô – Dieu de la Destruction ». Il agita son trident et son filet pour faire monter les acclamations des tribunes. Arrivé au centre de l'arène, les deux hommes se défièrent un moment du regard, puis commencèrent à se tourner autour, ménageant une distance d'environ cinq mètres l'un de l'autre. Comme une étoile double, la haine leur tenant lieu de force de gravitation. Manifestement, ils allaient se battre. Et sauf à ce que leurs armes soient fausses, il risquait d'y avoir du sang.

Tôga commençait à comprendre. Les deux hommes étaient des moonlings. Les nuits de pleine lune, on mettait une arme dans les mains des moonlings au maximum de leur phase de violence et d'agressivité, et on les faisait s'entretuer. Jouets de luxe pour un tyran guetté par l'ennui. D'ailleurs, l'intérêt de Shimojô pour les sports de combat ne datait pas d'hier. Il avait tenu à inviter dans sa résidence secondaire officielle – résidence que des aphorismes populaires tournaient en dérision, comme : « Le pays s'effondre, moi, je construis mon château ! » – un boxeur qui avait obtenu quatre titres consécutifs dans sa catégorie, et un judoka aux trois médailles d'or en trois Jeux olympiques dans les plus de 100 kilos. Shimojô était lui-même ceinture noire quatrième dan de judo, et la télé repassait régulièrement les images du futur Premier ministre, jeune à l'époque, envoyant valser des palanquées de malabars dans un dojo. Selon d'autres rumeurs persistantes, Shimojô choisissait toujours ses gardes de corps parmi des éphèbes beaux comme des statues grecques, à l'instar d'un empereur romain. Le spectacle sur le point de commencer n'était-il pas la concrétisation de son désir de voir des corps nus, aux beaux muscles entaillés et luisant de sang ?

Jadis, dans de nombreux pays, on croyait que les moonlings étaient immortels les nuits de pleine lune. En Europe, on pensait que si on leur coupait un bras, le bras repoussait ; et si on leur coupait la tête, c'est tout le corps qui repoussait. En Chine, la légende dit que si vous coupez un moonling en mille morceaux, il se multiplie en autant de copies de lui-même. C'est pourquoi quand un moonling était capturé une nuit de pleine lune, on le brûlait sans attendre. Bien sûr, il ne s'agit là que de superstitions. Même un doigt coupé n'a jamais repoussé, et quand on vous coupe la tête, vous êtes mort.

Il n'en demeure pas moins que lors des phases de lune claire, et tout particulièrement les nuits de pleine lune, la force vitale des moonlings connaissait un accroissement significatif. Dans une vidéo devenue virale sur l'internet, qui a dû être tournée dans une région reculée d'Afrique, on voit un moonling décapité tituber sur plusieurs dizaines de mètres avant de s'effondrer, comme s'il réalisait enfin qu'il était mort. Et pendant ce temps, un bon moment, sa tête ouvre et ferme la bouche à plusieurs reprises, et roule des yeux dans tous les coins. Tôga se souvenait d'une vidéo où l'on voyait un moonling en phase fulminante, lié avec une corde, que l'on enterrait vivant. Le lendemain, il était déterré. Au début, il semblait mort, mais sous l'effet de quelques seaux d'eau et de gifles, il recommençait à respirer. Ceux qui l'avaient déterré se bidonnaient en le voyant revenir à la vie. Le plus horrible, c'était qu'ils l'enterraient de nouveau à la lune suivante. Cette fois ils le laissaient deux jours avant de le déterrer et de le réveiller, et plusieurs fois encore en augmentant le délai. Au bout de cinq jours, il ne se réveillait plus. Ceux qui lui faisaient subir ces horreurs avaient l'air déçus, comme si leur pizza était tombée par terre. Puis finalement, ils se bidonnaient quand même. Un *Fake* ? Ça n'en avait pas l'air, en tout cas. C'était même devenu une sorte de jeu à la mode parmi les groupes terroristes, de capturer des moonlings et de se filmer en train de leur faire des choses du même genre. Ils appelaient ça des « exorcismes ».

Soudain, un coup de gong, et les images tridimensionnelles des soldats bleus et rouges autour des deux combattants se dispersèrent en poussière dorée dans le ciel nocturne. Le combat commençait. Les deux hommes se battaient une vingtaine de minutes, tout au plus. Très pros. Ils déployaient leurs techniques les plus spectaculaires, avec une recherche d'effets de plus en plus forts. L'épée, le trident, le bouclier, le filet s'entrechoquaient. Au début, cela ressemblait surtout à une scène de film d'époque, les coups semblaient arrangés et chorégraphiés. Mais peu à peu les conventions étaient renversées, et malgré l'entraînement, l'épée et le trident frappaient pour de bon dans la chair. Le sang se mettait à gicler. Il coulait sur la peau. Il colorait les corps, et mouillait le sol de l'arène comme une offrande à la terre. Les spectateurs les observaient avec de grands yeux, ou préféraient regarder en gros plan sur les écrans géants. Les casques des combattants devaient être munis de caméras miniatures, pour des vues en caméra subjective, car certains suivaient le combat à travers leurs lunettes de réalité virtuelle. Chaque fois que l'épée coupait dans la chair, que le trident perçait le corps, que le filet de jet empêtrait l'adversaire, des acclamations enthousiastes retentissaient dans les gradins.

Les combattants ne s'effrayaient pas de voir couler leur sang. La frénésie de la foule, la tension des armes et les giclées rouges sous la pleine lune avaient annihilé toute retenue et repoussé la douleur. L'épée et le trident avaient l'air lourds, tout comme le bouclier et le filet lesté. Rien à voir avec le poids d'un sabre de bambou. Et pourtant, les deux combattants les maniaient avec une facilité, une légèreté. Des individus normaux auraient eu des mouvements si lents que le combat n'aurait eu aucun intérêt. Même au corps à corps, les combattants restaient perpétuellement sur le qui-vive, essayaient de trouver la faille de l'adversaire et frappaient comme des brutes. Sans doute leur entraînement y était-il pour quelque chose, mais la pleine lune était la cause principale de la force décuplée qu'ils y mettaient.

Finalement, le dernier homme debout dans l'arène fut le nommé Wakisaka, celui qui était sorti de la porte bleue. Son adversaire à la barbe rouge, empêtré dans le filet, avait encaissé plusieurs méchants coups de trident avant de s'effondrer, inconscient. Il perdait beaucoup de sang. Des assistants sortirent d'une porte noire, dans un accoutrement démoniaque, placèrent le vaincu sur une civière décorée comme un cercueil de l'enfer et l'emportèrent. Il n'était peut-être pas mort, mais Tôga se demandait combien de temps il lui faudrait avant de tenir de nouveau sur pied.

Le vainqueur, Wakisaka, poussa un rugissement de triomphe, et parada autour de l'arène pour se faire acclamer. Rien dans ce visage victorieux, brillant de sueur et de joie, ne transparaissait d'une quelconque vacuité – d'avoir combattu sous la contrainte, par exemple. La violence de la pleine lune écrasait-elle toute peur de la mort ? Prenaient-ils les armes de leur plein gré, assoiffés de gloire ? Les mythologies nordiques parlent de ces guerriers vêtus de peaux de bêtes appelés *berserkr*, qui se mettaient en état de transe pour se battre comme des sauvages. Étaient-ils des moonlings ?

La vidéo terminée, le regard de Tôga rencontra celui de l'homme au cou de sanglier. Sous son masque de protection, il plissait les yeux d'un air vicieux et souriait en coin. Le genre de sourire qu'ont certains visiteurs au zoo devant la cage aux fauves, avec une pointe de pitié. Son expression disait : Faut que je te fasse un dessin ? Tu sais qui sont ces types qui se battent sur la vidéo, n'est-ce pas ? Et tu sais ce que tu es, toi ? Bien sûr que Tôga avait compris. Voilà ce que tu vas faire, disaient ses yeux. Pour amuser ce pauvre tyran menacé par l'ennui. Tu vas prendre part à cette folie furieuse.

– Trente combats, dit l'homme. Que tu perdes ou que tu gagnes, trente combats et tu pourras faire valoir tes droits à la retraite. Et pour chaque victoire, tu auras le droit de passer la nuit avec une femme. Une femme… vivante ! Comme celle que tu as failli te payer la nuit dernière.

5

De toutes les vidéos de son enfance, la préférée de Tôga était celle où on le voyait s'amuser à modeler des animaux en papier mâché avec sa mère. À trois ans, Tôga ne connaissait pas le doute. Il pétrissait comme un maître artisan, une figure, puis une autre, et encore une autre. Des animaux. Ça c'est un éléphant, ça c'est une girafe, ça un lion, un pingouin… Enfin, c'était le nom, prononcé comme il pouvait, qu'il donnait aux formes de pâte blanche qu'il sculptait à pleines mains. Et c'est vrai que quand on connaissait le nom de ce qu'il avait voulu faire, on finissait par le voir. Kayo les aimait tous, de chacun elle disait : « Oh, qu'il est beau ! » Elle riait sans retenue, éperdue d'admiration. Ce devait être juste après que son père avait décampé avec une femme plus jeune, mais Tôga n'avait jamais vu sa mère aussi heureuse. Il avait regardé la vidéo si souvent qu'il avait fini par croire qu'il se souvenait de ce jour-là.

Il manquait peut-être d'habileté pour les relations sociales et le sport, mais il avait une grande dextérité, qui ne lui venait certainement pas de son père. En quatrième année de primaire, il réalisa un cheval et son cavalier en terre cuite, façon statues funéraires *haniwa*, qui eut tellement de succès que même les élèves des autres classes vinrent l'admirer. Pas seulement en modelage, en origami aussi il se défendait bien, et en dessin. Même chose pour le kendô : une fois qu'il se plongeait dans une activité, il ne voyait plus le temps passer. Il jetait un coup d'œil à sa montre : Ah, déjà… Et il aimait ça. C'est pour cette raison qu'il s'inscrivit en section construction BTP au lycée professionnel, et que pour ses vœux d'orientation, il indiqua qu'il souhaitait travailler dans un atelier de menuiserie.

Tôga fut engagé à la menuiserie Inada, à Minoh, département d'Osaka, au printemps 2039. L'activité principale de l'atelier était la réalisation de mobilier sur mesure pour des boutiques de la région. Il y avait dix-huit employés en tout. Il était le seul nouveau, le plus jeune avait quatre ans d'ancienneté. Le patron lui fit peur en lui annonçant qu'il n'arrivait à garder personne, que les gens entraient et repartaient tout de suite. Pour les trois premières années, il serait apprenti. Son statut de novice lui donnait tout juste le droit d'être corvéable à merci par tout le monde. Mais après les entraînements de kendô qu'il avait endurés toutes ces années, après l'atmosphère oppressante de la vie à l'institution, il pensait être capable de tout supporter.

La menuiserie avait été fondée deux générations plus tôt, le patron était encore dans la quarantaine, sa femme travaillait aussi à l'atelier, et ils avaient deux enfants, une princesse et un bon garçon. Quand il était jeune, le patron avait travaillé dans une usine de guitares électriques à Nagano, mais il était rentré pour reprendre l'atelier après que son père – on le surnommait « patron n° 2 », dans l'ordre générationnel – avait eu un accident vasculaire cérébral. Petit mais costaud, le menton volontaire, le visage carré et têtu. Le juron facile, tout de suite à gueuler, mais il ne tenait pas longtemps rancune et ne la jouait pas au sentiment. Un vrai bosseur et un bon menuisier, il était à l'atelier même les jours de congé, où il fabriquait tout seul des chaises qu'il envoyait à des concours. L'une de ses phrases fétiches était : « Vous verrez la satisfaction du client sur son visage, mais vous ne verrez pas la fierté de l'artisan. » Un objet beau et bien fait jusque dans ses finitions, le client ne s'en aperçoit même pas, mais il brille longtemps dans la mémoire de l'artisan. Et il ajoutait : « Celui qui ne trouve pas son plaisir dans cette lumière n'est pas un vrai artisan. »

Cela ne veut pas dire que le patron n° 3 n'avait pas ses petits amusements, non plus. Tôga avait vingt ans quand le patron lui posa la question sans préambule : « Tu as déjà couché avec une femme ? » Soudain très nerveux, Tôga répondit que non. Le patron le conduisit à Umeda dans le quartier chaud, où il connaissait « un bon coin ». Tôga était un peu fébrile dans la salle d'attente, en compagnie de son patron, quand une femme, une vraie affiche, se présenta et proposa de se rendre dans un hôtel du quartier. Le patron lui fit un sourire narquois et lui dit d'y aller. Dans la rue, la femme passa son bras sous le sien, inclina la tête sur le côté et lui demanda avec coquetterie : « Tu n'aimes pas ? » Il se dépêcha de secouer la tête pour se décrier, il était si troublé qu'il avait l'impression que ses pieds ne touchaient pas le sol. Elle semblait bien connaître le patron, qu'elle appelait « Monsieur ton patron », et elle lui demanda s'il était « Monsieur son apprenti ». Il marmonna que oui, à quoi elle ajouta : « Et joli garçon, en plus. » Baraqué comme il l'était, cela ne l'empêcha pas de rougir jusqu'aux oreilles. En principe, la prestation était sans pénétration, mais le patron avait arrangé l'affaire au préalable, et il perdit sa virginité dans la chambre miteuse d'un *love hotel*. L'expérience était restée exceptionnelle, mais c'est bien la même qui, plus tard, conduirait à son arrestation par l'Agence sanitaire.

Tôga, cependant, devint encore plus proche du père du patron, le patron de la deuxième génération, qui avait cédé la direction à son fils à la suite d'un AVC. Comme le patron n° 3, le n° 2 était un petit homme râblé aux yeux perçants. Un homme de principe. Et si son corps avait commencé à le lâcher, son esprit était encore parfaitement aiguisé. Bien qu'à la retraite, l'odeur du bois lui manquait et il venait tous les jours à l'atelier, avec sa canne, pour regarder les artisans travailler. Impatient mais généreux, il ne restait pas longtemps silencieux et expliquait à Tôga l'apprenti comment manier le rabot ou régler un tour.

Son AVC lui avait laissé la jambe gauche paralysée, mais ses doigts étaient encore habiles et ses bras puissants. Dès qu'il trouvait une chute de bois à sa main, il la regardait sous toutes les coutures, il sortait de sa poche un couteau à lame raccourcie et, sans aucun repère, se mettait à le tailler. Les bois durs comme l'érable ou le noyer ne lui faisaient pas peur. Sans ciseau à bois, sans gouge, tout au canif, en trente minutes il sculptait un petit quelque chose. Des animaux ou des insectes pour faire plaisir aux enfants, mais ses petits-enfants étant déjà assez grands pour être des pestes, il sculptait surtout des personnages humains. Il les appelait des « Bouddhas ». En réalité, très peu effectuaient une mudrâ avec leurs mains ou avaient les cheveux bouclés en cône, mais leurs yeux à demi fermés ou le fin sourire qu'ils arboraient avaient en effet quelque chose de bouddhique. Il ne les polissait pas, il laissait les coups de lame apparents, ce qui leur aurait valu le qualificatif de « naïfs » s'il s'était agi de peinture. Régulièrement, il finissait en gémissant : « Ah, j'en ai fait trop… » Il existait une ligne à ne pas franchir, comme si un coup de lame en trop, irrattrapable, allait blesser le Bouddha, après quoi il ne restait qu'à demander pardon.

Jusque-là, Tôga n'avait jamais ressenti le moindre intérêt pour la statuaire bouddhiste, mais il tomba en extase devant l'habileté du patron n° 2. Ce n'était pas du tout comme les enfants qui jouent avec l'argile ou le papier mâché. Un coup de travers et le Bouddha saignait. Il s'y était essayé lui aussi avec une gouge de l'atelier, ça n'avait rien donné de probant. Comme le patron n° 2 le lui expliquait, ses entailles étaient trop timides, encombrées de scrupules. Surtout, il ne voyait pas la forme à sculpter dans le bois brut, avant de donner le premier coup d'outil. Mais sans doute le patron n° 2 jugeait-il son attitude de départ correcte, car il lui prêta un énorme album sur la statuaire bouddhiste de Enkû. Tôga ne savait même pas qu'un sculpteur du nom de Enkû avait vécu au XVIIe siècle. La tradition veut qu'il ait laissé cent vingt mille statues réalisées au cours de ses pérégrinations de Hokkaidô au nord au Kansai au sud, de toutes tailles, toutes sculptées avec une seule et unique serpette. Né en 1632, entré en nirvana en 1695. On dit qu'il se serait enterré lui-même et serait devenu « Bouddha en ce corps » : *soku-shin-butsu*. Sa vie avait duré soixante-quatre ans. En supposant qu'il ait sculpté tous les jours pendant trente ans, cela fait 4 000 statues par an, soit 11 par jour. Il était moine itinérant et devait sculpter même en marchant. Le nombre devait être exagéré mais, comme le patron n° 2 le lui avait appris : « Le génie se cache dans la quantité. » Plus de 5 000 de ses œuvres sont encore conservées de nos jours, ce qui fait dans tous les cas de Enkû un sculpteur extrêmement prolifique.

Cet album contenait de vraies pépites, des chefs-d'œuvre dont il ne pouvait détacher son regard. Mais il y avait aussi des créations qui, manifestement, manquaient d'habileté. Le style était également très varié, plus puissant et profond au fur et à mesure que l'artiste vieillissait. Il tournait les pages et il lui semblait capter peu à peu une vérité. Des arbres debout, des arbres morts, des arbres tombés, des souches, des grumes, des rondins, des chutes de charpentes, du bois de chauffage... Enkû voyait un Bouddha n'importe où, dans n'importe quelle pièce de bois. Dans un bois fin, il voyait un Bouddha maigre, dans un bois tordu, un Bouddha contourné. De même que l'âme ne choisit pas dans quel corps elle va habiter, le Bouddha ne choisit pas l'arbre où il va se loger. Mais à la différence de l'homme ordinaire, jamais satisfait de ce qu'il est, les Bouddha sont des êtres accomplis. Un sourire ne quittait jamais les joues des Bouddha de Enkû, comme s'ils étaient toujours satisfaits des cartes qui leur étaient distribuées. Merci, monsieur Enkû, de nous avoir sculptés, merci ! Et ainsi, les passants qui les verraient sur leur chemin se verraient eux-mêmes comme de bêtes morceaux de bois, moins avancés sur la voie de l'humanité que les Bouddhas de Enkû, pourtant nés entre les racines d'un arbre.

L'un des événements de l'enfance de Enkû toucha une corde particulièrement sensible chez Tôga. Enkû aurait été un enfant sans père et aurait perdu sa mère dans une inondation alors qu'il avait sept ans. Le père de Tôga avait abandonné sa famille quand il avait trois ans, et l'anabasis lui avait enlevé sa mère à quatre. L'idée étrange qu'il était peut-être plus Enkû que Enkû fit son chemin.

6

Dans le Livre de Daniel, l'un des livres de l'Ancien Testament, se trouve le passage suivant :

« Les hommes le chassent. Il mange de l'herbe avec les bœufs, son corps est trempé par la rosée du ciel jusqu'à ce que ses cheveux poussent comme des plumes d'aigles, ses ongles comme des griffes d'oiseau. »

Ce passage parle de Nebûkhadnatssar II, roi du nouvel empire de Babylone. Il s'agirait du plus ancien récit décrivant un moonling. C'est effectivement comme un vagabond à la merci des phases de la lune que ce roi est décrit dans *Nabuchodonosor,* le film hollywoodien de 2024. Vaniteux, ivre de pouvoir, il s'attire la colère de Dieu et se retrouve moonling, à errer sept ans durant dans la montagne comme une bête. La description correspond à celle d'un moonling. Il est exact que certains moonlings mangeaient de l'herbe comme les herbivores quand la lune était grosse, même si d'autres se jetaient sur la viande comme des fauves. Il y en avait même qui se mettaient à manger de la terre, à croquer des pierres ou de la craie, à boire de l'essence ou du kérosène. De nombreux récits anciens, parfois romancés, rapportent que les moonlings enfermés dans des cachots tentaient de s'en évader en mangeant le plâtre des murs.

D'autre part, « les cheveux comme des plumes d'aigles » décrit un épaississement notable de la pilosité, et « les ongles comme des griffes d'oiseau » signifie qu'ils étaient devenus très durs. Ces symptômes ont été observés parmi les moonlings affectés de la forme longue de la maladie.

Il est donc extrêmement tentant d'inférer que Nebûkhadnatssar était un moonling. Néanmoins, le récit biblique indique que, conformément à la parole de Dieu, Nebûkhadnatssar revient à la raison sept ans plus tard et est rétabli sur son trône de roi de Babylone. S'il s'agit d'un cas d'anabasis, et si le verset suivant – « Et moi, Nebûkhadnatssar, au terme des jours j'ai levé les yeux au ciel, le bon sens m'est revenu » – fait état d'une guérison totale de l'anabasis, alors le récit de Daniel est inconcevable. Certes, de nos jours, plusieurs anti-anabasiques ont été mis au point, mais en 2048, année où Tôga développa la maladie, celle-ci était totalement incurable. Une calamité digne d'inspirer de la pitié au Dieu de la mort lui-même.

L'hiver 2047-2048, la grippe fut particulièrement virulente, plus encore que les autres années. À la menuiserie Inada, une employée de bureau et un artisan étaient déjà malades, de sorte que quand Tôga, en fin de journée, se sentit légèrement fiévreux et courbaturé, il en informa le patron. Rentre et va à l'hôpital, lui répondit ce dernier. Il acquiesça mais rentra chez lui à bicyclette comme de coutume. Des médicaments sur ordonnance lui permettraient de guérir, quoi, allez, un jour plus vite ? Surtout qu'il avait déjà un patch pour éviter les formes graves, il se croyait tranquille de ce côté-là. Et le lendemain, c'était le week-end, il serait sur pied lundi, se disait-il.

En réalité, Tôga avait surtout peur de s'entendre dire qu'il ne s'agissait pas de la grippe. Quand le test de la grippe était négatif, la plupart des hôpitaux recommandaient fortement à leurs patients de passer un test de dépistage de l'anabasis, conformément aux directives de surveillance épidémiologique du Salut National. Et si le test s'avérait positif, l'Agence sanitaire était prévenue sur-le-champ et le patient placé en quarantaine. Refuser le test ne servait pas à grand-chose non plus. L'Agence sanitaire en était informée, vous receviez la visite de leurs inspecteurs chez vous, et cette fois on ne vous demandait plus votre avis. Bref, pour un moonling, aller à l'hôpital était comme pour un fauve entrer de lui-même dans la cage. Vous étiez immédiatement confiné en Centre de Protection temporaire, avant d'être dispatché dans un camp de concentration appelé sanatorium pour le restant de votre vie.

Tôga avait attrapé deux fois la grippe dans sa vie. La première fois à onze ans. La seconde à seize. Les deux fois, l'idée que cela pouvait être l'anabasis lui avait vaguement traversé l'esprit. La grippe était très répandue dans les internats et les institutions de ce genre. Mais cette fois ? Une inquiétude noire se répandit au fond de son cœur comme une tache de sang.

Depuis neuf ans, Tôga habitait un vieil appartement, un une-pièce-cuisine en bois dans le quartier populaire, à un quart d'heure de l'atelier à vélo. Il n'utilisait pas les transports en commun pour venir travailler. Pour le moment, deux personnes seulement avaient attrapé la grippe. Même s'il n'avait pas remarqué qu'aucun des deux avait particulièrement éternué ou toussé avant de se mettre en congé maladie. D'autre part, les tabourets en bubinga sur lesquels il travaillait n'impliquaient pas de multiplier des contacts rapprochés avec les autres membres de l'atelier. Si c'était la grippe, où et quand l'avait-il contractée ? De retour dans son appartement, même après avoir pédalé quinze minutes, il se sentit des frissons. Il monta au deuxième, à bout de souffle, le crâne comme enserré dans un étau. Il prit sa température. Évidemment, le thermomètre était monté à 38,3°. Et si le thermomètre pouvait parler, il aurait dit que ce n'était qu'un début. Que faire d'autre ? Il s'habilla chaudement et se mit au lit.

La fièvre grimpa encore au cours de la nuit. Il finit par se lever pour aller aux toilettes en chancelant. Son urine était comme de l'eau bouillante. Ses articulations le lançaient, sa peau le démangeait de partout. Il n'arrêtait pas de se retourner dans son futon, impossible de dormir, dans quelque position que ce soit, les portes d'un vrai sommeil lui restaient fermées. Il voyait des images fugitives, des pensées incohérentes, comme si son crâne était devenu un kaléidoscope dément. Les plis de sa couverture marron étaient un immense canyon asséché, il était attaché avec une lanière de cuir sur la table de la scie à ruban de l'atelier… Les images venaient et disparaissaient.

Chaque fois qu'il rouvrait les yeux de ce sommeil paradoxal, son état était encore pire qu'avant. Bouger un doigt lui demandait un effort invraisemblable, et il avait peur de vérifier sa température. L'idée lui vint qu'il allait peut-être mourir. À l'orphelinat, le gardien de permanence de nuit aurait entendu ses râles, mais il vivait seul maintenant, il pouvait mourir sans que personne s'en aperçoive. Trente-deux ans auparavant, sa mère aussi avait connu le même effroi. Elle avait appelé elle-même une ambulance. Savait-elle que ce n'était pas une grippe, à l'époque ? Avait-elle imaginé que c'était l'anabasis ?

D'ailleurs, quoi, l'anabasis ? La période asymptomatique était variable, on parlait d'une incubation de deux semaines à dix ans. On disait même que certains restaient porteurs sains, sans jamais développer les symptômes. Alors, fallait-il remonter dix ans en arrière pour savoir qui l'avait infecté ?

Il pouvait aussi bien l'avoir attrapée plusieurs fois. Le plus simple, en général, était de soupçonner une ancienne petite amie, mais il n'en avait jamais eu, les seules femmes qu'il avait connues étaient les quelques professionnelles de Umeda qu'il avait fréquentées chaque fois qu'il était sorti pour accompagner son patron, à la demande de celui-ci. Cela pouvait aussi bien venir de l'une d'elles que de quelqu'un qui avait éternué un peu fort au lycée, ou ailleurs.

En admettant que ce soit l'anabasis, que devait-il faire ? Appeler une ambulance, comme sa mère ? À supposer qu'il ne meure pas tout de suite, il ne remettrait un pied hors de l'hôpital que pour prendre la direction d'un Centre de Protection temporaire. Puis d'un sanatorium. N'importe lequel. Et de celui-là, il n'en sortirait plus jamais. Sauf à ce qu'un médicament miracle soit mis au point. Combien de temps cela durerait ? Personne ne le savait. Certains mouraient à la première phase fulminante. Mais on disait qu'en France une femme avait vécu cinquante ans avec la maladie et était finalement morte de vieillesse. En attendant, un moonling enfermé, c'était une sorte de condamné à mort avec lequel s'amusait le bourreau. Et ce bourreau s'appelait la nouvelle lune.

Il se réveilla en sursaut dans son futon. Instantanément lui revint la pesanteur et l'accablement de son corps entravé. Il jeta un regard à l'écran de son réveil, éclairé par la lumière blême de la lune : 4 h 18.

Après un regard vers l'entrée, il fut saisi par un sentiment étrange. Quelque chose n'était pas comme d'habitude. Mais quoi ? Puis il comprit. La lumière. Trop forte. La lumière de l'entrée n'était pourtant pas allumée. Il était censé faire nuit, et pourtant, il voyait la grille de la boîte aux lettres sur la porte, et le parapluie en plastique transparent dans un coin.

Il passa lentement sa chambre en revue. Sa doudoune sur son cintre. Ses sculptures sur l'étagère, la cloison coulissante et ses motifs de miscanthus… La lumière de la lune à travers les rideaux suffisait à tout illuminer, c'en était presque écœurant. Neuf ans qu'il dormait ici, dans cette chambre, et la nuit lui montrait désormais un nouveau visage. Elle lui montrait du doigt le nom de la catastrophe attendue.

L'anabasis ! Je le savais, c'est l'anabasis ! Me voilà devenu un moonling ! Le monde autour de lui était calme et silencieux. Son sang semblait avoir reflué et ne battait plus aussi fort dans ses tempes. Un temps, son esprit fut envoyé dans l'espace et resta à flotter. Comme un cadavre, un mort pendu au fond de la forêt qui se balance dans le vide. Combien de temps cela dura-t-il ? Puis, finalement, du fond de son âme sidérée, lui revinrent ces vers de *Lune rémanente* :

Nos yeux jettent des flammes, nous nous léchons les babines, nous sommes en feu
Nous bondissons, errant dans la nuit aveuglante des villes

Il avait entendu dire qu'à l'approche de la pleine lune, les moonlings devenaient nyctalopes, comme les chats. Eh bien, voilà qui expliquait le mystère. Oui, quand sa mère avait appelé l'ambulance, elle savait, c'est certain. Éblouie par la nuit aveuglante de la ville, elle savait d'où venait cet effroi.

Une personne sur dix mourait dès la première crise. Dix pour cent, mais dix pour cent de ceux qui étaient pris en compte par l'Agence sanitaire et recevaient un traitement. En l'absence de traitement, c'était une personne sur quatre. Le taux était plus élevé avec les enfants et les personnes âgées. Un jeune homme de vingt-sept ans en bonne condition physique devait plus facilement éviter le mistigri. D'un autre côté, il aurait préféré mourir cette première nuit, tant qu'à faire. Sa mère était peut-être morte avec le regret de laisser son fils en bas âge, mais ce fils, lui, n'avait personne à protéger. Aucun objectif de vie à atteindre, aucun adversaire à vaincre avant de mourir. Depuis quelque temps déjà, la pensée que son existence n'était nécessaire à personne tournait au fond de son cœur et, désormais, elle remontait en surface. Il considéra sa chambre : il ne laissait rien d'incongru ou de grotesque – rien qui aurait donné de quoi rire à ceux qui l'auraient trouvé mort – ce qui, en quelque sorte, confirmait l'intuition qu'il s'était toujours tenu prêt à quitter cet endroit, ou à quitter le monde.

Il se redressa, poussa quelques gémissements pour ses articulations douloureuses. Ses yeux se révulsèrent d'un seul coup et il dut attendre que le haut et le bas retrouvent leur stabilité. Sa tête était lourde comme une boule de fonte et il avait l'impression qu'elle risquait de se détacher au premier mouvement. Il sortit du futon, rampa jusqu'à la fenêtre du balcon, s'agrippa au montant et réussit à se mettre sur ses jambes. Haletant, il écarta les rideaux, la luminosité anormale de la nuit lui tomba dessus. La lune éclatante de lumière était accrochée dans le ciel à l'ouest. Il dut cligner des yeux pour ne pas être ébloui. Gibbeuse encore, elle ne serait pleine que dans deux ou trois jours. *Notre lune à nous est vivante, elle palpite, comme le cœur de la nuit, comme la mère de notre cœur…* Toujours ce poème qui lui revenait. La lune qu'il avait vue jusqu'à ce jour était plate et morte, comme un trou dans un rideau opaque, celle-ci était pour ainsi dire dodue, rebondie, c'est vrai, elle respirait la vie.

Alors qu'il se sentait au bord de l'effondrement, le simple fait de regarder la lune redonnait du champ à sa conscience tout étriquée des choses. Il eut envie de sortir. Marcher tout son saoul dans la ville illuminée par la lumière de la lune. Une phrase du début du *Chemin étroit vers les contrées du Nord*, de Matsuo Bashô, qu'il lui avait fallu apprendre par cœur au collège, lui revint.

Possédé par le seigneur de la tentation je laissai mon esprit filer son délire et déférai à l'invitation du Dieu du voyage, plutôt que d'essayer de mettre la main sur ce qui ne se peut attraper.

Mais bien sûr ! Pourquoi les moonlings « bondissent-ils, errant dans la nuit » ? Mais parce qu'ils sont possédés par la lune, le seigneur de la tentation ! D'ailleurs, dans l'*Anthologie de littérature lunaire japonaise*, les écrivains moonlings se demandent souvent si le mot « lune » en japonais, *tsuki*, n'a pas la même étymologie que *tsuki*, « possession ».

7

Tôga passa le week-end à négocier l'alunissage. Nausées effroyables. Mais son estomac était vide et, les bras autour de la cuvette des toilettes, il ne crachait qu'une glaire jaune rougeâtre. Il se forçait à boire pour éviter la déshydratation, d'où une diarrhée elle aussi rougeâtre, sanguinolente. Comme ses urines. Ses joues étaient de plus en plus creuses, son teint virait au marron, il sentait sa vie se réduire comme peau de chagrin. Ce n'est que le lundi à l'aube qu'il eut la certitude qu'il survivrait. Les douleurs aux articulations s'étaient atténuées, sa température était retombée à 39°. À 9 heures, il téléphona à la menuiserie. C'est la femme du patron qui prit l'appel. Il lui expliqua qu'il avait une grippe carabinée et qu'il souhaitait deux jours de congé. Elle proposa de lui rendre visite et de lui apporter quelque chose à manger, mais il refusa. La femme du patron était une bonne nature, pas tordue pour un sou, depuis neuf ans elle s'occupait de lui comme l'aurait fait la mère qu'il n'avait pas. Lui mentir était douloureux, mais comment faire autrement ? Avouer qu'il avait attrapé l'anabasis n'aurait servi qu'à provoquer la panique dans l'atelier. Et l'aurait obligée à prévenir l'Agence sanitaire, par devoir citoyen. Et si c'était pour se faire dénoncer par un collègue, autant se constituer prisonnier de son propre chef.

Lundi soir, la température était enfin redescendue à 37° et un peu d'appétit lui était revenu. Il mangea du pain de mie trempé dans du lait chaud. Plus tard, il parvint à avaler du poulet frit, deux clémentines et un yaourt périmé. Il alluma la télé pour la première fois depuis trois jours, le son était beaucoup trop fort, il se dépêcha de baisser le volume. Il était tombé sur une série policière qu'il ne connaissait pas, mais la façon de parler lente et décousue des personnages le dérangeait, il passa sur une autre chaîne. Même problème là aussi. Et partout. Qu'il s'agisse d'acteurs, de présentateurs, de comiques, leur façon de parler était traînante et complètement déphasée. Pour voir, il se connecta sur un site de streaming et regarda un film. C'est seulement en réglant la vitesse de défilement à x 1,75 qu'il se sentit à l'aise, comme si de toute sa vie il n'avait jamais visionné une vidéo autrement. Les reportages de l'Agence sanitaire prévenaient les citoyens que les moonlings en phase fulminante se repèrent entre autres au fait qu'ils sont hyperactifs et qu'ils parlent à toute vitesse, ce qui d'ailleurs était aussi mentionné dans l'*Anthologie de littérature lunaire japonaise*. Vision de nuit, acuité auditive renforcée, capacités de réflexion augmentées… Le cadeau ne durait qu'une semaine environ, centrée sur la pleine lune. Mais c'était un cadeau qui se payait cher. Le terme était à la nouvelle lune. Et les intérêts à taux usuraires.

Le soleil était couché mais il laissa la pièce éteinte. La clarté des LED lui semblait trop forte et sale. Il ouvrit les rideaux, la lumière feutrée de la lune afflua dans l'appartement, prenant place sans la moindre gêne. Au-dessus des montagnes et du ciel noir à l'est, une lune gibbeuse légèrement teintée de rouge était en train de se lever.

Au fur et à mesure que son état s'améliorait, la faim devenait impérieuse. Il passa toute la nuit à fouiller son frigo. Et l'appétit alimentaire n'était pas le seul à augmenter. En même temps qu'il se gavait, il continuait à regarder des films les uns à la suite des autres. À un moment, l'héroïne plongea en pleine nuit dans un lac de montagne, en sous-vêtements. Les images le mirent dans une excitation folle. Son regard restait cloué sur les courbes des fesses. Saisir ces fesses pleines à deux mains, sentir ses dix doigts s'enfoncer dans la chair blanche et lisse. Il sentit tout de suite son entrejambe durcir. La scène n'était pas particulièrement érotique. Pas de corps à corps transpirant, même pas un sein dénudé. Une jeune femme en sous-vêtements était passée de dos un instant à l'image, rien de plus. Pourtant, une pulsion sexuelle comme il n'en avait jamais ressenti de toute sa vie l'avait envahi, à lui donner le vertige.

Il avait l'habitude de réprimer son désir. Ayant vécu en dortoir jusqu'à sa sortie de l'orphelinat, il devait veiller à ne pas se faire surprendre quand il se masturbait. Un pensionnaire avec un minimum de pudeur devait prendre mille précautions, et cela lui avait énormément compliqué la vie. Combien de fois avait-il été obligé d'interrompre ses frottements pour ne pas souiller ses sous-vêtements ? À force, il avait appris à différer son désir, plus exactement il s'était habitué à y renoncer. Et depuis qu'il vivait seul, cette habitude s'était ancrée en lui.

Désormais, la vision d'une paire de fesses suffisait à lui cramer le cerveau. De tout temps, dans toutes les cultures, les moonlings étaient connus pour leurs atteintes aux bonnes mœurs. Il était au collège, à l'orphelinat, quand il avait vu aux informations un moonling qu'on avait retrouvé mort en catatonie, dans sa chambre, au milieu d'une montagne de sous-vêtements féminins qu'il volait de façon compulsive.

Teruichi en avait bien ri : « Comme la fourmi qui meurt sur un tas de sucre », avait-il dit. Tout le monde avait rigolé, sauf lui. Parce que sa mère était morte moonling. Pour lui, l'homme avait connu une mort idéale, même s'il aurait préféré ne pas en arriver là. S'arrêter. Un autre agressait des femmes à la pointe d'un couteau, les nuits de pleine lune dans les trains à grande vitesse, les obligeant à le suivre pour les violer dans les toilettes. Quand les policiers l'avaient coincé, il avait éclaté de rire, était parti en imprécations et insultes contre la dictature, puis d'un seul geste s'était ouvert la gorge.

Tôga se masturba en regardant le film. C'était la première fois depuis des mois. En éjaculant, il ressentit l'orgasme le plus puissant de sa vie, en plusieurs vagues qui le firent gémir et se tordre de plaisir. Cela ne suffit pas à l'épuiser, la rage était toujours intacte, il continua et déchargea à nouveau. Cette fois, le désir s'atténua quelque peu, mais son corps attendait la prochaine vague. Il ferma les rideaux et essaya de dormir, en vain. Ses globes oculaires étaient comme deux pleines lunes brillant de tous leurs feux, il avait l'impression qu'il avait suffisamment dormi pour le restant de ses jours. Excitation de la pleine lune et angoisse de l'avenir, ces deux discours l'obnubilaient en même temps, le tiraillaient par les deux oreilles. Impossible de se concentrer devant un film ou une vidéo, il restait désemparé devant son ordinateur. Il tournait en rond dans sa chambre, incapable de se calmer, sans aucun point pour fixer son esprit.

Il trouva finalement la force de s'arrêter devant sa bibliothèque. Qui n'avait de bibliothèque que le nom, car elle était en réalité remplie de sculptures qu'il avait réalisées lui-même. Toutes sculptées dans des chutes de bois récupérées à l'atelier, avec un simple couteau à lame courte, à peine des ébauches. Des animaux, des oiseaux, des poissons, mais aussi des divinités et des Bouddhas à l'imitation de Enkû. Depuis qu'il avait arrêté le kendô, la sculpture sur bois était le seul loisir digne de ce nom qu'il pratiquait encore, et si sa morne chambre possédait une quelconque chaleur humaine, c'était à cette bibliothèque qu'elle la devait. Trois ans auparavant, il s'était décidé à soumettre au jugement du patron n° 2 quelques-unes des pièces qu'il trouvait lui-même pas trop mauvaises. Celui-ci lui avait dit : « Tu es meilleur que moi ! », sans oublier bien sûr d'ajouter avec une pointe d'ironie : « Un peu trop bon, même. » Et il avait raison. Il avait beaucoup progressé, certes, mais son habileté commençait à peser sur la matière brute, à vouloir se montrer pour elle-même. Se faire une image préalable de ce qu'on veut obtenir, oui, mais quel intérêt d'obtenir un résultat exactement conforme à cette image ? Plus la main devient habile, plus la médiocrité de l'esprit qui la dirige apparaît au grand jour. Cela faisait à peu près un an qu'il n'avait rien produit de bien intéressant. Dès qu'il attrapait l'outil, le dialogue de sa main et de son esprit ressassait toujours les mêmes lieux communs. Si ce n'est pour que l'objet sculpté exprime quelque chose qui n'était pas dans le sculpteur, à quoi bon sculpter ?

Il s'empara d'une assez grosse pièce d'acajou, l'examina un moment en la faisant rouler dans ses mains. Tu n'es pas un génie, pas la peine de trop réfléchir, se dit-il. Sculpte en écoutant ce que ce morceau de bois a à dire, au lieu de le forcer à devenir ce que tu aimerais qu'il soit. Et si c'est moche ou raté, accepte-le, apprécie ce qui émerge du bois à chaque éclat. Tout à coup, l'envie lui vint de sculpter un Sukuna. Sukuna est un monstre à deux visages qui aurait vécu dans la province de Hida dans l'Antiquité, à l'époque de l'empereur Nintoku. D'après les *Chroniques du Japon*,

Sukuna avait deux visages qui ne se regardaient jamais, et quatre bras. Vraisemblablement, c'était en réalité un puissant clan local qui refusait l'autorité du clan impérial, lequel en a fait un monstre pour mieux le circonscrire. Tôga se souvenait d'avoir lu dans l'album des œuvres de Enkû que celui-ci avait sculpté un Sukuna, et l'avait représenté comme toujours avec un sourire, non pas un sourire de compassion mais un sourire sévère et dur, le sourire de qui a fait le vœu de lutter jusqu'à sa mort. Comparé aux nombreuses statues bouddhistes que Enkû avait laissées en pays Hida, son Sukuna aux deux visages n'avait pas vraiment l'air d'un monstre mais plutôt d'un guerrier rebelle qui marche sur la voie de la souffrance et qui le sait. Comme Sukuna, les moonlings possédaient deux visages opposés. L'un quand la lune est claire, l'autre quand la lune est sombre. Et la population les prenait pour des monstres. Y avait-il personnage plus approprié pour sa première sculpture en tant que moonling ?

Cette nuit-là, Tôga s'assit sur le rebord de la fenêtre, baigné par le clair de lune, et sculpta en y mettant tout son cœur. Pendant qu'il sculptait, au moins, les fesses de la femme du film ne dansaient plus devant ses yeux, il ne se posait plus de question sur ce que serait demain, il était entièrement absorbé par la tête du Sukuna qui était en train d'apparaître sous ses mains. Il se retenait d'aller trop vite, pour goûter chaque geste, et demandait au bois où il devait placer le suivant. Le bois le savait, et c'était dans ce dialogue que l'œuvre avançait. La sculpture était encore brute quand, soudain, il eut l'intuition qu'il n'en fallait pas un de plus. C'était suffisant. Il était 4 heures du matin passées. Sous la lumière de la lune, ce Sukuna aux deux visages avait fière allure, et son ombre également. Présence, puissance, solidité. Sans aucun doute la plus remarquable de toutes les sculptures qu'il avait réalisées durant ces neuf années. Sukuna tenait une épée à deux mains, et un arc dans les deux autres, il était assis en tailleur sur un trône de pierre, son visage de droite exprimait le sourire fort et excité des phases lumineuses de la lune, le gauche le sourire faible et résigné des phases sombres. Deux grands yeux à moitié plissés, les sourcils fournis, l'arête du nez ferme et massive... un visage plutôt âgé, comme si, depuis l'intérieur de l'acajou, il avait médité sur ce monde corrompu pendant des centaines d'années.

Quand il l'eut suffisamment manipulé, il le posa par terre et tourna autour pour observer son expression sous différents angles. Comment avait-il fait ? Comment l'avait-il sculpté ? Il venait de le réaliser, là, à l'instant, et pourtant la question restait entière. L'aurait-il voulu qu'il n'aurait pas pu le refaire. La rencontre avec le matériau, c'est une rencontre unique, un moment qui ne reviendra jamais. Tôga reprit la sculpture et commença à graver : « 12 mars 2048, à Minoh »... Puis, il murmura : « De quel nom pourrais-je signer ? » Mais la réponse vint avant même qu'il n'ait fini sa phrase : « Lune Rémanente. »

Le ciel à l'est commençait à blanchir quand Tôga sentit la fatigue lui tomber dessus, comme un ressort cassé, et il s'endormit d'un lourd sommeil. Il dormit comme une masse, mais à son réveil un rêve obscène lui restait, comme retenu par une ficelle.

Dans son rêve, il se trouvait seul avec une femme inconnue dans une pièce inconnue, exiguë, humide, malodorante, pour ainsi dire un poulailler. Dans la pénombre du crépuscule, la femme était nue, Tôga aussi. Le corps de la femme était lisse comme de la soie, doux comme de l'eau tiède. Il pouvait lécher et boire à loisir aux endroits les plus secrets de ce corps, mais pas voir son visage. S'il tentait de voir son visage, la femme se détournait et s'enroulait sur elle-même comme un serpent honteux, résistait de toutes ses forces. Comme si son visage était son âme, comme si son visage était l'amour, comme si, tant qu'elle ne montrait pas son visage, elle préserverait sa pureté, comme si se faire violer et revioler ne l'engageait pas.

Il ouvrit les yeux lentement, pendant qu'il continuait à tripoter rêveusement le corps de la femme. Derrière le rideau, le ciel se colorait de vermillon, le soleil se couchait déjà. Avait-il fait un rêve érotique ? Il tâta son bas-ventre et sentit le bout humide de son sexe en érection. Il jeta un coup d'œil sur sa montre : 17 heures 52. Il avait fait le grand écart par-dessus le soleil, il avait dormi près de douze heures dans un état comateux.

Il ne pouvait pas croire qu'il soit devenu un moonling. Il avait attrapé une bonne grippe, d'accord, mais un jeune homme de vingt-sept ans, on allait se reprendre en main, que diable ! Son regard se porta sur la bibliothèque et le Sukuna aux deux visages se détacha au milieu des autres petites sculptures, le toisant. Cette facture incroyable ! Il se distinguait nettement du lot. Qu'il ait pu sculpter ça, comme ça, en se relevant de la maladie… il n'en revenait pas. C'était l'excitation de l'approche de la pleine lune qui, un court moment, avait fait passer sa créativité au niveau supérieur. Par ailleurs, la singulière clarté de la chambre, alors que la lumière du soleil fuyait de seconde en seconde, ne s'expliquait que par le fait qu'au fond de ses orbites, c'étaient bien des yeux de moonling qui voyaient le monde.

Dans sa tête, les formes lisses de la femme se contorsionnaient toujours, mais la faim et la soif étaient encore plus fortes, comme si son corps avait été vidé de fond en comble. Il avala une rasade d'eau au robinet et termina tout ce qui restait dans le frigo, tout en gardant un œil sur la télé qui déblatérait ses idioties. Si cela suffit à apaiser son estomac, cela ne fit qu'exacerber le désir de chair fraîche qui le démangeait toujours. Le corps de la femme de son rêve risquait de faire sauter le couvercle de son crâne, il n'allait pas pouvoir le maintenir fermé une minute de plus. Dans les sanatoriums, à ce qu'on disait, le quartier des hommes et celui des femmes étaient strictement séparés. À l'approche de la pleine lune, des dépresseurs étaient administrés aux moonlings qui montraient une excitation excessive. En cas de refus, le patient était assigné dans une « cabine de protection ». Autrement dit, il était confiné. Mesure qui semblait frappée au coin du bon sens, car si une femme s'était trouvée devant ses yeux, il n'aurait vu qu'un corps susceptible de satisfaire ses pulsions. Mais si cette femme aussi était une moonling, et consentante, qu'est-ce qui pouvait les retenir ? Des orgies bestiales se seraient alors produites n'importe où sous la pleine lune et auraient duré jusqu'au matin. Les femmes seraient régulièrement devenues grosses et auraient mis bas des moonlings de naissance. Autrement dit, des « Sélénites ». Qui, n'ayant pas à affronter les dangers de l'alunissage, connaissaient un taux de mortalité très inférieur à celui des moonlings de première génération. On estimait leur nombre à environ vingt mille dans le monde. Leur existence était considérée comme une erreur de l'évolution d'homo sapiens et, dans tous les pays, on les traitait comme des enfants du diable.

Tôga sortit sur le balcon, le soleil était déjà couché. À l'est, une grosse lune couleur rouille était en train de se lever. Cette nuit était une vraie nuit de pleine lune, de celle qui ne grossira pas plus. Celle qui semble dire, toute fraîche, toute pimpante : C'est pour toi que je me lève, pour toi et personne d'autre ; et s'en vient piétiner votre cœur avec ses gros souliers terreux. Et c'est tellement bon. Cette complicité, si l'on peut dire, entre soi et la lune. Après une bonne journée de sommeil, il se sentait en pleine forme. Finie la sensation d'étouffement. N'était-ce pas l'instant parfait pour accepter l'invitation du seigneur de la tentation, et se laisser emporter au « bon coin » qu'il avait visité avec son patron ?

Il dévala l'escalier de l'appartement, à chaque marche son cœur roulait comme une bille. Il voulait tout à la fois crier son désespoir devant son absence d'avenir, hurler sa joie d'être encore vivant, gémir pour exprimer sa peur de ce qui lui arriverait dans deux semaines, à la nouvelle lune, et rire du plaisir anticipé de la femme qu'il allait tenir dans ses bras. Plus il approchait de la gare, surveillant l'astre du coin de l'œil, plus il se sentait calme. Si la lune pouvait parler, elle lui aurait dit : Cueille l'instant qui passe. Car tel est le privilège des moonlings.

8

C'est au plus fort de l'engouement des cadres du Salut National et de leurs familles pour ce divertissement, vers 2050, que Uno Tôga livra l'essentiel de ses combats. Les rencontres, organisées par la direction de l'Événementiel du ministère de l'Intérieur, sous l'appellation officielle de « Jeux du Salut National d'arts martiaux », étaient désignées en interne sous le nom de « G », initiale du mot latin *gladiator*. Mais pour atténuer le pathos attaché au mot, les participants étaient simplement appelés « athlètes ». On rapporte qu'il y eut environ trois cent vingt gladiateurs, autrement dit, un pour cent des moonlings de l'époque. Un pour cent des soixante mille pensionnaires des sanatoriums de tout le pays, étant supposé que la population des sanatoriums était équitablement distribuée entre hommes et femmes. Chacun des six phalanstères de gladiateurs était rattaché à un sanatorium. Seuls les hommes âgés de 20 à 40 ans se voyaient proposer l'opportunité d'intégrer un phalanstère par les agents recruteurs de l'Agence sanitaire. Une expérience dans un art martial était un plus, mais pas obligatoire, et nombreux furent ceux qui n'avaient pratiqué que le base-ball ou le football. Les moonlings étaient libres de refuser, et sans doute furent-ils nombreux à le faire. Tôga, lui, accepta.

Dans les jeux de la Rome antique, paraît-il, le public réclamait souvent la mort du vaincu dont la performance avait été jugée décevante. Celui qui présidait l'événement prenait alors, après consultation par acclamation du public, la décision de le gracier ou le condamner. Pouce en l'air signifiait la mort ; pouce en bas, la vie. Ou quelque chose comme ça, un signe des doigts tout bête pour régler le sort d'un homme. Mais on était au XXIe siècle, dans un pays civilisé, la foule avait une idée suffisamment haute des droits humains, quand bien même ces droits étaient considérés comme surfaits par le régime en place. Ce n'est pas au Japon qu'on verrait la foule réclamer d'une seule voix la mort d'un individu. Les membres du Salut National étaient seulement avides de pouvoir et d'enrichissement personnel, ils n'avaient rien d'un troupeau de sadiques échauffés par des dramaturgies sanguinaires. D'ailleurs, ces Jeux du Salut National d'arts martiaux n'existaient en premier lieu que grâce à la croyance folklorique dans l'immortalité des moonlings. Les spectateurs voulaient croire que les combattants étaient des sauvages assoiffés de sang et, dans une certaine mesure, ils y parvenaient. En phase de pleine lune, chaque année, des centaines d'incidents étaient à déplorer dans les sanatoriums. Ces êtres avaient besoin d'un exutoire, et c'était plutôt un acte d'humanité que de le leur fournir. Telle était la position du Parti, et en tout premier lieu de Shimojô, qui en avait été le promoteur.

Mais qu'est-ce qui poussait les moonlings à accepter de se faire gladiateurs ? Le développement de l'Ave Luna, l'anticatatonique de la société pharmaceutique allemande Seidel, joua un rôle important sur ce point. Ce médicament permettait de réduire de 3 % à moins de 1 % le taux de mortalité des moonlings à chaque nouvelle lune. Néanmoins, il y avait un problème. Un gros problème. La thérapie pour un patient de soixante kilos représentait un coût de 9 000 000 yens. Neuf. Millions. De yens. Par personne. Et par an. Ce médicament n'étant pas remboursé par la sécurité sociale, le nombre de patients capables de financer la thérapie sur leur fortune propre était très faible. L'idée fut donc de proposer aux gladiateurs de prendre en charge leur thérapie d'Ave Luna. À condition de se produire en combat, cela va de soi, une dose mensuelle d'Ave Luna était garantie. L'argument des agents recruteurs de l'Agence sanitaire était en gros le suivant : le taux de mortalité en combat est de 1,2 %, et le nombre moyen de combats d'un gladiateur est de 8 par an. Faites le calcul, un gladiateur avait une espérance de vie techniquement supérieure à celle d'un moonling ordinaire. Toutefois, selon le témoignage de M. H., ancien factotum de la direction de l'Événementiel : « Les athlètes bénéficiaient d'un traitement préférentiel par rapport aux autres moonlings. Une victoire en combat leur donnait le droit de passer la nuit avec une femme, par exemple, et leur alimentation, afin de maintenir leur condition physique, était à la fois plus copieuse et de meilleure qualité. Mais à vrai dire, la thérapie par l'Ave Luna était la motivation principale des gladiateurs. C'est l'espoir de vivre un peu plus longtemps, l'instinct de survie, qui était le levier principal pour convaincre les moonlings de devenir athlètes. Or, n'allez pas croire que tous les athlètes recevaient leur dose d'Ave Luna chaque mois. Nombreux étaient ceux à qui on distribuait des placebos. Je ne connais pas la proportion exacte, ni les critères précis qui faisaient qu'un athlète recevait l'un ou l'autre, mais le taux de mort en état catatonique n'a jamais baissé en dessous de 1 %. Selon mes propres estimations, il devait être autour de 1,7 %. Évidemment, les athlètes l'ignoraient. Enfin, ils devaient vaguement s'en douter, je suppose. »

Il y eut six phalanstères et autant de centres d'entraînement dans tout le pays. Un à S. dans le département de Saitama, un à W. dans le département de Gifu, un à T. dans le département de Hyôgo, un à O. dans le département de Hiroshima, un à Y. dans le département de Fukuoka et un à A. dans le département de Fukushima. Les six sites furent démantelés en un clin d'œil après la mort de Hiraku Shimojô, sans doute pour détruire tout indice compromettant. Aujourd'hui, ils sont devenus des terrains agricoles, ou bien rendus à la nature, ou transformés en parc de loisirs, et il faut une sacrée imagination pour y retrouver d'émouvantes « traces de rêves de guerriers », pour citer le poète Bashô.

Tôga fut intégré au phalanstère n° 2, dans le département de Hyôgo. Il s'agissait d'un bâtiment lugubre, construit dans une clairière de montagne, à ce point dénué d'humanité qu'il n'eût même pas convenu pour une prison. Plus spécifiquement, le phalanstère n° 2 occupait un terrain de 48 000 mètres carrés, ceint d'un mur gris de 6,20 mètres de haut. Certains affirment que le mur faisait originellement 4,20 mètres mais que, les moonlings étant capables de sauter plus haut pendant la pleine lune, il dut être surélevé de 2 mètres. Personne n'a jamais pu le prouver. Cinq miradors, dotés d'un système de surveillance automatisé piloté par une I.A., assuraient la sécurité de l'ensemble 24 heures sur 24.

Le quartier hébergeait entre cinquante et soixante gladiateurs. Chacun disposait d'une cellule individuelle, mais Tôga, dernier arrivé, se vit attribuer une cellule de 5,40 m^2. La cellule était munie d'une cuvette de W.C., lavabo, tablette et étagère, et d'un lit. Un moniteur était fixé au mur, lequel diffusait des émissions de télé et des films, sous la censure du Parti. Les cellules de 5,40 m^2 étaient dénommées « type C ». Les cellules « type B » faisaient 6,50 m^2, les « type A » presque 8 m^2. Il n'y avait que dix cellules type B et cinq type A, dont les attributions étaient révisées tous les trois mois en fonction de la popularité des athlètes et de l'issue des combats.

Par crainte d'émeutes et de blessures, les gladiateurs ne s'entraînaient pas avec des armes en métal comme celles qu'ils utilisaient en combat. Pour l'entraînement, épées, hallebardes, haches, tout était en plastique, plombé à l'intérieur pour se rapprocher du poids des armes véritables. Évidemment, un bon coup de ces répliques était suffisant pour assommer un homme, mais les archives ne font mention d'aucune émeute de grande ampleur. Comment cinquante hommes munis de l'équivalent d'un gourdin auraient bien pu prendre d'assaut un mirador équipé d'une mitrailleuse lourde ? Les gladiateurs savaient très bien à quoi s'attendre. En cas de décès – par balle, empoisonnement, ou suicide – ils étaient certains de finir dans un incinérateur, puis dans un cagibi appelé colombarium. S'ils avaient de la chance, une fois la nouvelle lune passée, leurs cendres seraient peut-être envoyées à leurs familles. Et ces dernières ne sauraient jamais que le défunt avait donné sa vie dans un combat sanglant, pour divertir les membres du Salut National qui dirigeait ce pays. Les morts ne parlent pas, comme on dit. Leurs cendres encore moins.

À leur arrivée au phalanstère, les nouveaux avaient une tête de fin du monde. Tous pressentaient que s'ils avaient été attirés là par la promesse de devenir gladiateurs, ils allaient en réalité être jetés dans la fosse aux lions. Et ils ne se faisaient aucune illusion sur la véritable nature des fauves en question. Des fauves comme eux, mais certainement bien plus gros, bien plus féroces, bien plus déglingués. Inévitablement, les bagarres étaient permanentes, pas du tout limitées aux entraînements. Des factions se formaient, des querelles s'engageaient, le sang coulait. À l'approche de la pleine lune, les nouveaux recevaient un dépresseur adapté à leurs symptômes, avec un dosage subtilement ajusté afin de maintenir un esprit combatif.

Néanmoins, les détenus finissaient tous par comprendre qui étaient leurs véritables ennemis. Dès leur arrestation, les moonlings se voyaient imposer un bracelet à la cheville, mais les gladiateurs portaient en plus un anneau autour du cou. Un collier, à première vue. Avec un pendentif cylindrique d'environ deux centimètres qui brillait d'un terne éclat métallique. Trop serré pour passer le menton, le filin résistait à la force de n'importe quel moonling. Dès qu'un gladiateur se rendait coupable d'un acte répréhensible, le pendentif, actionné à distance, commençait à embobiner le filin autour du cou jusqu'à l'évanouissement. Le système était calculé pour que, une fois la perte de conscience dûment établie, la tension du filin se relâchait. Mais il était tout à fait possible que le rembobinage se poursuive jusqu'à sectionner le cou. Introduire un doigt n'avait d'autre effet que de sectionner ce dernier avec la tête. On disait que l'idée de ce collier était venue à Shimojô à partir de l'anneau de fer autour du crâne de Songoku, le Roi des Singes, et d'une arme du crime qu'il avait vue dans une série policière américaine. Fidèle à son mauvais goût, Shimojô avait baptisé son instrument « la Guillotine ». Mais en interne, on l'appelait simplement « le fil de fer ». Des caméras de surveillance étaient disposées un peu partout au phalanstère, si un gladiateur refusait d'obéir à un factotum, ou si une bagarre se déclarait, le système de surveillance décidait de quelques cous à serrer. Tous, éventuellement, si cela ressemblait à une émeute. Tout le monde portait alors les mains à son cou comme si un gaz toxique avait été répandu. Ou cinquante têtes pouvaient tomber d'un seul coup, si on préférait laisser le système disqualifier le phalanstère tout entier. La fosse aux lions restait sous contrôle.

Bien sûr, un camp d'entraînement d'arts martiaux n'est pas un lieu où vous êtes censé vous la couler douce. Bien qu'une thérapie anti-catatonique fût à la disposition des détenus, le taux de mortalité ne diminua jamais de façon remarquable. Un nombre constant de gladiateurs, après trente-six heures d'état catatonique, ne se réveillaient pas. Si l'Ave Luna avait réellement un effet thérapeutique, il aurait dû y avoir un décès tous les deux mois. Or le taux de mortalité était clairement supérieur. Les gladiateurs le voyaient bien, et ils remarquaient aussi que les détenus des cellules de type A et B mouraient moins. En d'autres termes, ceux dont le palmarès était peu reluisant, ou qui montraient peu d'ardeur au combat, avaient tendance à décéder plus facilement de leur maladie. Certains soupçons se firent jour parmi les gladiateurs. L'administration du phalanstère n'économisait-elle pas une partie du budget en distribuant des placebos en lieu et place des onéreux anti-catatoniques ? Difficile d'interroger la direction, cependant, ni même de simples factotums. S'ils insistaient, ils risquaient surtout de recevoir un placebo aux prochaines nouvelles lunes, sans parler de l'avertissement constant du fil de fer autour de leur cou.

Le plus horrible restait bien entendu les combats. Certes, l'excitation à l'approche de la pleine lune émoussait la peur, mais les lames acérées coupaient tout de même la peau, sectionnaient les chairs, éviscéraient les organes. La musculature la plus imposante ne protégeait pas de tout. Une plaie horizontale au niveau de l'abdomen et vos tripes dégoulinaient à vos pieds. Une épée pouvait vous couper une jambe, une hache d'arme pouvait fracasser un casque et votre crâne avec. Un coup de javelot dans le cœur et vous vous vidiez de votre sang sous les yeux appréciatifs de l'élite du Salut National. Plus encore que la mort, la peur primale de la destruction du corps causait l'effroi des gladiateurs. Parmi ceux qui n'arrivaient pas à s'habituer à l'angoisse du prochain combat, certains préféraient se suicider. D'autres refusaient de prendre leur traitement anti-catatonique, espérant trouver une mort paisible pendant leur sommeil. Comment expliquer leur choix de devenir gladiateur, dans ce cas ? Eh bien, de nombreux moonlings s'étaient décidés sous le coup d'un état maniaque causé par la pleine lune, titillés par les ruses oratoires des agents recruteurs. Tellement excités, portés par un sentiment de toute-puissance, qu'ils étaient dans l'incapacité d'imaginer les atrocités à venir. Ils se sentaient légers comme une plume, saisis par un optimisme béat, invincibles, capables de terrasser n'importe quel ennemi. Un adversaire en chair et en os au milieu de l'arène ? La belle affaire ! À ce moment-là, la seule chose qu'ils craignaient, c'était de mourir à la nouvelle lune en état de catatonie.

Et puis, les recruteurs leur avaient expliqué que les combattants blessés seraient raccompagnés dans un Centre de Protection temporaire, avant d'être réassignés à un sanatorium. S'ils ne s'estimaient pas dans les dispositions de poursuivre ce métier, il existait un moyen très facile : Pan ! un bon coup sur la tête, et ils repartaient d'où ils étaient venus. Aussi simple que cela. Mais à peine un gladiateur mettait le pied dans un phalanstère, la suspicion prenait possession de son esprit. Ce haut mur d'enceinte, ces miradors qui les scrutaient chaque seconde, et le fil de fer tels les doigts de la mort en permanence autour du cou… Tout cela témoignait de la nature intrinsèque du Salut National et de Hiraku

Shimojô : sadisme et mensonge. Certes, en effet, les réformés du phalanstère étaient emportés par les factotums, après que le fil de fer leur était retiré. Mais pour aller où ? Vers un autre sanatorium ? Vraiment ?

Le directeur du phalanstère donnait souvent, dans des dithyrambes bien sentis, des nouvelles des athlètes héroïques qui vivaient une retraite bien méritée après avoir accompli leur quota de trente combats. Il n'hésitait pas à partager le nom des sanatoriums réputés pour leurs conditions enviables, ni à montrer des images de gladiateurs coulant une vie paisible sous d'autres cieux. Cela aidait sans doute à relâcher les soupçons des gladiateurs en service. Mais comment savoir ? Ces images semblaient un peu trop parfaites. De même, pourquoi étaient-ils sans cesse rappelés à une obligation de confidentialité lorsqu'ils retourneraient dans un sanatorium classique ?

En revanche, personne ne leur parlait des réformés, ni de ceux qui abandonnaient leur carrière avant de remplir leur quota. Quand ils posaient la question au directeur ou aux factotums, ils recevaient une réponse sèche, toujours la même : les réformés étaient renvoyés dans un Centre de Protection temporaire, avant d'être réassignés à un autre sanatorium. Quel sanatorium ? Il n'entrait pas dans les attributions du phalanstère de le savoir. Un jour, le réformé était soudain extrait de sa cellule. Vision insupportable. Effrayé, hagard, il était traîné au-dehors comme un condamné à mort. Ses yeux tremblaient de regrets. N'aurait-il pas dû essayer de tenir encore un peu, n'aurait-il pas dû faire de son mieux jusqu'au trentième combat ? Ce qui l'attendait ne serait-il pas un enfer encore pire ? Une rumeur disait que le fourgon allait directement au sanatorium, sans passer par la case Centre de Protection temporaire. Sauf que le réformé était déjà froid quand il arrivait. Le fourgon était hermétiquement clos et un gaz mortel y était introduit. Le cadavre était immédiatement incinéré. Pure spéculation, évidemment, car ce qu'il advenait des réformés restait secret. Aussi les gladiateurs s'accrochaient, comptaient et recomptaient le nombre de leurs combats, de leurs victoires, et priaient pour leur propre salut.

L'armement de base d'un gladiateur consistait en une épée droite à une main, d'une longueur de 60 cm, et un bouclier rectangulaire. Sur le modèle de la Rome antique, on appelait ce type de combattant le *mirmillo*. Il y avait aussi le *retiarius*, qui avait l'air d'un pêcheur avec son trident et son filet lesté, généralement très apprécié du public pour son style de combat. Une épée à une main, un poignard court dans l'autre, façon spadassin, c'était le *dimachæri*, également très populaire. Le *lignator*, qui faisait des moulinets emphatiques avec sa lourde hache d'arme, suscitait toujours beaucoup d'enthousiasme dans les tribunes. D'autres types de gladiateurs parfois plus exotiques étaient également entraînés au phalanstère, inspirés par l'iconographie des *warriors* de science-fiction américains, suivant en cela une suggestion de Shimojô en personne. Pour le dire autrement, ils étaient ses figurines, des poupées que Shimojô s'amusait à habiller et déshabiller.

Dans les années 2010, la trilogie hollywoodienne de SF *Sword Fighting Championship* (ou SFC) avait connu un succès planétaire. L'action, située dans une Amérique dictatoriale au XXIIe siècle, est centrée sur des hommes très costauds réduits en esclavage et auxquels on fait subir des opérations chirurgicales qui les transforment en cyborgs, puis à qui on met une arme dans les mains et qu'on force à se battre à mort. On disait que Shimojô adorait tellement la trilogie qu'il possédait la collection complète des figurines, qu'il exposait derrière des vitrines dans sa résidence officielle de Premier ministre. Il se murmurait, à moitié comme une blague parmi les membres du Salut National, que Shimojô n'était devenu dictateur que pour pouvoir recréer l'univers de SFC. S'il vouait un véritable culte à ces trois films, Shimojô ne devait pourtant pas beaucoup apprécier la fin, quand Davies, le dictateur, est traîné de force dans l'arène volante au-dessus de Manhattan et battu en combat singulier à l'épée par le héros.

Tôga choisit pour arme un sabre long, à un seul tranchant et légèrement courbé, qu'il tenait à deux mains comme le sabre en bambou du kendô, et qu'au phalanstère on appelait *tachi*. Sans bouclier. Pour compenser, il était autorisé à porter une armure qui lui couvrait les épaules et le haut des bras. Ce type de gladiateur était appelé « le samouraï ». Compte tenu de la fragilité de sa défense, le samouraï devait s'attendre à mourir à la moindre faute d'inattention, et inversement savoir profiter de la moindre opportunité pour abattre son adversaire d'un unique et puissant coup de sabre. À ne pas confondre avec un sabre japonais. Le *tachi* du gladiateur-samouraï n'était pas confectionné par un maître forgeron mais produit en série, en acier laminé. En second lieu, la longueur de la lame était de 90 centimètres, largement plus grande que celle d'un véritable *katana*. Le poids en proportion, évidemment. Le *shinai* en bambou qu'il avait manié au lycée pesait environ 500 grammes, tandis que le *tachi* de gladiateur en faisait trois fois plus. Quand il le soupesa pour la première, il eut envie de laisser tomber. Mais aux alentours de la pleine lune, en pleine possession de ses moyens, le *tachi* lui parut si léger qu'il douta un instant que ce fût le même objet. Je suis un moonling, finalement, se dit-il. Jamais il ne l'avait ressenti avec autant d'acuité.

Chaque gladiateur se voyait attribuer un coach. L'entraîneur de Tôga s'appelait Takuma Nakano, 34 ans, ancien gladiateur. Comme les quatre autres entraîneurs du phalanstère n° 2. Tous avaient eu le droit de se retirer du service actif après trente combats. Et quand le directeur leur avait fait comprendre qu'en restant au phalanstère, ils pourraient continuer à recevoir les médicaments anti-catatoniques, ils étaient devenus entraîneurs. Nakano avait poursuivi jusqu'au quarante-deuxième combat avant de prendre sa retraite. Trente-cinq victoires, cinq défaites, deux matches nuls. La sempiternelle pression de la direction de l'Événementiel l'avait obligé à dépasser son quota. Nakano était enseignant en sciences sociales dans un collège quand les symptômes de la maladie étaient apparus, à 24 ans, et il avait choisi l'option gladiateur. Son nom de combat était « Tempest ». Il était troisième dan de kendô, comme Tôga, et avait fait toute sa carrière dans l'arène comme samouraï. Au *tachi*. À 28 ans, il avait remporté sa première Coupe Shimojô, le grand tournoi de fin d'année. Il avait tenté de répéter l'exploit, mais il avait été battu en finale. Cela avait été son dernier combat.

Quand Tôga intégra le phalanstère n° 2, ils étaient sept samouraïs en tout, tous coachés par Nakano. Tôga se fit tout de suite remarquer. Cela faisait dix ans qu'il avait arrêté le kendô, mais son corps se souvenait des gestes. Il s'aperçut immédiatement que la plupart des combattants avaient des problèmes de placement de jambes, de sorte que leurs gestes étaient désordonnés, ils tremblaient, et on savait quelle attaque ils projetaient avant qu'ils aient esquissé un mouvement. Il suffisait de les décaler un tant soit peu pour faire apparaître des failles béantes dans leur garde. Certes, en face, l'adversaire opposait une épée et un bouclier, mais c'étaient surtout de grands coups de force aveugle et de petits chipotages du poignet, sans consistance. Ce qui ne veut pas dire qu'il suffisait d'attendre sans bouger. Leur contact visuel aussi était mauvais. Ils croyaient arriver à quoi, en regardant leur adversaire dans les yeux ? Ou alors ils ne suivaient que sa main, sans aucune vision d'ensemble. Évidemment, ils n'avaient eu que six mois ou un an pour maîtriser ce que Tôga avait appris en dix ans.

À vrai dire, Tôga était à peine mieux loti. On peut parler de la Voie du Sabre, certes, mais entre le kendô et la gladiature, les ressemblances étaient minces. Sans même parler de la différence entre combattre pour marquer un point et combattre pour tuer, les mains ne sont pas occupées à la même chose. Un trident, une hache, un filet, n'étaient pas des armes contre lesquelles il avait appris à se défendre, et chacune possédait ses spécificités. Si le sabre n'est pas positionné à la même distance de l'adversaire, l'attaque n'est pas non plus la même. La seule chose à faire était de multiplier les entraînements contre toutes les classes d'adversaires présents au phalanstère, jusqu'à intégrer les rythmes et les distances spécifiques de chaque arme. La différence la plus radicale était la présence du bouclier. Certains types de gladiateurs disposaient d'un bouclier rectangulaire légèrement cintré, type soldat romain, appelé *scutum*, qui cachait déjà presque la moitié du corps. Quand l'adversaire scrutait par-dessus son bouclier d'un œil plissé, laissant tout juste dépasser le haut de son casque, il avait l'air d'un turbo cornu qui entrouvre son opercule pour regarder à quelle sauce il va être mangé. Certains venaient directement au contact avec leur scutum, ou s'en servaient comme arme de choc.

D'autre part, les coups efficaces n'étaient absolument pas les mêmes. Par exemple, dans sa jeunesse, Tôga était assez doué pour les coups à la tête. *Men*, c'est le terme technique. Mais il ne servait à rien de placer un *men* dans les conditions du combat de gladiateur, car la lame du *tachi* glissait sans dommage sur un casque lisse. Les coups au flanc – *dô* – contre un adversaire qui restait en garde à moitié plié, se voyaient venir de très loin et n'avaient aucune chance de passer. Quant au *gyaku-dô*, le flanc opposé, il était protégé par le bouclier. Restaient les *koté*, les coups à l'avant-bras. Il fallait donc chercher à provoquer une fente ou une attaque de l'adversaire pour frapper en riposte à ce moment-là. En tant que kendôka, Tôga avait surtout du mal avec les attaques aux jambes. Les tibias étaient protégés par du métal, mais les cuisses, comme le torse, étaient nues. Et une artère fémorale sectionnée, c'était un jet de sang pulsé que même la résilience des moonlings les nuits de pleine lune ne pouvait stopper. Le règlement de la direction de l'Événementiel du ministère de l'Intérieur prévoyait l'arrêt du combat dès qu'on soupçonnait qu'une artère vitale était touchée, car en tout état de cause il ne s'agissait que d'un sport, en aucun cas d'une mise à mort. Tout gladiateur avait une connaissance générale du système vasculaire humain, et même au plus haut degré de l'excitation, même assailli par l'effroi, nul ne pouvait frapper sciemment une artère vitale sans scrupule. Les pièces du casque ou des épaulettes qui protégeaient le cou et la nuque rendaient difficile une section de la carotide. Mais un coup d'estoc, lame tournée à 90° pour passer entre les côtes, pouvait atteindre le cœur. Les athlètes étaient dûment informés que dès que l'un d'entre eux s'avérait incapable de se relever, il était immédiatement retiré de l'arène par des infirmiers déguisés en émissaires des enfers, et emporté dans une unité de soins moderne. En admettant que ce fût vrai, il ne fait aucun doute que les décès étaient monnaie courante. Même en supposant que le taux de décès était inférieur à celui des malades durant la phase catatonique, comme le disaient les agents recruteurs.

D'ailleurs, les gladiateurs doutaient sérieusement de la réalité de ce taux. 1,2 %, disaient les agents recruteurs, qui traduisaient aussitôt dans un langage facile à comprendre : sur cent combats, il n'est même pas sûr qu'il y ait un mort, et aucun risque de mourir en trente combats. C'était l'argument décisif. Il demeurait néanmoins difficile de le prendre pour argent comptant. Pourquoi le phalanstère dans lequel était envoyé le vaincu ne donnait aucune nouvelle de son rétablissement, par exemple ? Pourquoi ne revoyait-on plus Untel, qui s'était effondré et avait perdu des litres de sang dans le sable de l'arène ? Les factotums prétendaient ne pas connaître les détails ou répétaient la réponse passe-partout : il devait avoir pris sa retraite. Le sens de l'expression « prendre sa retraite » était devenu sinistre. Vous mourriez pour quelque raison que ce soit, on classait l'affaire en disant de vous : « Il a pris sa retraite. »

Les décès survenus au phalanstère étaient d'autant plus difficiles à cacher. Selon les statistiques informelles que les gladiateurs tenaient pour eux-mêmes, le taux de mortalité réel était supérieur à 4 %. Traduit en langage facile à comprendre : au cours des cent derniers combats, quatre membres du phalanstère n° 2 étaient morts. Aux tout débuts des Jeux du Salut National d'arts martiaux, un gladiateur peut-être un peu naïf avait annoncé ce chiffre au directeur de l'époque, qui lui avait répliqué très sèchement que sa méthode de calcul était erronée et l'avait traité de bouffon. Un combat, c'est deux athlètes, donc quatre morts pour cent combats, c'était quatre sur deux cents athlètes, soit un taux de mortalité de 2 %. Il trouvait ce chiffre encore trop élevé ? Eh bien c'était parce que les athlètes du phalanstère n° 2 étaient des lavettes, et ils allaient lui faire le plaisir de s'améliorer. « C'est parce que vous êtes des minables que vous perdez, et évidemment, c'est chez les perdants que le taux de décès au combat est le plus élevé. Vous pouvez être sûr que les phalanstères qui gagnent ont un taux de décès inférieur et s'en frottent les mains. » Le gladiateur en question avait calculé très vite : il avait ses chances d'étrangler le directeur avant que le fil de fer ne lui coupe la tête. Puis il s'était dit qu'un directeur de phalanstère, ça se remplace, et il s'était retenu. Directeur de phalanstère, c'était un poste pour administrateurs tombés du camion en cours d'ascension vers l'élite du ministère. Comme les dents de requin : vous les cassez, elles repoussent.

9

Tôga disputa son premier combat dans l'arène n° 2 moins de deux mois après son entrée au phalanstère. C'était un combat entre débutants, autrement dit, un combat en préliminaire, devant un public prédisposé à ricaner de leurs maladresses. Son adversaire était un jeune *mirmillo* du phalanstère n° 4, équipé d'une épée courte et d'un bouclier. D'après les stats, il avait 22 ans, un physique sans commune mesure avec celui de Tôga. Il avait fait du basket au collège et au lycée, mais n'avait aucune expérience en arts martiaux. Nakano, le coach de Tôga, le harangua : « Tu as l'avantage, vas-y sans pitié. »

Au phalanstère, Tôga n'avait pas une seule fois eu l'occasion de tenir en main un *tachi* de combat. Pour ce qui est de devoir jouer sa vie en combat singulier, il était logé à la même enseigne que son adversaire. Deux sentiments, l'excitation de la pleine lune et la peur du premier combat, se disputaient en lui comme le feu et la glace. Pendant l'attente il n'avait littéralement pas pu rester en place, puis il fut lâché en plein cauchemar. Ce cauchemar avait un nom : l'arène. La pleine lune diaphane dans le ciel brumeux de l'est, les regards satisfaits et méprisants de la foule, le haut mur d'enceinte, la voix assourdissante et surjouée du présentateur, l'entrée maladroite, complètement chiquée, des deux combattants. C'en était presque comique. Et son adversaire, malingre et mal fagoté, à moitié nu avec un casque ridicule, qui tenait gauchement une épée et un bouclier. On aurait dit un singe déguisé qui le fixait avec des outils dont il ignorait l'usage. En face de lui, Tôga ne se faisait aucune illusion : il avait tout autant l'air d'un clown.

À peine vit-il son adversaire crispé, Tôga sentit ses épaules se détendre. Le match était déjà plié. L'agressivité de son adversaire tournait à vide et ses attaques se voyaient de loin. Tout en esquivant, Tôga frappait, coupait et poussait encore et encore. Il découvrit que la musculature d'un moonling en phase fulminante était moins facile à tailler que ce qu'il aurait imaginé. Sans pour autant résister à une lame d'acier. Un fluide d'une couleur vive et alarmante commençait à couler sur le corps de son adversaire, le thorax, l'abdomen, les jambes. La chair, luisante d'huile et de sueur, était ouverte de partout, comme des lèvres béantes.

À sa grande surprise, Tôga ne se trouva pas incommodé par la vue du sang. Au contraire, une nuance inconnue de l'exaltation du moonling lui parcourait l'échine. La conviction qu'il pouvait le faire commençait à lui venir à l'esprit. Qu'il pouvait battre son adversaire, et qu'il se voyait bien revenir au même endroit la lune suivante. Un désir féroce qu'il n'aurait jamais cru voir naître en lui. Quelques instants plus tôt, il tournait en rond derrière la Porte Rouge, les dents serrées, se répétant qu'il ne se sentait pas de rester en vie pour trente combats, et désormais il trouvait le chemin facile et avait presque l'impression de voir le but, là-bas au bout. Ce monde était-il fou ? Eh bien, il l'était lui aussi. Bien sûr, c'est l'anabasis dans son sang qui parlait, mais il faut bien être un peu optimiste quand on combat. Coach

Nakano l'avait dit : les gladiateurs capables d'aller au bout du contrat le savent dès le premier combat.

En moins de dix minutes, son adversaire s'était effondré sur le sable, couvert de sang et les yeux blancs. Une probable fracture de l'avant-bras droit, celui qui tenait l'épée, et sonné par les multiples coups reçus sur son casque. Aucune blessure mortelle. Pour dire à quel point Tôga maîtrisait son combat : il était même capable de ménager son adversaire. Un coup de gong retentit et la victoire sans contestation de Tôga fut prononcée sur un ton jovial. L'arbitre en tunique blanche s'approcha et lui remit la palme réservée aux vainqueurs, pendant que l'annonceur ne tarissait pas de superlatifs, de « héros de la nouvelle génération » et de « jeune Samouraï de la relève », soulignés par les acclamations de la foule en délire.

Il leva la tête et vit son visage en gros plan, projeté sur les deux écrans géants diamétralement opposés. Il eut l'impression de voir un animal, une bête fauve au moment où elle ouvre les yeux et accède à la conscience. Hébété, il parcourut du regard les tribunes en ébullition. Un instant plus tôt, il s'était senti nu et exposé, et voilà qu'il n'était pas loin d'avoir trouvé sa place, pleinement lui-même au milieu de ce cauchemar. Son statut de gladiateur, qui lui semblait le comble du ridicule et de l'absurde, lui apparaissait désormais comme le seul par lequel il lui était possible de se tenir debout comme un homme, ici-bas. D'autant plus que le fil de fer et le bracelet de cheville lui avaient été ôtés avant d'entrer dans l'arène. Certes, les vivats de la foule étaient adressés au barbare qu'il était devenu, mais il les recevait aussi pour la petite pincée de respect qu'ils contenaient. Paradoxalement, au moment où le gladiateur était jeté dans l'arène, sommé de faire des choix qui engageaient sa vie et sa mort, la vie et la mort d'autrui, le frémissement de l'âme qu'il ressentait n'était pas très éloigné de la liberté.

Son adversaire fut emporté par les envoyés des enfers et disparut derrière la Porte Noire. Tôga avait gagné son premier combat, ce qui signifiait non seulement qu'il lui en restait encore vingt-neuf, mais aussi qu'il avait une chance de terminer ses jours dans un cul-de-basse-fosse appelé sanatorium. Même avec les anti-catatoniques, combien d'années pouvait-il espérer vivre ? Cinq ou six ? Dix, s'il était béni des dieux. Pas d'avenir. Pas la moindre perspective de bonheur. Mais en cet instant, il était acclamé et félicité. Et la joie sauvage qu'il sentait monter provenait directement des racines de sa vie. Jamais il n'avait connu pareille sensation. J'ai gagné ! Je suis vivant ! Je survivrai aussi au prochain ! Et au suivant ! Je gagnerai tous mes combats !

Il observa le ciel et vit la pleine lune qui avait suivi son combat en retenant son souffle, dévêtue de ses fins nuages, nue. Elle brillait pour lui et sa lumière lavait sa chair et son sang, les purifiait comme une eau lustrale. Tôga leva haut son poing gauche qui serrait le *tachi*, déchaînant les cris du public. La chair de poule parcourait tout son corps.

Avant le combat, les gladiateurs avaient déjà choisi leur récompense s'ils sortaient victorieux. Bien entendu, la récompense était une femme. Évidemment, les femmes aussi étaient des moonlings. On les appelait parfois « les femmes du seizième jour », parce qu'elles venaient au phalanstère le lendemain de la pleine lune, le lendemain du combat, et que ça faisait poétique, mais leur nom officiel pour la direction de l'Événementiel du ministère de l'Intérieur était « femmes de récompense ». Parce qu'elles assuraient une mission de réconfort du combattant victorieux. Les gladiateurs pouvaient voir le profil des femmes de récompense sur leur moniteur, dans leur cellule, et à l'approche de la pleine lune, ils se motivaient pour la victoire en se représentant leurs fantasmes de façon plus ou moins bruyante. Ils pouvaient émettre jusqu'à cinq choix, sachant que les gladiateurs plus anciens avaient préséance sur les nouveaux. Aucune chance pour un débutant de tenir dans ses bras celles qui comptaient parmi les plus populaires, c'est sûr. Mais des plus jeunes aux moins jeunes, aucune n'était vilaine, tout au moins au vu des images du catalogue. Les femmes étaient recrutées par les inspecteurs de l'Agence sanitaire sur le même mode que les gladiateurs, à la nuance près que l'opportunité de devenir femme de récompense n'était proposée qu'aux plus avenantes. Sur les vidéos, maquillées, joliment vêtues, elles souriaient avec coquetterie en faisant coucou de la main. Avec des messages du genre : « Chers gladiateurs, j'espère que vous allez gagner votre prochain combat sans être blessé, et je me réjouis de passer la nuit avec vous. » Le ridicule de ces idylles de pacotille faisait autant mal aux yeux que les démonstrations de force des combattants à leur entrée dans l'arène. Elles étaient des esclaves sexuelles au même titre que les gladiateurs étaient des esclaves de sang. Les gladiateurs symbolisaient une masculinité de viande musculeuse, les femmes de récompense symbolisaient une féminité de viande molle. Sans doute le Salut National avait-il pris en charge leur stérilisation afin qu'elles ne puissent avoir d'enfant. Certes, l'interdiction d'avoir des enfants n'était pas limitée aux femmes de récompense et s'étendait à toutes les moolings, mais les femmes de récompense étant physiquement privées de la possibilité de concevoir, cela les faisait apparaître comme des « fleurs écloses », pétales ouverts, comme si maternité et sexe étaient antinomiques.

Alors pourquoi ces femmes se portaient-elles volontaires ? Comment parvenaient-elles à sourire devant la caméra ? Eh bien, exactement pour la même raison que les hommes à qui était proposé de devenir gladiateur. Pour chaque nuit passée avec un gladiateur, elles recevaient une dose de l'anti-catatonique Ave Luna. Une nuit à supporter un gladiateur en phase de pleine lune – à condition d'être choisie tous les mois par au moins un vainqueur – et leur chance de survie augmentait de façon conséquente. Bien entendu, certaines se réjouissaient positivement de passer une nuit par mois avec un homme. En effet, aucun moonling n'était à l'abri de l'hypersexualité qui les faisait grimper aux rideaux quelques nuits avant et après la pleine lune. D'autres, sans doute, ne trouvaient pas désagréable de coucher avec une célébrité, tant qu'il n'avait pas de penchants pervers. Voire, de former avec un gladiateur un couple régulier, bâti sur des sentiments réciproques.

Toutefois, alors qu'un gladiateur était autorisé à prendre sa retraite après trente combats, une femme de récompense ne pouvait espérer prendre la sienne qu'au bout de quarante-cinq nuits. Elles aussi se voyaient promettre une fin de vie dans un sanatorium aux conditions de résidence améliorées. Évidemment, hommes et femmes étaient confinés séparément, en principe, et leurs contacts absolument proscrits. Mais il existait à Kôchi Les Jardins de Ventvert, et à Miyazaki Les Jardins de Nankai, deux sanatoriums pour couples destinés à ceux qui étaient déjà ensemble au moment où les symptômes s'étaient déclarés. Le rêve de la plupart des gladiateurs était de se retirer dans l'un de ces sanatoriums avec leur femme de récompense préférée. On racontait qu'en dix-sept ans d'existence du phalanstère n° 2, ce rêve était devenu réalité pour six anciens pensionnaires, qui s'étaient retirés dans l'un de ces paradis avec la femme de leur choix. La thérapie anti-catatonique n'était plus assurée après le retrait du service actif, bien entendu, et la fin ne prenait pas vraiment la forme d'un conte de fées. Mais de toute façon, quel autre bonheur était-il offert à un gladiateur ou une femme de récompense ? Même aussi léger qu'un flocon de neige, c'était toujours bon à prendre.

Tôga eut la surprise de reconnaître une femme dont le visage lui disait quelque chose parmi les profils du catalogue : la maigrichonne à la peau foncée qui se trouvait à deux cellules de la sienne au Centre de Protection temporaire de l'Agence sanitaire à Osaka. Son profil disait : née dans le département de Hyôgo, 24 ans, taille 1,58 m, tour de poitrine 84, tour de taille 60, tour de hanches 83. Son poids n'était pas indiqué, mais elle devait faire plus ou moins 40 kilos. Nom d'usage : Luca. Elle avait toujours ce regard sombre qui vous fixait comme du fond d'un trou. La vidéo ne parvenait pas à effacer cette nuit au cœur de ses yeux, malgré la robe longue à reflets miroitants, couleur vert gazon, les mules noires à talons aiguilles, l'apparence conforme à l'idée que la direction de l'Événementiel se faisait d'une professionnelle. Ses lourds cheveux noirs redressés en chignon à la sauvage, ses cils palpitants, avides de sensations fortes, n'empêchaient pas son âme d'être toujours recroquevillée au fond du trou. Luca, posée sur un divan de velours rouge criard, jambes croisées, regardait la caméra avec un sourire maladroit, et prononçait quelques phrases d'une voix plate et hésitante : « Je joue du piano depuis l'âge de 4 ans. Mes loisirs favoris sont d'écouter de la musique et regarder des films. »

C'était aussi douloureux à entendre qu'une fille à la mode, otage de terroristes, lire sous la contrainte une profession de foi totalement creuse sur la civilisation matérialiste corrompue. Mais cette histoire de piano avait aiguisé la curiosité de Tôga. L'image de sa mère jouant sur un piano électrique lui était revenue immédiatement. Il la revoyait pianoter du bout des doigts quelques morceaux, souvenirs de ses années d'école. Elle répétait que ses doigts étaient rouillés, puis de temps en temps, quand l'humeur la prenait, elle jouait pour lui ; et ça disait des choses. Il était petit, il adorait l'écouter, mais en grandissant, l'idée d'une femme adulte qui jouait du piano lui semblait triste. La femme avait toujours l'air d'avoir abandonné le piano, et le piano, lui aussi, avait abandonné la femme. L'envie pouvait leur venir à tous deux de se toucher, mais ils ne pouvaient plus communier. Elle finissait par refermer le couvercle noir avec un soupir, et le clavier, lui aussi, poussait un dernier soupir et préférait rester muet. N'était-ce pas de cette façon que jouait cette femme appelée Luca, elle aussi ?

Luca semblait le genre de femme qui, au lit, devait simplement attendre les yeux au plafond que son rôle de trou soit terminé. Si grimaces ou gémissements occasionnels il y avait, ce n'était pas de contentement, mais de douleur ou de dégoût étouffé. Quand l'homme avait terminé son affaire et craché son désir, la tristesse qui émanait du corps de la femme le contaminait, il devait lui tourner le dos pour trouver le sommeil. Et chacun poussait un soupir, certainement, comme une femme et un piano. C'est bien ainsi que les autres gladiateurs devaient voir Luca, eux aussi, car elle était très bas dans le classement. Bien que jeune et de visage tout à fait harmonieux, elle était classée 151e sur 172. Tôga la cocha comme son choix n° 1. Il y en avait d'autres, et des très bien, mais il n'avait aucune chance de se voir attribuer l'une des plus populaires, et puis il ne leur trouvait aucun critère distinctif. À part Luca, qu'il avait déjà rencontrée, elle.

Le lendemain de son premier combat, Tôga fut ramené en fourgon au phalanstère n° 2, et comme tous les vainqueurs, conduit par son coach jusqu'au bureau du directeur. Le directeur était un homme d'une cinquantaine d'années, gros comme un tonneau, qui, à ce qui se disait, profitait de ce que sa famille était à Tokyo pour, soir après soir, battre le tambour de sa bedaine poilue contre les fesses de sa secrétaire, laquelle avait l'âge de sa fille. Sa plus grande fierté était de manier aussi aisément le sourire et les cris, la carotte et le bâton, ce qui le faisait détester autant par les gladiateurs que par le personnel. Pour sa part, il ne pouvait attribuer qu'à un complot ourdi par un rival le fait qu'un homme de sa compétence se trouve mis au placard à la direction d'un phalanstère de gladiateurs. Après lui avoir récité une formule de félicitations pour sa première victoire, il envoya à Tôga un rire gras en lui conseillant de se laver l'entrejambe en attendant l'arrivée, ce soir même, de la récompense qui allait lui être octroyée. Il l'attendait avec impatience, pas vrai ? Au moment de quitter le bureau du directeur, celui-ci le congédia avec un « Tu sais aussi manier l'épée la nuit, j'espère ! » qui lui tira un rire jaune. Quoi d'autre ?

Il se coucha, épuisé et rompu, et sombra en un clin d'œil dans un sommeil abyssal. Quand il se réveilla, c'était déjà le crépuscule. Il se remplit le ventre au réfectoire, prit une bonne douche, se rasa, se lava les dents et revint dans sa chambre. Une femme va venir. Une femme dans ma chambre ! Cette seule pensée l'empêchait de se mettre à quoi que ce soit. Il tournait en rond dans sa petite cellule, s'asseyait, se relevait aussitôt. Son désir sexuel exacerbé par la pleine lune montait, la femme n'était pas encore là que son slip était déjà tendu à craquer. Et ça n'avait pas l'air de vouloir se calmer. Les femmes de récompense vivaient dans un sanatorium à part, situé dans les montagnes de l'ouest de Saitama, d'après ce qu'il avait entendu dire. Après chaque tournoi, c'est-à-dire à chaque pleine lune, celles qui avaient été choisies par les vainqueurs étaient convoyées dans l'un des six phalanstères du pays. Elle aussi était depuis des heures sur la route entre Saitama et Hyôgo pour coucher avec un type qui se payait une trique d'enfer. Tout ça pour un comprimé qui lui permettrait de rallonger un tant soit peu son espérance de vie.

Bientôt, il perçut des bruits de pas inconnus, un martellement cristallin, dans le couloir. Tôga réprima autant qu'il put les palpitations de son cœur et se tourna vers le mur de verre renforcé, côté du couloir. Une femme, accompagnée par un factotum, se tenait timidement devant la porte de sa cellule, ses bras minces croisés, et le fixait d'un air dur. Dans leurs regards passa la honte du choix de leur condition respective, gladiateur et femme de récompense. Au même instant, il sut qu'elle se souvenait de lui. Sans doute les femmes avaient-elles l'occasion de voir à l'avance la photo du gladiateur à qui elles allaient se donner cette nuit-là. Pour Tôga, ce fut comme si ce bref regard qu'ils avaient échangé des mois auparavant à Osaka était déjà une promesse de se retrouver. La gêne qui passa entre eux, c'était cette promesse qu'ils avaient respectée, alors même qu'elle n'avait jamais été formulée.

Était-ce parce qu'il vivait maintenant dans un milieu d'hommes musclés, elle lui parut beaucoup plus frêle que dans son souvenir. N'allait-elle pas se briser en mille morceaux dès qu'il la serrerait dans ses bras ? Tôga était vêtu de l'horrible salopette orange de rigueur à l'intérieur du phalanstère. La femme portait un jersey beige très décolleté sur une jupe volante noire et des escarpins vernis couleur chair. Sur sa gorge mince reposait non pas un fil de fer mais un collier en argent. Elle était le spectre de n'importe quelle femme du dehors qui serait venue se perdre à l'intérieur des hauts murs d'enceinte, et pourtant, ce n'étaient pas des vêtements civils. C'était une tenue de courtisane. Plus exactement, les gladiateurs avaient le droit de choisir dans quelle tenue ils voulaient que leur récompense vienne les retrouver. Tôga avait demandé la tenue la plus passe-partout. Quelque chose comme les vestiges d'une vie perdue, même si de fait il ne l'avait jamais connue, quelque chose qui puisse un tant soit peu lui donner l'illusion d'une soirée en amoureux où ils auraient marché dans la ville, en se tenant par la main, avant de rentrer faire l'amour. Mais la femme portait à la cheville gauche le même bracelet électronique que lui, carcan muet et buté, qui renseignait leurs maîtres à tout instant, et rendait d'autant plus dérisoire les efforts de la femme pour paraître soignée.

La femme entra dans la cellule. Le factotum qui l'accompagnait fut assez serviable pour tirer les rideaux extérieurs. La cellule se trouva plongée dans l'ombre, mais une ombre insuffisante pour empêcher deux moonlings en phase lumineuse de se voir. À compter de cet instant, et pour six heures, la femme était à lui. Il pouvait coucher avec elle, ou seulement dormir avec elle. Il pouvait demander qu'on leur apporte une collation, ils pouvaient regarder la télé ensemble. Bref, il pouvait faire ce qu'il voulait, et pourtant cela n'avait rien à voir avec la liberté. À la place, il y avait un silence étouffant qu'il aurait bien voulu rompre, mais il ne savait absolument pas comment s'y prendre. Tôga invita la femme à s'asseoir à sa droite, d'un geste maladroit de la main. La femme s'assit sur le bord du lit d'un air inquiet. Il aurait voulu laisser là toute formalité, la renverser sur le lit et dévorer ce corps jusqu'à plus soif. Mais la distance qui les séparait, à peine un empan, lui était infranchissable. Ce visage qu'il regardait du coin de l'œil n'était pas celui d'une amoureuse, sans doute, pas non plus celui d'une prostituée qui reçoit un client. De l'angoisse pure prenant la forme d'une femme assise, une ombre qui ne savait pas où poser son âme. D'ailleurs, c'était peut-être sa première nuit en tant que femme de récompense, comme hier avait été pour lui son premier combat dans l'arène. Bien sûr... pour elle, Tôga ne devait être qu'un moonling qui n'était pas encore redescendu de l'excitation de sa victoire. Au premier regard elle lui avait rappelé sa mère, mais de près, il voyait bien qu'elle n'avait rien à voir, sa façon d'occuper l'espace était totalement différente. Sa mère avait l'habitude du contact avec les clients, si elle avait été femme de récompense, elle aurait certainement pris l'initiative de la conversation, elle savait comment confectionner un petit espace confortable, juste ce qu'il faut. Elle, non. Peut-être encore trop jeune pour avoir cette habileté. Elle était encore une fleur en bouton, tout tendu, tout fermé. Ou alors, peut-être était-ce toujours comme ça, la première fois qu'un gladiateur et une femme de récompense se voyaient ? Il allait bien falloir dire quelque chose, tout de même. Mais que peuvent bien avoir à se dire un gladiateur et une femme offerte pour prix de sa victoire ?

Soudain, une odeur inconnue lui effleura les narines. Une odeur fraîche et légèrement amère. Une odeur bleu-vert, vert profond. L'odorat est plus sensible pendant les phases de pleine lune. Un parfum ou un assouplissant textile aurait eu une odeur plus distinctive, plus intrusive. Celle-ci restait subtile, cachée dans l'ombre de la femme. Ce devait être son odeur à elle, l'odeur qui émanait de son corps.

– Ça sent bon, dit Tôga, d'une voix qui lui sembla lointaine, comme la voix de quelqu'un d'autre.

La femme essaya de sourire. Un pauvre sourire surtout destiné à apaiser sa propre peur, mais un sourire tout de même. Tôga lui rendit un sourire tout aussi maladroit. C'était un début. Il n'y avait qu'à partir de là. Un homme et une femme se rencontrent au bout du bout du monde, par quoi commenceront-ils, si ce n'est par se sourire ?

– Ça sent quoi ? finit par répondre la femme, comme en pressant de toutes ses forces pour sortir quelque chose.

Une voix très fine, complètement hors de propos, qui vint frapper Tôga au cœur de sa masculinité comme un cristal froid. Il l'avait déjà entendue parler, en principe, sur sa vidéo de présentation, et pourtant il l'entendait comme pour la première fois, comme s'il la reconnaissait pour une voix de femme qui s'adressait à lui.

– Comme une forêt.

Ça sent comme ça, une forêt ? Il n'en était pas sûr, mais il lui semblait reconnaître une odeur qu'il avait connue dans sa vie, à la menuiserie.

– Quelque chose qui me rappelle des souvenirs, que je recherchais depuis si longtemps.

– Tu as grandi dans une forêt ? dit la femme avec un sourire pour briser la glace.

– Oui, acquiesça Tôga d'un air maussade, quand j'étais encore un singe.

La femme rit tranquillement du fond de sa gorge. De petites dents et un bout de langue humide apparurent entre ses lèvres. À chaque onde de ce rire, la mort semblait se rapprocher. Pourquoi une fille comme elle était-elle devenue moonling ? Pourquoi s'était-elle faite femme de récompense ? La vie d'un homme se termine nécessairement par une défaite. Si ce n'est contre un adversaire, ce sera contre lui-même. Dans tous les cas, il sera battu, quoi qu'il fasse. Par contre, les femmes doivent trouver le bonheur. À la toute fin, une femme doit avoir été heureuse. Une femme doit pouvoir dire en mourant : « J'ai été heureuse. » Ma mère a dû finir comme cela, pensa Tôga, cette femme aussi doit finir heureuse. Même un tout petit bonheur, comme une fleur qui a poussé sur un tas d'ordure, mais une femme doit mourir en serrant cette fleur dans sa main.

Tôga se tourna vers la femme et la regarda droit dans les yeux. Sérieusement. La femme fut surprise de ce regard qui semblait la boire, et son sourire se voila. Le sentiment que cette femme était à lui monta dans son cœur. La jalousie était déjà en lui, à l'idée de cette femme dans les bras d'un autre. D'un autre gladiateur. Il tendit la main, lentement, pour s'immiscer dans l'inquiétude de cette femme, et lui toucha doucement l'épaule. Ses lèvres tremblèrent légèrement, mais elle ne les détourna pas.

10

La fin de l'année était l'époque du tournoi le plus attendu : la Coupe Shimojô, du nom de Hiraku Shimojô, qui se disputait entre huit combattants sélectionnés par la direction de l'Événementiel du ministère de l'Intérieur. Quarts de finale, demi-finales et finale, le dernier combattant debout dans l'arène remportait l'honneur d'être élu le meilleur athlète de l'année. Puis, en présence de Hiraku Shimojô en personne, lui étaient remis un énorme trophée doré, une couronne de laurier, et un mot de félicitation. Libre au combattant d'éprouver de l'honneur ou de la honte. Être considéré comme le plus fort n'indisposait certainement personne, mais quand cela venait de l'individu qui avait créé ces jeux pour le bon plaisir d'une élite hors-sol, le même philanthrope qui avait trouvé la bonne idée de mettre un fil de fer autour du cou des gladiateurs… Pouvait-on courber la tête et recevoir ce trophée avec une sincère gratitude ? Certes, il n'était pas recommandé au vainqueur de le refuser. Dédaigner ce prix par fidélité à ses valeurs conduisait à une mort douloureuse, sans compter les conséquences pour les proches.

La sélection des gladiateurs pour la Coupe Shimojô ne s'effectuait pas sur le seul critère des performances au cours de l'année écoulée. Pour que l'événement reste attrayant, la direction de l'Événementiel souhaitait éviter trop de gladiateurs de même catégorie, par exemple. Un classement par popularité était ouvert en ligne aux membres du Parti et à leur famille. Dans le même ordre d'idée, l'apparence des gladiateurs n'était pas moins importante. Un combattant sans charisme n'avait aucune chance d'être sélectionné. Un gladiateur avec une belle prestance, un physique élégant, pouvait être préféré à une montagne de muscles ou à un escogriffe. De ce point de vue, Tôga était avantagé avec son mètre quatre-vingt-un, ni trop grand ni trop petit, ses yeux et son nez bien dessinés, pas trop éclipsés par le casque. En outre, dès son second combat, coach Nakano le fit teindre en blond, avec les côtés laissés noirs, pour donner l'impression d'un reflet de lune à la surface de l'eau, en parfaite adéquation avec son nom de combat : Morning Moon. Quand son nom serait annoncé comme le vainqueur, et qu'il ôterait son casque pour saluer, l'effet serait géant ! La foule allait adorer, et le nom de Tôga Uno s'imprimerait immédiatement dans l'esprit du public. Son style de combat plaisait bien, aussi. En garde médiane pour commencer, il était beau. Ses gestes étaient nets et souples, sans fioriture ni mouvement inutile. Mais évidemment, c'est sa façon d'attraper la victoire qui était ce qu'il y avait de plus épatant. Il visait l'avant-bras, celui qui tenait l'arme, faisant mine de chercher à le fracturer d'un coup sec, circonvenait peu à peu toutes les attaques de son adversaire, et dès que celui-ci lui laissait la plus petite ouverture, il pointait l'estoc directement sur le cœur. Fin du *game*. Certes, cela saignait un peu, mais pas au point que les femmes dans les tribunes en viennent à se trouver mal. Certains spectateurs aimaient les combats qui giclent, au contraire. Faut que ça tue, faut que ça saigne. Même si, en bonne élite de la bureaucratie d'un pays hautement civilisé, on préférait prendre une pose de connaisseurs, et citer la sublimissime esthétique de la fleur rouge qui s'épanouit dans les sous-bois sauvages de la barbarie.

C'est ainsi que, bien que n'ayant encore livré que cinq combats, Tôga fut sélectionné pour concourir à la Coupe Shimojô dès sa première année de carrière. Cas de figure tout à fait exceptionnel, même pour un combattant qui n'avait pas encore connu la défaite. Plus précisément, il figura tout d'abord en n° 1 sur la liste des remplaçants. Puis, l'un des huit inscrits ayant déclaré forfait, vraisemblablement pour tentative de suicide, le droit de participer échut à Tôga. N'allons pas parler de chance, néanmoins. Il n'avait jamais eu la moindre envie d'y participer. Personne n'en avait envie. Qui voudrait mener trois combats en une seule nuit ? Mettez l'honneur et la peur dans la balance, la peur est amplement plus lourde. Sans compter le fait que les rivaux figuraient parmi les plus forts du pays, ce ne serait pas une partie de plaisir, pas question de faire dans la dentelle. Une seule victoire ne s'obtiendrait certainement pas sans blessure, alors trois victoires d'affilée… Dans quel état finirait-il ? De fait, le taux de mortalité lors de la Coupe Shimojô était très supérieur à aucune autre journée de combat du circuit. Le système des remplaçants était conçu pour pallier les suicides qui précédaient cet événement.

C'est en demi-finale de la Coupe Shimojô, son septième combat, que Tôga connut sa première défaite. Contre Hideto « Myôô » Wakisaka, un géant qui pêchait ses proies au filet lesté et au trident, la star du phalanstère n° 1 et tenant du titre depuis l'année précédente. Il l'avait déjà vu à l'œuvre sur la vidéo que lui avait montrée le recruteur au Centre de Protection temporaire. 1,88 mètre, 120 kilos, Fudô Myôô – le Dieu de la Destruction – et le halo de la Flamme de Kakura tatoués sur le thorax, fixant l'adversaire droit dans les yeux. Une autre flamme ardente tournoyait dans son dos. Il possédait un quart de sang blanc, un quart de sang noir et son visage taillé à la serpe lui donnait l'air d'une statue moaï. Ceinture noire de karaté, ancien catcheur professionnel, expérience irréprochable.

La leçon de ce combat, pour Tôga, fut que Wakisaka ne pouvait pas ne pas gagner. Il faisait tout ce qu'il fallait pour, c'était un vrai gladiateur, lui. Pas d'une agilité particulière, mais calme du début à la fin, il ne sursautait pas quand on l'attaquait. Tous ses adversaires l'abordaient en croyant qu'il était à leur portée, qu'ils pouvaient le vaincre, et finissaient vaincus. Il jouait le bête et méchant afin de se faire sous-estimer. Grand et balaise, l'intelligence ne fait pas le plein, pensait-on. C'était un piège : sa conduite du combat était plus qu'astucieuse, au contraire. Il invitait l'adversaire à l'attaquer, feignant d'être fatigué ou empoté, et plaçait sa contre-attaque au moment le plus inattendu, comme un animal capricieux qui se défend d'instinct. C'est exactement comme cela qu'il triompha de Tôga. Il l'avait mené en bateau. Après qu'aucune de ses attaques n'avait rien donné, au moment où il se demandait ce qu'il allait pouvoir inventer de nouveau, Wakisaka jeta son filet. Pendant qu'il se dépatouillait, Tôga se prit une série de coups de trident dans le thorax, le ventre, les jambes, et mordit méchamment la poussière. Pire que la douleur, l'effroi de sentir son corps partir en morceaux et l'impression d'aller tout droit vers la mort. Il perdit beaucoup de sang, tout son corps était lourd, frissonnant de froid, son esprit engourdi, plus aucune force dans les jambes, incapable de se remettre debout. Quand la conscience lui revint et que le monde se remit à tourner, il était allongé sur une machine et subissait les derniers tests avant de passer sur le billard. Il n'avait aucun souvenir de la fin du spectacle, mais revoyait le filet lesté lui tomber dessus, et la grimace de Wakisaka qui murmurait à voix basse : « Bien envie de goûter à ta femme, demain soir. » De telles répliques de théâtre faisaient partie du jeu. Captées par un microphone attaché au casque de chaque gladiateur, elles étaient amplifiées et diffusées dans les appareils audio de certains spectateurs qui appréciaient les saillies vulgaires. Mais il lui était impossible de s'empêcher d'imaginer Luca possédée par Wakisaka. Le site des phalanstères ne permettait pas de savoir quelle femme de récompense avait passé la nuit avec quel gladiateur, mais les rumeurs circulaient, et il n'y avait rien d'étonnant que Wakisaka ait entendu dire que Tôga choisissait toujours la même récompense. Il lui resta juste assez de conscience pour maugréer : Merde ! Bon sang, plus jamais je ne perdrai, je le jure ! Pas question de laisser Luca se faire baiser par ce type.

Les performances de Tôga à compter de ce jour connurent comme un second souffle. Fidèle à sa promesse, il mit fin à l'invincibilité de Wakisaka en remportant sa première Coupe Shimojô l'année suivante, l'empêchant de remporter sa troisième d'affilée. Cela eut l'effet d'un changement de génération au sommet de la gladiature. Tôga se trouva catapulté au sommet et reçut, en présence de Hiraku Shimojô, le trophée et la couronne de laurier.

C'était la première fois que Tôga voyait Hiraku Shimojô de près. Shimojô descendit des tribunes et vint se tenir sur l'estrade dressée pour l'occasion au milieu de l'arène. Le pin's du Parti au revers du costume, chevelure blanche soigneusement brossée, large sourire sur son visage sombre et maigre, menton rétracté et thorax bombé comme pour barrer la route à la vieillesse. Il avait franchi le cap des soixante-dix ans, mais sa démarche était encore ferme, et quand il paradait, le monde se partageait de chaque côté devant lui. Il était somme toute parfaitement conforme à ses apparitions vidéos, bien fait, pas du tout l'air malingre à côté de ses gardes du corps. Légèrement plus grand que Tôga, même, et pas moins carré. Et pourtant, Tôga le trouva petit. Sentiment étrange. Hiraku Shimojô était donc un être de chair. Il était ici et nulle part ailleurs. Alors qu'il lui avait jusque-là paru comme un être ubiquiste, existant en autant d'exemplaires qu'il y avait de citoyens japonais, d'écrans de télévision ou d'ordinateurs, chapeautant la totalité de la population. Eh bien, en fait, non. Comme une particule, il était présent en un point et absent en tous les autres. Contingent.

Combien y avait-il entre eux, dix mètres, peut-être ? En trois secondes il pouvait lui régler son compte. Et puis il n'avait pas son fil de fer. Même blessé, il aurait encore la force d'étrangler un vieux dictateur, il en était sûr. Au lieu de se croire au sommet de la gloire, il pouvait emporter ce type en enfer avec lui dans un hurlement de joie. Voulait-il graver son nom dans l'histoire des assassinats au Japon ? Mais non, c'était totalement impossible. Nul doute que les gladiateurs qui s'étaient tenus à la même place avant lui avaient imaginé la même chose. À l'instant où il ferait ne serait-ce qu'un pas, les gardes du corps armés de pistolets-mitrailleurs le transformeraient en structure alvéolaire. Et une mitrailleuse lourde pilotée par I.A. lui exploserait la tête comme une pastèque sous une batte de baseball. N'était-ce pas précisément ce qui était arrivé à Wataru « Héraclès » Sugiyama, vainqueur de la 7e édition de la Coupe Shimojô, devant dix mille spectateurs ? Abattu au premier pas, mort avant d'avoir posé le second, personne n'avait jamais su ce qu'il avait eu l'intention de faire. Peut-être avait-il simplement vacillé sous le coup de la fatigue. Peut-être voulait-il se jeter aux pieds de Shimojô pour lécher ses chaussures. Le résultat était le même. Les poupées déguisées qu'étaient les gladiateurs ne pouvaient lever le petit doigt contre leur père et dictateur vénéré.

À la suite de cet incident, on avait pensé que Shimojô se dispenserait de descendre en personne dans l'arène pour la remise du trophée. Au contraire. Devant le cadavre de Sugiyama, il avait fait une drôle de tête, mais plutôt comme si c'était la chose la plus amusante qu'il avait vue de la journée. Parmi les gladiateurs, l'opinion majoritaire était que Shimojô espérait plutôt revoir la même scène. Il savait à l'évidence que les gladiateurs le haïssaient. S'il s'exposait ainsi sous leur nez, c'était volontairement, comme un appât. Le gladiateur le plus fort du pays, au sommet de sa force et de son exaltation lunaire, pouvait bien rêver de finir en beauté, il n'était devant son maître qu'un morceau de chair sanguinolente. Le vieux dictateur avait trouvé dans ce sketch de quoi transformer son ennui en frisson d'extase.

Les jours de gloire de Tôga se poursuivaient. Il remporta le tournoi une seconde fois l'année suivante. En vingt ans d'histoire de la Coupe Shimojô, quatre gladiateurs l'avaient remportée deux fois consécutives. Natsuhiko « Nebûkhadnatssar » Uemura, Akira « Falcon » Hayashi, et le troisième, Hideto « Myôô » Wakisaka. Et maintenant Tôga « Morning Moon » Uno. En 2051, Tôga pouvait devenir le premier gladiateur de l'histoire à remporter une troisième Coupe d'affilée.

Au fur et à mesure que ses victoires s'accumulaient, Tôga passa à une cellule de type B, puis une type A. La fenêtre était devenue plus grande, le lit de meilleure qualité, l'écran de son moniteur plus large. Mais que pouvait bien faire un gladiateur dans une grande chambre ? La plupart ne faisaient rien. Ils étouffaient un peu moins et c'est tout. D'autres, toutefois, essayaient de reprendre les loisirs qu'ils avaient eus par le passé. Certains avaient négocié l'achat d'une guitare acoustique, ou s'étaient procuré un ensemble de tubes de peintures et des toiles. Dans la mesure où les six phalanstères étaient en concurrence symbolique et budgétaire permanente, chaque administration était disposée à exaucer les modestes souhaits de leurs pensionnaires qui boostaient leurs statistiques.

Dès sa première grande victoire, Tôga obtint du bois à sculpter et des outils. Cela se limitait à un couteau court, une scie double lame, une pierre à aiguiser et un crayon noir de charpentier pour tracer les lignes d'entailles. Bien sûr, il était interdit à un gladiateur de posséder quelque objet coupant que ce soit, et Tôga devait remettre ses outils à un factotum avant de sortir de sa cellule. De toute façon, il n'avait pas l'intention de couper la tête du directeur. De ce moment, Tôga passa la plupart de son temps libre à sculpter. Cela faisait longtemps qu'il n'avait plus touché un morceau de bois. Depuis la veille de son arrestation, en fait, la fois où il avait sculpté le Sukuna aux deux visages.

L'odeur qui s'élevait du carton apporté par le factotum : zelkova, érable, chêne, kalopanax, frêne blanc, bubinga... ces simples bouts de bois semblaient incongrus dans la pénombre. Ils émettaient une lueur, comme des morceaux de liberté. Tôga savait ce qu'il voulait sculpter : des gladiateurs. De la même façon que Motoka Sugai avait continué à décrire la condition du moonling, il voulait creuser le thème du gladiateur, à la fois ami et ennemi. Nombreux étaient ceux qui avaient déjà disparu du phalanstère n° 2 depuis son arrivée. Certains avaient effectivement pris leur retraite après leur trentième combat, d'autres étaient morts. En combat, ou pendant la phase catatonique, en dépit du traitement. D'autres encore avaient choisi le suicide. Et bien sûr, les plus nombreux avaient disparu dans l'inconnu.

Chaque fois que Tôga empoignait son petit couteau, il gardait le visage de chacun d'entre eux à l'esprit.

Les gladiateurs de Tôga avaient tous le sourire aux lèvres. Le sourire de la lune rémanente dont parlait Motoka Sugai. Aucun gladiateur n'est jamais mort avec le sourire, bien sûr. Il ne voulait pas dire qu'il existait malgré tout une vie où ils n'auraient pas été gladiateurs, ni même une vie où ils n'auraient pas été moonlings. Mais peut-être pouvaient-ils, de l'endroit très lointain où ils étaient désormais, regarder leur existence et trouver qu'elle avait été belle. Même un très court instant, infiniment fugace, le temps d'une bouffée de chaleur provoquée par la pleine lune. C'est en leur prêtant cette pensée que Tôga leur donnait un sourire ineffable. À chaque entaille, l'angoisse qui pesait en permanence sur son âme s'éloignait un peu. Il ne pouvait se souvenir de chaque coup de sabre qu'il avait donné, mais ses coups de canif dans le bois lui survivraient peut-être. Et peut-être qu'un jour ces statuettes tomberaient sous des yeux qui ignoreraient tout de celui qui les avaient sculptées, et en diraient quelque chose de vrai. Même si le sculpteur, lui, jusqu'à son dernier souffle, avait quitté ce monde en proférant des paroles de malédiction.

Il commença par aligner ses sculptures sur le rebord de la fenêtre. Puis, quand il n'y eut plus de place sur la fenêtre, par terre le long du mur. Où qu'il les pose, elles ne protestaient jamais, et continuaient à sourire, comme soulagées d'un poids, parfois même lui faisant signe de les rejoindre bientôt, de l'autre côté de la rivière des enfers. Chaque fois que Luca venait dans sa chambre, elle prenait les nouveaux dans ses mains, l'un après l'autre. Elle les regardait un moment. Tôga ne lui demandait pas comment elle les trouvait, et Luca ne faisait aucun commentaire. Elle les observait, c'est tout, les caressant du regard. Elle était la seule à savoir ce que Tôga sculptait, aussi ne lui demandait-elle rien, comme par exemple de la sculpter, elle. Les créations de Tôga étaient comme le petit-lait qui surnageait de la vie de ces gladiateurs. S'il avait sculpté Luca, cela aurait voulu dire qu'elle était déjà sortie de son monde.

De son vrai nom, Luca s'appelait Ruka Yamagishi. Ruka, cela s'écrivait « Azurite parfumée ». Elle était née et avait passé son enfance à Kôbe, avait fait des études à la faculté des services à la personne d'Osaka, puis avait trouvé un emploi comme aide-soignante dans un centre d'aide aux personnes âgées d'Iwami. Après l'effondrement du système de retraite, le Salut National avait mis en place dans tout le pays d'immenses résidences pour personnes âgées. Les conditions de vie dans ces Jardins du Salut et de la Longévité – leur nom officiel – étaient tellement sordides qu'on les surnommait les « dépotoirs à vieux ». Chaque hiver, la grippe s'y mettait et éclaircissait les rangs. L'été, c'était la déshydratation et les intoxications alimentaires. Les pensionnaires étaient systématiquement gavés de calmants, à l'exclusion de toute autre médication ou presque, quel que soit leur état clinique. Des rumeurs difficiles à croire circulaient. Que des malades mentaux animés de pulsions criminelles étaient engagés parmi le personnel et massacraient les pensionnaires selon les méthodes les plus variées. Conformément à la politique du Parti de ne pas intervenir dans la gestion de la sphère privée, la police ne faisait rien. À vrai dire, depuis la promulgation de la loi sur l'euthanasie en 2030, les personnes âgées, dans ces Jardins de la Longévité, étaient envoyés sans hésitation dans l'autre monde grâce à un médicament appelé GT. Pour *Gentle Touch*. Ces troupeaux d'improductifs, ça bouffe, ça prend de la place et du travail, c'est un fardeau pour l'État.

« Tous les jours, des gens meurent, racontait Ruka. Comme une banquise qui fond peu à peu dans la mer. Les gens arrivent, et meurent. Arrivent et meurent… En principe, un hôpital, c'est fait pour que la plupart des gens guérissent et rentrent chez eux, non ? Mais là-bas, c'est différent. C'est la même chose que le sanatorium pour les moonlings, c'est la falaise du bout du monde. Quelle que soit la vie que l'on a eue, on finit tous par tomber dans le même trou. »

Ruka, incapable de supporter cette folie, avait perdu les pédales. Alors qu'elle n'avait jamais eu de rêves d'angoisse jusque-là, elle avait commencé à mal dormir, et dans son sommeil haché elle voyait des images cauchemardesques dans un monde grisâtre. Elle s'était gendarmée pour continuer à se lever et aller au travail, mais elle ne pouvait se débarrasser de la sensation d'avoir un carcan autour du crâne, elle n'arrivait plus à se concentrer, son esprit était toujours brumeux. Elle travaillait sous la pression de quelque chose qui la tourmentait, et le sentiment de ne pas être à sa place grandissait en elle. Elle avait essayé de se convaincre qu'il fallait bien que quelqu'un fasse son boulot, mais elle avait de plus en plus de mal à se lever. Et puis un jour, finalement, quelque chose s'était cassé dans son cœur, comme du bois pourri, et elle avait compris que cette fois, c'était fini. Elle ne pouvait plus continuer. Il lui fallait partir au plus vite. Et c'est au moment où elle avait pris la décision de démissionner que l'anabasis lui était tombée dessus, comme une punition. Pas du tout comme un coup de tonnerre dans un ciel bleu, en ce qui la concerne. Dans un établissement comme celui où elle travaillait, bien sûr, les infections nosocomiales étaient courantes. Et comme pour la grippe saisonnière, on n'avait pas les moyens de confiner les malades quand des cas d'anabasis venaient à se déclarer.

Encore moins de les soigner. On séparait les lits avec un rideau, et on attendait que ça se passe. La plupart des personnes âgées, de toute façon, ne survivaient pas à la première phase catatonique, « se crashaient à l'alunissage », laissant en cadeau un beau nuage de virus autour d'eux. Et le virus ne faisait pas la fine bouche, il attrapait le personnel comme les pensionnaires. Comme Tôga, elle avait téléphoné à son service pour dire qu'elle avait attrapé la grippe, et elle s'était testée toute seule dans son petit studio, en cachette. Le soir même, elle avait vu qu'elle était positive, et dans la brume de sa conscience, en pleine phase fulminante, elle avait pensé que mourir maintenant lui était à peu près indifférent. Mais elle avait survécu. Elle était jeune. Après avoir hésité pendant quatre jours, elle avait rapidement mis de l'ordre dans ses affaires, puis, la nuit de la pleine lune, elle avait d'elle-même poussé la porte de l'antenne de l'Agence sanitaire la plus proche.

« Pourquoi ça m'arrive à moi ? Je me suis posé la question, raconta Ruka. Je n'ai rien fait de mal, je n'ai que 24 ans, pourquoi moi ? Mais en même temps, quelque part dans un coin de ma tête, je me disais : il me reste quelque chose à vivre. Puisque j'ai survécu à la première crise, c'est qu'il me reste quelque chose à vivre ; je suis vivante, donc j'ai quelque chose à vivre. »

L'exubérance hyperactive causée par la pleine lune l'avait poussée à se livrer à l'Agence sanitaire, et elle lui avait aussi fait choisir de devenir femme de récompense, sans doute. Qu'une femme comme elle, de nature plutôt timide, qui détestait les changements, le désordre, l'inconnu, qui aurait voulu vivre dans un monde simple et facile à comprendre, à sa portée tout au moins, ait accepté de coucher avec des gladiateurs qu'elle ne connaissait même pas, cela ne pouvait s'expliquer que par l'influence de la pleine lune. « Il doit encore se passer quelque chose dans ma vie. » Pour une justification, c'était une justification plutôt lunaire. Mais c'était aussi d'un optimisme que Tôga comprenait bien. Sans cet optimisme maladif, aucun homme n'accepterait de combattre dans une arène, aucune femme ne se précipiterait dans la cellule d'un gladiateur affamé de sexe. Un bon mot circulait au phalanstère pour décrire cette mentalité : Ce qu'en ville on appelle irresponsabilité, on l'appelle ici l'espoir.

Mettre de la musique était toujours la première chose que Ruka faisait quand elle entrait dans la chambre. Dans sa cellule à elle aussi, elle écoutait tout le temps quelque chose, lui expliqua-t-elle. Le silence lui faisait peur. Le silence, c'est lisse et profond comme un miroir, et si vous le regardez trop longtemps, vous vous voyez vous-même.

Debussy était son compositeur préféré. Elle aimait les pièces pour piano seul de Debussy depuis son enfance, et les avait beaucoup pratiquées. Elle lui passa *Clair de lune*, et Tôga le reconnut. Il l'avait déjà entendu. Mais il comprit dès la première écoute que le « clair de lune » de Debussy et celui qui éclairait les moonlings n'avaient pas grand-chose en commun. La lune de Debussy était une ascension emplie de douce fraîcheur et de danses feutrées. La lune des moonlings, en revanche, était chauffée à blanc et les démangeait jusqu'au sang. C'était une danse frénétique de pieds frappant le sol, c'était la lune du destin qui s'adressait à vous en personne, par votre nom. Pour le dire autrement, la lune de Debussy s'élevait d'un passé perdu, d'un passé que les moonlings ne reverraient plus jamais.

Mais ce n'était pas à la lune du passé que lui faisait penser la mélodie de Debussy. C'était à Ruka. À une femme effrayée, qui commençait petit à petit à ouvrir son cœur et à se rapprocher. À chaque victoire, Tôga demandait Ruka. Une seule fois, en début d'année, elle fut prise par un autre gladiateur mieux classé. Mais même avec une autre, c'est à Ruka qu'il avait pensé. Quand ses blessures l'empêchaient de combattre, Tôga s'imaginait bien qu'elle pouvait être choisie par d'autres, mais il la voyait alors comme une femme qui lui ressemblait mais n'était pas Ruka. Les images enflaient jusqu'à lui faire mal, mais il ne pouvait s'empêcher d'imaginer Ruka, même violée ou torturée, préservant son âme dans les tréfonds de son cœur. Une Ruka qui vivait dans un autre univers où elle n'avait pas encore rencontré Tôga. Celle-ci, sans doute, menait une existence encore plus pitoyable que la vraie. Tôga pourrait prolonger son contrat jusqu'à ce que celui de Ruka soit terminé. Alors, ils feraient la demande à la direction de l'Événementiel, ils se marieraient et emménageraient dans un sanatorium, à Miyazaki ou à Kôchi.

Une fois qu'un vœu est exprimé, il est impossible de faire comme s'il ne l'avait jamais été. Il en parla à Ruka. Elle ne l'encouragea pas dans cette voie. Pas plus qu'elle ne chercha à l'en dissuader. Elle eut un faible sourire et dit qu'elle était heureuse qu'il l'ait imaginé. À chaque combat, le risque d'y laisser sa peau augmentait. D'un autre côté, s'il mettait fin à son contrat de gladiateur, en admettant qu'il soit renvoyé dans un sanatorium, le traitement anti-catatonique serait interrompu, le risque de décès augmenterait aussi. Quelle situation était la plus sûre ? Impossible de le dire. Impossible de dire non plus combien de temps ils vivraient ensemble, même en emménageant dans un sanatorium pour couples. Chaque nuit, ils seraient vraisemblablement obligés de travailler. Quel travail ? Peu importe, cela ne pouvait pas être plus sordide que gladiateur et femme de récompense. Peut-être même leur donnerait-on un emploi qui leur procurerait une satisfaction quelconque. Et bien entendu, une nuit, l'un des deux mourrait avant l'autre. Même s'ils pourraient chaque mois tomber en catatonie dans les bras l'un de l'autre, l'un des deux se réveillerait un soir en serrant un corps froid dans ses bras. Si Ruka partait la première, ce serait pitoyable, mais ça ne le serait pas moins si elle restait seule. Alors quoi ? Mourir ensemble ? Encore plus pitoyable. N'empêche. Le mariage d'un gladiateur et d'une femme de récompense. C'était le seul rêve qui leur était accessible. Le premier et le dernier.

Leur désir sexuel assouvi, épuisés et en sueur, ils s'endormaient, les membres enchevêtrés. Au début, Ruka s'était moquée de ce grand bonhomme qui s'accrochait à elle comme un petit singe, mais Tôga n'y pouvait rien. Ils ne se reverraient que dans un mois au plus tôt et ils avaient l'impression de ne pouvoir épuiser leur désir. S'accrocher à l'autre, il n'y avait rien de mieux à faire. C'était le seul moment où Tôga pouvait pardonner au monde et à la vie. Dans ses bras, Tôga s'endormait toujours le premier. Ruka disait qu'elle savait précisément le moment où il sombrait dans le sommeil, qu'elle le percevait à une modification de sa respiration. Quand Tôga se réveillait, c'est Ruka qui était endormie. Le sommeil de Ruka était calme comme celui des plantes et des arbres. Tôga ouvrait les yeux, seul dans le noir, et ressentait la solitude, mais ce n'était pas une solitude hostile, c'était quelque chose d'aussi paisible que le souffle de Ruka endormie.

Puis ils demandaient à un factotum de leur apporter un repas et mangeaient en regardant l'écran du moniteur. Chaque fois, Ruka demandait des aubergines frites et des grains de soja en cosses. Elle ne s'en lassait jamais. Tôga, lui, ne se lassait pas de regarder la maigre Ruka engloutir avec voracité ses aubergines. Les nuits passées avec un gladiateur étaient les seuls moments où une femme de récompense avait le droit de commander le menu qu'elle voulait. Ruka avait des goûts tranchés.

– Dans ton placard, je parie qu'il n'y avait qu'un seul style de vêtements.

– Comment tu as deviné ?

Il n'avait jamais vu sa chambre, sa chambre d'avant, et pourtant il avait l'impression de pouvoir la décrire. Dans l'entrée, seulement deux paires de chaussures. La pièce également dépouillée jusqu'à l'essentiel, et cent ans plus tard elle n'aurait pas beaucoup changé. Ruka, c'était le genre de femme à ne pas vouloir plus que ce dont elle pouvait immédiatement se souvenir en fermant les yeux.

Une fois, ils regardèrent les vidéos de Tôga enfant. Tôga bébé se curant le nombril, Tôga jouant à cache-cache dans le jardin public avec sa mère, ne la trouvant pas et se mettant à pleurer. Cela la fit rire. « Tes sourcils n'ont pas changé ! » Il avait les sourcils broussailleux et sauvages. « Mais ils ne mentent pas », ajouta Ruka. Elle pensait que c'est avec les sourcils que les gens mentent. Ce qui la mit le plus en joie, il fallait s'y attendre, c'est la vidéo de Tôga à trois ans, fabriquant ses petits animaux en papier mâché. Il pétrissait la matière à pleines mains, ça ne ressemblait toujours à rien mais il déclarait soudain : « Et voilà ! » Devant une telle ardeur créatrice, Ruka se tordit à s'en faire mal au ventre. La mère de Tôga et Ruka avaient des personnalités très différentes, mais elles avaient le même rire. Les seuls moments où le monde tournait rond, c'était quand elles riaient.

Après avoir visionné les vidéos, Ruka lui dit d'un air taquin :

– Je ne sais pas si tu as fait beaucoup de progrès depuis.

– Tu imagines un peu, si c'est moi qui avais pétri le monde ? Quelle chance que je ne sois pas Dieu.

– Oh, ça aurait peut-être été amusant.

– Tu crois ? Je vais peut-être sculpter un monde, alors. Je suis sûr qu'il te ressemblera.

– Hum…, répondit Ruka en croisant les bras d'un air embêté. C'est que c'est tout petit, chez moi.

– T'inquiète pas, t'inquiète pas…

– Ça y est ! Les hommes disent toujours « t'inquiète pas ».

Et elle éclata de nouveau de rire.

11

La catastrophe qui mit fin à leur rêve prit la forme d'un homme tout ce qu'il y a d'ordinaire, en avril 2051. Celui-ci se présenta au phalanstère n° 2 et demanda à voir Tôga, au nom de son employeur, la compagnie Metal Ace Co. Ltd., une entreprise de traitement métallurgique, sous-traitante de la direction de l'Événementiel pour certains marchés de la production des armes et équipements des Jeux du Salut National. À ce titre, certains commerciaux avaient leurs entrées dans les phalanstères, pour présenter de nouveaux designs ou de nouvelles fonctions aux athlètes et aux entraîneurs. Ce n'était pas du tout la première fois que Tôga avait affaire à ce genre de bonhomme. Mais c'était la première fois qu'il voyait le type qui se présenta sous le nom de Takahashi.

Takahashi était le genre d'homme tellement lisse que vous pouviez lui donner entre 20 et 40 ans, le genre dont vous oubliiez les traits le temps de détourner les yeux. Il portait une chemise de travail vert clair et un pantalon bleu marine, peut-être parce qu'il pensait qu'il aurait eu l'air ringard en costume cravate dans un phalanstère, au milieu d'hommes nettement plus musclés. Les personnes saines admises à l'intérieur du phalanstère, tout comme le personnel, portaient en permanence des protections faciales ou des masques chirurgicaux. Mais l'homme, va savoir pourquoi, se pointa sans aucune protection ni aucune crainte, le visage nu et souriant de toutes ses dents blanches. Approcher des moonlings n'avait pas l'air de l'effrayer, et il était dépourvu de toute condescendance, son amabilité et son tact paraissait tout à fait sincères. Poli même avec les plus jeunes, il semblait capable de s'adresser avec déférence aux chiens sauvages. Et pourtant, c'était étrange. En présentant ses respects au directeur et au personnel du phalanstère, il avait dû demander la permission de s'entretenir en privé avec Tôga, car il vint jusqu'à sa cellule absolument seul. Jusqu'à présent, Tôga n'avait parlé avec des représentants qu'au parloir et sous le contrôle d'un membre de l'administration et de coach Nakano. Il était troublé de la présence d'une personne autre que Ruka dans son espace personnel. Il avait l'impression que cet homme lui marchait sur les pieds.

– Oh, c'est vous qui faites tous ces…, dit Takahashi en faisant le tour de la pièce des yeux.

Il parlait de ses bois sculptés. Il n'avait pas l'air spécialement choqué, ni d'exprimer un intérêt esthétique quelconque, mais plutôt de les voir comme un symptôme clinique, comme s'il se demandait quel genre de tumeur produisait cette maladie.

Tôga lui ayant répondu que c'était juste un passe-temps, Takahashi lui demanda si c'étaient les portraits des combattants qu'il avait vaincus.

– Non, répondit Tôga.

Takahashi, comprenant que Tôga n'avait pas l'intention d'en dire plus, réexamina les sculptures, puis déclara qu'il était fan de Tôga « Morning Moon » Uno, qu'il avait plusieurs fois assisté à ses combats et qu'il les avait tous visionnés avec des lunettes de réalité virtuelle. Il était sûr qu'il remporterait la Coupe Shimojô pour la troisième fois consécutive cette année. Bref, Takahashi était sans doute un membre du Parti, dûment accrédité par la direction de l'Événementiel. À bien y réfléchir, rien que le fait d'être admis à pénétrer dans un phalanstère, c'était déjà un indice. Et pourtant, tout n'était pas clair dans son attitude. Il ne montrait pas beaucoup d'enthousiasme, pour un fan. Par ailleurs, Tôga ne saisissait pas l'intérêt économique d'un fabricant d'équipements pour gladiateurs, sur un marché grosso modo limité à 300 pratiquants. Que voulait-il, exactement ? Ce qui revenait à se poser la question en amont : pourquoi le directeur lui envoyait-il ce type ?

Une fois épuisés ses éléments de langage, Takahashi tourna vers Tôga le moniteur portable qu'il avait apporté et commença à lui présenter les nouveaux équipements de leur collection. Tôga put se voir en réalité virtuelle avec différents modèles, vérifier la fluidité des mouvements que permettait le grand sabre, visualiser la fière allure qu'il aurait dans l'arène. Il avait visionné la même présentation l'année précédente, de la part d'un autre fabriquant, et l'année d'avant encore. Avant chaque tournoi, il y avait droit, mais aucun n'avait pris la peine de lui rendre visite dans sa chambre. Fallait-il que ce M. Takahashi veuille prouver sa motivation et sa confiance dans les produits de son employeur ! Mais dans ce cas, Tôga ne pouvait s'empêcher de ressentir un décalage avec le ton à peine commercial de son boniment. Comme si, au lieu de gratter là où ça démangeait, il tournait autour du bouton d'un doigt caressant. Ce type était-il réellement l'employé d'un fabricant d'ustensiles en métal ? Ce sourire, était-ce bien celui d'un commercial ? Tôga commençait à se demander si ce n'était pas plutôt le tour de passe-passe d'un escroc.

Takahashi dut sentir le soupçon qui s'était fait jour dans l'esprit de Tôga. Il se mit à entrecouper son discours de petites haltes, de petits soupirs, puis arrêta carrément la vidéo. Un ange passa. Takahashi ne souriait plus, comme s'il avait retiré son masque et qu'il cherchait où il avait fourré ce qu'il était vraiment venu lui dire.

– En fait, finit-il par avouer, le produit que je veux réellement vous recommander, c'est un casque.

Fini le ton haut perché, sa voix était désormais lourde et grave.

– Un casque très dangereux. Une erreur de manipulation et vous pouvez en mourir. Comme je l'ai dit tout à l'heure, votre brillante maîtrise du sabre va bientôt faire de vous le premier combattant de l'histoire des arts martiaux à remporter la Coupe pour la troisième fois consécutive. Mais il existe en ce monde un adversaire que vous ne vaincrez jamais avec un sabre. C'est là que ce casque pourrait s'avérer utile.

Takahashi s'arrêta. Assis sur sa chaise, il regardait Tôga droit dans les yeux. Il cherchait à deviner si son allusion avait trouvé dans l'esprit de Tôga le chemin d'une interprétation correcte. Cet « adversaire que vous ne vaincrez jamais avec un sabre », qui était-ce ? En quoi ce casque « pourrait s'avérer utile » ? Tôga commençait à comprendre, comme une eau glacée qui se serait infiltrée goutte à goutte jusqu'à son cœur. S'il gagnait la Coupe, sa troisième Coupe consécutive, sa victoire serait à nouveau suivie par la remise du trophée et du laurier. Pour la troisième fois, Hiraku Shimojô se tiendrait à quelques mètres, sur l'estrade au milieu de l'arène. À ce moment-là, Tôga n'aurait plus son sabre, mais il aurait toujours ses protections. Il tiendrait son casque sous son bras gauche. Et si ce casque était muni d'un dispositif susceptible de tuer quelqu'un ?

– Je parle ici de quelque chose qui nous fait courir à tous les deux un très grave danger, poursuivit Takahashi d'une voix tendue, le visage dur et amer.

À présent, le fait qu'il soit venu sans protection s'expliquait. Le menteur cache sa bouche, dit-on. Pour montrer que l'on ne ment pas, ou pour montrer que l'on a menti volontairement, il est important de parler bouche découverte.

Tôga lui fit signe de poursuivre. Takahashi passa alors une autre vidéo. Une vidéo de présentation de la structure interne du casque en question. Les rembourrages en mousse étaient en fait des boudins de plastic, l'explosif malléable comme de la pâte à modeler bien connu des amateurs de films d'action. Insensible aux chocs, le casque pouvait être cogné, il ne se passerait rien. L'explosif était également insensible au feu. La matière brûlait mais n'explosait pas. Tôga n'aurait pas à faire un seul pas ni à lancer quoi que ce soit. Dans la vidéo de simulation, Tôga portait son casque devant lui, contre son estomac, tournait l'intérieur vers la cible et appuyait sur un détonateur. L'explosif n'était pas particulièrement puissant mais projetait environ 200 capsules sphériques de conception russe appelées *jemtchoug*, un mot signifiant « perle », dont l'enveloppe se dissolvait rapidement au contact du sang et libérait une neurotoxine. Une seule perle de 4 millimètres pouvait tuer une vache de 500 kilos. Le procédé avait fait ses preuves lors de plusieurs assassinats et attentats terroristes. Hiraku Shimojô, ses acolytes et gardes du corps, bombardés d'une salve de *jemtchoug*, mourraient en quelques minutes.

Et Tôga ?

Le casque serait détruit par l'explosion et Tôga serait projeté en arrière.

– Au minimum, attendez-vous à être gravement blessé, expliqua franchement Takahashi. La mort n'est pas à exclure. Et si vous voulez mon avis, mieux vaut mourir sur-le-champ. En supposant que vous surviviez, vous serez torturé dans un sous-sol quelconque, ils vous arracheront les dents l'une après l'autre, les doigts, les bras et les jambes, ils vous brûleront le sexe, passeront à votre nez, vos oreilles et vos yeux, vous dépèceront... Bref vous mourrez quand même, mais plus lentement et beaucoup plus douloureusement.

Mais qu'il ne s'inquiète pas, tout était prévu. Le casque présentait une autre protubérance qui contenait une *jemtchoug*. Une mort douce et rapide.

– Ce projet n'a pas vocation à se suffire en lui-même. C'est un simple caillou, qui enclenchera un train de conséquences, lesquelles changeront le Japon de fond en comble, continua Takahashi, laissant entendre qu'un projet de coup d'État était en marche.

Il ne pouvait en dire plus à un pion comme Tôga, pour sa sécurité même. Mais Tôga pouvait néanmoins en conclure que Takahashi n'était pas employé d'une entreprise de produits métalliques. Il ne s'appelait peut-être pas vraiment Takahashi, d'ailleurs. Comment avait fait ce soi-disant Takahashi pour accéder à sa chambre ? Le simple fait que le directeur du phalanstère ait accepté sa requête amenait nécessairement à se demander si ce dernier n'en savait pas plus. Son poste était de toute évidence une impasse sur le bord de la voie royale menant à l'élite de l'appareil d'État. La frustration de se retrouver à patauger dans le caniveau au lieu de marcher au soleil pouvait-elle amener un esprit ambitieux à miser sur certaines actions radicales, en vue de reprendre contact avec le pouvoir de façon plus directe ? Ce qui, inversement, réduisait leur projet aux simples dimensions d'une révolution de palais. S'il s'agissait de remplacer

Hiraku Shimojô par un autre du même acabit à la tête du Parti du Salut National… Takahashi perçut-il les soupçons de Tôga ? Il clarifia de lui-même ses intentions :

– À un échelon plus global, le concept du capitalisme étatique assis sur un leadership personnel charismatique arrive à bout de souffle. « Le pouvoir absolu corrompt absolument », comme dit le proverbe. Dans n'importe quel pays, si vous n'arrivez pas à recracher un régime hypertrophié qui a fait plus que son temps, vous n'irez pas loin. Impossible de se mouvoir librement quand vous avez les mains prises pour faire tenir un château de cartes qui tombe en ruine. Vous le savez bien, n'est-ce pas ? Telle est la situation dans laquelle se trouve notre Parti. À l'heure actuelle, dans de nombreux pays, se mettent en place des formes politiques basées sur l'I.A. Une nouvelle vision de la consolidation de l'opinion publique : roi philosophe, partis virtuels, consultations citoyennes segmentées en lignes, etc. Dit autrement, le monde est à la recherche d'une forme de démocratie de nouvelle génération. Malheureusement, notre pays est à la traîne.

Tôga n'écoutait le laïus de Takahashi que d'une oreille. Il pensait à autre chose, il se disait que ce projet pouvait ne pas s'avérer totalement vain. Les Jeux du Salut National d'arts martiaux avaient pris des proportions complètement folles, alors que ce phénomène provenait d'une simple lubie de Shimojô pour les sports de combat. Shimojô mort, à tout le moins, l'orgie prendrait fin. Et peut-être Tôga resterait-il dans l'Histoire comme celui qui avait non seulement mordu la main de son maître, mais avalé le sifflet à ultrasons avec.

Il y avait un hic : tout le projet reposait sur la prémisse que Tôga allait remporter sa troisième Coupe consécutive, un exploit qui n'avait encore jamais été réalisé par personne.

Un pari un peu trop risqué pour faire tout reposer là-dessus. Sans doute ne s'agissait-il que d'un plan parmi d'autres, mais Tôga n'avait pas envie d'être le vermisseau qui serait écrasé au sol sous un talon pendant que les choses sérieuses se produiraient loin au-dessus, dans les nuages. Tout poli qu'il soit en apparence, ce type n'avait pas l'air de comprendre ce qu'il y avait de fondamentalement mal élevé à suggérer à un homme de se faire sauter. Pensait-il qu'un moonling, orphelin qui plus est, serait trop content de se voir proposer le rôle de l'allumette jetable dans une explosion un peu tape-à-l'œil ? Tôga n'était pas prêt à mourir. Sa vie ne serait pas longue, il ignorait quelle en serait la fin, mais il voulait la passer avec Ruka. S'endormir les doigts mêlés aux siens, son corps collé au sien, à sentir sa respiration, puis trouver Ruka à ses côtés au réveil. Et savoir que demain et après-demain seraient pareils. Et c'est tout. Voilà tout ce qu'il espérait de sa vie.

Quand Tôga secoua la tête et répondit qu'il n'avait rien entendu, Takahashi faillit perdre contenance, comme si un chien errant lui faisait l'affront de refuser son appât empoisonné.

– Je vois, fit Takahashi légèrement vexé, en se mettant à faire les cent pas dans la petite chambre. Vous avez choisi de devenir gladiateur dans l'espoir de rallonger votre espérance de vie, comme les autres, je comprends que l'honneur de devenir un héros à titre posthume ne vous parle pas vraiment. Mais nous aussi, nous prenons un risque énorme en venant vous voir. Je ne peux pas repartir les mains vides.

Takahashi s'arrêta net et regarda Tôga droit dans les yeux.

– Nous pouvons vous faire une autre proposition. Concernant Mme Ruka Yamagishi.

Il sentit une crispation, comme si une lame d'acier était pointée sur son cœur. Et ce « nous » qui arrivait de nulle part, sans prévenir, ressemblait à un filet lesté jeté sur eux deux, cette fois.

– Si tout se passe comme prévu, Mme Yamagishi continuera à recevoir une médication anti-catatonique jusqu'à la fin de sa vie.

Tôga resta muet, un regard dur braqué sur Takahashi. Il ne manquait pas d'air ! Il lui faisait une promesse dont lui-même n'aurait aucun moyen de vérifier qu'elle serait tenue, puisqu'il serait mort. Admettons qu'il survive, quel recours réel aurait un moonling, si ce « nous » ne remplissait pas sa part du contrat ?

Takahashi lui retourna son regard sans la moindre crainte.

– Je crois que vous allez être obligé de nous faire confiance. Nous avons un futur à créer. En regard de l'enjeu, le coût d'un Ave Luna mensuel, ce n'est rien. Je ne vois pas comment vous le dire autrement.

Dans un coin de sa tête, l'avenir de Ruka commença à se dessiner. Un monde duquel lui-même aurait disparu, et où Ruka vivrait seule. Dans ce monde, aurait-elle le sourire ? Ou la tristesse serait-elle toujours autour d'elle ? Non, croire que le seul bonheur possible pour elle nécessitait sa présence à lui, c'était de l'orgueil, clairement. Après tout, si on dit que les femmes sont plus fortes que les hommes, ce n'est sans doute pas pour rien. Mais franchement, est-ce qu'on a déjà vu le nouveau chef des méchants donner à une fillette moonling qui ne vaut pas un clou la pilule anti-catatonique hors de prix dont elle a besoin jusqu'à la fin de ses jours ? Si on la laisse vivre… Même les contes de fées n'ont pas ça en rayon. Bon, c'est vrai, d'un autre côté, en supposant qu'ils déménagent ensemble dans un sanatorium sympa, ça ne serait pas pour longtemps, il le savait. Trois sur cent mourraient à chaque nouvelle lune. Parier sur la promesse de ce type n'était peut-être pas un si mauvais choix que ça, en fin de compte. Un nouvel anti-catatonique pouvait apparaître un jour ou l'autre, moins cher, ou même un médicament révolutionnaire qui jugule totalement les symptômes de l'anabasis, pourquoi pas. Ce n'était peut-être qu'une question de temps, et s'il s'agissait de gagner du temps, ça pouvait le faire.

– Question de confiance, mais aussi de rapport de force, n'est-ce pas, insista Takahashi. Je peux le dire autrement : nous pouvons aussi bien faire cesser la thérapie de Mme Yamagishi tout de suite, si vous préférez.

Tôga ne savait plus quoi penser de ce type. Takahashi était en train de remballer sa tablette. Il prit un air tranchant.

– Vous êtes le seul à pouvoir le faire. Je voudrais prendre votre place que je ne le pourrais pas. Personne. Nous avons tout misé sur vous.

12

Les huit gladiateurs en lice pour la 21e Coupe Shimojô furent annoncés fin novembre 2051 :

1) Hideto « Myôô » Wakisaka, 35 ans (Phalanstère n° 1)
2) Genya « Silver Fang » Motomura, 26 ans (Phalanstère n° 1)
3) Tôga « Morning Moon » Uno, 31 ans (Phalanstère n° 2)
4) Daichi « Purple Devil » Kawakami, 30 ans (Phalanstère n° 3)
5) Hayato « Anaconda » Ikezaki, 24 ans (Phalanstère n° 3)
6) Takami « Lightning » Ôkubo, 29 ans (Phalanstère n° 4)
7) Rentarô « Cerberos » Tanemura, 36 ans (Phalanstère n° 5)
8) Kyôsuke « Idaten » Andô, 27 ans (Phalanstère n° 6)

À vrai dire, il était de notoriété publique que deux favoris se détachaient dans cette sélection, chacun déjà vainqueurs deux fois du tournoi : Hideto Wakisaka, le vieux de la vieille, mais toujours là, et le « jeune » Tôga Uno. Les pronostics étaient en faveur du second, qui concourrait pour sa troisième Coupe consécutive, mais Wakisaka avait retrouvé sa puissance d'antan, disait-on, et certains commentateurs misait sur une victoire de la détermination et de l'élan.

Wakisaka était l'adversaire qui lui avait fait connaître la défaite. Quatre rencontres avaient eu lieu entre les deux, deux victoires, deux défaites, mais leurs deux derniers combats étaient allés à Tôga, marquant clairement la passation de pouvoir. Et 2050 avait été une mauvaise année pour Wakisaka. Malgré la thérapie anti-catatonique, une nouvelle lune avait failli mal se terminer pour lui, il était resté deux semaines entre la vie et la mort. Sa cote avait baissé et ses bons résultats n'avaient pas réussi à inverser la tendance. Il n'avait même pas pu participer à la Coupe Shimojô. En 2051, en revanche, il avait créé la surprise en revenant à son top niveau, et se représentait après une série de huit combats invaincus.

Ce retour miraculeux s'était évidemment accompagné de soupçons sur l'usage de drogues illicites, plus ou moins préjudiciables pour la santé, mais dans la mesure où les gladiateurs étaient des individus de la face obscure, qui échappaient à la morale, ils étaient libres de fourrer ce qu'ils voulaient dans leur corps, fût-ce au péril de leur vie. Personne ne contestait d'ailleurs que Hideto Wakisaka demeurait le plus monstrueux athlète de toute l'histoire des Jeux du Salut National d'arts martiaux. Le plus féroce de tous, à la veille de la Coupe 2051 et depuis ses débuts en 2046, il en était à cinquante-sept combats, soit soixante au total, un record que jamais personne n'approcherait. Pour tout dire, le second après lui en termes de longévité était Kakeru « Wild Wolf » Itô, avec quarante-neuf combats. Tôga Uno n'en était qu'à trente-huit. Ce qui n'eût fait qu'un total de quarante et un, même en remportant sa troisième Coupe. Et il n'avait pas l'intention d'aller jusqu'au quarante-deuxième. Bien que, dans un certain sens, celui qu'il devait mener à l'issue du quarante et unième, contre l'homme qui se trouvait au sommet de la pyramide de cent millions de citoyens, pouvait passer pour un dernier combat. Avec des règles légèrement différentes, néanmoins.

Les raisons pour lesquelles un gladiateur pouvait dépasser son quota contractuel de trente combats étaient très variables.

Dans le cas de Tôga, il s'agissait d'offrir le nombre de nuits de récompense nécessaires à Ruka afin qu'elle puisse faire valoir ses droits à la retraite, tout en lui évitant de coucher avec d'autres. Le cas d'un gladiateur qui dépassait son quota pour une femme de récompense était loin d'être unique. L'idée de dédier son courage à une femme, de se battre pour la dame de récompense de son cœur, représentait même une sorte de lieu commun. D'autres, certes, continuaient à combattre pour que leur thérapie anti-catatonique ne soit pas interrompue, ou parce qu'ils n'avaient aucun goût pour les déménagements. Allez, encore un, et puis encore un dernier pour la route, c'est ainsi que certains repoussaient ad vitam aeternam leur mise à la retraite. Une autre raison typique, celle de Wakisaka à vrai dire, c'était tout simplement l'accoutumance. Le goût de la violence, le goût du sang, le désir de la prochaine pleine lune, de sentir la vie pulser dans ses veines pendant les combats. Ceux-là ne pouvaient tout simplement pas s'arrêter.

Chaque année, avant la Coupe Shimojô, des vidéos de présentation des huit combattants sélectionnés pour les quarts de finale étaient produites par la direction de l'Événementiel, qui rallongeait la sauce avec des sourires énamourés des femmes de récompense les mieux cotées, des reportages sur chacun des phalanstères, des interviews de gladiateurs dans leurs habits de lumière. Aujourd'hui encore, ces vidéos sont disponibles librement en streaming sur la toile, et on constate que dès la Coupe 2048, Wakisaka était présenté comme le méchant typique. On peut le voir, affalé sur sa chaise, répondre aux questions avec une voix de crapaud, comme s'il jouait sa grande scène du 2 : « Moi, quand je me bats, c'est pour tuer. Bien sûr, moi aussi, un jour je mourrai dans l'arène. Je suis pas du genre qui veut gagner pour se casser, moi. Les ceusses que j'ai tués, ils m'attendent en enfer, alors je peux pas les décevoir, quoi. » Il restait fidèle à son image d'ancien catcheur professionnel, mais il était sans doute à moitié sérieux, en réalité, et il avait officiellement le sang de cinq gladiateurs sur les mains. Nettement plus que le taux de mortalité moyen en combat. En revanche, aucun gladiateur n'était mort des mains de Tôga. En quarante et un combats.

Vous verrez aussi Wakisaka sur la vidéo de la Coupe 2051, mais ce n'est plus tout à fait le même. Alors qu'il n'était poilu qu'autour du sternum, sa pilosité s'étendait désormais jusqu'aux pectoraux et aux épaules. Ses muscles avaient encore gagné en masse, et ses ongles étaient jaunes et opaques. Bref, l'anabasis poursuivait sa transformation physiologique. Son vieillissement au cours des trois dernières années était patent, mais surtout, ses joues s'étaient émaciées et son regard s'était aiguisé. Son esprit avait gagné en détermination et courage, mais il était devenu un prédateur bestial. Interrogé sur sa résurrection miraculeuse, il répond, rigolard : « Dieu a dû se souvenir que je n'étais pas né pour mourir dans un lit. » Et sur les ambitions de Tôga Uno de remporter une troisième Coupe consécutive : « Lui ? Jamais. » Puis, après un temps, il reprend : « Ouais, je sais, on dit qu'il veut quitter le milieu avec une greluche. Les mecs qui ont ce genre de rêve, ils peuvent pas gagner. À la fin, c'est seulement ceusses qui se battent parce qu'ils y trouvent du plaisir qui gagnent. J'ai pas raison ? Ceusses qui se battent pour protéger quelqu'un, ils gagneront jamais. Pour gagner, faut aimer ça. »

On peut également voir Tôga sur plusieurs vidéos entre 2048 et 2051. Sa façon de gérer ses interviews n'est pas théâtrale comme Wakisaka. Dans la vidéo de 2049, l'interviewer lui demande s'il a confiance en lui. « Si je réponds oui, ça voudra dire que je ne suis pas concentré, et si je réponds non, ça voudra dire que j'ai peur. » Puis il prend la pose du macaque qui met la main devant sa bouche en rougissant. Il fait preuve de la même absence de prétention ou de mythomanie dans toutes ses autres interventions. Certes, il a le débit pressé des moonlings en phase lumineuse, comme les autres, mais il ne se laisse pas mener par son excitation. Elle ne l'empêche pas de choisir chaque mot avec précaution. Sa façon de ne pas entrer dans le jeu des questions enjôleuses, de ne pas se laisser amadouer, est une dénonciation silencieuse du spectacle pervers de l'arène. C'est une façon de dire : vous n'êtes pas des bêtes, vous êtes des êtres humains, dotés de raison, de sentiments, que l'on force à se battre pour leur vie. Et de fait, il suffit de reculer d'un pas pour voir que ce spectacle est effectivement pervers. Dans l'une des vidéos prises par sa mère une trentaine d'années auparavant, on voit Tôga bébé se contorsionner pour se retourner dans son lit. Trente ans plus tard, le bébé Tôga mesure 1,81 mètre pour 90 kilos, il a des cheveux courts blond platine, un corps musclé couvert de cicatrices chéloïdes. Et on l'interviewe. Son père vivait encore à Kyôto à l'époque. Avait-il entendu dire que son fils, comme sa mère un quart de siècle plus tôt, avait attrapé l'anabasis ? En tout état de cause, il n'avait aucune idée de son sort. Jamais il n'aurait pu l'imaginer exposé au regard de la foule dans une arène, comme un barbare, couvert de sueur et de sang.

Le 19 novembre 2051 fut la dernière fois que Tôga demanda à voir Ruka. Il ne le lui dit pas.

Pour parvenir en finale de la Coupe Shimojô, il fallait avoir gagné en quart et en demi-finale. Que vous perdiez ou gagniez en finale, vous aviez donc droit à deux nuits avec une femme de récompense. En comptant ces deux fois, Ruka atteindrait exactement son quota de quarante-cinq nuits, et pourrait s'installer dans le sanatorium de son choix. Mais si Tôga perdait la vie après sa troisième victoire – avec Shimojô comme victime collatérale – il y avait des chances que ses trois victoires soient annulées et que Ruka en soit toujours à quarante-trois. Et s'il faisait exprès de perdre en finale ? Shimojô serait toujours vivant, et Tôga aussi. Peut-être. Ruka réaliserait son quota, tandis que lui l'aurait dépassé depuis longtemps. En principe, ils pourraient se retirer ensemble. Mais le rêve avait pris un coup de ciseaux. Celui qui se faisait appeler Takahashi était vraisemblablement un homme du ministère de l'Intérieur, ou tout au moins avait des liens avec le ministère. C'était la seule explication plausible au fait qu'il utilise la thérapie anti-catatonique comme moyen de pression. Le « nous » dont avait parlé Takahashi détenait le droit de vie et de mort sur les gladiateurs et les femmes de récompense. Bref, si Tôga plantait le projet, leur petit espoir de terminer leur vie ensemble partirait à la corbeille. Peut-être pas Ruka, mais Tôga, lui, pourrait même dire adieu à l'idée d'être relocalisé dans un sanatorium aux conditions de vie préférentielles. Il mourrait dans l'indifférence générale quelque part au bout du bout du monde, si ce n'est dans des souffrances atroces, dans l'un de ces souterrains qu'avait l'air de connaître Takahashi.

Bref, il n'y avait pas d'autre solution : il fallait croire au rêve d'exploser avec Shimojô, en échange d'une thérapie à vie pour Ruka.

Le désir sexuel exacerbé par la pleine lune ne fut pas de trop pour faire contre-feu à la pensée de son suicide le mois suivant. Il fit l'amour à Ruka l'esprit aussi vide qu'un vase sans fond. Il essayait de se dire que c'était la dernière fois de son existence qu'il tenait une femme dans ses bras, mais « la dernière fois », c'est censé être comment ? Il la prenait, la reprenait, sans parvenir à s'ôter l'idée que ce corps ne serait jamais à lui. Ils se tordaient dans la sueur de l'autre, leurs dents se cognaient à la recherche de leur bouche, leurs hanches se heurtaient avec avidité comme si cela devait durer une éternité, sans en avoir jamais assez, et toujours tournait dans un recoin de sa tête l'idée qu'il allait mourir sans avoir jamais possédé le corps de Ruka. Depuis le premier jour, depuis qu'il l'avait commandée sur son terminal, il s'était persuadé qu'il se considérerait comme un homme heureux, qu'il considérerait sa vie bousillée comme néanmoins réussie, s'il pouvait rendre cette femme heureuse, même un très court instant. Puis Ruka lui avait confié qu'elle croyait qu'il devait encore se passer quelque chose dans sa vie, et il s'était mis dans la tête que ce « quelque chose », ça pouvait être lui. Mais cela ne se réaliserait pas. Jamais. Ils s'étaient rencontrés devant la cabine d'un Centre de Protection temporaire de l'Agence sanitaire, ils se quitteraient dans une cellule de type A d'un phalanstère. Entre les deux, trois ans et huit mois se seraient écoulés, ils s'étaient vus trente-cinq fois, avaient passé trente-quatre nuits dans les bras l'un de l'autre, et en fin de compte, jamais, pas une seule fois il n'avait pu l'emmener se promener hors de ces murs. Oh, pour ça, ils avaient toujours été excités de se voir. Ils avaient fait l'amour. Pour ça, ils avaient fait l'amour. Et refait. Mais il n'avait jamais rien offert à Ruka. Alors, des cachets de médicament anti-catatonique pour le reste de sa vie, au moins ? Même ça. « Ils » ne respecteraient pas leur promesse, c'était sûr et certain.

L'excitation de la pleine lune, la tristesse, les regrets, tout se mélangeait. Une larme inopinée coula sur la poitrine de Ruka. Elle en fut surprise.

– Qu'est-ce qui ne va pas ?

Tôga cessa tout mouvement, reprit son souffle sur son épaule.

– Je me le demande.

Ruka tendit la main et essuya la joue de Tôga avec son pouce. Puis elle le prit dans ses bras, le serra contre elle, passa une main autour de son cou, lui caressa la tête.

– Ça va aller.

Cela le fit rire malgré lui. Ruka rit aussi. Et ils restèrent un moment comme ça. Tôga s'endormit un instant dans les bras de Ruka. Dans son demi-sommeil, il lui semblait entendre Ruka murmurer une berceuse entre ses lèvres : Dors, maintenant... C'était la femme qui portait la nuit sur son sein, elle avait endormi tous les enfants du monde avec cette voix.

Il ouvrit les yeux : Ruka dormait. Il l'observa un moment. Quel beau visage, tout lisse. Son contour dessinait un ovale très doux, ses paupières closes et ses cils étaient beaux, comme pour prouver que le sommeil au moins était un bienfait, le seul, dans une vie de géhenne et de douleur. Dans ce visage endormi, se dit-il, j'ai vu la merveille absolue qu'elle n'avait aucun ressentiment pour ce monde, ni aucune déception pour cette vie. Était-ce possible ? Est-il possible qu'un moonling ne haïsse pas sa vie ? Sans doute, quelque part, Tôga avait toujours pensé qu'il était ce qu'il devait devenir, que sa vie était ce qu'elle devait être de toute éternité. Mais c'était une idée de frustré. Dès le début, il s'était persuadé qu'il ne s'en sortirait jamais avec une main pareille. Qu'il avait tiré le mistigri fait pour quelqu'un d'autre, et avec ça, il se tripotait son petit orgueil en se répétant qu'il n'avait que cette vie à vivre. Ruka, elle, comment faisait-elle ? Ce visage endormi, était-ce celui d'une frustrée ? Tout moonling était-il condamné à être un frustré, et se contenter d'un petit orgueil contre un sommeil paisible ? D'un autre côté, pensait-il, si Ruka avait évité de devenir une frustrée de la vie, j'y étais peut-être pour quelque chose. Elle croit que dans un mois, si je gagne et reviens vivant comme d'habitude, je la sortirai d'ici. Et que pendant quelque temps, un temps court mais un certain temps tout de même, nous vivrons ensemble.

Ruka dormait aussi paisiblement qu'un jour sans un souffle de vent. De cette femme endormie montait une légère odeur de forêt. On peut oublier le nom d'une ancienne amoureuse, on n'oublie jamais son odeur, dit-on. La mémoire des odeurs est la plus proche de l'amour. Tôga n'avait jamais dit à Ruka qu'il l'aimait. Ruka non plus. L'amour n'était pas le mot adéquat pour dire cette bouffée de chaleur qu'ils ressentaient. Le mot impliquait une trop grande pièce de passé qui avait conduit à cet instant, et surtout une promesse trop grande au-delà de cet instant. « Je t'aime », c'est « je continuerai à t'aimer », mais si je ne suis plus en mesure de continuer à t'aimer, alors cela implique que je ne t'aimais pas avant non plus. Comment un gladiateur, une femme de récompense, qui ne savent pas de quoi demain sera fait, pourraient-ils prononcer sincèrement ce mot ? Tôga, en tout cas, en était incapable. Comme Ruka. D'autant plus qu'il savait qu'il ne la reverrait plus. L'idée que cette fois était la dernière lui inspirait le sentiment effroyable que le monde se trouverait sectionné juste devant son nez. Au-delà, tout était noir. Soudain, il sentit qu'il n'avait pas le droit de la quitter sans un mot. Ruka pleurerait sans doute. Par pudeur, Ruka n'avait jamais pleuré dans cette chambre, au phalanstère. Mais quand elle apprendrait que Tôga était mort, elle pleurerait sans doute. Sa mort serait comme une branche sèche qui casse sans prévenir. Et si elle pleurait une fois, alors elle ne s'arrêterait plus.

Tôga regardait la jolie forme de l'oreille de Ruka. Comme les oreilles parfaites que les femmes protègent toute leur vie, après en avoir hérité en secret. Il embrassa cette oreille.

La respiration de Ruka s'interrompit un instant, puis reprit. D'une voix presque inaudible, Tôga murmura. Ce mot d'amour qu'il prononçait pour la première fois descendit et se mit en chemin dans le couloir labyrinthique de l'oreille. Un jour, il arriverait à destination, au fond de la grotte. Tôga ne serait plus là, mais ce mot ferait vibrer son tympan comme un écho.

13

C'est en 2030 que le Parti du Salut National avait fait construire la première arène de gladiateurs à Okutama, sur 12 hectares de forêt qui furent déboisés à cet effet, alors que les cicatrices du grand séisme de l'Ouest du Japon subsistaient, béantes, en de nombreux endroits du pays. Bien entendu, dans les documents internes du Parti, l'arène était mentionnée sous le nom de « Stade du Salut National n° 1 », ce qui, convenons-en, pue moins le sang frais. En premier lieu, nul citoyen de ce pays, fût-ce un moonling, n'avait jamais été contraint de se battre à l'arme blanche réelle. Ça n'existait pas. C'est ce principe que traduisaient non seulement le nom mais également l'apparence de l'arène, qui n'avait rien d'un amphithéâtre romain destiné aux jeux du cirque. En lieu et place d'une cathédrale surdimensionnée où les clameurs obscènes de la frénésie antique vibreraient à ciel ouvert, le bâtiment offrait le visage sobre et inoffensif d'une structure parallélépipédique aux murs couverts de grandes plaques de bois, imitation acajou, avec une entrée vitrée qui évoquait plutôt une salle de concerts aux lignes épurées. Rien ne sourdait de ce stade, ni des écrans géants ni des éclairages de l'arène, seuls indices par lesquels on pouvait subodorer qu'il devait s'y passer des choses pas toujours très sportives.

Le 18 décembre 2051, il n'y avait pas un nuage dans le ciel nocturne et, bien que ce fût un lundi, les gradins étaient pleins. La présence de Shimojô à lui seul garantissait le succès de cet événement. Un public composé à quatre-vingts pour cent d'hommes, essentiellement des fans de chacun des athlètes sélectionnés, même si, très vraisemblablement, quelques spectateurs n'étaient là que pour faire acte d'allégeance au Parti. Quelques jeunes aussi, aux joues rouges et aux yeux luisants, qui en profitaient pour se glisser dans les pas de leur père, sans doute. Et quelques mécontents de l'élite actuelle du Salut National, sous-marins et fauteurs de troubles potentiels, qui tenaient malgré tout à venir pour camoufler leur insatisfaction. Plus, certainement, de véritables rebelles, informés de ce qui devait se passer durant la cérémonie de remise de la Coupe, et qui voulaient voir de leurs yeux le monde basculer. Au milieu circulaient les petits vendeurs et vendeuses de boissons fraîches et collations légères, bras nus, jambes nues, comme de jolies fleurs dans un jardin, saupoudrant les gradins d'un charme juvénile propre à épicer l'atmosphère, tout en évitant avec doigté les mains baladeuses des vieux cochons. Bien sûr, ni les membres du Parti, ni leurs familles, ni les accortes vendeuses de rafraîchissements n'étaient les véritables vedettes des tribunes. La star, celui que chaque spectateur lorgnait en permanence du coin de l'œil, celui qui parvenait à intimider la foule sans rien faire, c'était Hiraku Shimojô lui-même. Au premier rang de la tribune d'honneur, environné d'une première couche constituée de sa famille et des cadres supérieurs du Parti, le tout dans une gangue de double vitrage renforcé de 15 cm d'épaisseur, et d'une seconde couche d'agents de sécurité en costumes noirs. Hiraku Shimojô pouvait ainsi se sentir à la tête d'un grand navire, offrant son grand sourire du haut de son grand fauteuil. À soixante-quinze ans, son regard restait toujours aussi perçant, sa musculature aussi massive, il dégageait une prestance à faire pâlir son entourage.

Comme chaque année, plusieurs des enfants Shimojô étaient présents dans la tribune V.I.P. : Gen, le fils cadet, celui qui ressemblait le plus à son père ; Kaito, son quatrième fils, de l'une de ses maîtresses ; Sachi, sa fille aînée, actuellement vice-présidente de la Commission du Salut National ; et sa troisième fille Manaka, qui ne ratait jamais une Coupe Shimojô, en compagnie de son mari. Son fils aîné et héritier putatif, Takehiko, n'était pas présent, ce qui n'avait rien d'étonnant : il n'apparaissait jamais avec son père au même endroit. Et puis, Takehiko ne mettait jamais les pieds dans une arène de gladiateurs, même si certains disaient que c'était pour éviter un attentat qui aurait ciblé le père et le fils en même temps. Où était la vérité ? Satoru non plus, le troisième fils Shimojô, n'avait jamais été vu dans une arène de gladiateurs. Mais Satoru était l'enfant le plus perturbé de la famille. Il fréquentait des sectes, prenait de la drogue, maltraitait ses maîtresses et les laissait à moitié mortes. Sa seconde fille Maki, qu'il avait eue avec une mannequin, elle-même d'une beauté exceptionnelle, avait également fait jaser un moment. Elle détestait ouvertement son père, qu'elle avait une fois traité de « mâle alpha ». Mais elle vivait à présent en Grande-Bretagne et ne revenait plus qu'exceptionnellement au Japon. Quant à Mme Shimojô, Néné de son prénom, elle aussi refusait de participer à ces ridicules jeux de « shambala » qu'elle considérait comme le fruit de la mégalomanie de son époux. Ce n'est évidemment qu'une rumeur, mais elle aurait dit à ses enfants : « Si votre père se fait assassiner un jour, ce sera là-bas. »

Puis, la crème de la crème : Gôei Nagahara, membre de l'exécutif du comité suprême du Parti du Salut National et ministre des Finances ; et Osamu Iiji, membre de l'exécutif du comité suprême du Parti et ministre de l'Intérieur. En d'autres termes, trois des sept membres de l'organe suprême de l'État, dont Shimojô lui-même, se trouvaient cette nuit-là dans la tribune V.I.P. de l'arène n° 1.

Nagahara. Gros comme un lion de mer, il avait engagé dans sa résidence, sous le statut de femmes de ménage, trois fillettes manifestement en âge d'aller au collège. Habillées en costume marin ou en uniforme de gymnastique, elles n'étaient vraisemblablement pas employés pour faire la cuisine ou la lessive. Ni pour lui masser les épaules ou lui curer les oreilles.

Iiji. Lui, c'était le sadiste typique, propriétaire d'un pitbull de plus de 70 kilos. Ses colères à la moindre bévue étaient la hantise de tout son cabinet. Ce qui n'empêchait pas ses subordonnés directs de le surnommer « Iiji Rider », du nom d'un vieux film américain, depuis qu'on avait trouvé une vidéo le montrant, aux anges, à cheval sur son toutou.

À eux trois, Shimojô, Nagahara et Iiji symbolisaient la perversion et la monstruosité du Parti. Mais ils en constituaient également le « triangle de fer », liés dès le début par un mariage politique indestructible digne des seigneurs féodaux de l'époque des provinces en guerre.

D'autres cadres importants du Salut National étaient également présents ce jour-là dans la tribune d'honneur. Bien que n'émargeant pas au comité suprême, ce n'étaient pas des personnalités négligeables. Hayao Himura, en particulier, directeur général de la Kyûtoku, la célèbre Police spéciale du Salut National et serpillière de Shimojô. Les invitations pour les soirées privées à l'arène étaient officiellement lancées par la direction de l'Événementiel, mais rien ne partait sans une accréditation préalable, laquelle était soumise à un avis favorable après enquête sur les antécédents de chaque membre du Parti. Ladite enquête était évidemment du ressort de la Kyûtoku. On dit que Himura connaissait tous les goûts, les couleurs, préférences sexuelles et emploi du temps quotidien de tout membre des instances dirigeantes, nationales et locales ambitionnant d'entrer au comité suprême. Dit autrement, par l'intermédiaire de son brave chien-chien Himura, Shimojô tenait tous les membres du parti par les couilles. D'où l'autre surnom de Himura : le slip de Shimojô. À côté de Himura était assis Yoshitaka Shirao, directeur général de l'Événementiel. Shirao avait été réalisateur de cinéma dans le passé, ce qui constituait un parcours assez atypique jusqu'aux hautes sphères du Salut National. Les rumeurs allaient bon train sur le genre de vidéos qu'il avait pu tourner pour les membres les plus éminents de l'appareil du Parti. Encore à côté de lui, Nozomu Aoki, directeur général de la Milice du Salut National. Pour faire son entrée dans le petit cercle des dirigeants, Aoki avait épousé une ancienne maîtresse de Shimojô. Du genre prêt à se contenter des restes, donc, autant dire que c'était un vrai ambitieux. Et le beau-père de Kaito, le quatrième fils de Shimojô, par la même occasion.

Bref, une belle brochette des esprits les plus maléfiques du Parti du Salut National était réunie ce soir-là. Selon une information en provenance d'une source non identifiée, cette nuit-là précisément, alors que l'attentat était encore en préparation, Gen, le fils cadet de Shimojô, demanda à son père des nouvelles de sa santé. Celui-ci lui répondit :

– Il ne faut pas demander à un mille-pattes comment il fait pour marcher, sinon il se mélange les pinceaux, pas vrai ? Eh bien, il ne faut pas demander à son vieux père comment il fait pour être en pleine forme, sinon, le temps de hocher la tête pour se poser la question, il tombe raide mort !

Éclat de rire général dans la tribune d'honneur. Ce qui eut l'heur de plaire suffisamment à Shimojô pour qu'il ajoute :

– Récemment, je me dis que je ne vais pas mourir. Les hommes deviendront immortels avant, j'ai l'impression.

– Monsieur le Premier ministre, soyez prudent ! s'écria Himura, sérieux à mourir. Mon père, qui est décédé l'année dernière, avait dit précisément la même chose juste avant de trépasser.

Cela ne fit rire personne. Sauf Shimojô qui s'esclaffa et se tapa la cuisse.

– Himura, tu sais quoi ? C'est ça que j'aime, chez toi, ta façon de trouver amusantes pour toi tout seul des blagues pas drôles pour les autres.

– Mais je ne dis que la vérité ! répondit Himura, toujours sérieux comme un pape. Enfin, il est vrai qu'il n'y a rien de plus drôle que la vérité.

Vers 23 heures 30, les écrans géants rediffusaient en boucle les meilleurs passages des quarts et demi-finales. Au premier tour, Hideto Wakisaka avait éliminé Daichi Kawakami, du phalanstère n° 3, avant de prendre le dessus sur Kyôsuke Andô, phalanstère n° 6, en demi-finale. De son côté, Tôga s'était débarrassé au premier tour de Genya Motomura, du phalanstère n° 1, et de Rentarô Tanemura du phalanstère n° 5 en demi. Jusque-là, tout était conforme aux pronostics et le moment de la finale tant attendue était venu : Uno / Wakisaka. Cette vingt et unième édition de la Coupe Shimojô marquait l'apogée de la compétition. Hideto Wakisaka serait-il le premier champion de l'histoire à remporter la Coupe à trois reprises ? Tôga Uno allait-il devenir le premier champion de l'histoire à remporter la Coupe pour la troisième fois consécutive ? Dans tous les cas, le héros aurait son nom gravé dans l'histoire des arts martiaux.

Tous deux s'étaient imposés jusque-là sans encaisser de blessures sérieuses, et pourtant, on peut dire qu'ils avaient mené leurs combats selon des stratégies diamétralement opposées. Wakisaka, du début à la fin, n'arrêtait pas de grincer des dents, alternait rictus de bête sauvage et sourire moqueur, méthode toujours redoutable pour décontenancer l'adversaire. Bref, il prenait son plaisir, comme il disait. Tôga, de son côté, se montrait encore moins motivé que d'habitude. La différence se reflétait surtout dans la durée de leurs combats respectifs. En quart comme en demi, Wakisaka avait donné l'occasion à son adversaire de se mettre en valeur, le conduisant à la défaite à petit feu, en plus de quinze minutes à chaque fois. Tôga n'avait jamais laissé à son adversaire l'opportunité de rentrer dans le match, il le poussait, le poussait, et terminait le combat en moins de dix minutes. Le commentateur avait demandé à l'analyste-expert à ses côtés comment il voyait leur style de jeu et celui-ci avait répondu : « Wakisaka a déployé son habituel talent à exciter le public, n'est-ce pas. Je crois qu'on peut dire qu'il a entièrement retrouvé son niveau d'avant. » En revanche, sur Tôga, il avait dit : « Ses deux victoires aujourd'hui reflètent exactement son palmarès. Mais, comment dire, il est pressé de gagner, comme s'il n'avait pas de temps à perdre. Je le sens nerveux, comme si ses deux victoires, deux défaites en quatre combats contre Wakisaka étaient un mauvais présage. La pression est énorme, c'est sûr. » En d'autres termes, il déplorait que Tôga ait perdu sa sérénité coutumière.

Le moment était venu, Wakisaka allait apparaître par la porte rouge. Tôga attendait son tour derrière la porte bleue, retenu par son coach, les factotums du phalanstère et les photographes de la direction de l'Événementiel. L'atmosphère était morose dans le camp du phalanstère n° 2 depuis leur arrivée à l'arène. Tôga était bizarre. Tout ce qu'on pouvait lui dire lui passait au-dessus de la tête, il ne répondait pas, ou si peu, et si on insistait, il crachait, le regard menaçant : « Ça va, je vais gagner. Il faut que je gagne, c'est ça ? » Et effectivement, fidèle à sa parole il avait gagné ses deux premiers combats et se retrouvait en finale. Mais ces deux combats n'avaient pas fait l'unanimité. Il avait gagné par devoir, sans flamme, sans aucun effort pour plaire aux spectateurs, sans aucune considération pour ses adversaires qui, eux, se donnaient un minimum de mal pour faire le show. C'était sa quatrième participation à la Coupe Shimojô et jamais son entourage n'avait eu autant de difficulté à le manager.

Ce n'était pourtant pas vraiment une surprise pour coach Nakano et le staff. Des signes avant-coureurs étaient apparus. Quand cela avait-il commencé ? Difficile à dire, il avait toujours été plutôt taiseux, mais il l'était devenu encore plus ces derniers mois et son regard s'était durci. À l'entraînement, il s'était montré de plus en plus agressif, violent même, les accrochages avec les autres étaient devenus constants. Au réfectoire, il dévorait sans rien dire, le regard dans le vide, comme le spectre d'un gladiateur mort qui ne parviendrait pas à se libérer et continuerait d'errer au phalanstère. Le seul moment où on lui voyait un vague sourire, c'était quand la femme de récompense venait après un combat. Curieusement, il n'avait pas exprimé le vœu de faire valoir ses droits à la retraite après la prochaine Coupe Shimojô, ce qui semblait pourtant aller de soi. Son quota de trente combats était explosé depuis longtemps, et sa femme de récompense préférée ne devait pas être loin du compte, elle aussi. Ils allaient pouvoir en profiter pour se retirer ensemble à Miyazaki ou à Kôchi, en tout cas c'est ce que tout le monde se disait. C'était le rêve suprême, pour un gladiateur. Certains expliquaient son air maussade par le fait que sa femme l'avait rembarré au dernier moment. D'autres qu'il avait subi des lésions cérébrales pendant sa dernière phase catatonique et n'arrivait plus à socialiser correctement. Quoi qu'il en soit, s'il ne prenait pas sa retraite, il allait faire quoi ? Il comptait mourir en apothéose dans l'arène, comme Wakisaka ? Qui sait ce qu'un type comme lui avait dans la tête, de toute façon.

Nakano fut peut-être le seul à entrevoir un bout de la vérité. Quelques jours avant la Coupe, il avait réceptionné divers équipements de protection en provenance d'un fabricant appelé Metal Ace Co. Ltd. Le casque lui avait paru un peu lourd. Il l'avait retourné pour l'examiner, quand Tôga le lui avait arraché des mains. Bizarre, bizarre. C'était un casque de samouraï tout à fait classique, laqué noir, dont la pièce frontale évoquait une lune rémanente dorée. Le pompon fantaisie en fils dorés au sommet du bol était le seul élément hétérodoxe. Les plaques du bol, articulées mais non soudées, étaient de taille tout à fait standard. Qu'est-ce qui le rendait si lourd ? Un casque de samouraï pèse habituellement autour de 1,5 kg, celui-ci dépassait certainement les 2 kilos. En principe, cet article aurait dû être renvoyé au fabricant pour non-conformité. Tôga l'avait accepté sans un seul commentaire. Et il le lui avait repris en l'avertissant de ne plus toucher à son matériel. Pas plus Nakano qu'aucun des factotums du phalanstère n'avaient pu poser un doigt sur le nouveau casque de Tôga jusqu'à la Coupe. Cela avait titillé sa curiosité et Nakano avait commencé à spéculer sur une fonction particulière intégrée à ce casque. Or, si fonction cachée il y avait, celle-ci ne venait certainement pas de Tôga, mais du fabricant. Oui, on ne lui ôterait pas de l'idée que Tôga et le fabricant étaient de connivence pour expérimenter quelque chose. Ce qui expliquait l'attitude un peu particulière de Tôga ces derniers temps. Et puisque au cours des deux premiers combats il ne s'était rien passé d'extraordinaire : s'il devait se passer quelque chose, ce serait pendant la finale. L'un des gladiateurs du phalanstère n° 2 avait imaginé que Tôga comptait tuer Wakisaka pendant la finale, pour laver l'affront que ce dernier lui avait fait en couchant avec sa femme de récompense préférée. Sur le coup, Nakano avait trouvé ça stupide, mais ce n'était pas incohérent avec cette histoire de casque, en fin de compte. Il voulait la mort de Wakisaka ? Grâce à quelque chose caché dans son casque ?

D'autres petits détails l'avaient intrigué. Après cette histoire de casque, Tôga, peut-être pris par un sentiment de culpabilité, était venu le voir avec un sourire gêné et lui avait tendu une statuette en bois qu'il avait sculptée la veille. Il avait demandé à son coach de bien vouloir la remettre à Ruka, sa femme de récompense, « au cas où », en souvenir. Nakano avait failli l'envoyer sur les roses. Il n'avait qu'à la lui donner lui-même, il lui suffisait de gagner la Coupe, pour ça ! Mais, quand un gladiateur dit « au cas où », cela signifie qu'il pense à la mort. En quatre sélections à la Coupe Shimojô, c'était la première fois qu'il voyait Tôga dans cet état d'esprit. Nakano avait fait rouler dans ses mains la petite statue brun-rouge. Elle représentait un gladiateur armé d'un grand sabre. Au dos, la date de la veille, et deux caractères : Lune Rémanente. Les yeux effilés comme les autres statuettes de Tôga, le visage souriant, et le casque orné d'une pièce décorative au motif de la lune rémanente. À l'évidence, Tôga s'était représenté lui-même dans cette statue. Nakano savait que Tôga trouvait une consolation dans la sculpture sur bois, mais il n'avait pas cherché plus loin. Ce jour-là, sous le choc de ce « au cas où », il s'était soudain demandé : Est-ce que ces gladiateurs que Tôga sculptaient n'étaient pas tous des combattants morts ? Morts ou éjectés... Tiens, par exemple, celui-là, en bout de file, n'était-ce pas ce gladiateur mort pas plus tard que le mois dernier ? Mais alors, était-ce une sorte de tombeau qu'il se préparait pour lui-même ? Il avait essayé de lire dans ses yeux, mais il n'y avait vu que l'impassibilité, dure et indéchiffrable, dont Tôga s'était fait une spécialité en combat. Alors il avait dit : « Compte sur moi », et il avait pris la statuette.

Tôga attendait son tour derrière la Porte Bleue. Son corps était enduit d'huile, musclé et couvert de cicatrices, c'était le corps glorieux d'un champion, mais son regard était sombre, empreint d'une tristesse insondable. Il tournait en rond comme une bête attachée à son piquet, incapable de rester tranquille, comme tous les moonlings. Cette nuit pourtant, ce n'était pas seulement l'anabasis dans ses veines qui le faisait trépigner ainsi. Il avait plutôt l'air d'un zombi, un spectre errant à l'infini dans des ténèbres indistinctes. Nakano avait l'œil rivé sur cet homme depuis que celui-ci avait rejoint le phalanstère. Il n'avait jamais vu un gladiateur aussi assidu, aussi sérieux durant les entraînements. Pour se battre 1 il faut s'entraîner 10. Et pour se battre 10, il faut s'entraîner 100. Son maître de kendô lui avait enseigné cette discipline de vie dans son enfance, paraît-il, et il s'y tenait toujours. Remporter trois fois consécutives un tournoi, cela représentait une énorme pression, mais Nakano ne pouvait imaginer un homme de son genre, à ce point de son existence, faire une entorse à son éthique et tomber dans le piège des coups tordus. Si vraiment il avait juré la mort de Wakisaka, ce serait de sa propre main.

Nakano s'approcha de Tôga qui tournait toujours en rond, et lui demanda à voix basse :

– Qu'est-ce que tu manigances, exactement ?

Tôga cessa un instant de tourner, puis reprit sa marche circulaire sans répondre. Au bout du deuxième tour, cependant, il stoppa de nouveau, jeta un coup d'œil à Nakano et dit à mi-voix :

– Monsieur Nakano, ce que je vous ai demandé l'autre jour, je compte sur vous !

« Ce que je vous ai demandé l'autre jour »… La statue en bois, évidemment. Ce qu'il lui avait demandé « au cas où ». Et maintenant, il réitérait sa demande en sous-entendant la moitié des mots. Il n'avait plus le temps.

– Oui, oui, je sais… Mais dis, tu…

Il allait poursuivre sa phrase, mais de l'autre côté de la porte la voix de fausset de l'annonceur se mit à hurler : « Et maintenant, Mesdames et Messieurs, le moment tant attendu, la finale de la 21e Coupe Shimojô… »

– Merci, Monsieur Nakano, dit Tôga en inclinant légèrement la tête, les yeux ailleurs. C'est grâce à vous si je suis arrivé jusqu'ici.

La dernière fenêtre pour atteindre cet homme se referma, en contradiction avec ses paroles. Tous les deux moonlings, tous les deux gladiateurs, tous les deux adeptes du grand sabre, mais un fossé les séparait désormais. *Moi, je suis ici, toi, là-bas.*

– Je vais gagner, dit encore Tôga, les yeux fermés. Je vais gagner.

Dans l'arène, Wakisaka faisait son entrée sur la version thrash metal de la 5e de Beethoven. Les vibrations graves et lourdes des célèbres accords faisaient trembler les battants bleu vif, comme si le destin frappait à la porte. Fin de la parade de Wakisaka. Au tour du thème du 4e mouvement de la 9e symphonie de Dvorak, intitulée « Nouveau Monde », le morceau d'entrée de Tôga. L'arène se mit à résonner comme une cathédrale. C'est coach Nakano qui l'avait choisi pour lui avant son premier combat, une version arrangée pour big band, au rythme swing très appuyé.

Les lèvres de Tôga se tordirent en un sourire sarcastique. Nakano se demandait d'où pouvait bien venir ce sourire malsain. S'il avait pu écouter le murmure dans le cœur de Tôga à cet instant, il aurait entendu : Le Destin frappe à la porte, et c'est un Nouveau Monde qui arrive ! Un monde sans Shimojô ? Plus de gladiateur ni de femme de récompense ? Alors, ça vous dit ? Le vieux monde, je vais le réduire en miettes. Et je vais y mettre jusqu'à la dernière particule de ma minuscule vie.

14

La pleine lune à son plus haut éclairait le sable et les quinze mille spectateurs serrés sur les gradins de l'arène n° 1 d'une lumière arrogante. Toute l'attention était focalisée sur les deux hommes qui se faisaient face. Au son du gong, le duel avait commencé. L'incendie de leur excitation, désormais à son paroxysme, ne s'éteindrait que dans un flot de sang. La température extérieure, indiquée dans un coin des écrans géants, était de 4,5 °C, mais les deux hommes luisaient de sueur et à chaque respiration un nuage embuait leurs casques.

Tous les spectateurs savaient que ce à quoi ils étaient en train d'assister n'était pas quelque chose de normal. Que les décès étaient courants, contrairement à ce que prétendait le site des Jeux du Salut National d'arts martiaux. Quand on se demandait, à la nouvelle lune suivante : À propos, et Untel, ce gladiateur qui avait pris un mauvais coup quinze jours plus tôt, est-ce qu'il s'est remis ? On cherchait sur le site et on ne trouvait plus sa page de présentation, comme s'il avait pris sa retraite, ou était mort naturellement après une phase catatonique.

Quelqu'un qui meurt, c'est un monde qui s'éteint. Et ces mondes sont égaux en masse. Les vies humaines sont égales entre elles. Cette notion est l'étoile Polaire qui brille au-dessus de la civilisation moderne. Qu'on ne l'ait pas encore atteint ne change rien au fait que la lumière de cet idéal continue à briller. Mais pour les membres du Parti réunis ici, l'idée d'une égalité des vies humaines était hypocrite. La quantité de malheur qui pèse sur le monde étant constante, il s'agissait de faire en sorte que celle-ci pèse sur les autres, à savoir ceux qui ne deviendraient jamais membres du Parti. Voir les autres supporter leur malheur était l'oreiller qui leur permettait de dormir confortablement, de remplir leur poitrine de leur propre bonheur. Non seulement les vies ne sont pas égales, mais elles ne doivent pas l'être, il ne faut pas qu'elles le soient. Sous peine qu'il n'y ait plus aucun endroit sûr au monde. Pour les membres du Parti, les combats de gladiateurs, pardon, les Jeux d'arts martiaux, étaient le rite par lequel cette pensée se réactualisait. Regardez, l'anabasis ne nous frappe pas, nous ! Elle ne frappe qu'à leur porte à eux !

Mais pour les deux bonshommes qui s'affrontaient les armes à la main au centre de l'arène, les individus qui se terraient au fond des gradins en se prenant pour l'élite n'avaient aucune importance. Les barbares n'auront jamais qu'une fierté de barbares, et un spectacle de bêtes n'a de vrai que la vérité des bêtes. Il existe une fierté dont la horde des gradins ne connaîtra jamais le goût, une vérité sur laquelle leur foule ne posera jamais le doigt.

Tôga voyaient les choses beaucoup plus clairement. Dans la période de nouvelle lune, une sensation de lourdeur entravait son esprit, mais lors d'une nuit de pleine lune comme celle-ci, sa conscience s'ouvrait largement au ciel nocturne, se déroulait avec fraîcheur comme sous l'effet d'une brise légère. Il avait le sentiment d'entendre craquer la moindre brindille, la moindre feuille bruisser dans toute la forêt des montagnes alentour. La pleine lune, comme dit Motoka Sugai, *se lève dans notre cœur*, c'est exactement ça ! Il sentait l'astre monter pour venir éclairer d'une froide lumière l'intérieur de sa calotte crânienne. La lune siégeait au centre de son esprit.

Un instant auparavant, il tournait en rond comme une bête fauve derrière la porte bleue, retenant à grand-peine son cœur qui menaçait d'éclater. Désormais son cœur était tranquille, comme s'il avait percé la surface d'une mer de nuages infinie. Plus qu'un. Devant lui, Hideto Wakisaka, son sourire aux lèvres, son immense corps noir et luisant rythmé par sa respiration, comme un roc vivant. Si son adversaire le mettait à terre, alors il devrait mourir. Mais tout à coup, devant Wakisaka, l'idée de la mort, dont l'angoisse l'écrasait depuis des mois, était devenue aussi légère qu'une plume.

Wakisaka tendit son bras gauche galbé comme un tonnelet et fit tournoyer son filet lesté. Le mouvement était repoussant, comme s'il voulait lécher la figure de Tôga avec une langue géante. Le *retiarius* pouvait faire tourner son filet au-dessus de sa tête comme un lasso, ou sur le côté comme des bolas, mais la manœuvre préférée de Wakisaka était de le faire tourner devant lui en dessinant un ∞, ce qui lui permettait de le jeter aussi bien sur la droite que sur la gauche, et avait l'avantage d'énerver ses adversaires. Petit à petit, Wakisaka réduisait la distance, alternant sourire vicieux et lèvres retroussées sur ses crocs. Tôga ne le regardait pas. Même pas ses yeux. Même pas sa respiration. Wakisaka était un vieux renard de l'arène, il maîtrisait tous les mensonges : regards, expressions faciales, respiration. Il ne fallait surtout pas se laisser prendre par un signe, l'attaque viendrait d'ailleurs. La seule façon de ne pas tomber dans son piège était de le regarder de loin, comme un paysage, comme une montagne. Une technique qu'il avait eu du mal à maîtriser à l'adolescence, mais maintenant sa conscience des choses était devenue beaucoup plus fine, et grâce à l'excitation du moonling, il pouvait faire sien ce regard lointain et néanmoins focalisé. Il ne voyait pas seulement les mouvements de son adversaire, il aurait pu décrire chaque visage de chaque spectateur dans les tribunes. Cette hyperesthésie visuelle, cette vision extrême, entre eux, les gladiateurs l'appelaient « l'heure exquise ». Au premier tour et en demi-finale, sa vision était restée imprécise et vague. C'est pour cela qu'il avait préféré ne pas s'éterniser, réglant leur compte à ses adversaires sans prendre de précautions. Mais c'était désormais la finale. Plus qu'un. Était-ce parce qu'il se sentait à l'aise ? La vision extrême dont il disposait était plus nette, plus précise, plus claire que jamais. Il ne pouvait pas perdre. Sauf que Wakisaka aussi maîtrisait la vision extrême, et devait être en train de se passer la langue sur les lèvres, se demandant à quelle sauce il allait le bouffer. Il était beaucoup moins courant d'atteindre un état d'hyperesthésie pendant les entraînements. Cela ne venait quasiment jamais, à vrai dire. Mais dans l'arène, une fois la peur dépassée, la vision venait irriguer votre cerveau, goutte à goutte, comme débordant de la lune, joie et inspiration du gladiateur, comme le soma, l'ambroisie des dieux. Là et seulement là venait ce moment de l'heure exquise. Nombreux étaient les gladiateurs, parmi ceux qui avaient encore faim de combats au-delà de leur contrat, qui recherchaient uniquement cette heure exquise. Wakisaka, vraisemblablement, en était l'exemple typique. Tôga, lui aussi, ressentait cette soif, et avec quelle intensité. Mais non. Ce soir, il se battait pour la dernière fois.

Ils en étaient au point où ils se seraient battus même devant des gradins vides, même dans une arène en ruine.

Même dans un désert, leur combat aurait continué. Car ils auraient toujours une spectatrice : la lune. La pleine lune qui les encourageait, là-haut. Elle était toujours là pour les regarder, où qu'ils aillent, elle était là. À chaque fois, elle leur disait : « Allez-y à mort. Seules les choses que l'on fait au péril de sa vie sont vraies. Seuls ceux qui risquent leur vie sortent du lot. Personne d'autre ne fait attention à vous, peut-être, mais moi, je vous regarde. Ça vaut pour tout le monde, d'ailleurs. Si ce n'est pour trouver le lieu entre tous où vous vous direz : je veux que mes os reposent ici, à quoi bon vivre ? Regardez Wakisaka. Il n'a pas choisi de devenir moonling, il n'a jamais voulu devenir moonling, mais c'est là qu'il veut mourir, il a décidé que cette arène serait sa dernière demeure. »

Moi aussi, bien sûr, pensa Tôga. Vous croyez que c'est pour le plaisir que j'ai mis le pied dans ce rêve absurde ? Les autres branches étaient toutes sciées, cette fragile petite feuille est la seule que j'ai trouvée pour me raccrocher, et aujourd'hui, je suis là, debout. Et moi, aujourd'hui, j'ai décidé. Je décide d'échanger ma petite vie de rien du tout contre la grosse vie du Shimojô.

Soudain, les lèvres blêmes de Wakisaka découvrirent ses dents jaunâtres. Un sourire complice et dégoûtant, comme si, avec ses yeux noirs opaques, il avait vu ce qui traînait au fond de l'âme de Tôga. Avait-il compris quelque chose ? Ou croyait-il que Tôga avait compris quelque chose ? Qu'ils n'étaient tous deux que des sales bêtes au fond du même terrier, en fin de compte ? Son imagination lui jouait peut-être des tours. Quand on commence à élaborer une théorie, la réalité finit par la valider. Ceci dit, ça ne rendait pas le sourire de Wakisaka plus gracieux pour autant. Ni la menace moins lourde. Et pourtant, Tôga sentait chez son adversaire comme une insécurité. Comme si le grand arbre commençait à s'effriter de l'intérieur. En apparence, sa peau était brillante, ointe d'huile, mais son teint était noirâtre et de son nombril partaient des spirales de poils, indices que l'anabasis poursuivait son travail. Il y avait peut-être du vrai dans cette rumeur qu'il ne serait plus capable de tenir son trident sans l'aide de quelques cochonneries. Retraite ou pas retraite, il n'en n'avait plus pour longtemps.

Wakisaka n'était plus qu'à un pas et un sabre de distance. Avec son filet replié, il fouetta au ras du sol pour tenter de lui faucher les jambes. Tôga sauta à temps pour l'éviter, mais sentit un vent de mort lui frôler les tibias dans les lests qui cliquetaient.

« La finale de la vingt et unième Coupe Shimojô, Mesdames et Messieurs ! Et c'est bien sûr Wakisakaaa qui lance la première attaque de ce moment historiiique ! Superbe fauchage de filet par Wakisakaaa... »

Le commentateur s'appliqua de sa voix haut perchée à briser le silence tendu qui écrasait l'arène.

« Il n'est pas exagéré de dire que ce soir s'affrontent les deux plus grands athlètes de l'histoire des Jeux du Salut National. Sans doute ces deux monstres regrettent-ils d'être nés à la même époque, mais quelle chance pour nous d'assister à ce face-à-face de titans ! Ennemis de naissance, ils sont nés pour se battre et ils se battent aujourd'hui pour nous ! En quatre combats à ce jour, deux victoires, deux défaites de chaque côté, mais cette nuit, c'est LA nuit... »

Wakisaka retroussait de nouveau les lèvres. Tôga sourit malgré lui. Dans un coin de sa tête, une pensée glaçante venait d'apparaître : Cette nuit, je le tue. Une rumeur circule que c'est moi qui tuerai Wakisaka. Alors pourquoi la faire mentir ? Je suis sûr que c'est ce qu'il veut, d'ailleurs. Au lieu de crever dans son lit en catatonie par une nuit sans lune, ou se faire écraser par un débutant, il n'espère rien de mieux que de mourir en beauté lors d'une finale de la Coupe Shimojô.

Depuis ses débuts, en quarante combats, c'était la première fois que l'idée de tuer son adversaire lui venait à l'esprit. Et puisqu'il comptait bien tuer Shimojô et ses sbires, ce n'était pas un homme de plus ou de moins qui lui vaudrait de tomber plus bas en enfer. Une fois Shimojô mort, ce serait sans doute la fin des combats de gladiateurs. Plus de combats, plus d'arène, Wakisaka n'aurait plus nulle part où mourir et resterait comme une âme vide… Le tuer avant qu'il ne voie ça, c'est ce qu'on pouvait lui offrir de mieux.

15

« Il est à terre ! Après une bataille acharnée, c'est finalement Tôga Uno qui est à terre ! Le plus grand samouraï de l'histoire met le genou à terre devant le *retiarius*, son ennemi juré Hideto "Myôô" Wakisakaaaaa ! »

Quatre urgentistes vêtus de longues blouses noires et lustrées soulevèrent le corps de Tôga et le déposèrent sur une civière outrageusement ornée de motifs sinistres. Malgré son abdomen couvert de sang, son thorax se soulevait et s'abaissait, signe indubitable qu'il respirait encore. Son esprit était au fond d'un puits profond, tout recroquevillé, ses paupières mi-closes ne laissaient passer qu'une mince bande de ciel nocturne, il ne percevait que des clameurs lointaines. Il avait déjà perdu tellement de sang qu'il était blême, il avait froid et se rappela soudain que c'était l'hiver. La plaie ouverte par le trident pesait comme une masse, il se sentait à la fois engourdi et les nerfs à vif.

L'un des hommes en noir, très loin, lui demanda : « Tu m'entends ? » Il réussit à émettre un « oui » indistinct, qui remonta du fond de sa gorge et s'envola comme un petit insecte.

– Tu peux dire ton nom ?

– Uno.

– Uno comment ?
– Tôga Uno.
– On est où, ici ?
– L'arène.
– On est quel jour, aujourd'hui ?
– …

Qu'est-ce qu'il en savait… Ce qu'il savait, par contre, c'est qu'il avait perdu. Il avait ouvert son hyperesthésie visuelle, sa vision extrême, plus claire que jamais, et pourtant… il avait perdu. Alors qu'il fallait que je gagne coûte que coûte, pensa-t-il, j'ai perdu. Contre Wakisaka. C'est bien moi, ça. C'est toujours comme ça. Je suis nul. Au championnat national des collèges, au championnat des lycées, je perdais toujours au moment critique. Aujourd'hui, j'aurais dû gagner facilement. Je l'ai dominé pendant tout le combat… Qu'est-ce qui m'a pris ? Qu'est-ce qui s'est passé ? Je ne comprends pas. Je devais faire sauter Shimojô… Ah… Ruka… Ruka… J'ai tout foiré… Je n'avais rien d'autre à faire pour ton bonheur, et voilà…

« Le plus extraordinaire, c'est qu'il a eu cette période un peu difficile. Personne ne donnait cher des chances de Wakisaka jusqu'à tout récemment ! Tout le monde le disait fini, et regardez-moi ça ! Il a réussi l'exploit inouï de remporter le titre pour la troisième fois ! »

Au loin flottait une petite lune. Plus il l'examinait, plus elle semblait s'éloigner, une pleine lune pas plus grosse qu'un trou d'épingle. Pourquoi si loin ? Pourquoi si banale ? Si étrangère… Non, se dit-il, ce n'est pas ça. Elle est morte. C'est la pleine lune, mais ce n'est plus la lune vivante que nous admirions, nous autres. Ce n'est pas la lune dont Motoka Sugai a dit qu'elle vivait pour les moonlings. C'est la première fois que je vois la lune aussi guindée, aussi distante et froide. Ou peut-être pas. Jadis, c'est bien comme cela qu'elle était. Jusqu'à ce que je tombe malade, elle présentait en permanence ce visage d'inconnue. Mais enfin, je suis un moonling, quoi… Qu'est-ce qui se passe ? Elle se détourne de moi, maintenant ? Non, c'est impossible. Cette douleur. Cette douleur incompréhensible dans mon bras. Tout est différent.

« Le combat a duré 17 minutes et 26 secondes. Pour le dernier combat de l'année, pour le combat le plus attendu de l'année, quel magnifique renversement et quelle magnifique victoire obtenue par Wakisaka ! Wakisaka restera définitivement comme le plus grand athlète de l'histoire, comme celui qui a vaincu la mort ! »

La civière venait de passer la porte noire quand un bruit assourdissant coupa la parole au commentateur, et l'air devint tiède comme si l'arène entière avait rejoint les enfers. L'analyseur « premiers soins » intégré à la civière continuait à déverser ses données sur le ton des prévisions météo : pression artérielle, rythme cardiaque, température épidermique, masse sanguine circulante estimée. Tôga essayait de saisir la gravité de son état physique, mais c'était comme tortiller son cerveau diminué au fond d'un cauchemar. Cette douleur, oui, ça devait être ça. Mais quoi ? Il se souvenait de quelque chose qui l'avait piqué au bras gauche pendant le combat, sous l'armure. Comme une aiguille. Au même instant, la vision extrême s'était réduite à toute vitesse. Y avait-il un rapport entre les deux ? Était-ce une sorte d'injection ? Une mini-seringue cachée dans la mousse de rembourrage de l'armure ? Ou bien était-il juste un mauvais perdant qui essayait de se trouver un prétexte ?

La civière roula jusqu'à la salle de soin, s'immobilisa. Les infirmiers urgentistes se débarrassèrent rapidement de leurs vêtements noirs. Dessous, ils portaient une autre blouse, bleu clair, plus en accord avec les couleurs du personnel médical. Tout un troupeau de silhouettes bleu ciel se penchèrent sur lui et commencèrent à le « dévaliser », comme on disait dans le jargon des gladiateurs, c'est-à-dire à lui enlever ce qu'il avait sur le dos : dénouer la jugulaire et les différents lacets, lui retirer casque, armure et protège-tibias, couper la jupette et les sous-vêtements, ôter les sandales. En un clin d'œil, Tôga se trouva aussi nu qu'un cochon d'élevage, puis la tête et les membres attachés à la civière par des sangles, puis la civière elle-même se trouva couplée à une machine tubulaire. Le personnel quitta la salle en toute hâte, ne laissant que deux infirmiers. Sans doute allaient-ils préparer le bloc pour procéder à une opération dans les plus brefs délais.

Il connaissait tout ça. Et pourtant, il y avait quelque chose d'étrange. Ce n'était pas la première fois qu'il perdait un combat. Ce n'était pas la première fois qu'il s'effondrait à cause d'une hémorragie. Mais cette sensation était différente. Sa perception était réduite à un point au fond des ténèbres. Son être s'éloignait, sa conscience du monde s'éloignait, et plus que tout, il avait tellement sommeil. Oui, c'est ça, pensa-t-il. Ça ressemble au moment où le taux de sélénaline chute et que la plutonine prend le contrôle, quand on tombe en catatonie. C'est la même sensation. C'était pourtant la pleine lune. Comment était-il possible de tomber dans un état catatonique une nuit de pleine lune ? Simple conséquence du choc hémorragique ? Non, il avait vraiment dû se faire inoculer quelque chose, un inducteur catatonique ou quelque chose de ce genre. Luttant contre la somnolence, il voulut lever son bras gauche, pour vérifier. Mais son membre ne bougeait pas. C'est vrai. Il avait oublié. La civière. Il était attaché. La machine le surveillait, très loin au-dessus de lui.

« Ne bougez pas s'il vous plaît. L'examen sera terminé dans environ... 2... minutes. »

Il connaissait cette formule par cœur. Mais quelle voix étrange. Si lointaine. On aurait dit une voix de femme, pas une voix de machine. Aiguë. Nerveuse. Une très jeune fille, plutôt. Ce n'était pas la première fois qu'il passait dans cette machine pour les examens préopératoires, vainqueur ou vaincu, après chaque combat, dès que vous étiez blessé, vous passiez au bloc, tout était prévu dans l'arène même. Rien que cette nuit, c'était la seconde fois qu'il entendait cette ritournelle. Après la demi-finale, déjà. Mais ce n'était pas la même voix. Cela aurait dû être une voix neutre, sans âge, une voix synthétique, pas cette voix de petite fille. Caressante comme de la soie, une intonation parfaite, mais sans âme.

« Mais non ! Tu n'es pas attaché, c'est seulement dans ta tête... Allez, debout ! »

C'était bien une voix de petite fille. Et pas seulement la voix. La façon de parler, aussi. Étrange, non ? Comment pourrais-je me lever, se demanda-t-il, je suis attaché comme Gulliver à Lilliput... La machine ne dit pas des choses pareilles... Une infirmière, alors ? Mais les deux infirmiers qui étaient restés avec lui étaient des hommes. Dans les arènes, les infirmiers étaient tous des hommes. Mesure de précaution. Les nuits de pleine lune, ce n'était pas le moment de mettre des jeunes femmes en habits d'infirmière devant les yeux de moonlings fulminants. Mais alors, qui parlait ? Était-ce dans sa tête ? Délirait-il ? Si ça se trouve, pensa-t-il, je n'ai pas perdu contre Wakisaka, si ça se trouve, je suis encore dans le convoi qui me conduit vers l'arène n° 1, en train de faire un cauchemar ? Le tournoi n'est pas encore commencé ? Des doutes le prenaient dans les instants où le sommeil était trop fort, mais pendant ce temps, le cylindre de la machine au-dessus de sa tête continuait à ronronner.

D'ailleurs, ce ronronnement aussi était étrange. D'habitude, c'était une banale vibration de moteur électrique, et là, c'était comme le bruit du vent. Un vent sec sur des étendues sauvages. Un vent triste et morne.

« Ne reste pas là, c'est dangereux. Il faut suivre la nuit, vite ! Allez, réveille-toi ! Lève-toi ! »

Bon sang, je le savais, j'entends des voix ! Cela lui arrivait souvent pendant les phases de nouvelle lune, quand il ne savait même pas où il était. Il divaguait : Mais qu'est-ce qu'il fait chaud, ici… On étouffe. Et je ne me souvenais pas qu'il faisait si noir. En général, quand ils m'envoient au bloc, au contraire, il y a toujours une lumière aveuglante, des éclairages puissants, partout. Aujourd'hui, tout est noir. Ou alors j'ai un problème aux yeux ? Non, c'est juste que je suis en train de passer à l'intérieur de la machine. Je l'entends depuis tout à l'heure, c'est ça. Mais non, ce n'est pas ça. Même à l'intérieur de la machine, ce n'est pas comme ça, je crois bien. Le tunnel n'est pas aussi long. Là, cela ressemble plus à une sorte de cercueil géant. Et puis, c'est quoi ces protubérances blanches, là-haut ? On dirait l'épine dorsale d'une énorme bestiole. Et ça, les côtes qui forment comme une arche. Qu'est-ce que c'est que cette histoire ? Plus je regarde, plus ça ressemble à l'intérieur du squelette d'un animal gigantesque. Je suis à l'intérieur de cette cage thoracique comme à l'intérieur d'une prison. Je n'ai jamais vu une machine d'examens pareille, ça n'existe pas. J'en suis sûr. Ce sont les visions de la phase catatonique, ça. Les sortes de visions induites par la plutonine. C'est eux ! Ils ont pris peur à la dernière minute et ont annulé leur projet, sûr et certain. Dès le début, ils avaient envisagé cette éventualité et installé un système d'injection à l'intérieur de l'armure. Déclenché à distance. Ils m'ont empêché de gagner la finale !

16

– Tu m’entends ? Ne reste pas couché ici, tu vas mourir enseveli dans le sable brûlant, dépêche-toi !

La même voix qu’il avait déjà entendue, mais plus du tout comme une illusion auditive. Beaucoup plus concrète que tout à l’heure. Sous le coup de la surprise, Tôga sursauta si fort que sa tête se souleva, preuve qu’il n’était plus maintenu sur une civière. D’ailleurs, il n’y avait de civière nulle part. Il était allongé sur le sable blanc et brûlant. Des grains extrêmement fins, poudreux. La voix ne lui avait-elle pas dit qu’il allait se faire ensevelir ? Effectivement, c’était bien du sable. Où était-il ? Sur une plage ? À l’intérieur du squelette d’un monstre marin échoué sur le rivage ?

Tôga se leva lentement en rassemblant les lambeaux incohérents de sa conscience, et regarda autour de lui avec crainte. Il se trouvait bien à l’intérieur de la carcasse d’un animal géant, trois mètres de haut au bas mot, du sable jusqu’à la colonne vertébrale, d’où partaient les côtes. Entre les côtes, il apercevait le monde extérieur, mais ce n’était qu’un désert de sable qui ondulait à perte de vue. Pas une maison, pas un brin d’herbe, pas une flaque d’eau. De loin en loin, des formes qui pouvaient être un rocher, un arbre mort ou d’autres carcasses d’animaux géants, dépassaient du sable blanc. Il entendait toujours le bourdonnement de ce qu'il pensait être la machine d'examens médicaux. Mais c'était plutôt le bruit du vent entre les ossements.

Il reporta son attention sur le squelette qui l'enveloppait. À environ cinq mètres de là, les vertèbres s'emboîtaient dans quelque chose qui devait être un crâne, et avait l'air de peser très lourd. Le maxillaire inférieur portait des défenses, assez semblables à des défenses d'éléphant, qui s'enroulaient vers l'arrière puis se perdaient dans le sable. Le maxillaire supérieur portait une sorte de rostre de narval, semblable à la lance d'un géant. Pas de crocs, rien qui ressemble à la dentition d'un carnassier, en tout cas, ni en haut ni en bas. Bien que le ciel fût très noir, comme un dais de velours, le soleil chauffait fort et projetait l'ombre du squelette sur le sable blanc, comme le pelage d'un zèbre. Le désert de sable blanc, le ciel noir, le soleil brûlant, à l'infini, ce monde était étrange au-delà de ce que les mots peuvent décrire. Et pourtant, ce monde, Tôga le reconnaissait.

– Oui. La lune… Le désert lunaire… Les rivages de l'océan des Tempêtes.

Tôga se retourna d'un seul coup. Vers la queue de l'animal, les dernières côtes s'arrêtaient sept mètres plus loin, formant une sorte d'entrée naturelle. Sur le seuil, une jeune fille de quatorze, quinze ans se tenait debout, et le regardait d'un air impatient.

C'était bien la voix qu'il entendait depuis tout à l'heure. La jeune fille était vêtue d'une robe jaune d'or qui lui arrivait jusqu'aux chevilles, un tissu rouge pâle brodé de fils d'or sur la tête, ce qui lui donnait l'apparence d'une fille du désert, aux couleurs particulièrement vives dans ce monde dominé par le noir et le blanc.

Les yeux fiers. Sa pensée était projetée sans complexe dans ce regard grand ouvert. L'arête droite de son nez, la bouche volontaire… Il avait l'impression de connaître ce visage. Mais peut-être n'était-ce qu'une impression, après tout. Il y a des visages que l'on voit pour la première fois et que l'on a pourtant l'impression d'avoir déjà connus. Comme le prototype d'un visage que Dieu avait créé avec le monde. Elle était l'archétype de la personne tournée vers l'avenir, capable, lorsqu'un groupe se trouve dans une situation critique, de convoquer une énergie divine et de le conduire vers un autre ciel, une autre terre.

– Qui es-tu ?

La voix de Tôga était déjà devenue comme ce désert : sèche et aride.

La jeune fille ne répondit pas à la question, mais fit un geste de la main vers sa gauche.

– Il n'y a pas de temps à perdre. Si nous ne passons pas rapidement ces collines, il fera bientôt plus chaud qu'en enfer, ici. Sors-toi de là, et vite !

Tôga se leva, courbaturé et engourdi, les sens émoussés comme s'il avait dormi un siècle. Ce n'est qu'à ce moment qu'il s'aperçut qu'il était vêtu comme la jeune fille, une sorte de robe beige qui lui descendait jusqu'aux chevilles, des sandales de cuir aux pieds, un turban bleu azur étincelant sur la tête. Bien qu'il n'eût aucun souvenir d'avoir passé ces vêtements, ils lui semblaient les seuls imaginables en cet endroit.

Tôga sortit du squelette d'un pas mal assuré, époussetant le sable de sa gandoura. La jeune fille était déjà en route, sautillant dans la direction qu'elle lui avait indiquée. Il lui emboîta le pas. Une violente lumière venait de la droite. Tôga plissa les yeux pour scruter dans cette direction. Un soleil blanc s'élevait au-dessus de l'horizon, si puissant qu'il dut détourner le regard. Observant autour de lui, en faisant attention à ne pas fixer le soleil, il remarqua un grand nombre d'objets à moitié ensablés, d'autres squelettes d'animaux géants comme celui à l'intérieur duquel il s'était réveillé. Cette vision racontait, à tort ou à raison, l'histoire d'un troupeau qui avait erré à la recherche d'eau et avait rendu son dernier souffle ici. Le vent était violent lui aussi, et des tourbillons, petits et gros, se formaient et circulaient autour des dunes, comme des fantômes irrités. Selon la jeune fille, dormir ici aurait conduit à joindre ses os à ceux de la bête géante.

– Hé ! Attends-moi ! Mais enfin, qui es-tu ? demanda de nouveau Tôga.

La jeune fille s'arrêta au pied d'une dune. Elle resta le dos au soleil, mais tourna sa tête vers lui. Son sourire était désarmant de pureté.

– Motoka. Je m'appelle Motoka, répondit-elle en déshabillant du regard le grand corps de Tôga des pieds à la tête. Moi, je sais. Tu es un gladiateur, pas vrai ? J'en ai déjà rencontré plusieurs.

– Alors, tu t'appelles Motoka… On s'est déjà rencontrés ?

– Certainement pas, répondit Motoka en secouant la tête. Mais quelle importance ? En tout cas, à partir de maintenant, on risque de se rencontrer souvent.

– Ah bon ? Comment ça ?

– Ici, tout le monde voyage. À la poursuite perpétuelle du terminateur, la queue de la nuit. Ça ne finit jamais. Il fait le tour de la lune en un mois. Alors on continue, on recommence. À l'infini. Toi et moi, nous ne pouvons vivre que dans la zone du désert qui vient de se refroidir. Si tu déprimes et que tu abandonnes le voyage, le soleil te rattrape et te grille sur place. Enfin… Il ne faut pas rester tout le temps dans la nuit, non plus. Tu mourrais gelé. Il faut poursuivre la nuit, mais pas la rattraper complètement. C'est la seule façon de vivre qui nous est permise. Même si à un moment nous sommes séparés, tant que nous poursuivons la nuit, nous finirons par nous retrouver. Parce que, jusqu'à notre mort, tous, nous poursuivons la nuit. N'est-ce pas ?

– Je comprends… Il est possible de faire le tour de la lune en un mois ?

Motoka ne répondit pas. Elle tira une sorte de flûte, qu'elle avait passée dans sa ceinture comme un sabre, la montra à Tôga avec un petit sourire espiègle. L'instrument faisait soixante centimètres de long, un bout était légèrement recourbé et l'autre évasé. Il semblait sculpté dans un os, peut-être celui de l'un de ces animaux qui laissaient leur squelette dans le sable. Motoka s'assit et, comme si elle allait jouer pour le désert, se pencha en avant, enfonça le bout recourbé dans le sable jusqu'à ce que la flûte tienne toute seule. Puis elle approcha ses lèvres de l'autre bout et en tira un son aigu. Un son perçant et brillant, qui semblait fait pour vous trouer les tympans comme une flèche. Elle modula le son en bouchant avec dextérité les trous percés le long de l'instrument. Elle répétait une mélodie extrêmement simple, un motif de quelques notes. Une mélodie très triste, mélancolique, mais à force d'être répétée, égale à elle-même, ce n'était plus simplement une succession de notes, on aurait dit qu'elle avait une signification spécifique, comme un appel. Et cet appel s'élevait dans le ciel, dérivait et ondulait dans le sable. Elle n'allait tout de même pas faire venir un tapis volant de l'autre côté de la dune ?

Sous ses pieds, quelque chose commença à se mouvoir, comme une vibration. Tôga n'eut pas le temps de se demander ce qui approchait, un jet de sable blanc jaillit de la colline devant lui. Par réflexe, il leva ses coudes pour protéger son visage. Quand il les baissa craintivement, il vit une chose immense et blanche sortir de derrière une cascade de sable. Elle faisait près de deux mètres de large, avait un corps arrondi comme un rocher, au sommet duquel se dressait une sorte de cabine brun clair. Éberlué par cette apparition, Tôga commença à entrevoir l'idée que ce n'était pas un rocher. Elle respirait lentement, comme un être vivant. Il recula d'un pas pour mieux l'envisager. Motoka éclata d'un grand rire cristallin devant son air paniqué.

– Les baleines de lune peuvent nager dans le sable, dit-elle, et nous, nous voyageons avec les baleines de lune ! Celle-ci s'appelle Mahina.

Une baleine, bien sûr... Et les squelettes dispersés dans ce désert devaient être les restes d'autres baleines ! Celle qui venait d'apparaître mesurait près de vingt mètres de long, avec une gueule qui ressemblait à une cuvette de w.-c., et une nageoire caudale en forme de croissant de lune qui battait l'air nonchalamment de haut en bas. Elle clapotait dans le sable exactement comme une baleine aurait fait dans la mer. Au coin de la bouche, un œil minuscule, disproportionné par rapport à ce corps immense, mais humide, d'une intelligence indubitable. Elle regardait Tôga comme pour évaluer un nouveau venu. Elle avait même l'air de dire qu'on n'allait tout de même pas s'encombrer d'un type pareil, fagoté comme un péquenot. Et pourtant, c'est Mahina qui avait senti l'odeur de Tôga la première et avait conduit Mokota jusqu'à lui. Les baleines de lune ont un odorat très sensible et sont douées pour repérer les nouveaux arrivants. Mahina, tout particulièrement, s'enorgueillissait d'un odorat exceptionnel. Rien qu'en comptant ceux que Motoka connaissait, elle en avait ramassé plus de deux cents.

D'un mouvement agile, Motoka prit appui sur la nageoire pectorale et bondit sur le dos de la baleine, puis courut jusqu'à la cabine qui se dressait juste derrière le renflement de l'évent. La cabine était fixée par de grosses sangles de cuir qui passaient devant et derrière les nageoires pectorales, ce qui donnait l'impression comique d'une baleine portant un cartable d'écolière. À l'invitation de Motoka, Tôga la rejoignit par le même chemin. C'était solide sous les pieds, il y avait du muscle là-dedans.

L'avant-toit de la cabine se prolongeait pour couvrir une zone sur laquelle étaient disposées deux rangées de sièges de deux places. Les baleiniers appelaient ces places les sièges des cornacs. Motoka s'installa dans la première rangée, à droite, et invita Tôga à la rejoindre à sa gauche. Le siège et le dossier étaient recouverts d'un tissu très confortable, conçu pour un long voyage. Derrière, la cabine était constituée d'une pièce unique d'un peu moins de 2 mètres sur 3, à vue de nez. Sans doute servait-elle à dormir et ranger des affaires.

Ils allaient d'abord traverser une région de dunes vers le sud pour rejoindre un couloir de navigation appelé la voie de circumnavigation Nord, très emprunté par les baleines. Ensuite, il n'y aurait qu'à poursuivre la nuit lunaire vers l'ouest, toujours vers l'ouest.

– Pourquoi, il y a quelque chose sur cette voie de circumnavigation Nord ?

– On va continuer comme ça jusqu'à la Vallée des Gladiateurs. Après, on change de cap, plein ouest pour s'éloigner du soleil.

– La Vallée des Gladiateurs ?

– C'est un endroit mystérieux, fit Motoka avec un sourire ambigu. Tu verras quand nous y serons. Personne ne sait pourquoi c'est là.

Au même instant, un grondement fracassant résonna dans toute la zone. Comme si le ciel noir avait vibré telle une peau de tambour. Tôga chercha dans toutes les directions, mais n'aperçut de fumée nulle part. Il se tourna vers Motoka qui, manifestement, paraissait très surprise.

– Qu'est-ce que c'était ?

– Je n'en sais rien, mais je crois qu'on ferait mieux de rejoindre la voie de circumnavigation Nord sans trop tarder.

Mahina semblait avoir compris son intention, car elle commença à dessiner un grand cercle sur la droite. Le mouvement était fluide, liquide, pas du tout comme s'ils naviguaient à travers du sable. La cabine tanguait, montait et descendait comme un bercement maternel et nonchalant.

Toutefois, l'écho du rugissement de tout à l'heure vibrait encore dans la poitrine de Tôga. Il n'arrivait pas à se défaire de l'idée qu'il était à l'origine de ce qui avait causé ce bruit. Ce bruit venait de déterminer la direction de son destin. Avec ce bruit, un aiguillage essentiel avait bougé et son sort en était changé pour l'éternité. Et l'inquiétude de cette pensée entraîna une première déchirure : Ah, mais oui, songea-t-il, tout cela est un rêve. Au fond de sa conscience, quelque chose commençait à se rompre. Il était tombé en catatonie et devait s'approcher du moment du réveil. C'était toujours la même chose, pendant les phases de catatonie, il passait d'un rêve à un autre, et ce monde lunaire n'était rien d'autre qu'une illusion. Il aurait bien aimé continuer ce voyage infini, à poursuivre la nuit avec cette jeune fille, Motoka, mais, enfin, il sentait bien que sa perception diminuait peu à peu. Le bruit de la baleine dans le sable, le bruit du vent, tous les bruits devenaient plus distants. Son corps, ses os étaient lourds comme du plomb. Il ne pouvait plus rester assis. Impossible de garder ses paupières ouvertes, elles tombaient toutes seules. Il s'accrochait désespérément au garde-fou du siège de cornac pour ne pas chuter.

Quand il parvint à ouvrir les yeux, Motoka était penchée sur lui et le regardait d'un air inquiet.

– Que t'arrive-t-il ? fit-elle en le secouant par l'épaule, reprends-toi !

Mais sa voix était devenue si lointaine.

– Non, réussit à dire Tôga. Je ne peux pas partir. Je ne peux pas venir avec toi.

Il serait tombé si les frêles bras de Motoka ne l'avaient pas retenu, tant bien que mal. Elle avait placé sa tête sur ses genoux, et tenait son visage entre ses mains. Ses grands yeux avaient l'air effrayés, elle lui disait quelque chose, mais Tôga n'entendait plus rien. Il ne sentait plus non plus la fraîcheur des mains de Motoka, comme si quelqu'un les arrachait de ses joues.

17

Ces secousses qui ne s'arrêtaient pas depuis tout à l'heure... Ce n'est pas comme si je ne les connaissais pas, se raisonna-t-il. Je suis dans une civière. Ah, mais oui, j'ai perdu contre Wakisaka ! Je ne devais pas perdre, je n'avais pas le droit de perdre, et j'ai perdu ! Jusqu'au moment où j'ai été introduit dans la machine, je me souviens. Puis j'ai eu une envie de dormir insurmontable. Et c'était comme si je tombais en catatonie.

Le rêve de Tôga était incroyablement net et précis. Il se souvenait encore du sable blanc et de la chaleur du soleil sur sa peau. Et la jeune fille. Elle s'appelait Motoka. Tôga ne connaissait qu'une seule Motoka : Motoka Sugai, la peintre et poète. Il pouvait encore faire remonter la sensation de ses mains sur ses joues.

Il était au lycée, à l'orphelinat, quand il avait vu le documentaire de l'ancienne chaîne nationale sur Motoka Sugai. Il se souvenait de l'avoir revu deux ou trois fois sur son terminal, depuis qu'il avait quitté l'institution. Et une fois aussi au phalanstère, avec Ruka. L'émission présentait Sugai comme une artiste atypique, une outsider, hors des milieux officiels de l'art, déjà moonling à l'époque où elle était âgée d'une petite vingtaine d'années. Des scènes avaient été tournées dans le sanatorium pour mineurs dans lequel elle avait passé son enfance. Ils montraient des enfants en train de pratiquer des activités artistiques. Quand elle était au collège, Sugai s'était inscrite au club Beaux-Arts et avait commencé à peindre des œuvres sur des chutes de contreplaqué d'un mètre carré. On la voyait travailler sur un tableau, elle venait à peine de commencer, mais il y avait une motivation extrême dans son regard. Son visage était très exactement le même que celui de la Motoka qu'il venait de voir en rêve. Sans doute le tournage avait eu lieu pendant une période de pleine lune, car tout son corps dégageait une énergie, ses yeux débordaient d'une vitalité, on la voyait manier le pinceau avec une assurance extraordinaire. Un employé du sanatorium lui demandait ce qu'elle était en train de peindre. Sans quitter les yeux de son tableau, sans arrêter son geste, dans le débit rapide caractéristique des moonlings en phase fulminante, elle répondait :

– Les baleines de lune… Elles dorment en alternance avec leur cerveau gauche et leur cerveau droit, ce qui leur permet de nager indéfiniment. À mon avis, elles doivent avoir deux cœurs, aussi. Comme nous. Le cœur des phases de pleine lune, et le cœur des phases de nouvelle lune… Les deux cœurs ne sont pas copains. Quand ils s'accordent, on meurt.

– Tu veux dire, les baleines ? demandait l'interviewer.

– Nous. Quand notre moi des phases de pleine lune rencontre en rêve notre moi des phases de nouvelle lune, ils se réconcilient et on meurt. La lutte est terminée, on meurt.

– Pourquoi ?

Et Sugai, sans cesser de peindre, répétait :

– Parce qu'on meurt.

Le chef-d'œuvre de Sugai, les *Trente-six vues du monde lunaire – Voyage sans fin avec les baleines de lune*, représente un troupeau de baleines de lune portant des humains sur leur dos. Le soleil qui se lève comme le premier éclair cosmique de la Création dans le ciel noir crame le désert, enflamme les dunes de sable blanc, et les baleines fuient la chaleur au milieu des vagues déchaînées. L'une d'entre elles était peut-être Mahina, et ce personnage sur son dos Motoka, vêtue de sa gandoura jaune d'or.

Tôga se faisait ces réflexions quand il rouvrit les yeux. Comment se fait-il… ? Ce n'étaient pas des infirmiers qui le portaient sur la civière, mais deux gardes du phalanstère dans leur uniforme bleu marine. Était-il déjà passé sur le billard ? Était-il en route pour être ramené en fourgon au phalanstère, comme n'importe quel vaincu ? Non, il n'était pas n'importe quel vaincu. Il était celui qui avait échoué dans sa mission secrète d'assassiner Shimojô. Le vaincu des vaincus.

L'un des gardes s'aperçut que Tôga avait repris connaissance. Il portait bien un masque chirurgical et une protection faciale, mais Tôga ne le reconnut pas. Ces yeux effilés, comme coupés à la lame, un regard sombre, méchant. Pour autant qu'il le sache, aucun garde du phalanstère n° 2 n'avait ces yeux-là. Appartenaient-ils à un autre phalanstère ? Pourquoi des gardes d'un autre phalanstère le transportaient-ils, alors ? Il souleva légèrement la tête pour voir l'autre garde, celui qui poussait la civière du côté de ses pieds. Non, lui non plus, il ne le connaissait pas. Ses yeux étaient exorbités, froids, antipathiques. Ah, et deux autres gardes suivaient derrière. Quatre hommes pour convoyer un gladiateur blessé ?

Tôga s'aperçut qu'il était vêtu de la combinaison orange de rigueur à l'intérieur du phalanstère. On avait dû le changer en salle de réveil, après l'opération. Mais pourquoi renvoyer au phalanstère un gladiateur encore sous anesthésie ? Étaient-ils si pressés ? À moins que… Il regarda autour de lui. Non, ils se trouvaient encore à l'arène, clairement. Il reconnaissait le couloir qui conduit aux salles d'attente. Sans doute pour gagner directement le parking souterrain où était garé un fourgon. Mais pourquoi tant de précipitation ? Et puis, depuis tout à l'heure, on entendait des cris lointains, des gens couraient dans les couloirs, et là-haut, des annonces pour le public sur un ton excité, ou alarmé. Il parvenait à capter quelques mots au milieu de la confusion : « Restez où vous êtes », ou « Interdit de photographier. »

– Qui êtes-vous ? Qu'est-ce qui se passe ? demanda-t-il d'une voix éteinte.

Les deux gardes continuèrent à pousser sa civière sans répondre.

Il se sentait de plus en plus mal à l'aise. À l'instar des inspecteurs de l'Agence sanitaire, les gardes des phalanstères étaient majoritairement des types qui avaient manqué un virage quelque part dans leur vie, des ratés, des parias. Beaucoup ressentaient une forme de respect vis-à-vis des gladiateurs, qui s'exprimait de façon plus ou moins tordue, par une certaine politesse, ou au contraire par une méchanceté complexée. Mais en général, ils répondaient quand on leur posait une question. Tôga commença à douter. Et si ce n'étaient pas des gardes du phalanstère ? Quelque part, ils avaient l'air trop mauvais pour des gardes, et leur respiration trahissait un danger.

Soudain, celui qui se trouvait du côté de sa tête prit la parole sans même le regarder :

– Nous sommes des agents de sécurité sous l'autorité directe de la direction de l'Événementiel. Nous avons l'ordre de te conduire à Toranomon au titre de témoin important.

Tôga ravala sa salive. Toranomon, c'était le quartier général de la Police spéciale du Salut National. Le nom seul avait le pouvoir de calmer les plus énervés. C'était le centre de la toile d'araignée qui couvrait tout le Japon, le bunker du diable, plus célèbre encore que la résidence du Premier ministre. Une seule explication : le plan avait été découvert ! Ou alors, comprenant que le plan allait fuiter, « ils » avaient peut-être essayé de le prévenir, mais trop tard. C'était foutu. Tout était perdu. Il était en route pour l'enfer.

– Pendant que tu étais inconscient, il y a eu un attentat, continua l'homme sur un ton assez direct, en regardant Tôga droit dans les yeux pour observer sa réaction. Pendant la cérémonie de remise du trophée, Hideto Wakisaka s'est fait sauter dans l'arène.

Quoi ? Wakisaka ? Il s'est fait sauter dans l'arène ? C'était donc ça, le bruit d'explosion qu'il avait entendu tout à l'heure dans son rêve ? Mais oui ! Mais bien sûr ! « Ils » avaient fait exactement la même offre à Wakisaka ! Non, attends… Pourquoi seulement à Wakisaka et lui ? Tous les combattants sélectionnés devaient avoir reçu la même proposition. Ou plutôt, les six autres devaient avoir eu pour consigne de se coucher, soit contre rétribution, soit sous la menace, peu importent les détails, pour que seuls Tôga et Wakisaka arrivent en finale. D'ailleurs, en y repensant, Motomura en quart de finale, Tanemura en demi-finale, ils s'étaient à peine défendus, ils n'avaient aucune envie de gagner, en fait. Mais oui, c'est ça ! Et en fin de compte, c'est Wakisaka qui avait montré la plus forte motivation à remplir sa mission. La tête du diable. Voilà ce qu'il voulait pour trophée. Tôga n'avait été qu'une sorte d'assurance. Au cas où. Au cas où Wakisaka ne réussirait pas à se hisser jusqu'à la finale. Les paroles de Takahashi lui revenaient : « Vous êtes le seul à pouvoir le faire. Je voudrais prendre votre place que je ne le pourrais pas. Personne. Nous avons tout misé sur vous. »

Sale menteur ! D'un autre côté, il est vrai que Wakisaka ne s'était jamais montré pusillanime, contrairement à lui. Il n'arrêtait pas de se vanter de son engagement total dans tous les combats. Et qu'il serait le premier gladiateur de l'histoire à remporter trois Coupes. Alors il s'était offert le luxe de mourir dans l'arène, au sommet de sa carrière, en déclenchant la foudre qui devait l'emporter avec le détestable et détesté, le haïssable et haï Shimojô pour lui tenir compagnie. En y réfléchissant bien, les intérêts de Wakisaka correspondaient parfaitement à leurs intérêts à « eux ». Mais puisque Tôga et Wakisaka s'étaient tous deux retrouvés en finale, cette fois, c'est Tôga qui avait joué le rôle du gêneur. Bien sûr, « ils » avaient prévu le coup. Un petit mécanisme déclenché à distance pendant le combat, dès qu'il était apparu évident que Wakisaka était en position d'infériorité. Et c'est ainsi qu'il se retrouvait bien vivant mais en route pour l'antre des démons à Toranomon. Merde ! Je voulais le faire moi-même ! Pourquoi ne m'ont-ils pas laissé gagner ? Je l'aurais fait aussi bien !

Mais il fit taire la rage qui menaçait de l'étouffer et demanda à l'agent de sécurité, comme s'il tombait des nues :

– Et alors ? Et alors ?

– On n'en sait rien. On n'a pas les détails, répondit-il nonchalamment.

Ce que Tôga aurait voulu savoir, bien entendu, c'était si Shimojô était mort. Et si oui, avait-il été criblé de *jemtchoug*, ou Wakisaka l'avait-il étranglé de ses propres mains ? Ce n'était pas une question à poser, évidemment. Ce serait avouer qu'il faisait partie du complot. À propos, où était passé son casque ? Après le combat, les infirmiers l'avaient entièrement débarrassé de ses vêtements et accessoires, qu'avaient-ils fait du casque ? Le casque était la preuve qu'il avait pris part à l'attentat. Et ce n'était pas le genre de pièce compromettante dont on pouvait se débarrasser facilement, en le jetant dans les toilettes et en tirant la chasse d'eau. Il était foutu. Il était pris au piège. Fuir à la première occasion ? Les faux gardes étaient équipés de matraques électriques et d'armes de poing. Sauf erreur, les deux qui suivaient derrière avaient des armes automatiques. Depuis quand les gardes de phalanstère étaient-ils armés de pistolets-mitrailleurs ? C'était clair, ils n'avaient de gardes que l'uniforme. Certes, c'était encore la pleine lune. Mais il était couturé de partout, bras et jambes entravés. Aucune chance d'espérer faucher ces quatre types et sortir de l'arène vivant. Il serait transformé en dentelle avant de faire un pas. Mais n'était-ce pas ce qui pouvait lui arriver de mieux, justement ? Plutôt que d'être torturé à petit feu selon les méthodes sophistiquées en pratique à Toranomon ? Pour l'instant, il manquait de contexte. Si Wakisaka s'était réellement payé la peau de Shimojô, les choses pouvaient évoluer différemment. Si leur coup d'État réussissait, « ils » devenaient les maîtres du pays, Wakisaka serait porté aux nues comme le héros légendaire du nouveau régime. Quant à Tôga, il pouvait à tout le moins bénéficier d'un non-lieu, non ? Trop beau ? Dans la confusion, une autre faction pouvait en profiter pour reprendre les rênes et diviniser Shimojô. Il leur faudrait des boucs émissaires. Ils étaient tout trouvés. Des pauvres types qui n'avaient jamais reçu la lumière des intérêts supérieurs de l'État, des malades qui avaient pris la vie du Père de la Nation. L'un était mort, mais l'autre était là pour faire un exemple. On allait se gêner.

Quelque chose ne collait pas, tout de même. Pourquoi fallait-il que ce soient des hommes de la direction de l'Événementiel qui l'escortent ? Si c'était pour le convoyer à

Toranomon, n'était-ce pas un travail pour la Kyûtoku ? Livrer à la Kyûtoku un homme qui leur appartenait pouvait être considéré comme une humiliation pour les cadres de l'Événementiel. Ou alors, il fallait imaginer que les histoires de préséance et de chasses gardées entre services étaient déjà réglées, et qu'en l'occurrence la direction de l'Événementiel avait capitulé et livrait Tôga pour faire amende honorable. Il était utilisé comme rançon, en quelque sorte. Tôga ne savait rien des tenants et des aboutissants de toute cette histoire.

Toujours ceinturé dans sa civière, Tôga fut descendu au sous-sol par l'ascenseur et conduit vers le parking technique de l'arène. Il reconnut une rangée de véhicules de transport de troupes au nez d'hippopotame caractéristiques de la Milice du Salut National. Une tripotée de miliciens en uniformes gris se dirigeaient au pas cadencé vers les voies d'accès aux tribunes. La Milice du Salut National était facile à reconnaître, c'était l'organe des forces de l'ordre qui était envoyé pour réprimer les fréquentes manifestations dans toutes les régions du pays. Mais sa mission originelle était de contrer toute tentative de coup d'État, c'est pourquoi plus de la moitié de son effectif et de ses moyens étaient concentrés dans la zone métropolitaine. En outre, en tant qu'organe paramilitaire privé, directement rattaché au Parti, elle avait la police et la sécurité des arènes dans ses attributions, celles-ci étant elles aussi des propriétés du Parti. Et pourtant, il faut reconnaître qu'il n'avait jamais vu un tel déploiement de miliciens dans l'arène. Il en déduisait que les quinze mille spectateurs présents pour la finale de la Coupe Shimojô étaient actuellement confinés dans les gradins. Quelle était l'ampleur des dégâts ? Il l'ignorait, mais à vrai dire, l'objectif de la Milice était vraisemblablement de verrouiller l'information. Si Shimojô était mort, le Parti allait essayer de gagner le plus de temps possible avant de rendre publique la nouvelle. Ne serait-ce que pour procéder à la nomination d'un nouveau chef avant que la confusion ne gagne le pays, et laisser ce dernier annoncer lui-même, avec la gravité et la componction qui s'imposent, la mort du Père de la Nation. Le synopsis était déjà écrit. Si le fils aîné Takehiko Shimojô levait la tête au bon moment, « ils » ne pourraient sans doute rien faire et leur coup d'État serait un échec. Et pour l'insignifiant insecte qu'était Tôga, ce serait un aller simple vers l'enfer.

La civière remontait le flux des miliciens en direction des véhicules de la direction de l'Événementiel, garés près de l'entrée. Six véhicules, un en provenance de chaque phalanstère, pour convoyer les gladiateurs. Mais pour une raison ou une autre, il y en avait huit. Les deux derniers ne portaient aucun badge indiquant à quel phalanstère ils étaient rattachés. Quatre autres agents de sécurité portant le même uniforme se tenaient en faction devant les véhicules surnuméraires. La direction de l'Événementiel avait donc dépêché en urgence deux fourgons et huit agents de sécurité rien que pour convoyer un gladiateur blessé ? Tôga ignorait exactement combien de temps s'était écoulé depuis que Wakisaka s'était fait sauter, mais l'Événementiel avait fait preuve d'efficacité. Et une fois dans l'un de ces fourgons, impossible de faire mine de s'évader. Si c'est cela qu'il voulait, c'était maintenant ou jamais. D'ailleurs, l'escorte semblait avoir deviné ses intentions, et deux gardes s'étaient approchés, matraques électriques en main. Tôga ne tenta rien du tout. D'abord parce que l'excitation de la pleine lune ne lui était toujours pas revenue. Il n'était plus qu'un sac de sable mouillé, et incapable de penser plus loin que le bout de son nez. Il n'arrivait même pas à anticiper ce qu'il risquait de subir à Toranomon. Il allait se faire presser le kiki, ça c'est sûr, mais en définitive, il ne savait rien.

Comment pourraient-ils lui faire dire quoi que ce soit ? Ils comprendraient bien qu'il n'y était pour rien… Il était tellement anéanti qu'il se réfugiait dans des prophéties autoréalisatrices.

Il tourna la tête et vit la porte latérale de l'un des fourgons s'ouvrir. Une silhouette en combinaison orange se trouvait à l'intérieur. Ah, il n'était donc pas le seul. C'est vrai. Les six autres gladiateurs sélectionnés étaient susceptibles d'avoir été approchés, tout comme lui. Il devait bien y en avoir un qui savait si Wakisaka avait réussi, non ? Ne serait-ce que pour avoir regardé la cérémonie de remise du trophée sur le moniteur de la salle d'attente. Mais il y avait des caméras de surveillance au plafond des fourgons et tout ce qu'ils se diraient serait enregistré.

Les agents de sécurité lui firent signe de se lever lui-même de sa civière. Sa combinaison ne présentait aucune trace de sang, ce qui signifiait que ses plaies avaient été recousues. Cela n'empêchait pas les élancements. Il se mit sur ses pieds, non sans laisser échapper quelques gémissements. Ce n'était pas sa première défaite en combat, mais jamais il n'avait ressenti la douleur à ce point. On devait pourtant lui avoir donné les analgésiques habituels. Mais son taux de sélénaline était trop bas, il se sentait comme un tourteau de moonling, après trituration et pressage à froid de tout son jus.

Dans le fourgon où il fut poussé de force, il se retrouva en compagnie de Tanemura, du phalanstère n° 5, avec qui il avait croisé le fer en demi-finale, et Ikezaki, du phalanstère n° 3. Tanemura avait 36 ans, ce qui faisait de lui le plus âgé des compétiteurs cette année, même si Tôga avait un an d'ancienneté de plus. Court sur pattes mais trapu comme un taureau, il avait fait de la boxe dans sa jeunesse, et il se battait comme *dimachæri*, à deux sabres. Ikezaki n'avait que 24 ans, grand et longiligne, le visage encore acnéique, il avait joué dans l'équipe de volley du département de Chiba dans les compétitions sportives inter-lycées. Tanemura tourna la tête vers le nouvel arrivant, mais si lentement, découvrant un visage cadavérique. En temps normal, après chaque tournoi, les gladiateurs restaient jusqu'au matin à se rétablir dans les salles de repos de l'arène. Mais les perfusions leur avaient été arrachées prématurément et ils se trouvaient embarqués de force. Ses camarades avaient l'air exténués, encore plus abattus que lui. Ikezaki, affalé sur la banquette, ne leva même pas les yeux. Peut-être avait-il résisté aux agents de sécurité qui étaient venus le chercher ?

Tôga s'assit sur la banquette en face de Tanemura, et la porte latérale fut refermée. Le silence devint vite étouffant, comme si un couvercle s'était refermé sur leur cercueil. Tanemura, au bord du sommeil, toisa Tôga.

– Bah… c'est sûr… ils n'allaient pas t'oublier, réussit-il tout de même à dire.

– Pourquoi ?

Tanemura ne répondit pas. Sans se quitter des yeux, ils s'enfoncèrent dans un mutisme pesant. Le verbe est source de toutes les catastrophes, dit-on. « Ils » avaient probablement proposé à Tanemura de se coucher en demi-finale. Ou alors un commercial l'avait convaincu d'utiliser une armure piégée. Tôga eut soudain une idée. Il retroussa la manche gauche de sa combinaison. Bingo. À cinq centimètres au-dessus du poignet : une marque de piqûre. Merde, les enfoirés !

– C'est quoi ? demanda Tanemura d'une voix éteinte.

– J'en sais trop rien. Mais ce que je sais, c'est que ce n'est pas une piqûre de moustique.

Tôga rabaissa sa manche. Bon, Tanemura s'était fait acheter.

– J'étais sûr que tu allais gagner, pourtant.

Tiens, tiens, se dit Tôga, Tanemura croyait donc qu'on lui demandait de se coucher en demi-finale pour me permettre de gagner une troisième Coupe d'affilée. Il n'est pas impossible que Wakisaka ait été le seul à connaître le vrai scénario, finalement.

– J'y ai cru aussi, à vrai dire. Mais dis-moi, tu l'as vue, toi, la cérémonie de remise du trophée ?

– Non, non..., fit Tanemura en secouant la tête avec un rapide coup d'œil à la caméra de surveillance. Mais si quelqu'un peut faire ce genre de connerie, c'est bien lui, non ?

Il avait choisi ses mots avec prudence.

– Il y a des morts ?

– Ma foi, au moins lui, je suppose. Ah là là, je te jure... à un pas de... la gloire... nous faire ce coup-là... merde...

La phrase de Tanemura se perdit dans un rire de gorge. Tôga n'avait pas le cœur à se joindre à lui. Soudain, il comprit : si c'était lui qui l'avait fait, Tamemura serait à cet instant dans le même fourgon, à prononcer la même phrase à Wakisaka.

18

Les fenêtres du fourgon étaient grillagées et opaques. Mais même sans rien voir, les détenus comprenaient que l'on mettait plus de temps que la normale pour quitter l'arène. Des contrôles poussés de la Milice, sans doute. Le fourgon s'arrêtait, une négociation s'engageait, on repartait. Même chose un peu plus loin, dans la zone métropolitaine de Tokyo. Difficile de déterminer le temps de parcours de l'arène n° 1 jusqu'à Toranomon, mais cela ne devait pas prendre plus de deux heures.

Tôga était exténué, brisé, et son cerveau n'était plus en état de faire quoi que ce soit. Quant à dormir, malgré le besoin qu'il en avait, cela ne venait pas. Son esprit était obnubilé par la certitude du désastre qui l'attendait. Enfoncé dans la banquette, il n'arrêtait pas repenser à cette affaire. Wakisaka serait considéré comme l'auteur de l'attentat, cela ne faisait aucun doute. Mais lui ? Il serait jugé coupable de tentative d'assassinat, et les six autres gladiateurs complices, peut-être ? À moins qu'ils ne soient condamnés tous les huit comme « coupables collectifs » ? Sauf que… les gladiateurs, « pour de vrai », ça n'existait pas. Comment le Parti présenterait les coupables d'un attentat contre la vie de Shimojô si ceux-là n'étaient pas censés exister ? Les phalanstères de gladiateurs n'avaient aucune réalité officielle. C'étaient des sanatoriums à régime spécial, spécifiquement adaptés pour l'accueil et le confinement de patients potentiellement violents, comme les moonlings. Évidemment, dans ce contexte, pourquoi avaient-ils été extraits de leurs sanatoriums ? Que faisaient des individus aussi dangereux à l'Arène du Salut National n° 1, un complexe géré par le Parti, une nuit de pleine lune, qui plus est ! Il y avait de quoi se poser des questions. Bref, le Parti avait tout intérêt à ne pas rendre public le statut des auteurs de l'attentat. Mais cacher l'identité des acteurs alimenterait les spéculations les plus farfelues, attiserait les théories du complot les plus folles, ce qui risquerait d'ébranler les fondations du régime. Le Parti préférerait éviter ce genre de situation. Ce qui, nécessairement, allait demander de redessiner le tableau avec des motifs très éloignés de la réalité. Il n'y aurait évidemment plus un seul gladiateur, dans ce tableau. Plus un seul moonling. Plus de Wakisaka, plus de Tôga Uno, ni aucun des six autres. Ou alors, avec des visages lourdement pixelisés. Ils tomberaient dans les oubliettes de l'histoire, ils n'auraient jamais existé, leurs noms seraient oubliés. Des sans-noms. Tôga avait souvent envisagé cette situation, et depuis bien longtemps. Quand je mourrai, je mourrai en tant que qui ? Qui aurai-je été, au seuil de la mort ?

Au milieu de ce tourbillon de peur et de questionnements, il sentit comme une bulle éclater sous son nez : Toranomon, c'est en plein centre de Tokyo… Or, il n'entendait aucune animation urbaine. Même en pleine nuit, c'était pour le moins étrange. D'autre part, d'autres fourgons étaient censés circuler avec eux, former un convoi. Or, aucun bruit de moteur ni devant, ni derrière. Et puis, pas un seul stop ? Pas un seul feu rouge ? La route semblait sinueuse, comme une route de montagne. Qu'est-ce que cela voulait dire ?

Ils n'allaient plus à Toranomon ? Une cloison aveugle séparait la cabine du conducteur de l'espace où ils se trouvaient. Où étaient passés les agents de sécurité ? Un frisson lui parcourut l'échine.

Ikezaki était toujours affalé sur le dos. Tôga secoua Tanemura, qui dormait les yeux à moitié ouverts.

– Hé ! C'est bizarre, non ? demanda-t-il à voix basse. On va où ?

Tanemura lui adressa un regard brumeux et répondit d'un air mécontent :

– Pourquoi ? J'ai l'air de le savoir ?

Il n'en tendit pas moins l'oreille et, rapidement, son visage se crispa. Ils échangèrent un regard, puis Tôga examina ses pieds : il ne portait plus de bracelet électronique. Et le fil de fer ? Il porta la main à son cou : pas de fil de fer non plus. Alors que… Tanemura, lui, portait bien son fil de fer. Selon toutes probabilités, Tanemura avait été conduit du bloc opératoire à la salle de repos, où les agents de sécurité l'avaient pris en charge. Tôga, lui, avait été emporté en civière directement. D'où l'absence de fil de fer et de traceur sur lui. Mais alors, pourquoi Tanemura avait bien son fil de fer, et pas de bracelet à la cheville ?

– Comment ça se fait qu'on n'a plus de traceur ? demanda Tôga.

– J'en sais rien, répondit Tanemura en secouant la tête.

– C'est eux qui l'ont enlevé ?

– Peut-être.

Pour quelle raison ? Juste parce la direction de l'Événementiel les livrait à la Kyûtoku ? Mais alors, qu'est-ce qui les empêchait de retirer son fil de fer à Tanemura ? La tornade du doute grossissait encore. Et pour faire bonne mesure, c'est à ce moment que le fourgon quitta la route pour s'engager dans un chemin. On entendait les pneus crisser sur des graviers. Tôga envoya un nouveau regard à Tanemura. Difficile d'imaginer qu'il faille emprunter une piste non asphaltée pour se rendre à Toranomon. Tanemura fit la grimace. « Merde, où est-ce qu'ils nous envoient ? » dit-il comme pour lui-même. Tôga garda le silence. Huit visages pixelisés, invisibles. Ils seraient jetés dans les oubliettes de l'histoire. Ils n'avaient jamais existé.

Le fourgon s'arrêta avec un bruit de cailloux et de branches qui craquent. Tôga retint sa respiration et tendit l'oreille : rien que le murmure de la forêt. La portière du conducteur s'ouvrit, puis des pas assez lourds se firent entendre. « Merde, où est-ce qu'on est ? » grommela Tanemura.

Tôga se leva et secoua la jambe d'Ikezaki, qui prenait toute la place au milieu. « Debout ! » Ikezaki émit une sorte de gémissement, qui était peut-être un « oui » ou bien un « ouille ». Son regard disait qu'il avait peur d'être à nouveau frappé. Ce bleu sur la pommette droite, il ne l'avait sans doute pas gagné pendant son combat. Et il avait perdu deux dents du haut, aussi. Il avait les gencives sanguinolentes et les lèvres tuméfiées. On l'avait frappé alors même qu'il était encore sous l'effet des anesthésiques et des relaxants musculaires de son opération. Pendant qu'il était encore à moitié endormi. L'occasion était trop belle de se défouler sur un blessé. Il suffisait de les voir : ils étaient perdus. Un désespoir glacé se répandit dans le cœur de Tôga. Les factotums du phalanstère n'auraient jamais fait un truc pareil. Fallait-il que la direction de l'Événementiel les ait complètement abandonnés ? C'était comme couper la queue d'un lézard : le désir de les punir avant de les remettre à la Kyûtoku. Et la Kyûtoku laissait faire sans rien dire ?

Ikezaki écarquilla les yeux. Tôga eut du mal à ravaler sa salive. Les yeux d'Ikezaki semblaient sur le point de sortir de leurs orbites et il porta la main à son cou en hurlant.

Presque en même temps, Tanemura émit lui aussi un cri étrange, et Tôga comprit : Le fil de fer ! Ils rembobinaient le fil de fer ! Ils allaient les étrangler, là, directement dans le fourgon. Par réflexe, Tôga porta la main à son cou pour s'apercevoir qu'il n'en portait pas. Ah, c'est vrai, pensa-t-il, ils ont oublié de me remettre le mien ! Une étrange joie l'envahit, pendant que Tanemura et Ikezaki, le visage congestionné, turgescent, sur le point d'éclater, résistaient désespérément à leur exécution. En pure perte. Ils auraient réussi à insérer une barre d'acier que cela n'aurait pas empêché le câble de serrer. Tôga n'avait jamais subi l'épreuve du garrot, mais il avait vu des gladiateurs se faire étrangler de cette façon. Ils ne tiendraient pas trente secondes. Une mousse blanche commença à leur sortir par la commissure des lèvres, et leurs yeux étaient révulsés, comme si leur âme n'était déjà plus là.

Que faire ? À un moment où à un autre, ils ouvriraient la porte du fourgon. Il porta lui aussi les mains à son cou, couina et se débattit, renversé sur la banquette. Il avait compris qu'il ne devait pas rester impassible devant la caméra. Il s'en tenait à cette supposition : s'il n'avait pas son fil de fer, c'était sans doute un oubli de leur part. Et regardez ça ! Un gladiateur, double vainqueur de la Coupe Shimojô, va vous faire le coup de la fausse mort ! Ha ha ha ! La tactique était géniale ! Enfin… Disons surtout qu'il n'en avait pas d'autre. Du coin de l'œil, il aperçut les jambes de Tanemura prises de spasmes. Bonne idée. Lui aussi se mit à trembler des jambes. Puis il y eut une odeur d'urine. Tanemura ou Ikezaki, ou les deux, se pissaient dessus. Comment fait-on pour pisser, déjà ? Comment faisait-il, jusqu'à maintenant ? Est-ce que sa vessie était vide ? Enfin, un liquide tiède commença à mouiller sa combinaison. Pas le moment d'avoir honte. Supporte ! Tu fais le mort et tu attends ta chance.

Au bout de quelques minutes, quand plus personne ne bougea dans le fourgon, il entendit la porte s'ouvrir.

– Hé, ça sent quelque chose, non ?

– La guillotine, ça les fait se pisser dessus, tu ne sais pas ça ? On aurait dû les faire sortir d'abord, c'est bien ce que je pensais. Qu'est-ce que ça aurait changé ? Ils croyaient être arrivés à Toranomon, tu penses ? Ils sont peut-être balaises comme des gorilles, mais ils sont pas plus futés que des singes ! Bon, allez, maintenant, ça rigole plus. Tire-les à l'extérieur.

Tôga connaissait cette voix. C'était celui avec lequel il avait échangé quelques mots dans les couloirs de l'arène, à côté de la civière. Celui avec les yeux vifs. Sans doute le plus gradé des deux.

Les deux agents s'occupèrent d'abord de Tanemura. Était-il déjà mort ou seulement inconscient ? Cela n'avait l'air de leur poser aucun problème. Ils le tirèrent sans ménagement par le bas de sa combinaison, comme un pantin, et l'abandonnèrent quelques mètres plus loin.

Ce fut au tour de Tôga. Il avait remonté jusqu'en haut la fermeture de sa combinaison, de façon à cacher l'absence du fil de fer, et s'était griffé le cou jusqu'au sang. Il avait aussi produit un peu de bave mousseuse aux coins de ses lèvres. Quelle expression devait prendre un mort par strangulation ? Yeux écarquillés, bout de la langue sortie, légère grimace mais rien d'exagéré. Surtout, il fallait rester inerte, même si sa tête tapait par terre. Tu es un cadavre, se répétait-il.

Finalement, les agents ne remarquèrent rien en abandonnant les sept corps dans la forêt, dont six cadavres. Peut-être n'avaient-ils pas trop envie de se poser de questions car ils ne prirent pas la peine de vérifier le pouls ou de soulever les paupières. Personne n'était jamais très motivé à l'idée de toucher un moonling, même vivant. Ils les empilèrent vite fait et Tôga se retrouva la tête dans l'entrejambe de Tanemura, les joues humides de pisse froide.

Dans la nuit noire, sans bouger la tête, il entrouvrit les yeux. Des arbres, une végétation dense. Sans doute une forêt au milieu de la montagne. Les phares du fourgon. Les lampes frontales que portaient les agents. Sans ces lumières, l'obscurité aurait été presque totale. La lune, cachée par les arbres, éclairait une portion de ciel d'un bleu profond. Et un rayon brillait jusque dans son âme.

Les pensées de Tôga, étalé au milieu des cadavres, tournoyaient dans sa tête. Les agents allaient probablement creuser un trou pour les enterrer. Ou plutôt… Non, un trou avait été creusé à l'avance. D'autres agents arrivaient, foulant les feuilles mortes. À une quinzaine de mètres, on vérifiait la taille de la fosse commune. Leurs corps allaient y être jetés et ils y reposeraient pour l'éternité. C'était le moment ou jamais. Pendant que les agents étaient occupés à discuter de la largeur et de la profondeur du trou. Comment faire pour les menottes et les entraves aux pieds ? Pour les menottes, ça pouvait attendre, mais les entraves ? Dès qu'il se mettrait à courir, il tomberait, et même s'il n'avait jamais vraiment testé leur solidité, il ne se faisait aucune illusion, elles devaient être conçues pour résister à la force d'un moonling en phase fulminante. Sans compter le bruit qui s'entendrait jusqu'au bout du monde. En supposant qu'il parvienne à leur fausser compagnie, on le retrouverait sans peine. Qui avait eu l'idée d'enterrer leurs cadavres ici ? Il n'en savait rien, mais une chose était sûre : s'ils en laissaient échapper un seul, cette fois, c'est eux qui auraient à en répondre de leur vie.

Il analysa rapidement ses maigres options tout en faisant le mort. Il y a un instant, il s'était dit : Maintenant ou jamais.

Et voilà que le ballon se dégonflait. C'était impossible. Contre un ou deux hommes, il aurait eu ses chances, mais huit ? Malgré tout, une idée encore indistincte, comme la pleine lune cachée derrière les arbres, germa dans son esprit. Atroce, mais c'était un pari à tenter. Quitte ou double.

Quand les agents recommencèrent à s'intéresser au charnier, le rayon d'une lampe frontale lécha la figure de Tôga. Il se répétait : Tu es un cadavre, tu es un cadavre… Les corps étaient traînés par le pantalon sur quelques dizaines de mètres et jetés dans la fosse commune. Le tour de Tôga était venu. Ils s'y mirent à deux, une jambe chacun, et l'emportèrent dans les bois.

– C'est lui, Tôga Uno, fit l'un des deux agents.

– Ouais, et alors ?

– J'étais l'un de ses supporters. J'y croyais dur comme fer, qu'il allait remporter sa troisième Coupe. Et regarde-moi ça, si c'est pas malheureux.

– Bah, moi, j'étais supporter de Wakisaka, alors tu sais…

– Lui, c'est encore pire.

– Faut pas réfléchir à ces choses-là. On nous a dit de le faire, alors on le fait, ça va pas plus loin. Ça sert jamais à rien d'en savoir trop.

– Bah, quand même…

– Mais ferme-la, merde ! Tu crois que je fais ce boulot par plaisir ? Laisse-moi te dire un truc, pour ta gouverne. Les sales boulots, ça se fait en silence. La parole, c'est comme la vie. Les types qui ont la parole qui pèse pas grand-chose, eh bien, leur vie aussi elle pèse pas grand-chose.

Tous les gladiateurs furent jetés dans un trou rectangulaire. Pas extraordinairement profond, soixante-dix centimètres tout au plus, mais suffisamment large pour les contenir tous les sept. Dorénavant, les agents se contentèrent de travailler en silence, n'échangeant que quelques mots à voix basse, comme si les arbres avaient des oreilles. Tôga se trouvait couché sur le dos, exactement au milieu de la rangée, entre Tanemura et Ôkubo, pour le sens que cela pouvait avoir. Quelle importance, maintenant ? Ils étaient tous morts, ils n'étaient plus personne. On reboucha le trou à la pelle. La terre était noire et crasse comme la nuit. Voilà comment la vie de sept gladiateurs s'effaçait, une pelletée après l'autre. Ces vies n'auraient bientôt jamais existé. L'un d'entre eux était encore vivant, pourtant, et luttait contre une épouvante grande comme les ténèbres. Et s'il s'échappait maintenant ? Il pouvait peut-être sauter hors du trou et courir se jeter dans un buisson… Ou plutôt, il pouvait se jeter à leurs pieds et les supplier de le laisser en vie… Ce gars n'avait-il pas dit qu'il avait été son supporter ? Ce n'était pas les rêves en sucre d'orge qui lui manquaient. Il en avait plein la poitrine. Mais ces rêves venaient et repartaient aussi vite. Et du fond de ses tripes, il savait que c'étaient des conneries en sucre d'orge. Il ne fallait surtout pas que l'un de ses fossoyeurs le remarque. Se faire enterrer vivant, oui, c'était atroce, humiliant, effrayant, mais c'était le seul rêve, le seul petit rêve en sucre d'orge qu'il devait garder et sucer longtemps dans sa bouche.

La terre commençait à le recouvrir. Des mottes frappaient ses oreilles, des graviers roulaient à l'intérieur, des brindilles lui chatouillaient les lèvres, une feuille vint se coller sur sa langue. Supporte ! ne va pas flancher maintenant, tu peux le faire ! Enkû lui-même s'est fait enterrer vivant pour devenir « Bouddha en ce corps », *sokushin-butsu.* Fais-le, toi aussi ! Mais pas pour mourir : deviens un Bouddha ! Tu vas te réincarner. Lentement, à un rythme toujours plus lent, pendant que la terre peu à peu s'accumulait, Tôga rendait encore et encore son dernier souffle.

19

Les pelletées s'accumulaient sur son visage et son cou, et pourtant, derrière ses paupières closes, il percevait toujours une clarté, et même une certaine chaleur au niveau des genoux. D'où cela pouvait-il venir, alors qu'il était à moitié enseveli au milieu de la forêt une nuit de décembre ? La terre avait un aspect particulier. Fine et sèche comme du sable, piquante, même. Emportée par le moindre souffle de vent. Peu à peu vint une agréable sensation de mouvement, comme s'il était bercé dans les bras de sa mère, découvrant la chaleureuse tendresse du monde. D'où venait donc cette sensation, au fond d'un trou, en pleine forêt ?

Quelqu'un le secoua par l'épaule, le sortant de sa torpeur.

– Allez, réveille-toi. On arrive à la voie de circumnavigation Nord.

Ah, maman, songea-t-il. Cela faisait si longtemps que je n'avais pas entendu ta voix. Où étais-tu, tout ce temps ? J'étais si seul.

– Regarde, on voit la Vallée des gladiateurs.

Non, ce n'est pas maman. C'est une voix plus jeune, très jeune, même. Je connais cette voix. Ah oui, Motoka. J'étais en voyage avec Motoka à travers le désert lunaire. Sur

Mahina, la baleine de lune, avec ce soleil brûlant dans le dos, à la poursuite de l'ouest, toujours vers l'ouest, sur la voie de circumnavigation Nord. Cette terre fine et chaude qui me picotait la joue, ce n'était que le sable blanc que Mahina soufflait à intervalles réguliers. Qu'est-ce que c'était que cette idée d'être enterré vivant au fond d'un bois ? Ce convoi, avec d'autres gladiateurs… J'avais failli me faire étrangler par un fil de fer, je m'étais pissé dessus… Quel rêve horrible.

Tôga entrouvrit les paupières. Les grands yeux noirs de Motoka, comme des pierres polies, le scrutaient avec une certaine inquiétude. Sans doute à cause du balancement de la navigation, il dormait maintenant la tête sur les genoux de Motoka, une jeune fille de quinze ans, même si son attitude témoignait d'une grande solidité morale pour son âge. À tout le moins, elle avait une âme de « grande sœur », comme on dit. Tôga se redressa rapidement, tout honteux.

– Pardon ? Quoi ? La Vallée des Gladiateurs ?

– Tu vois ce qui traverse l'horizon, là-bas ? C'est la voie de circumnavigation Nord, expliqua Motoka avec un large geste du bras. Et là-bas à droite, c'est la Vallée des Gladiateurs. Tu vois toutes les baleines qui convergent vers elle ?

Sous le ciel absolument pur et noir comme de la laque, Mahina descendait le flanc d'une grande dune de sable blanc. Au pied de la dune, d'autres baleines de lune de toutes tailles se regroupaient en troupeau, progressant vers la droite. C'était donc ce couloir que Motoka appelait la voie de circumnavigation Nord. Il devait faire un peu moins de cent mètres de large, et même si aucun accotement n'était aménagé, cela ressemblait à une gigantesque autoroute de sable qui ondulait à l'infini entre les dunes. C'était certainement plus confortable pour les baleines et leurs passagers, fût-ce au prix de quelques détours, de naviguer sur ce couloir uniformément plat, plutôt que de monter et descendre les dunes.

En regardant dans la direction indiquée par Motoka, Tôga vit que la voie se rétrécissait puis bifurquait derrière quelques dunes plus grandes que les autres. Deux piliers formant une porte monumentale se dressaient à l'entrée, entre lesquels les baleines se pressaient. De loin, on aurait dit des sculptures de forme humaine, taillées dans le rocher, de taille colossale. En supposant que les baleines fassent vingt mètres en moyenne, ces statues mesuraient facilement le double. Oui, bien quarante ou cinquante mètres. Mais qui avait sculpté des œuvres d'une telle dimension, dans ce monde lunaire où il est impossible de s'arrêter longtemps ?

– Les statues des gladiateurs, confirma Motoka, une légère fierté dans la voix.

– Comment ces choses-là sont arrivées sur la lune ?

– Personne ne le sait. Cela fait un bon moment que je vis ici, sur la lune, j'en ai fait le tour des centaines de fois, et tout ce que je sais, c'est qu'autrefois, elles n'étaient pas là. Un jour, tout d'un coup, il y en a eu une première, dans cette vallée, et depuis leur nombre augmente.

Mahina était encore à descendre la dune, d'autres baleines s'approchaient et venaient nager de conserve, après avoir établi un contact avec leur rostre. La plupart portaient des huttes semblables à celle de Mahina. Quelques-unes de ces créatures étaient plus petites, et certaines sans cabine sur le dos, sans doute des spécimens juvéniles, qui nageaient blottis contre leur mère.

Les cabines étaient grosso modo de même fabrication, mais chacune déployait un style propre : les murs peints de couleurs différentes, des toits élégants, d'autres types de sièges de cornac. Certaines baleines voyageaient à vide, mais la plupart étaient menées par au moins un cornac.

Tôga distingua un moustachu d'une cinquantaine d'années, une femme âgée et très mince au regard perdu dans le lointain, un jeune à l'air intrépide qui somnolait les bras croisés, une élégante jeune femme qui lisait un livre. Et des couples d'amoureux, des familles avec enfants, ou encore des groupes de voyageurs disparates, comme Motoka et Tôga. Mais une jeune fille comme Motoka, seule à bord, non. Cela semblait exceptionnel.

Motoka devait être une personnalité singulière parmi les voyageurs. N'avait-elle pas dit qu'elle vivait ici depuis longtemps ? Elle semblait bien jeune, et pourtant, elle avait l'air de connaître tout le monde, ou presque. Elle échangeait un petit signe amical de la main dès qu'une nouvelle baleine les rejoignait. Les autres voyageurs lui répondaient de même, mais pas de manière enfantine, plutôt avec des gestes réservés et dignes, comme il sied entre cornacs d'expérience.

Il lui sembla également que la plupart des voyageurs se demandaient qui pouvait bien être cet inconnu assis à côté de Motoka. Les réactions étaient de toutes sortes, du simple regard au signe de tête vigoureux, pouce dressé. Un vieil homme à barbichette vint placer sa baleine au bord à bord avec Mahina, puis sortit un porte-voix en cuir et se mit à crier sans ménagement : « Où tu l'as ramassé, celui-là ? » Comme s'il parlait d'un chien trouvé. Motoka sortit le même genre d'instrument qui se trouvait à ses pieds, et lui répliqua sans se dégonfler : « Au nord ! Plus au nord ! Au cimetière des baleines ! » Puis Motoka expliqua à Tôga que ce monsieur était l'un des plus anciens voyageurs, il avait récupéré un grand nombre de nouveaux dans sa carrière, et craignait que Motoka n'essaie de lui voler son record, ce qui n'était pourtant pas du tout dans ses intentions. Sur la banquette derrière le doyen se trouvaient une femme d'une quarantaine d'années et un petit garçon d'une dizaine d'années. Tous les trois pouvaient passer pour un grand-papa, sa fille et son petit-fils, ce qui lui inspirait une douce béatitude.

Ils approchaient de la Vallée des Gladiateurs, avec ses deux statues qui se faisaient face comme des chiens chinois à l'entrée d'un sanctuaire. Leur taille devenait de plus en plus impressionnante. Sculptées dans un seul bloc de rocher gris-brun, rien de très réaliste, juste ce qu'il faut pour qu'on y reconnaisse des gladiateurs. Celui de gauche tenait un bouclier rectangulaire et une épée droite, l'autre un trident et quelque chose qui ressemblait à un filet de jet. Mais c'est l'expression de leur visage qui intriguait Tôga. Ils souriaient. Faiblement, mais ils souriaient. Leur visage ne montrait ni violence, ni aucune tristesse. Un destin sordide les avait frappés et ils arboraient pourtant la satisfaction du chemin parcouru.

À contempler ces sourires, Tôga sentit un voile assombrir son cœur. C'est vrai, songea-t-il. Je l'avais presque oublié. Moi aussi, j'avais été gladiateur. Et le plus incroyable, c'est que je connais ces sourires. Est-ce que je n'en avais pas sculpté des dizaines de mes mains, de ces gladiateurs souriants ? Enfin, ce n'est pas la question. La question, c'est qu'est-ce que je fais sur la lune ? Comment suis-je arrivé ici ? Comment me suis-je retrouvé à dormir sur le dos d'une baleine de lune ?

Passé l'entrée monumentale, d'autres gladiateurs apparaissaient en bordure du chemin, comme pour saluer le défilé de baleines. Bien que ce paysage leur fût familier, les cornacs venaient admirer ces statues colossales, appuyés à la rambarde, yeux écarquillés et bouches ouvertes : un Mirmillo, un Retiarius, un Samouraï, un Dimachæri... Ils possédaient tous un visage et une tenue différents, mais leur sourire semblait provenir de la même source. Ils étaient plus de deux cents, d'après Motoka, et il en venait toujours de nouveaux. Personne ne savait comment ces géants surgissaient soudain dans ce monde désolé. Certains se disaient qu'ils devaient pousser comme des prêles dans le sable blanc du désert. Ou bien qu'ils tombaient du ciel. On voulait bien admettre que le sous-sol de la lune cachait encore des secrets qui dépassaient l'entendement, mais tout de même.

Tôga commençait à faire la distinction entre leurs visages de pierre quand ils atteignirent ce qui semblait être la dernière statue. Or, cette dernière statue se trouvait plantée au milieu de la route, comme pour indiquer qu'on n'allait pas plus loin. Les baleines semblaient hésiter devant cet obstacle incongru. C'était aussi une surprise pour Motoka, qui grommela : « Qu'est-ce qu'elle fait ici, celle-là ? » Elle était également beaucoup plus basse que les autres, ne montrant que la tête et le buste. À l'évidence, elle était en train de pousser. D'après Motoka, toutes les statues commençaient par sortir la tête, et quand vous repassiez le mois suivant, elles étaient en pied. Mais une statue qui poussait au milieu de la route, ça, c'était nouveau.

Tôga eut du mal à ravaler sa salive. Jusqu'à présent, il avait senti une étrange familiarité avec toutes ces statues. Devant ce buste géant qui sortait du sol, il éprouva un déjà-vu, puis comme une évidence. Les sourcils broussailleux, le nez droit et fort, les pommettes saillantes… mais, c'était lui ! C'était exactement l'autoportrait en bois qu'il avait sculpté et offert à Ruka, la dernière statue qu'il devait sculpter de sa vie. Non. Attends… La dernière de sa vie ? Comment ça, la dernière de sa vie ? Il était sur le point de se souvenir de quelque chose. La pleine lune au-dessus de sa tête, une arène, les acclamations du public, Wakisaka, immense, le grand sabre tenu à deux mains, sa tête alourdie par le casque régicide… Mais oui, c'est vrai ! Je devais assassiner Shimojô Hiraku ! Et alors, comment ça s'est terminé ? Je l'ai tué, ou pas, finalement ? La statue qui le représentait semblait connaître la réponse.

– S'il te plaît, arrête-moi ici ! lança Tôga sans réfléchir. Dis à Mahina de s'arrêter. Cette statue... Cette statue, c'est...

– Tu veux t'arrêter ? Ici ?

– C'est moi ! Cette statue, c'est moi... Cette vallée, c'est moi qui l'ai sculptée.

– Qu'est-ce que tu racontes ? Qu'est-ce qu'elle a, cette statue ?

Motoka n'avait pas l'air convaincue. Mais elle indiqua à Mahina de bien vouloir slalomer entre les autres baleines pour se rabattre sur le côté. Les baleiniers qui les doublaient leur envoyaient des regards interrogatifs, mais Tôga avait autre chose à faire, et beaucoup plus urgent.

Le cœur battant, il enjamba le garde-fou, dévala le dos de Mahina et atterrit sur le sable blanc, Motoka sur ses talons.

– Hé ! Mais qu'est-ce que ça veut dire ? Que tu as sculpté toutes les statues de la vallée, c'est ça ?

Tôga ne prit pas le temps de répondre. Il courut jusqu'à son portrait en pierre et leva les yeux. De la poitrine à la pièce frontale du casque, qui représentait une lune rémanente, elle faisait bien une quinzaine de mètres. Le visage était censé regarder droit devant en souriant, mais vu de dessous, il avait l'air de toiser Tôga, les yeux mi-clos. Comme s'il était sur le point de dire : Parle et je réaliserai ton vœu.

Comment cet énorme rocher avait-il bien pu rouler jusque sur la lune ? À y regarder de plus près, la pierre présentait un grain semblable à celui du bois, presque fibreux. Avec un peu de recul, on devinait également des nœuds. Sa statue fossilisée ? Enfin... fossilisée et devenue immense. Et transportée au fond du désert lunaire... Était-ce encore du domaine du possible ?

Tôga tendit timidement la main vers la pierre. Pourquoi était-il rempli de crainte à l'idée de la toucher ? À l'instant où son index entra en contact avec la statue, plusieurs choses se produisirent simultanément. En premier lieu, une sorte de fourmillement au point de contact avec son doigt, qui se transforma en une ondulation furieuse, une sorte d'écho, remonta le long de son bras jusqu'à sa poitrine et se diffusa comme une paralysie dans tout son corps. C'était froid, glacial même. Et en même temps chaud. Bouillonnant. Et il y avait du sacré là-dedans, surtout du sacré. Tôga se trouva pris d'un tel vertige qu'il lui fut impossible de rester debout. Il s'effondra sur le sable, comme désossé.

Motoka se précipita pour le soutenir, le bras autour des épaules. Tôga put voir les ondes blêmes de la statue géante se propager dans le bras de Motoka. Qu'est-ce que cela voulait dire ? Comment une statue de pierre pouvait-elle propager des ondes ? Effarée, Motoka prononça quelque chose mais ses paroles furent inaudibles, du fait d'une résonance, peut-être, de la statue avec Tôga au moment où celui-ci était entré en contact avec elle, qui sait ? Ce son tenait de la cloche de temple bouddhiste et du métallophone. Un son lourd qui prenait aux tripes, mais qui chantait aussi, comme une lame d'acier poli. D'un bout à l'autre du monde lunaire, tous les grains de sable, jusqu'au dernier, entrèrent en vibration.

Motoka hurla avec la force du désespoir :

– Toi… non… tu ne peux pas encore… transféré… sur la… lune… Tu… dois repartir… la… retour là-bas s'est ouverte… Une autre fois, un autre jour…

C'est du moins ce qu'il réussit à entendre. Et pendant ce temps, dans un grondement tellurique, la statue s'enfonçait. Le buste disparut jusqu'aux épaules, puis jusqu'au cou, dans un nuage de poussière, creusant un gigantesque cône. Tôga, sur le dos, inanimé, se laissait aspirer par le sable qui s'écoulait. Motoka le lâcha et pagaya de toutes ses forces pour remonter. Elle s'en voulait de ne pas pouvoir le sauver, sans doute, car elle recula avec une grimace amère pour rejoindre Mahina. Au moment où le casque de samouraï disparut sous terre, un énorme trou de dix mètres de diamètre s'ouvrit au fond du cône. Exactement comme si le bouchon du désert avait sauté, d'un noir tellement dense que les rayons du soleil n'y pénétraient pas. Mahina emmena Motoka loin du bord, et contourna cet étrange phénomène avec prudence, en compagnie d'autres baleines.

Tôga continuait à glisser le long du cône, impuissant. Je ne peux pas encore être transféré sur la lune ? songeait-il. La voie du retour vers là-bas s'est ouverte ? Là-bas ? Où est-ce, là-bas ? Je suis sur le point de m'en souvenir, j'ai l'impression, mais... Oh, ça à l'air sombre... Noir et humide... Là où se tapit la mort.

Sa paralysie commençait à se résorber, il était pris de spasmes, se débattait avec maladresse, comme un mannequin à qui on aurait greffé un cœur humain. Bah, de toute façon, c'était trop tard. Il essaya bien de s'accrocher, mais ses jambes dansaient ridiculement en l'air dans un flot de sable blanc. La peur n'était pas insupportable, aussi étrange que cela puisse paraître, mais il n'y avait aucun moyen de résister à l'attraction de ce mystérieux trou. Il aurait vu passer un brin de paille qu'il s'y serait raccroché, mais de brin de paille, il n'y avait point. Il referma ses mains sur le sable qui tombait avec lui. Et toujours cette même question lancinante, qui résonnait comme une question d'enfant : Là-bas... Où est-ce, là-bas ?

20

Tôga se débattait dans le noir total, la respiration bloquée. Puis les ténèbres qui pesaient sur lui commencèrent à se désagréger, à s'effondrer, ses poignets entravés finirent par percer l'épaisseur de la terre et à atteindre l'autre côté. Là-bas. Il y eut cet instant où l'air prit ses mains dans les siennes, où il sentit son âme foudroyée par un immense espoir. De toutes ses forces, il se souleva.

Son visage souillé émergea d'une épaisseur de feuilles mortes, telle une pousse d'hiver. Il cracha pour expulser les corps étrangers dans sa bouche, toussa et respira à grandes goulées pour retrouver le goût de l'air qu'il pensait avoir oublié. Il fendit la terre en deux, s'extirpa du trou et roula sur les feuilles. Son corps était engourdi et glacé jusqu'aux os. Il tremblait convulsivement. Puis l'engourdissement laissa la place à un bouillonnement qui le fit se tordre de douleur en gémissant. Lui revint le souvenir d'une vidéo sur des tortures infligées à un moonling, enterré vivant par des mauvais plaisants, tremblant et gémissant d'angoisse quand il avait été déterré.

Les spasmes finirent par s'atténuer et la sensation du toucher commença à lui revenir. Ses extrémités étaient encore glacées et ne semblaient pas près de se réchauffer.

Il se laissa tomber sur le dos, plaça ses mains entravées sur sa poitrine, comme pour une prière, et contempla le ciel, la respiration encore frémissante. Un ciel bleu outremer, sans nuage, apparaissait entre les branches dénudées. Était-ce le bleu du petit matin, ou celui du crépuscule ? Les agents de sécurité l'avaient enterré vivant la nuit de la pleine lune, le 18 décembre. Non, le 19, plutôt, minuit était passé. Au bout d'un certain temps, il lui sembla que l'outremer du ciel avait foncé. Ce n'était donc pas le matin qui approchait, la nuit ne faisait que commencer. La lune du seizième jour n'allait sans doute pas tarder à se lever à l'est. À moins que… Il était peut-être resté enterré plusieurs jours, auquel cas la lune pouvait avoir déjà sensiblement décru. Et la lune décroissante se lève de plus en plus tard.

Toujours couché sur le dos, un rire montait du fond de ses tripes et grondait dans sa gorge. Oh, un tout petit rire, un rire que personne n'avait besoin d'entendre, un rire que personne ne lui volerait, un rire pour soi, pour soi tout seul, le rire de son destin. Le rire absolu. Tôga, couché au fin fond d'une forêt inconnue, au milieu de nulle part, secoué de spasmes, riait sans pouvoir s'arrêter. Hé, le monde ! Je suis vivant ! J'ai gagné ! J'ai gagné mon pari. Messieurs de l'élite ! Messieurs nos gouvernants ! La victoire est à moi… Ses cinq sens en alerte, il entendait le moindre craquement de brindille, le bruit d'une feuille se posant au sol, le frétillement d'un coléoptère. L'hyperesthésie, l'heure exquise. Ce moment où la vie était belle, et où il ne s'était jamais senti aussi libre, aussi pleinement lui-même depuis sa naissance. Tout le monde me croit mort, pensa-t-il. Tôga Uno est mort. Il n'a pas réussi à tuer Hiraku Shimojô et les comploteurs se sont débarrassés de lui comme d'un chien. Et pourtant, je suis là. J'ai quitté ma carapace de Tôga Uno et je l'ai jetée. Je suis une âme nue, maintenant, j'ouvre mes ailes et je commence ma nouvelle vie sur le bord de ma tombe. Plus de mur autour de moi. Plus de fil de fer à mon cou, plus de bracelet aux chevilles. J'ai bien encore des menottes et des entraves aux pieds, mais c'est tellement peu de chose. Je suis moonling depuis trois ans et neuf mois, et alors ? Je vivrai encore. Je dormirai à la belle étoile, dans la montagne, comme Enkû, et je mangerai de l'herbe comme Nebûkhadnatssar.

Face au ciel qui s'assombrissait de seconde en seconde, le souvenir de Ruka lui revint alors. Le souvenir de l'odeur de Ruka, pour mieux dire. Il observa les arbres autour de lui. Certes dénudés, mais ce n'en était pas moins une forêt. La première fois que Ruka était venue dans sa chambre, il avait trouvé que son corps avait une bonne odeur, l'odeur de la forêt. Et pourtant, au milieu de cette forêt inconnue, même avec son hyperesthésie, ce n'était pas l'odeur de Ruka qu'il sentait. Plutôt l'odeur moite de la terre sur son corps et, en l'occurrence, son odeur à lui. Celle de Ruka aussi était légèrement amère, mais beaucoup moins prononcée, plus fraîche, plus jeune. Tandis que l'odeur de la terre était lourde et ténébreuse, celle de Ruka était légère et lumineuse, évoquait une brise et les rayons du soleil à travers la frondaison. Ruka n'était pas présente dans cette forêt. La forêt de Ruka était une forêt verte du début d'été.

L'exaltation lunaire qu'il avait ressentie l'instant d'avant se dégonfla et une douloureuse solitude vint se planter dans son cœur, aiguisée par le souffle froid du vent de décembre. Mais ça ne changeait rien à ce qu'il avait à faire, désormais : vivre. Vivre autant qu'il le pouvait. Certes, il ne recevrait plus le médicament anti-catatonique, et à compter de ce jour le danger des phases de nouvelle lune allait se faire plus concret, chaque mois le risque serait mortel. Il lui restait au maximum quelques années à vivre, deux ou trois peut-être, voilà ce qu'il pouvait espérer. Mais qu'importe. Vivre cette période comme un moonling, libre. Vivre pleinement, ce serait déjà une victoire.

L'indigo foncé de la nuit s'étendait au-dessus de la forêt. Tôga se leva enfin et jeta un coup d'œil sur le trou qui avait failli être sa dernière demeure. Ces ténèbres lui semblaient provenir de l'étrange rêve qu'il avait fait, ce rêve avec Motoka et Mahina, la baleine de lune. Après la finale, allongé sur la machine pendant qu'il subissait les derniers tests, il avait fait un rêve similaire, mais c'était un rêve du même genre que ceux qu'il faisait tous les mois pendant les phases catatoniques. Celui qu'il venait de faire était encore plus étrange, comme la suite du précédent, et tellement réaliste. Comme si la réalité se trouvait là-bas et que, au contraire, ici n'était qu'un rêve. Le monde lunaire de son rêve n'était certainement pas le paradis des moonlings, mais les voyageurs, les baleines, tous étaient tellement vivants, d'une telle fraîcheur, en mouvement perpétuel. Le regard de Motoka était si acéré, si noble. Il entendait encore sa voix quand elle lui avait crié : « Une autre fois… un autre jour… » Que voulait-elle dire par là ? Qu'il reviendrait ? Qu'ils se reverraient ? Mais quand ? Par exemple, s'il retournait, là, maintenant, se recoucher dans le trou, se réveillerait-il automatiquement dans le monde de la lune ? Était-ce une sorte de promesse ? De garantie ?

Quoi qu'il en soit, il ne voulait pas y retourner sans avoir accompli quelque chose qui était de son devoir, ici. Sans attendre, Tôga s'agenouilla et se mit à creuser la terre, avec ses mains entravées. Le premier qu'il dégagea fut Andô, du phalanstère n° 6. Il était dur comme une planche. Rigidité cadavérique. Il vérifia en tâtant son poignet, mais évidemment, il n'y avait plus aucun pouls. Il posa l'oreille sur sa poitrine et n'entendit aucun battement de cœur. Il approcha le dos de sa main de ses lèvres et ne sentit aucune haleine réchauffer sa peau. Il ouvrit la fermeture de sa combinaison et découvrit les traces d'ongles sur son cou, toujours atrocement serré. Le cerveau n'était plus irrigué depuis longtemps. Même un moonling en phase fulminante ne pouvait survivre plus de quelques minutes. Sectionner le fil de fer ne le ramènerait pas à la vie. Les agents de sécurité n'avaient même pas eu à vérifier. Il les déterra tous, et vérifia tout de même. Pour chacun. Aucun signe de vie. Chez aucun.

Tôga s'obligea à les regarder tous les six, leur figure pleine de terre, pour les graver dans sa mémoire. Tous avaient gardé la bouche ouverte, comme s'ils s'étaient donné le mot. Les maxillaires étaient raides et refusaient obstinément de se refermer. Il connaissait le proverbe : ceux qui ont encore quelque chose à dire meurent la bouche ouverte. Et pour sûr, ces hommes étaient morts sans avoir tout dit. Mais les mots pour dire ces choses-là étaient trop gros pour passer leurs lèvres. Leurs six cris muets résonnaient dans toute la montagne. Tôga ferma les yeux, joignit les mains, pria pour le repos de leur âme. À l'heure qu'il était, peut-être étaient-ils réapparus sur la lune ? Quelqu'un les avait trouvés, ils avaient commencé leur voyage avec les baleines de lune. Tôga resta un moment à s'amuser de cette idée. Quand sa prière fut terminée, il les disposa de nouveau au fond du trou, les recouvrit de terre, puis de feuilles. Puis, changeant d'avis, il retira les feuilles. Il avait peur de ne plus retrouver l'endroit s'il camouflait complètement leur sépulture, ou s'il détournait les yeux un seul instant. Alors il ramassa des cailloux qu'il empila. Vous aurez beau faire et refaire un cairn au bord d'une rivière, dit-on, un démon viendra chaque fois le détruire à coups de pied. Mais les démons qui avaient assassiné ces gladiateurs ne remettraient plus jamais les pieds ici, il en était sûr.

Il leva les yeux au ciel et vit que la lune était haute, on l'apercevait entre les branches, légèrement décroissante, couleur de cuivre rouge, comme portant les traces de la tragédie de la veille. Combien de fois avait-il fait l'amour avec Ruka sous la lune de la seizième nuit qu'il voyait par la fenêtre de sa cellule ? Depuis la toute première fois, l'espoir de revivre cet instant d'éternité avait été sa seule raison d'être. Si toutes les nuits étaient la seizième nuit du cycle lunaire… Si le monde demeurait à jamais à la seizième nuit… Combien de fois l'avait-il imaginé. Sa peau gardait encore la mémoire de celle de Ruka, de la douceur du corps de Ruka, et la sensation lui revenait, comme une faim, ou le picotement d'un membre coupé.

Il salua une dernière fois, mains jointes, le petit tas de pierres, puis descendit de la montagne, la lune en face, droit devant lui, dans le cliquetis de ses menottes et de ses entraves. La faim et la soif étaient atroces. Ses blessures n'étaient pas parfaitement guéries, non plus, et de petits spasmes le prenaient encore. Mais, était-ce le clair de lune ? Un sang de bête fauve battait dans ses veines, une bête de montagne. Elle était ici chez elle, il n'avait pas peur.

Il repérera des branches mortes, des arbres tombés, des morceaux de bois enfouis sous l'humus. Il lui arrivait d'en ramasser un qui tenait bien dans la main, et il essayait d'imaginer la chose que ce morceau de bois contenait. D'abord, trouver à manger, mais ensuite, dès qu'il aurait brisé ses menottes et ses entraves, avec une pierre ou n'importe quoi d'autre, la prochaine étape serait de trouver un couteau. Depuis que la population japonaise était en déclin, on rencontrait souvent des maisons ou des villages entiers abandonnés dans les montagnes, avec tous leurs souvenirs rémanents. Il trouverait bien une lame, un couteau, un canif, et de quoi l'affûter. En premier, il sculpterait Wakisaka.

Wakisaka, qui était mort à sa place. Puis les six autres gladiateurs, bien entendu. Mais quand il les aurait terminés, que sculpterait-il ensuite ? Bah, inutile de s'en faire, ce n'était pas les morceaux de bois qui manquaient. Il n'avait que l'embarras du choix. Et puis, c'est le bois qui lui dirait ce qu'il avait envie de devenir.

Soudain, la forêt prit fin, comme dévorée par un insecte, et la lune apparut, entièrement nue. Le rouge sinistre qu'elle exhibait à son lever s'était déjà résorbé, elle brillait d'un éclat si vif, d'une lumière si mouillée qu'elle semblait parler à l'âme blessée de Tôga. Oui, mon enfant… Plus il l'observait, plus la lune se rapprochait. La poussière de sable éjectée par les évents des baleines brouillait légèrement l'image du lapin bondissant à sa surface.

21

Dans son enfance, déjà, Hiraku Shimojô citait Oda Nobunaga parmi les personnages historiques pour lesquels il ressentait respect et admiration. Il l'admirait parce qu'il était le personnage le plus aimé et le plus haï de toute l'histoire du Japon et qu'il avait fondé son pouvoir sur cette base. Pour les vrais ambitieux, l'amour et la haine ne sont pas des contraires, ce sont le yin et le yang du même calice.

Dans *Overlord*, le film très controversé qui sortit en 2098, Shimojô convoque Hayao Himura, alors directeur général de la police secrète, la Kyûtoku, dans sa résidence secondaire officielle de Premier ministre, à l'extérieur de la capitale, et lui dit, avec son exubérance coutumière :

– Il n'y a qu'une chose qui compte, c'est l'ambition. Si mon ambition l'exige, je peux devenir quelqu'un de bon, je peux devenir quelqu'un de mauvais. Je pourrais être le Sauveur du monde, je peux devenir son bourreau.

– Je vois, répond alors Himura en repositionnant ses petites lunettes rondes sur son nez avec son pouce, inutile de s'interroger sur le chemin, il faut garder les yeux sur la ligne d'arrivée, si je comprends bien.

– Parfaitement.

– Et où se trouve votre ligne d'arrivée à vous, monsieur le Premier ministre ?

– L'ambition de tout individu ne vise jamais qu'un seul et même point, mon cher directeur général, et c'est l'éternité. Ce que je ne supporte pas, c'est qu'il puisse exister quelqu'un qui n'ait aucune opinion de moi. Qu'on m'aime ou qu'on me déteste, peu m'importe, tout résident de ce pays doit penser quelque chose de moi. Et y penser à fond, jour et nuit. Bien sûr, je suis humain, ma vie est limitée. Je ne vivrai pas éternellement. Mais les hommes du futur continueront de m'aimer, de me haïr, de penser à moi, ainsi j'atteindrai l'éternité. Ce qu'on appelle la vie éternelle, c'est ça !

Himura, fortement impressionné, acquiesce avec émotion, on lui voit même les yeux humides. Puis, au retour, dans sa voiture avec chauffeur, il ôte ses lunettes, et pendant qu'il les essuie, on l'entend murmurer pour lui-même : « Celui qui tuera l'homme qui a atteint l'éternité deviendra bien un peu éternel, lui aussi. »

Le dialogue de la scène de la résidence secondaire n'est pas sorti de l'imagination du scénariste. À la lecture du journal de Himura, dans le disque dur mis sous séquestre à sa mort, on apprend que la scène s'est réellement déroulée le 8 septembre 2049. Le journal de Himura est aujourd'hui publié dans son intégralité, même si les allégations de fiction élaborées par Himura lui-même persistent. En effet, même si le document offre toutes les apparences de la réalité, on peut se demander quel besoin pouvait avoir un homme possédant une mémoire eidétique comme Himura de tenir un journal, en premier lieu. L'objectif d'un journal intime n'est pas nécessairement de venir au secours de la mémoire.

La réplique de Himura, « Celui qui tuera l'homme qui a atteint l'éternité deviendra bien un peu éternel, lui aussi », elle, ne figure pas dans son journal. Ce n'est qu'une note ajoutée en marge, comme pour étoffer son personnage de mémorialiste, sous-entendant qu'il souhaitait rejoindre le club des « éternels ». De fait, même si aucune mention n'apparaît dans son journal, c'est bien comme cerveau de l'assassinat de Hiraku Shimojô – lors de ce qui est resté dans les mémoires sous le nom de « l'incident du stade » – que Himura a marqué l'histoire. Il fut et restera le plus célèbre comploteur du XXIe siècle au Japon.

De nombreuses caméras captèrent l'attentat qui coûta la vie à Shimojô. La cérémonie de remise de la Coupe Shimojô était sur le point de commencer. Le personnage central, Hideto Wakisaka, se trouvait à une dizaine de mètres du centre de l'arène, face au sud. Il ne portait pas son trident ni son filet de jet, mais tenait son casque sous son bras gauche, le fameux casque bourré d'explosifs, préparé par l'entreprise Metal Ace Co. Ltd. Immédiatement après sa victoire en finale, Wakisaka avait reçu quelques soins. Il se présenta à la cérémonie lardé de sparadrap couleur chair sur la poitrine et l'abdomen. Nonobstant des douleurs évidentes causées par plusieurs blessures assez sérieuses que lui avait infligées Tôga Uno, son visage, projeté en gros plan sur les écrans géants, rayonnait de joie et de fierté. Toute férocité semblait l'avoir quitté, il n'y avait aucun vice, aucune méchanceté dans ce visage. Même ses rides entre les sourcils semblaient avoir disparu. Ses yeux brillaient. Un sourire jusqu'aux oreilles que l'on osera qualifier de doux. Le sauvage Wakisaka était tout entier à sa joie d'avoir accompli l'exploit inouï d'une troisième victoire dans la Coupe Shimojô.

Face à lui, exactement au centre de l'arène, un podium de dix mètres sur cinq avait été dressé, sur lequel étaient disposés neuf sièges sur un seul rang. Shimojô trônait sur le fauteuil central, les neuf autres n'ayant que des chaises.

Deux agents de sécurité vêtus de costumes noirs d'excellente facture se tenaient debout derrière lui, l'air maussade, antipathique. Shimojô passait parfois en gros plan sur les écrans. L'heure était tardive, minuit passé, mais Shimojô montrait toujours la même énergie, la même vitalité. Tuez-moi donc si vous le pouvez, je suis immortel, semblait dire son sourire. Les huit autres officiels assis sur le podium étaient : Gen, son second fils ; Sachi, sa fille aînée ; Manaka, sa troisième fille ; son gendre et époux de Manaka, Naomichi Tomita ; Kaito, son quatrième fils ; le ministre des finances Gôei Nagahara ; le directeur général de l'Événementiel Yoshitaka Shirao ; et Nozomu Aoki, directeur général de la Milice du Salut National.

Le point essentiel est que le chef de la police secrète, Himura, ne figurait pas parmi les neufs. Depuis qu'il était le chef de la Kyûtoku, Himura n'avait jamais manqué une Coupe Shimojô, il avait toujours été présent dans la tribune officielle, mais il n'était descendu dans l'arène pour la cérémonie qu'à deux reprises. Le chef de la police secrète, bien que directeur général sur l'organigramme, devait rester un serviteur de l'ombre, cela avait toujours été la philosophie de Himura lui-même, et son entourage ne songeait pas à remettre en question ce principe. Himura ne descendait pas dans l'arène, c'était acquis, et personne ne trouvait à redire au fait qu'il n'ait pas sa chaise sur l'estrade lors de cette cérémonie, en 2051. Préparait-il son coup depuis des années, ou profita-t-il simplement de la situation ? À moins de faire parler les morts, nous n'avons aucun moyen de le savoir.

Dans son journal, Himura fait état à plusieurs occasions des mises en garde qu'il avait adressées au Premier ministre de ne pas présider en personne cette cérémonie. Il lui aurait fait plusieurs fois remarquer que si la paroi de verre qui entourait la tribune V.I.P. détectait les impacts lasers, et déclenchait une réponse en temps réel, celle qui séparait les gradins de l'arène, elle, n'était pas équipée de cette fonction. Mais Shimojô, chaque fois, se serait moqué de lui en disant : « Mais c'est votre travail de ne pas laisser entrer de terroristes, mon vieux. » À vrai dire, la sécurité de l'arène était sous la responsabilité de la Milice, pas de la police secrète, mais une enquête préalable sur tous les membres du Parti qui avaient confirmé leur présence dans les gradins était menée en amont, et ces enquêtes, elles, relevaient bien des compétences de la Kyûtoku. Cette dernière, détestant par principe ne pas être impliquée dès que deux personnes étaient ensemble, disposait aussi de plusieurs inspecteurs parmi la foule, à l'affût de toute activité suspecte. Évidemment, l'arme de l'attentat, en l'occurrence, ne se trouvait pas dans les gradins mais dans l'arène.

Derrière Wakisaka se tenait tout un régiment d'hommes en armure rouge, javelot et bouclier au pied, émanations holographiques qui donnaient au vainqueur l'allure d'un général triomphant. Au-dessus de leurs têtes, un vol d'aigles d'or et d'argent, des hologrammes également, qui tenaient dans leurs serres des phylactères sur lesquels on lisait : « Gloire à Hideto "Myôô" Wakisaka ! Le plus grand athlète de tous les temps ! Exploit inouï dans l'histoire des sports de combat ! Triple vainqueur de la Coupe Shimojô ! », au milieu d'une pluie de confetti multicolores. Là-dessus éclata le 4e mouvement de la 5e symphonie, « Immortalité », du consortium de compositeurs du Parti du Salut National. Quand les soldats holographiques frappèrent le sol de leurs javelots au rythme héroïque de l'allegro, on eût cru que la terre tremblait.

La symphonie prit fin sur un dernier accord éblouissant qui donnait la sensation que l'arène entière décollait pour monter au ciel. Shimojô se leva brusquement, fit quelques pas et, dans un geste emphatique, posa les deux mains sur le pupitre. Les autres V.I.P. se mirent debout en signe de respect pour le Premier ministre et président du Parti. La foule dans les gradins, comme un seul homme, ravala sa salive et se tut. D'un regard, Shimojô fit le tour du public. Par sa position au centre de l'arène, il était dominé par la foule, et pourtant, l'arrogance de son sourire donnait l'impression qu'il regardait chaque spectateur droit dans les yeux. Pour ça, il savait capter l'attention de la foule par ses pauses ostentatoires et la rabaisser à son niveau.

« Vous êtes ici ce soir parce que vous l'avez mérité ! » commença-t-il. Puis, après une longue pause pour ménager son effet, il continua : « Cette nuit, vous avez assisté à la naissance d'un héros. Il s'appelle Hideto "Myôô" Wakisaka... Il est là, devant vous, le voici ! » Grand geste qui désigne l'homme sur sa gauche. « C'est un guerrier né. Qu'un homme de sa valeur existe dans ce monde est en soi merveilleux. Comme il le dit lui-même : Toujours, toujours, je mets ma vie en jeu dans l'arène. Je sais que je perdrai mon sang dans l'arène, que mes os se fractureront dans l'arène. Paroles d'une vérité inébranlable. L'homme naît riche, d'un potentiel illimité, mais seul celui qui se montre capable d'unifier en un seul point les possibilités dispersées, éclatées, de son potentiel, atteint la véritable grandeur. »

Wakisaka était à moins de dix mètres de Shimojô. Au pied du podium, l'athlète restait immobile, les yeux levés sur Shimojô, jouant à merveille le destinataire d'un discours de félicitations. Sa main droite se dirigea vers son casque, qu'il tenait martialement sous son bras gauche. Pas le moindre nuage ne passa sur le visage de Wakisaka. Il s'apprêtait à ajuster son casque sous son bras, un geste parfaitement anodin, un geste automatique, sans cesser de sourire.

« Si j'avais emprunté cette voie, moi aussi j'aurais pu réussir. Si j'avais emprunté cette voie, voilà ce que je serais, moi aussi ! Mais si c'est votre façon de penser, vous n'arriverez jamais à rien ! Seuls ceux qui empruntent cette voie parce qu'ils y croient vraiment accomplissent réellement ce qu'ils veulent. Ceux-là gravent leur nom dans l'histoire ! Lui l'a fait ! En cet instant précis ! En ce lieu précis ! Le plus grand guerrier de tous les temps ! Hideto “Myôô” Wakisaka… »

À cet instant précis, les gestes de Wakisaka devinrent moins anodins. Il retourna son casque et le tint devant son ventre, étrangement. Les agents de sécurité qui encadraient Shimojô relevèrent le canon de leur pistolet-mitrailleur. Mais il ne se passa rien. Aucune arme, aucune grenade ne sortit du casque. Le casque était vide, comme n'importe quel casque. Shimojô fronça les sourcils, mais son instinct d'orateur fut le plus fort. Il ne s'éloignerait pas de ce pupitre avant qu'il n'ait prononcé les derniers mots de sa phrase, déjà tout prêts dans sa tête et qu'il trouvait si beaux :

« … Tu fais partie de l'histoire ! »

Shimojô avait prévu de terminer son discours bras écartés comme pour embrasser le monde entier. La pose aurait été accueillie par un tonnerre d'applaudissements. Qui ne vinrent pas. Car juste avant, celui qui faisait maintenant partie de l'histoire, d'un simple geste de la main, changea positivement le cours de l'histoire. Il tripota la base d'une des cornes de buffle qui ornaient son casque et, l'instant suivant, un nuage de fumée ocre se forma devant le pupitre et un bruit assourdissant rugit dans l'arène. Le grand corps de Wakisaka fut projeté en arrière. Shimojô et le pupitre décollèrent du podium, tout comme les huit autres officiels et leur chaise, ainsi que les deux agents de sécurité. L'un d'eux essaya de ramper pour porter secours à Shimojô mais ce dernier, étendu sur le podium, restait immobile. Il avait été partiellement protégé par le pupitre, mais son visage était maculé de noir, ses cheveux dressés sur sa tête, et il saignait en plusieurs endroits, du front, du cou, de la poitrine. Avait-il été atteint par une ou plusieurs *Jemtchoug*, comme prévu ? L'instant d'après, des agents de sécurité déchargèrent leurs pistolets-mitrailleurs sur Wakisaka, déjà à terre. Un peu tard, cependant.

Difficile de se défaire de la sensation que tout cela a l'air très sobre. Disons-le clairement, ça manque un peu de drama. Pas de course au ralenti comme dans les films d'action, pas de hurlements virils de Wakisaka juste avant d'appuyer sur le bouton. Personne ne comprend ce qui lui arrive. Personne ne lui saute dessus quand il tripote son casque. Il le retourne tranquillement et ça explose. Point. Pas de visage grimaçant, pas de tension insoutenable. Un sourire qui conviendrait mieux à un magicien qui sort une blanche colombe de son chapeau de soie, finalement. Rien qui exprime les sentiments profonds de Wakisaka à l'instant d'accomplir son destin. Est-ce ainsi que meurt un homme ? Avec le sourire ? Au point que certains se sont posé la question d'un produit inhibiteur que Wakisaka aurait pris juste avant la cérémonie. L'hypothèse n'a malheureusement jamais pu être démontrée. Le visage ensanglanté de Wakisaka, étendu sur le sol de l'arène, est visible sur les images aériennes prises par un drone. S'il n'est déjà techniquement décédé, en tout cas il n'est plus conscient. Eh bien, son sourire ne le quitte pas. Si, comme le veut le proverbe, la victoire appartient à celui qui sourit le dernier, Hideto Wakisaka fut le vainqueur incontesté de cette nuit-là.

Et dans les tribunes ? Quelle fut la réaction du public ? Le public resta figé dans l'incompréhension. Littéralement : comme au spectacle. Il n'est pas impossible que certains aient cru à une nouvelle scénographie, mais la majorité des membres du Parti éprouvèrent une dissonance cognitive et restèrent collés à leur siège. Une fois la fumée dissipée, tiens, tiens… Ça alors ! Quand nos chefs se font faucher par le souffle d'une explosion, ils se retrouvent le cul par terre, dis donc… Tout comme nous autres, quoi ! Même notre vénéré Premier ministre. À cet instant, l'esprit des 15 000 adhérents du Parti se trouva transpercé par une seule et même flèche : Le Premier ministre serait-il mort ? Hiraku Shimojô ? Que l'on croyait immortel ? On leur avait assez répété que chacun d'eux était une goutte du sang, une fibre de chair, une particule d'os de cet être gigantesque et surhumain appelé le Parti du Salut National, et voilà que celui qui en était la tête venait de tomber dans le sable, tout d'un coup. Des profondeurs de la terre commença à grimper un tout aussi gigantesque sentiment de stupéfaction et d'angoisse. Que vais-je devenir ? Que va-t-il m'arriver ? Que va-t-il advenir du Parti ? Que va devenir le Japon ? Une vague de panique leur léchait déjà les pieds quand une annonce fut diffusée dans l'arène.

« Mesdames et Messieurs, restez calmes et ne bougez pas de votre place, je vous prie. C'est Hayao Himura qui vous parle. Hayao Himura, directeur général de la Police spéciale du Salut National. La situation est sous contrôle et j'en assume la responsabilité. Aussi vous est-il recommandé de rester calmes et à votre place. Quels que soient les événements et en toute circonstance, la colonne vertébrale du Parti est solide ! La puissance du Parti jamais ne sera détruite ! Le Parti ne tremble jamais ! »

Un tel discours dut grandement soulager les adhérents. Oui, le Parti a toujours Himura, nous avons toujours Himura. Himura… celui que l'on appelait le poignard caché dans la manche du Premier ministre. Avec sa voix de fausset, il n'était pas doué pour parler en public, mais, écoutez-le. Vous entendez combien sa voix est calme et posée, aujourd'hui ? Comme elle sonne, virile et majestueuse ! Toutes les portes s'ouvrirent et des centaines de miliciens, qui n'étaient pas des hologrammes pour le coup, envahirent l'arène telle une avalanche. De la porte noire surgirent trois civières encadrées de soignants qui se précipitèrent vers le podium encore enfumé et s'agglutinèrent autour de Shimojô.

Encore aujourd'hui, au XXIIe siècle, la date de la mort de Shimojô n'est pas établie avec certitude. Il aurait subi une première intervention dans le sous-sol de l'arène, avec les moyens du bloc destiné aux gladiateurs blessés durant les combats, où un certain nombre de *Jemtchoug* lui auraient été retirés, avant d'être transféré à l'hôpital de l'Université du Salut National, dans l'arrondissement de Chiyoda à Tokyo. Selon le communiqué officiel du Parti, après une semaine en soins intensifs, il serait décédé à 11 heures 26 minutes du matin, le 25 décembre 2051. Le jour de Noël, donc. Mais personne ne fêta Noël cette année-là, officiellement du moins. Car la population ne prêta pas entièrement foi à ce communiqué. À peine Himura avait-il annoncé que Shimojô avait été victime d'une attaque suicide que, dès le 19 décembre, l'information se répandit comme une traînée de poudre que Shimojô était déjà mort. Pourquoi n'annoncer son décès que six jours plus tard ? L'hypothèse que Himura avait besoin de temporiser pour asseoir plus fermement le pouvoir post-shimojoien possède quelques solides arguments. En effet, la semaine qui s'écoula entre le soir de l'attentat et l'annonce officielle du décès de Shimojô fut assez mouvementée.

Le 19 décembre à minuit, Himura, depuis la résidence officielle du Premier ministre, annonça aux médias que l'un de ceux qui avaient planifié l'attentat était d'ores et déjà en garde à vue. Sans dévoiler son nom, mais en le décrivant comme « un membre très haut placé de la direction du Parti ». Le seul dont la présence sur le podium au milieu de l'arène avait été programmée, mais qui avait annulé sa présence : Osamu Iiji, le ministre de l'Intérieur. Juste avant la finale, Iiji avait reçu un appel de chez lui qui l'avait fait devenir blême. Son pitbull adoré, une bête nommée Susanoo, était mort soudainement, l'écume aux lèvres. Iiji avait hurlé dans la tribune V.I.P. que quelqu'un avait jeté un appât empoisonné dans son chenil. Shimojô, qui élevait plus de trois cents athlètes, et certainement pas des chiens, se moquait bien de la bestiole de Iiji. Mais s'il voulait rentrer, surtout qu'il ne se gêne pas. Et Iiji avait quitté précipitamment l'arène. D'une certaine façon, la mort de son toutou lui avait sauvé la vie, mais pas pour longtemps. Quelques minutes après l'attentat, la Kyûtoku avait investi la résidence de Iiji et l'avait embarqué pour répondre à plusieurs questions. Comment expliquait-il qu'il avait quitté l'arène à un moment particulièrement opportun ? Ne détenait-il pas des informations sur l'attentat ? Iiji avait été conduit à Toranomon sans délai, dans l'un des bureaux d'interrogatoire, où il s'était littéralement déchaîné :

« Non mais vous savez qui je suis ? Je suis le chef du chef de votre chef, pauvres types ! Je suis à des distances incommensurables au-dessus de sous-fifres comme vous ! Quoi ? Que j'ai tué Susanoo moi-même pour me servir d'alibi ? Mais j'étranglerais mon petit-fils de mes mains plutôt que de faire du mal à cette pauvre bête ! C'est un complot ! J'ai été piégé ! Cherchez plutôt le type qui a jeté des appâts empoisonnés dans le chenil de mon Susanoo ! Il fait partie de la bande qui a planifié l'attentat contre le Premier ministre ! C'est lui ! C'est Himura ! C'est lui qui a monté le coup ! Ce *tanuki* de l'enfer ! »

Iiji ne manquait pas de perspicacité, en effet. Les caméras de surveillance de sa résidence montraient un drone lâchant quelque chose qui ressemblait à des boulettes de viande. Et ce drone était un Carla W4, un modèle de fabrication japonaise apprécié de la Kyûtoku pour certaines missions de l'ombre.

Au cours de la semaine qui suivit l'incident, la Kyûtoku procéda à plus de quatre cents arrestations. Iiji était le suspect le plus haut placé dans l'organigramme du gouvernement, le plus lourd des poids lourds du Parti. Il commença par nier toute implication, et n'avoua qu'au bout de deux mois. À vrai dire, Iiji était déjà dans le collimateur de la Kyûtoko depuis un moment. On le soupçonnait d'avoir cédé à des médias étrangers des informations et des images scandaleuses concernant la vie privée de plusieurs rivaux politiques au sein des instances dirigeantes du Parti. En d'autres termes, il était au bord d'une condamnation pour divulgation de secrets d'État et informations classifiées à des puissances étrangères, ce qui aurait causé sa disgrâce et la saisie de tous ses biens. C'est alors qu'un maître feng-shui chinois, lequel se prétendait dépositaire de l'enseignement du mont Emei, dans la province du Sichuan, l'avait convaincu qu'il fallait que Shimojô meure s'il ne voulait mourir lui-même. D'où, selon toute vraisemblance, sa décision de monter un attentat contre le Premier ministre. Le neveu de Iiji, Takeharu Yokoi, vice-directeur général de la Milice du Salut National, à la tête de trois cent cinquante miliciens, devait investir l'arène n° 1 juste après l'attentat. C'est ce qui aurait dû se passer si, à la dernière minute, Yokoi ne s'était pas dégonflé. Iiji fut exécuté par injection létale en septembre 2052. Sur la table d'exécution, après que l'agent de l'administration pénitentiaire lui proposa de faire une dernière déclaration, il cria : « Il n'y a pas de plus grand patriote que moi ! Vive le Japon ! Banzaï ! » Ainsi finit celui que l'on avait surnommé le « chien de guerre du Parti du Salut National ».

Certes, le nombre d'arrestations ne garantit en rien que toute la lumière fut faite sur l'assassinat de Shimojô. Bien évidemment, cette vérité officielle n'était qu'un tissu de mensonges tricotés par Himura. Le credo du Parti concernant les combats organisés dans l'arène n° 1 demeura inchangé : il ne s'agissait que de compétitions entre athlètes en parfaite santé, dans le respect des règles fondamentales du sport, et pas une seule fois le début du commencement du mot « moonlings » ne franchit les lèvres de Himura. La mention « anabasis » dans le dossier médical de Hideto Wakisaka avait été effacée, et celui-ci fut présenté comme adhérent du club de sport des Berserkr, une salle d'arts martiaux parfois invitée à présenter des démonstrations lors de manifestations officielles du Parti. Le site de la Fédération du Salut National des Arts martiaux présentait une page de liens vers un certain nombre de clubs de sports et dojos plus ou moins actifs, parmi lesquels figurait effectivement une salle de gym nommée « Les Berserkr ». Plusieurs posts sur les réseaux sociaux émirent l'hypothèse que la photo et la bio de Hideto Wakisaka parmi les membres de ce club pouvaient avoir été ajoutées après l'attentat, mais les éléments en question furent rapidement retirés par l'I.A. de la direction à l'Éducation et à la Culture.

Selon le rapport officiel du Parti, Wakisaka, profitant de l'occasion que la cérémonie de remise de la Coupe Shimojô lui offrait d'approcher le Premier ministre, avait déclenché l'explosion de plus de 500 grammes d'explosif cachés dans son rectum. Les images réelles de l'explosion ne furent pas rendues publiques, par respect pour les âmes sensibles. Seule une reconstitution en images de synthèse très schématiques fut diffusée en boucle pendant des jours. Comme de bien entendu, cela alimenta le zèle des complotistes de tout bord et donna lieu à une pléthore d'hypothèses et de spéculations.

D'autres athlètes présents lors de la compétition étaient-ils également impliqués ? se demandèrent les journalistes. La réponse officielle fut qu'un second athlète se tenait prêt à remplacer Wakisaka si nécessaire, les six autres ayant seulement été payés pour perdre leur combat. Malheureusement, tous les sept avaient été retrouvés morts, enterrés dans une fosse commune près du lac Okutama.

Rumeurs et agitations sur les bancs de la presse.

Tous tués la nuit même de l'attentat ?

Devant la trahison de son neveu, Iiji avait paniqué et avait donné l'ordre à ses agents de supprimer toutes les preuves et tous les témoins. Bien entendu, l'information que le corps du nommé Tôga Uno n'avait pas été retrouvé resta confidentielle. Il ne fait aucun doute qu'une enquête interne fut diligentée, mais Tôga resta introuvable. Les huit agents de la direction de l'Événementiel qui avaient supprimé les sept athlètes furent jugés devant une cour spéciale à huis clos et exécutés en mars 2052. L'opinion la plus courante, aujourd'hui, est que les noms et les photos qui ont circulé sont probablement des faux, et que l'élimination des athlètes fut plutôt le fait d'agents de la Kyûtoku.

Quant au dénommé Takahashi, employé d'une entreprise de traitement métallurgique ? Il s'appelait en réalité Tatsuma Nozawa, chef de section de la direction de l'Événementiel. Il fut retrouvé pendu dans l'appartement qu'il habitait à Tokyo, le 24 décembre 2051, avant l'aube. Suicide, selon le rapport de police. Certains ont parlé d'assassinat, mais ces soupçons resteront à jamais non éclaircis.

Rien ne devait plus surprendre le public, en revanche, que l'arrestation de Takehiko, le fils aîné de Shimojô. Nombreux étaient ceux qui avaient considéré Takehiko comme l'héritier le plus probable de Shimojô jusqu'à ce que, aux alentours de 2048, Shimojô prenne la décision, en son for intérieur tout au moins, que c'est son fils cadet, Gen, celui qu'il avait toujours montré à Takehiko comme modèle à suivre, qui lui succéderait. Takehiko, comprenant la tournure que prenaient les choses, et connaissant le caractère suspicieux, voire paranoïaque, de son frère, commença à se faire du souci pour son avenir si Gen devenait Premier ministre. Takehiko avait épousé une actrice, nièce de Iiji, et entretenait des relations assez étroites avec son oncle par alliance. C'est dans ce contexte que ce dernier lui avait un jour fait part d'un projet d'une importance capitale. À savoir : éliminer Shimojô et Gen et mettre en place un nouveau gouvernement, avec Takehiko comme Premier ministre et Iiji comme vice-Premier ministre. En d'autres termes : un coup d'État. Takehiko avait bien entendu Iiji proférer de tels propos, mais uniquement comme une blague au cours d'une soirée un peu arrosée, et nia entièrement toute implication dans l'attentat qui avait réellement coûté la vie à son père. Il finit par avouer, comme IIji. L'hypothèse la plus couramment admise est qu'il signa une reconnaissance de culpabilité en échange de la garantie de la sécurité physique de son épouse et de leurs trois enfants, ainsi que d'un visa pour quitter le pays pour tous les quatre. Takehiko fut exécuté en décembre 2052. Ses derniers mots auraient été : « Je vous attends en enfer avec mon père, bande de salopards. »

Des neuf personnes qui se trouvaient sur le podium la nuit de l'attentat, deux seulement échappèrent à la mort : l'un des gardes du corps de Shimojô, et son quatrième fils, Kaito. Gen, mort. Sachi, morte. Manaka et son mari, morts. Nagahara, le ministre des Finances, mort. Shirao, directeur général de l'Événementiel et Aoki, directeur général de la Milice du Salut National, tous morts. Iiji et Takehiko, arrêtés. La vacance du pouvoir fut cependant rapidement comblée, provoquant par la même occasion une baisse de quinze ans de la moyenne d'âge du comité suprême du Parti.

Et là, surprise. Himura annonça que les règles changeaient : le mandat d'un siège au comité suprême était limité à cinq ans, reconductible une seule fois. Y compris pour le Premier ministre. Bref, le régime dictatorial instauré par Shimojô prenait fin pour devenir un régime à direction collégiale. La population, qui avait considéré l'assassinat de Shimojô comme une banale révolution de palais, une de ces choses qui se produisent dans le marigot tout là-haut au-dessus des nuages, dans un monde sans rapport avec le commun des mortels, fut prise à contrepied par la façon dont Himura présenta la situation.

« Hiraku Shimojô possédait un charisme exceptionnel, qui faisait de lui un politicien de génie. Maintenant, qui possède les qualités équivalentes pour prendre sa place et conduire un gouvernement sur le long terme ? Personne ! Ce pays a besoin d'un régime qui soutienne un capitalisme national plus flexible et progressiste. »

Quelques mots suffirent à Himura pour faire comprendre que le Japon n'en était qu'au début de réformes structurelles et profondes. L'enthousiasme populaire prit de l'ampleur.

Jusqu'alors Himura n'était apparu que comme le laquais de Shimojô – certains disaient la serpillière, ou d'autres surnoms encore – et un policier sans scrupule et glacial. Malingre et maladroit, on ne le voyait pas capable de porter le pays sur ses épaules. Un homme tout juste bon à tenir en deuxième ou troisième ligne. Eh bien, il fallait dorénavant reconnaître que sa façon de gérer une tentative de coup d'État sans précédent avait révélé un Himura calme et posé, évitant de tirer la couverture à lui, tout en conservant sa maladresse et son manque de charisme. Ce n'est pas lui qui allait exciter les foules, ni les charmer par un humour ravageur. Mais il savait profiter de sa mémoire exceptionnelle et restait imperturbable face aux provocations et aux pièges des médias. Lors des conférences de presse, après une question, il pouvait ménager une pause pendant laquelle il semblait se demander en lui-même : « Que pourrais-je dire de bien stupide pour rester à leur niveau ? » avant de donner une réponse claire, nette et précise. Si Shimojô avait été le dynamisme, Himura était la stabilité. Shimojô était *yang*, Himura était *yin*. Shimojô était lièvre, Himura, tortue. Les citoyens commençaient à comprendre que Himura n'était pas la moitié d'un imbécile. Shimojô, en son temps, avait rassemblé les suffrages parce qu'il donnait l'impression de « savoir la réponse ». Mais la réponse en question avait fait long feu. Vingt-quatre ans plus tard, elle s'était fossilisée dans l'épaisse couche de corruption et de stagnation qui recouvrait le Japon. Et voilà qu'un dirigeant d'un genre totalement autre se présentait devant le peuple et donnait l'impression de « savoir la réponse à la prochaine question ».

Un journaliste lui ayant demandé un jour de nommer un trait de caractère qu'il possédait et que Shimojô n'avait pas, Himura resta plusieurs secondes la tête inclinée sur le côté en signe d'intense réflexion, avant d'esquisser un léger sourire.

« Eh bien, je dirais : je sais ne pas montrer mes sentiments. »

Cette réponse provoqua un grand éclat de rire parmi les journalistes présents à la conférence de presse. Ils croyaient à une blague, tant tous pensaient que Himura n'avait *aucun* sentiment. Et sans doute était-ce à moitié vrai. Mais seulement à moitié. Himura gardait un visage impassible quoi qu'il fasse, sentiment ou pas. Il avait assassiné Shimojô, ses trois enfants et l'élite du Parti, il en avait fait porter la responsabilité à Takehiro et Iiji, il avait éliminé la vieille garde qui lui faisait ombrage. En sept jours, il avait sécurisé entre ses mains un pouvoir immense. C'était évidemment lui aussi qui avait fait étrangler six gladiateurs innocents et les avait fait enterrer dans les montagnes. Si Shimojô était un menteur d'élite, Himura était un menteur hors catégorie. Shimojô était un maniaque cruel assoiffé de pouvoir, Himura était tout cela, mais avec un étage supplémentaire de rationalisme glacial. Dans son journal, à la date de l'attentat, Himura écrivit :

« Attentat suicide perpétré par Hideto Wakisaka. Le Premier ministre, Gen, Sachi, Manaka et son époux, Kaito, Nagahara, Aoki, Shirao et d'autres personnes présentes sur le podium gravement blessés. Comme si le toit de la maison avait été soufflé pendant la nuit. On commence à voir le bleu du ciel. »

Himura n'avait pas le même type d'humour que Shimojô, mais il n'était pas totalement hermétique au rire, loin de là. Son sens de l'humour ne visait pas à faire s'esclaffer ses copains ou son auditoire, comme Shimojô, il aimait plutôt rire tout seul. « On commence à voir le bleu du ciel »... Une forme d'humour très personnelle, pour sûr.

Un demi-siècle après sa mort, livres et films sur Hiraku Shimojô ne cessent de sortir. Shimojô ambitionnait que tous les citoyens de ce pays pensent à lui nuit et jour, du premier au dernier, au-delà de sa mort. On peut dire qu'il a réalisé son rêve. Tous ont pensé, pensent encore, et penseront toujours à lui, même dans l'avenir. Dès l'instant que son sourire d'acier a percé les couches de votre mémoire, vous ne l'oublierez jamais. Pour le meilleur et pour le pire, Shimojô fut l'homme que nous attendions, que nous méritions, et nous avons tous notre part dans chacun de ses actes et de ses crimes.

Hayao Himura, lui aussi, était craint. Il faisait peur. Pour avoir été le cerveau derrière le coup d'État. Lui aussi a son nom à jamais gravé dans l'histoire de ce pays pour avoir réussi à réformer le Parti du Salut National de l'intérieur.

Et nonobstant cette marque indélébile dans tous les esprits, il ne génère pas la même passion quand on parle de lui. Pour aller vite, c'était un homme sans éclat, un homme sans « visuel ». Du fait qu'il s'appliquait en permanence à se déprécier, à faire profil bas, il demeure encore à ce jour une énigme. Il ne buvait pas, ne couchait pas, ne jouait pas. Il n'avait aucun tableau pour décorer sa résidence officielle, il n'écoutait pas de musique, il ne s'intéressait pas aux sports. « Qu'est-ce qui t'amuse dans la vie ? » lui demanda un jour son épouse. À quoi il répondit : « Ce n'est pas ce qui amuse qui fait vivre, c'est ce qui fait peur. On ne vit pas par le plaisir, on vit par la peur. » Quand on lui demandait ce qu'il aimait, il répondait systématiquement : « Réfléchir. » Ce qui faisait s'esclaffer tout le monde. Puis il ajoutait : « Je suis tout le temps en train de réfléchir », et là, les rires s'arrêtaient et se transformaient en grimaces, comme si les rieurs venaient d'apercevoir un nuage noir se lever sur eux.

Certainement, les personnes qu'il avait autorisées à visiter ses appartements privés savaient que « réfléchir » ne signifiait pas rester assis sur une chaise dans une pièce et contempler un mur vide. Himura était un bibliophile et vivait entouré d'une bibliothèque de vingt mille volumes.

« J'aime la façon dont les livres se tiennent debout, expliquait-il. À la différence des êtres humains, ils ne parlent pas à tort et à travers. »

Les livres de sa bibliothèque couvraient un large éventail de domaines plus ou moins attendus pour un réformateur ou un révolutionnaire : *Grandeur et décadence du capitalisme national*, *La fin de l'élite politique* et autres ouvrages d'anthropologie, biologie, géosciences, histoire, mais également une section de romans. Des classiques de la dystopie, comme *1984* de George Orwell, *La Servante écarlate* de Margaret Atwood, ou *Enfant 44* de Tom Rob Smith, des livres mal vus à l'époque car contraires à l'ordre établi. D'une certaine façon, cela dit beaucoup de la personnalité de Himura, à la fois personnification de la soumission et de la rébellion.

L'un des rayons de sa bibliothèque, qui couvrait des murs entiers, exposait des objets bien plus curieux encore. Dans la biographie qu'elle publia, sous le titre *Mon père : Hayao Himura – La force de la stabilité*, sa fille cadette les décrit avec quelques détails. Il s'agissait d'un groupe de douze statuettes en bois, deux personnages humains souriants, et dix animaux. Chacune des douze statuettes portait, gravée, la dédicace : *Pour Ruka, Lune Rémanente.*

Parmi les animaux, on reconnaissait un sanglier, un daim, une baleine, et un aigle, tous dans une facture brute et peu sophistiquée, mais d'une saveur étrangement vivante et attachante. L'un des deux humains était un homme de belle stature en costume cravate. Malgré le style très peu détaillé, on reconnaissait immédiatement Hiraku Shimojô. L'autre représentait un homme coiffé d'un casque, qui tenait un trident et un filet. Dans sa biographie, la fille de Himura se demande si ce n'est pas Hideto Wakisaka qui y était représenté en costume de gladiateur. Auquel cas, cette façon de présenter bien sagement l'un à côté de l'autre les deux statuettes, celle du dictateur souriant et celle de son assassin, non moins souriant, peut être décrit comme un exemple typique de l'humour subtil de son père.

Les douze statuettes ne sont pas datées. Mais il semble évident qu'elles furent sculptées par Tôga Uno postérieurement à l'attentat qui coûta la vie au Premier ministre, alors que Tôga avait disparu. À la date d'août 2053, Himura nota dans son journal : « T. U. Voilà un individu intéressant. Comme dit le proverbe : un insecte d'un millimètre possède une âme de cinq cents microns. Inutile de continuer les poursuites. Sculptez autant que vous voulez, Monsieur. »

22

Les réformes subséquentes à l'assassinat de Shimojô mirent un terme définitif aux combats de gladiateurs. Les orgies de sang, rêve d'un dictateur, s'éteignirent avec lui.

Les quelque trois cent soixante-dix athlètes et leurs entraîneurs furent tous réaffectés dans des sanatoriums. Les loups avaient été forcés de s'entretuer, ils furent forcés de se fondre dans des chenils sécurisés. Les six phalanstères furent démantelés, et à la date d'octobre 2052, le dernier était rasé et les terrains laissés en friche ou rendus à la nature. On peut dire que le nouveau régime s'était bien dépêché de torcher le cadavre de l'ancien. En 2062, quand le mandat de Premier ministre de Himura prit fin, la quasi-totalité des anciens gladiateurs étaient décédés en état de catatonie. Seuls cinq moonlings ayant connu les phalanstères étaient encore en vie, paraît-il. Le dernier gladiateur mourut à l'âge de 38 ans, en juin 2065, dans un sanatorium du département de Yamaguchi. Depuis lors, personne ne put témoigner de la frénésie et de la misère de l'arène.

Takuma Nakano, l'ancien coach de Tôga, mourut en février 2055 dans un sanatorium de Hyôgo. La statuette qui représentait Tôga lui-même, que Tôga lui avait confiée, ne put jamais être remise à Ruka, sans doute à cause de la confusion qui perdura après le changement de régime. Il est par ailleurs probable que c'est la seule sculpture de la main de Tôga le représentant. Avant de mourir, Nakano la fit parvenir à son petit-fils avec son testament, dans lequel il précisait que c'était la statue du plus grand samouraï qui eût jamais vécu, et demandait solennellement à ses descendants qu'elle soit précieusement transmise de génération en génération et que jamais, au grand jamais, elle ne soit perdue. La volonté du grand-père est aujourd'hui toujours respectée, et la statuette orne l'alcôve votive de la maison du petit-fils de coach Nakano. Toutes les autres, soit plus de deux cents statuettes que Tôga avait sculptées au phalanstère, furent brûlées sur ordre du directeur peu après « l'affaire du stade ». Le directeur du phalanstère, pour ce qui le concerne, fut condamné à mort et exécuté en 2052 pour trahison et implication dans le coup d'État.

Le destin frappa également à la porte de la cellule des femmes de récompense. Le sanatorium pour femmes de Saitama fut démantelé, l'endroit remis en état comme s'il n'avait jamais existé, et ses cent quatre-vingts pensionnaires dispatchées dans différents sanatoriums du pays. En 2080, à la déclassification des archives de l'Agence sanitaire, on apprit enfin la trajectoire suivie par Ruka Yamagishi à la suite de l'incident du stade et du changement de régime.

En juin 2052, elle fut réaffectée dans un sanatorium de Fukushima dans le Nord-Est, puis, six mois plus tard, en décembre de la même année, à Kagoshima à l'extrême sud du pays. Ce n'est pas tout. À peine quatre mois plus tard, elle fut transférée à Hokkaidô à l'extrême nord, où elle ne resta que cinq mois avant d'être de nouveau transférée à Okayama dans l'Ouest profond.

Gardons-nous néanmoins d'en conclure que Ruka Yamagishi termina sa vie dans la solitude et la misère. Elle se trouvait encore au sanatorium spécial des femmes de récompense lors de la pleine lune suivante, quand on lui dit que les combats de gladiateurs, c'était fini, en d'autres termes que le statut de femme de récompense était aboli, et qu'elle n'avait plus qu'à attendre sa nouvelle affectation, comme ses collègues. Celles-ci pouvaient suivre les combats de gladiateurs en direct sur le terminal de leur cellule, elle savait donc que la cérémonie de remise de la Coupe Shimojô avait été écourtée par un attentat suicide. De même que, une semaine plus tard, quand Himura annonça au pays le décès de Shimojô, elle en comprit immédiatement les implications : on n'avait plus besoin d'elles. Finies les conventions personnelles entre gladiateurs et femmes de récompense ; finies les pilules anti-catatoniques ; et plus jamais elle ne passerait la nuit avec un homme.

Avec quarante et un combats, Tôga Uno avait plus que rempli son quota. Mais Ruka, elle, n'avait passé que quarante-trois nuits avec un gladiateur. Elle n'avait donc pas encore le droit de soumettre ses vœux concernant le sanatorium où elle souhaitait passer sa retraite. Tôga avait gagné ses combats en quart de finale et en demi-finale de la Coupe Shimojô, il aurait pu la faire appeler pour deux nuits, ce qui lui aurait fait quarante-cinq nuits, contrat rempli ! Ils seraient partis ensemble à Kôchi ou à Miyazaki. Une femme de récompense ne pouvait pas rêver mieux. Et voilà que ce rêve venait d'éclater comme une bulle, en même temps qu'avait explosé le cauchemar d'un dictateur. D'autres femmes de récompense avaient elles aussi échangé des promesses avec des gladiateurs. Aucune ne pourrait plus jamais revoir son homme, ni même le contacter. Puis il fut annoncé que les sept athlètes, hormis Wakisaka, avaient été emmenés par des hommes de la direction de l'Événementiel dans les forêts d'Okutama la nuit même de l'attentat, où ils avaient été assassinés et leurs corps enterrés sur place.

Son cas était encore plus désespérant que les autres, mais ce n'est pas cela qui allait vraiment l'aider.

Les choses changèrent radicalement, le 16 janvier 2052, la première nuit de pleine lune depuis « l'incident du stade ». Deux objets furent jetés depuis l'extérieur par-dessus les murs dans l'enceinte du sanatorium de Saitama où Ruka se trouvait toujours à ce moment. L'établissement était entouré d'une enceinte, comme les autres, sans les miradors et les mitrailleuses des phalanstères. Construit dans un endroit isolé, au cœur des montagnes, à plus de 400 mètres d'altitude, la nuit la température descendait en dessous de 0 °C.

Cette nuit-là, le système de surveillance extérieure signala l'approche d'un rôdeur et alerta le poste de sécurité. Or, après avoir jeté deux objets de petite taille par-dessus les murs d'enceinte, le rôdeur tourna les talons et disparut dans la forêt nocturne. Les factotums qui trouvèrent les objets au milieu de la cour hésitèrent d'abord à s'en approcher, pensant qu'ils pouvaient être dangereux. Inspection faite, il s'agissait de deux statuettes de bois, assez banales. L'une représentait un gladiateur armé d'un filet et d'un trident. L'autre, un homme en costume, les bras écartés, comme pour haranguer une foule, ressemblant vaguement à Shimojô. Ils retournèrent les statuettes et virent quelques mots gravés dans le dos de chacun : *Pour Ruka, Lune Rémanente.*

« Ruka », cela ne pouvait être que Ruka Yamagishi, l'une des pensionnaires du sanatorium, et « Lune Rémanente », n'était-ce pas une autre façon de dire « Morning Moon », le nom de l'athlète arrivé second lors de la dernière Coupe Shimojô ? Celui qui avait été défait en finale par Wakisaka ? L'histoire de Ruka Yamagishi et de ce gladiateur du phalanstère n° 2, un samouraï qui la faisait demander chaque fois qu'il gagnait un combat, qui avait de nouveau gagné le droit de la faire venir deux nuits de suite après la dernière Coupe Shimojô, ce qui leur aurait permis de se retirer ensemble, s'il n'y avait pas eu ce fâcheux événement, était de notoriété publique au sanatorium des femmes de récompense.

Les images des caméras de surveillance extérieure montraient un homme sans casque, sans armure ni protège-tibias. Il ne portait même pas la combinaison orange qui était comme la tenue civile des gladiateurs, ni menottes ni entraves aux chevilles. Il était vêtu d'une banale veste et d'un pantalon de couleur sombre sans doute volés quelque part, des baskets aux pieds. Mais on reconnaissait ses cheveux décolorés blond pâle, bien que les racines brunes aient déjà poussé, et une barbe d'un mois, et des yeux qui luisaient comme ceux d'une bête farouche. Pour le personnel du sanatorium, pas de toute, c'était bien Tôga Uno. C'était d'ailleurs aussi l'avis du logiciel de reconnaissance faciale, malgré les informations qui l'avaient déclaré mort.

Et puis, qui d'autre que Tôga Uno pouvait avoir un intérêt à jeter des statues en bois marquées « Lune Rémanente » à l'intérieur du sanatorium ?

Ruka, convoquée dans le bureau du directeur, sursauta en apercevant les deux statuettes sur la table basse. Ce sourire… Bien sûr qu'elle le connaissait. Quelqu'un les lui avait envoyées comme souvenir ? Non, pas exactement. Il y a quelques minutes, quelqu'un qui ressemble fortement à Tôga Uno les a jetées par-dessus le mur, lui expliqua le directeur d'un air dubitatif. Et Ruka le crut. Il ne mentait pas. Et néanmoins… Elle ne connaissait aucune de ces deux statuettes. Celles que Tôga sculptait au phalanstère n° 2 étaient faites dans des chutes de bois que le personnel du phalanstère achetait pour lui dans le commerce. Donc dans un bois étuvé ou séché, de qualité commerciale. C'est sans doute la raison pour laquelle les statuettes qu'elle avait vues, alignées devant la fenêtre ou le mur de sa cellule, avaient toutes cet air propret.

En revanche, ces deux statues possédaient une dégaine sans apprêt, brute, un caractère primesautier que celles du phalanstère n'avaient pas. Elles avaient été sculptées dans un bois au fil très contourné, exposé aux intempéries et séché dans des conditions aléatoires. Bref, du bois ramassé dans la nature. Les arbres de ces statuettes-ci étaient morts une fois, étaient passés par la mort, et c'était une renaissance, une deuxième vie qui leur était donnée, et ces statuettes respiraient et souriaient du sourire de Lune Rémanente. En tant que statues, elles n'étaient pas censées pouvoir bouger d'un millimètre, et pourtant, elles paraissaient totalement libres, elles restaient là de leur plein gré.

Manifestement, le gladiateur devait être Hideto Wakisaka. Et l'autre : Hiraku Shimojô… Tiens.

Le Tôga qu'elle connaissait ne sculptait que des gladiateurs. Des vaincus. Morts au combat ou le cœur brisé, des vaincus de la vie. Des individus à qui on avait volé leur sourire. En quelque sorte, les statues étaient leur tombeau. Leur stèle funéraire. Oui, c'était logique. Wakisaka était mort. Shimojô était mort. Ces deux-là avaient été sculptées après l'incident du stade. Cela ne faisait aucun doute, Tôga était vivant ! Les six autres aussi ? En tout cas, Tôga n'était pas mort, et vivait dans les montagnes, comme Nebûkhadnatssar.

Un employé prit les deux statuettes et lui montra les mots gravés au dos : *Pour Ruka, Lune Rémanente*. Elle n'avait pas eu besoin de cela pour comprendre que ces objets lui étaient adressés, mais le voir écrit lui serra le cœur.

– Pourquoi Tôga Uno vous envoie-t-il ces objets, d'après vous ? demanda le directeur.

Ruka répondit d'une voix tremblante :

– Parce qu'il est vivant, je pense. Pour me dire qu'il est toujours en vie.

Ruka raconta ce qu'elle savait. Que Tôga avait été ouvrier ébéniste, qu'au phalanstère il avait l'habitude de sculpter ses amis gladiateurs. Elle se garda de dire qu'il ne prenait pour modèle que ceux qui étaient morts vaincus. Le message des deux statues disait aussi que par leur mort à tous les deux, celle de Wakisaka et celle de Shimojô, une époque nouvelle allait commencer, ou qu'en tout cas il espérait qu'une époque nouvelle allait arriver, mais cela aussi, elle se garda de le dire.

Puis le directeur demanda d'un air naïf :

– Tout de même, comment a-t-il fait pour trouver l'adresse ?

Ruka ne savait pas. Elle lui avait dit que le sanatorium se trouvait dans l'ouest du département de Saitama, mais comme les phalanstères des gladiateurs, les sanatoriums spéciaux des femmes de récompense n'étaient mentionnés sur aucune carte, et les terminaux de ces établissements n'implémentaient pas les applis de photos par satellites, en principe il n'avait aucun moyen de faire une recherche.

– Je ne peux pas vous laisser ces objets, dit le directeur.

Tôga Uno était peut-être impliqué dans l'attentat qui avait coûté la vie au Premier ministre Shimojô, s'il était vivant et en liberté, il était très certainement inculpé de haute trahison. Ces objets allaient vraisemblablement être saisis par la Kyûtoku en tant que pièce à conviction. Ruka s'en doutait déjà, aussi n'en fut-elle pas vraiment abattue. Quelle importance ? L'important, c'était qu'elle avait bien reçu le message. Combien de larmes avait-elle pleurées en apprenant la mort de Tôga ? Les deux dernières pleines lunes, l'exaltation périodique de l'anabasis avait tourné complètement à vide dans son cœur, mais depuis quelques minutes, une joie éblouissante venait de remplir ce vide. Il est vivant ! Tôga est vivant ! De quoi avait-elle besoin de plus ?

Les femmes du sanatorium étaient employées dans une exploitation agroalimentaire. Elles travaillaient la nuit, dormaient le jour. Sur le chemin pour retourner aux champs, Ruka ne pouvait réprimer un grand sourire. Le ciel nocturne, qui un instant plus tôt était lugubre et buté dans son silence, résonnait maintenant de toute sa gloire. Loin de la pollution lumineuse de la métropole, ici, il gardait sa fierté de vraie nuit. Il suffisait de lever les yeux, la pleine lune, humide et luisante comme du nickel, regardait Ruka en face. Comme une mère regarde sa fille qui a reçu la plus haute des récompenses. La lune, le visage frémissant de larmes, répandit sa lumière sur tout le ciel et se mit à danser. Tout à l'heure, dans le bureau du directeur, Ruka avait vu les images de Tôga prises par les caméras de surveillance. Il avait jeté les deux statuettes par-dessus le mur, puis il s'était tourné vers l'une des caméras, là-haut, et avait fait un grand sourire barbu, avec un geste de la main gauche. Comme s'il savait qu'elle le voyait. Les statues avaient atteint le sol du sanatorium il y avait moins d'une heure, Tôga était peut-être encore dans les parages. Dans la forêt hivernale, morne et désolée, ils regardaient tous les deux la même lune.

Les deux statuettes furent confisquées par les inspecteurs de la Kyûtoku et finirent sur un rayon de la bibliothèque du nouveau Premier ministre, Hayao Himura. C'est peut-être en regardant ces statuettes qu'il fut pour la première fois intrigué par ce samouraï-gladiateur qu'il n'avait jusque-là considéré que comme un pion négligeable. Comment avait-il échappé à la mort ? Était-il immortel ? Pour de vrai ? Il avait envoyé la milice pour fouiller les montagnes autour du sanatorium, mais il était resté introuvable. Les moonlings sont des êtres nocturnes. Ils se cachent le jour et ne se déplacent que la nuit. D'un autre côté, Tôga Uno n'était pas une cible prioritaire pour Himura. D'autant plus que, privé d'anti-catatonique, son décès n'était qu'une question de temps, quelques années au grand maximum. 30 % de chance qu'il vive encore dans trois ans, 15 % dans cinq ans. On trouverait un jour son cadavre décomposé dans la montagne. Peut-être ne pourrait-il s'empêcher de descendre faire du grabuge en ville une nuit de pleine lune. Il y en avait toujours eu, il y en avait et il y en aurait encore. Inutile d'alarmer le public. Risquait-il de crier la vérité sur les combats de gladiateurs ? Sur la mort de Shimojô ? La belle affaire ! Un complotiste parmi tant d'autres. Personne ne prendrait au sérieux un moonling fou.

Effectivement, ce ne fut pas la dernière apparition de Tôga. La nuit de la pleine lune suivante, une nouvelle statuette fut jetée dans le sanatorium. Celle-ci fut ramassée, non par un factotum mais par l'une des femmes de récompense qui nettoyait les abords du mur d'enceinte. Elle lut l'inscription « Pour Ruka, Lune Rémanente », et la remit directement à sa dédicataire. La statuette mesurait quarante centimètres et représentait une baleine, avec une sorte de hutte sur le dos, les larges nageoires pectorales ouvertes, dans une manifestation de joie et de bonheur. Ruka reconnut la baleine. Cela ne pouvait être qu'une baleine de Motoka Sugai, celles de sa série *Trente-six vues du monde lunaire – Voyage sans fin avec les baleines de lune*. Elle et Tôga avaient souvent regardé ensemble le documentaire sur les chefs-d'œuvre de Sugai, dans la cellule du phalanstère.

Tôga était fasciné par le lien tragique entre l'anabasis et la créativité artistique. Pour lui, l'œuvre de Motoka Sugai symbolisait ce lien. Et Motoka Sugai, elle, voyait les baleines de lune – poursuivant leur voyage sans fin dans le désert pour échapper au soleil brûlant – comme le symbole de la fuite hors du coma catatonique. Dans le documentaire, Sugai déclare :

« Pas plus que la baleine de lune ne peut échapper définitivement au soleil, nous, les moonlings, nous ne pouvons espérer échapper à la mort en phase catatonique. Fuir devant la mort qui nous court après, c'est cela notre vie, à nous, les moonlings. »

C'était la première fois que Ruka voyait une sculpture de Tôga qui regardait vers la vie, non vers la mort. Elle y lut une déclaration, un manifeste : Tôga a décidé de vivre… Tôga a l'intention de vivre à mort. Et tant qu'il vivrait, il continuerait à lui dire qu'il était toujours vivant.

La statue de la baleine ne resta pas longtemps entre les mains de Ruka. Elle fut immédiatement confisquée par la direction du sanatorium et envoyée à la police secrète. Elle aussi finit sur la bibliothèque de Himura. Pas sûr qu'il ait compris que cette statue représentait une baleine de lune. Par contre, il se dit : jamais deux sans trois. La nuit de la pleine lune suivante, un peloton de la milice du Salut National était placé en embuscade autour du sanatorium des femmes de récompense. Des drones furent déployés.

Tôga ne se montra pas cette nuit-là. Peut-être avait-il compris qu'on l'attendait. Pour en avoir le cœur net, l'embuscade fut maintenue la nuit suivante, la seizième nuit du cycle lunaire. La vigilance de la Milice ne fut peut-être pas aussi pointilleuse qu'elle aurait dû l'être. Et puis, le sanatorium était très vaste. Avec l'exploitation agricole, le mur d'enceinte faisait 3,4 km de long. Tromper l'attention des miliciens et s'approcher du mur, pour un moonling en phase de pleine lune, doté d'une bonne vision nocturne, n'était pas une mission impossible. Une statuette franchit le mur. Un sanglier. En avril, ce fut un ours noir. En mai, un daim. En juin, un aigle. Toutes ne furent pas montrées à Ruka. Mais pendant ses heures de travail à la ferme, quand elle voyait les factotums se précipiter et courir dans tous les sens, elle savait que Tôga n'était pas loin. Il est revenu ! Ils étaient séparés par un mur, mais il leur suffisait de lever les yeux sur la lune qui s'élevait dans le ciel pour voir le sourire de l'autre.

Les chefs motivèrent les soldats, en augmentèrent le nombre, Tôga Uno ne fut jamais pris. Plus étrange : il n'apparaissait même plus sur les images des caméras de surveillance. Comme si un spectre s'approchait des murs du sanatorium et jetait une statuette en bois. Pas toujours la même nuit. Parfois en plein jour. Il les faisait tourner en bourrique. Les soldats grinçaient des dents et le Premier ministre était consterné. C'est alors qu'une nouvelle idée leur vint. Puisque c'est comme ça, on va le faire courir. Déplaçons Ruka Yamagishi dans un autre sanatorium. D'ailleurs, bien fait pour elle. Et Tôga Uno continuera à balancer ses statues dans un endroit où sa bien-aimée ne sera pas.

Le transfert eut lieu à 500 km des montagnes de l'ouest de Saitama, dans un sanatorium de Fukushima. Elle crut que plus jamais elle n'aurait l'occasion de sentir la présence de Tôga auprès d'elle. Et pourtant, à sa grande surprise, dans ce sanatorium dont Tôga était pourtant censé ignorer jusqu'à l'existence, fut retrouvée le mois suivant une nouvelle statuette représentant un chien, de race Akita-ken, semble-t-il. Il portait, gravé sous son ventre : *Pour Ruka, Lune Rémanente*. Sur les écrans des caméras de surveillance, c'est bien Tôga

Uno qui s'approchait du mur d'enceinte et balançait un objet par-dessus. Pour autant qu'on puisse en juger, bien sûr. Comment avait-il fait pour retrouver Ruka ? Personne ne le sait. L'aurait-il pistée à l'odeur, depuis Saitama ? D'où la statuette du chien ? D'autres miliciens furent disposés autour du sanatorium de Fukushima, mais le mois suivant, un tanuki, le suivant, un serpent, les statuettes en bois continuaient d'arriver. Sur ces entrefaites, Ruka fut transférée à Kagoshima, à l'extrême sud du Japon, où Tôga refit son apparition le mois suivant, puis à Hokkaidô à l'extrême nord. Il la suivait toujours.

C'est vers cette époque que Himura nota dans son journal : « T. U., serais-tu doué de la vision à distance, par hasard ? As-tu des ailes ? »

Fallait-il surtout que Himura lui-même ait eu le sentiment d'être dépassé par les événements pour poser ce genre de question dans son journal ?

Et pourtant, de tout temps, dans tous les pays, les moonlings étaient connus pour ce sixième sens qu'ils développaient au cours des phases fulminantes de la maladie, parallèlement à leur force physique et leur puissance vitale extraordinaires, ce qu'ils exprimaient souvent par une expression comme « C'est la lune qui me l'a dit ».

En avril 1912, le luxueux paquebot *Titanic* fit naufrage dans l'Atlantique nord au cours de son voyage inaugural. Avant l'embarquement, John Stewart, un homme d'affaires qui avait prévu de faire le voyage, avait reçu une pile de lettres de son frère, qui vivait dans un lieu inconnu depuis que les symptômes de l'anabasis s'étaient déclarés chez lui. Ces lettres lui répétaient qu'il avait fait le rêve que le *Titanic* allait sombrer. L'histoire est bien connue : John Stewart décida à regret d'annuler son départ et de prendre un autre bateau, ce qui lui sauva la vie.

On peut citer également l'histoire des sœurs Delaborde qui vivaient en France au XXe siècle. À 14 ans, Alice et Marie, des jumelles, développèrent toutes les deux, très exactement le même jour, les symptômes de l'anabasis. Elles moururent toutes les deux à 18 ans et le même jour très exactement, en phase de catatonie. On dit qu'en phase de pleine lune, chacune savait avec une exactitude phénoménale ce que sa sœur pensait, sans échanger la moindre parole, comme si leurs corps étaient animés par une seule et même âme.

Les études historiques établissent que ce pouvoir mystérieux des moonlings fut parfois utilisé dans un contexte militaire, dès l'Antiquité. Au début du XXIe siècle, dans son immense ouvrage *La guerre des moonlings*, Elizabeth Thompson détaille l'histoire – et il ne s'agit que d'un exemple pris au hasard – du jeune Vasily Sokolov, soldat de l'ex-Union soviétique, dont on dit qu'il était capable, chaque mois à la pleine lune, de séparer son esprit de son corps. Lors du conflit germano-soviétique, pendant la Seconde Guerre mondiale, Staline l'utilisa pour s'informer des positions de l'ennemi, épisode qui fit par la suite l'objet d'un film hollywoodien. Peut-être tous les moonlings ne développaient pas de telles capacités. Mais dans *La guerre des moonlings*, l'autrice fait l'hypothèse que les anciens moonlings, rejetés par la société et ostracisés, contraints de vivre comme des bêtes dans la forêt, avaient vraisemblablement développé des capacités particulières que les moonlings modernes perdirent.

Pourtant, il serait exagéré de croire que Tôga vivait dans les brumes comme un ermite. Les agriculteurs des environs, interrogés par la police secrète, rapportèrent des vols de denrées et produits agricoles perpétrés par quelque chose d'autre que des singes sauvages ou des sangliers. Le voleur laissait des souvenirs au milieu des champs et des vergers. Des objets en bois sculpté, qui, tous, portaient les mots « Lune Rémanente » gravés au dos. Cela laissait peu de doute quant à l'auteur des larcins, même s'il apparaissait parfois comme un homme, parfois comme un fantôme, parfois comme un oiseau, un animal ou un insecte. La police secrète voulut les voir. Certains paysans montrèrent alors des brouettes entières d'objets de bois sculpté. Mais la plupart d'entre eux les avait brûlés, parce qu'on ne sait jamais, ça pouvait porter malheur, ces machins-là. D'autres les mettaient dans des cartons, qu'ils entreposaient dans une grange ou une cave, d'autres les alignaient méticuleusement comme des statues votives sur le meuble à chaussures de l'entrée ou le buffet de la salle à manger. N'étaient-ils pas fâchés de se faire voler leurs fruits et légumes ? La majorité des paysans ne se formalisait pas plus que ça. Un type qui vit seul dans la montagne, il était surtout à plaindre. Et quand on leur disait qu'il s'agissait d'un moonling échappé d'un sanatorium qui maraudait dans les parages, leur réaction était assez désinvolte. Ah bah, oui, ça ne les étonnait pas, ils s'en étaient doutés. À la campagne, on sait bien que les moonlings que l'on expulse du village se réfugient dans les montagnes, du moment qu'ils ne font de mal à personne, qu'ils ne s'attaquent pas aux femmes et au bétail, on n'en fait pas tout un plat. Certains, sans jamais l'avoir croisé, en parlaient entre eux en disant « M. Lune Rémanente », et la plupart ne détestaient pas du tout ces statuettes simples et naïves. Une grand-mère du pays leur adressait une prière matin et soir, en répétant : « Tu as belle figure, toi. Comme tu es belle ! », et en les caressant. Selon un passionné local et chercheur à ses heures, on évalue le catalogue des statuettes de Tôga Uno disséminées un peu partout dans le pays à

700 statuettes, toujours existantes aujourd'hui, le département d'Okayama étant celui qui en compte le plus.

Septembre 2053. Ruka fut transférée à la résidence des Jardins du Hôrai n° 3, dans la commune de Kirino, département d'Okayama, qui fut sa dernière adresse. Tôga ne se montra pas de tout le mois de septembre, mais en octobre, la nuit de la pleine lune, une statuette représentant une colombe atterrit dans l'enceinte de la résidence. Elle avait traversé le détroit de Hokkaidô, et fait tout ce chemin pour arriver au fin fond des montagnes d'Okayama. La Milice n'envoya même plus de troupe pour essayer de le capturer, personne ne le gênait plus. Un factotum appela Ruka et lui remit la statuette sans autre forme de procès. La colombe avait les ailes ouvertes, on aurait dit qu'elle allait s'envoler. C'était la première sculpture de Tôga qu'elle pouvait garder dans sa chambre.

Elle en reçut d'autres. Beaucoup. Sans doute parce que les soldats ne l'obligeaient plus à fuir, Tôga devint de plus en plus productif, et les nuits de pleine lune il en jetait des quantités par-dessus le mur. Les factotums ne montraient aucune mauvaise volonté à les faire parvenir à Ruka, puisqu'elles n'intéressaient plus personne en haut lieu. La chambre de Ruka devint ainsi une sorte de microcosme abritant toutes les formes de vie que Tôga avait aperçues un jour : un renard, une chouette, une carpe, un homme, une femme, un vieillard, une vieillarde, un enfant, un bébé, un scarabée, une tortue, un lézard… Toutes bien vivantes. Ruka s'endormait tous les jours avec ces statuettes sous ses yeux. Et sous les yeux de toutes ces statuettes. Celles qui ne pouvaient plus entrer dans sa chambre, elle les disposa un peu partout dans l'établissement, pour le plaisir des résidentes.

Les Jardins du Hôrai n° 3, c'étaient, en période de pointe, plus de huit cents résidentes et cinquante membres du personnel. Personne n'ignorait le nom de Lune Rémanente. En revanche, une seule, Ruka, savait qu'il s'appelait de son vrai nom Tôga Uno et qu'en tant que gladiateur il avait marqué son époque. Ce qui ne les empêchait pas, toutes, d'entretenir une admiration secrète pour celui qu'elles ne connaissaient que sous son nom d'artiste. Qu'il pleuve ou qu'il vente, qu'il neige ou qu'il tonne, les nuits de canicule comme les nuits à pierre fendre, en souffrant de la faim ou de la soif, il errait dans la montagne en pensant toujours à la même femme. Elles ne le connaissaient pas, ne l'avaient jamais rencontré, mais qui pouvait se retenir d'adorer cette façon de vivre ? Dans celle-ci se réalisait l'essence de la vie, éphémère mais totale, des moonlings. À fond. Évidemment, toutes se demandaient ce que pouvait bien avoir pour elle celle qui était aimée d'un homme pareil. Les mains abîmées par le travail de la ferme, Ruka Yamagishi était sans doute assez jolie. Maigrichonne, la peau foncée, c'était une femme peu volubile, sans beaucoup d'humour, une femme ordinaire comme il y en a partout.

Ruka Yamagishi mourut en septembre 2068. Les nuits de nouvelle lune, alors que les étoiles scintillaient dans le ciel vide, les moonlings se mettaient au lit et tombaient en catatonie, un sommeil proche du coma. Un sommeil long et profond. Trente-six heures en moyenne. Se frayant un chemin à travers les rêves de toutes sortes qui les assaillaient, devenus âmes, ils échouaient très près de la frontière des enfers. Dangereusement près. La plupart en revenaient, mais pas tous. Dans un sanatorium de plusieurs centaines de résidents, à chaque nouvelle lune, plusieurs moonlings partaient et ne revenaient pas. Dans leur lit, peu à peu ils devenaient froids, et ne rouvraient plus jamais les yeux. Si l'anabasis accorde une seule grâce au malade, c'est cette mort paisible. Aussi bien le vieillard couvert de rides et d'angoisse que le malfrat qui gueule contre son propre malheur, tous mouraient avec le visage innocent d'un enfant endormi, parfois même un sourire aux lèvres. Sans doute cela fut-il le cas aussi de Ruka. Les murs de sa chambre étaient entièrement couverts d'étagères, remplies d'une multitude de statuettes de bois souriantes qui la regardaient dormir, en lieu et place de celui qui les avait sculptées. Sans doute l'assistèrent-elles aussi dans son dernier sommeil. Vingt ans et six mois s'étaient écoulés depuis qu'elle avait rencontré Tôga pour la première fois, dans une cellule de l'Agence sanitaire d'Osaka. Vingt ans à compter de l'apparition des symptômes, cela n'était pas donné à 1 % des contaminés. Elle avait quarante-quatre ans, mais on dit qu'elle avait encore l'air d'une jeune fille.

Curieusement, la nuit de la pleine lune suivante, aucune statuette ne sauta le mur. Tout cela n'avait-il été qu'un miracle dépassant l'entendement humain ? Certaines dirent que Lune Rémanente avait un superpouvoir qui lui fit comprendre que celle qu'il aimait était morte, d'autres qu'il mourut la même nuit, quelque part au milieu des montagnes, mouillé par la rosée. S'il faut trancher, disons que ce sont plutôt les premières qui ont raison. Quand Tôga ouvrit les yeux de son sommeil catatonique, que ce soit par un sixième sens propre aux moonlings, ou parce que les statuettes de bois qui avaient assisté à la mort de Ruka le lui dirent, il sut que Ruka était morte. Ruka n'est plus ici, songea-t-il. Ruka n'est plus dans ce monde-ci. Quatre ans à dormir et faire l'amour avec Ruka. Seize ans à lui envoyer des statuettes en bois. Mais elle n'était plus là. Ce monde était vide. Certaines résidentes prétendirent avoir entendu des pleurs et des lamentations à travers la montagne.

On pense généralement que Tôga Uno vécut encore une dizaine d'années. De fait, des statuettes de bois continuaient à être trouvées dans les champs des agriculteurs du département d'Okayama et certaines personnes le virent même en personne. Tout citoyen apercevant un moonling fugitif était censé le signaler aux autorités sanitaires, mais dans les années 2070, le contrôle du Parti sur la population s'était déjà considérablement affaibli, et la majorité des agriculteurs laissaient Tôga quitter leur champ avec quelques légumes sous le bras. Certains même lui faisaient signe d'approcher et déposaient pour lui d'autres denrées sur le pas de leur porte, sous l'auvent. Quelques jours plus tard, ils trouvaient au même endroit une statuette en bois particulièrement magnifique. Un homme eut une conversation au milieu de la nuit avec Tôga, en plein champ. Tôga lui montra le petit couteau qu'il gardait toujours sur lui, puis, ramassant une branche que le dernier typhon avait brisée, il en fit en quelques gestes un taureau. Étonné, l'homme lui demanda comment il avait appris à faire cela. J'ai été samouraï dans le temps, répondit Tôga dans un sourire, comme s'il préférait que l'on croie que c'était une blague.

En admettant qu'il survécut dix ans à Ruka, cela fait un total de trente ans avec la maladie, un cas de figure qui n'arrivait pas une fois sur mille. Est-ce suffisant pour le qualifier de veinard, finalement ? Les experts de la sculpture de Tôga prétendent qu'on peut détecter une nuance de solitude dans son style des dernières années. Il n'empêche que le sourire qu'arborent toutes ses œuvres resta inchangé, lui, du début à la fin.

En juillet 2084, un spéléologue amateur nommé Tetsurô Fujimura découvrit une petite grotte sur un versant abrupt dans la montagne, sur le territoire de la commune de Kirino, dans le département d'Okayama. Dès qu'il eut franchi l'étroite entrée de la grotte, dans les strates de roches calcaires, il se trouva devant un spectacle ahurissant. Un espace grossièrement circulaire, d'une superficie d'environ trente mètres carrés sur une hauteur d'environ sept mètres, aux parois entièrement couvertes, non pas de stalactites ni de stalagmites, mais de statues de bois sculptées disposées sur des sortes d'étagères sommaires, fabriquées à partir de bûches de toutes dimensions et de toutes venues. Parmi elles, des Bouddhas, mais aussi des personnages humains et, bien plus nombreux, des animaux : oiseaux, mammifères, poissons, insectes. Des milliers, au bas mot. Fujimura mit en ligne les images de sa découverte mais la vidéo, sans explication, fut retirée au bout de quelques jours par l'Autorité de l'Éducation. Cela ne suffit pas. La vidéo était déjà devenue virale dans l'océan des données et faisait le buzz parmi les amateurs d'histoires étranges et de paranormal. De nos jours, on peut trouver ces images en accès libre, par exemple dans une vidéo de trente-deux minutes intitulée « La grotte de Lune Rémanente – le Enkû du XXIe siècle ! Un extraordinaire mandala de statues en bois ! », dont le nombre de vues dépasse les trois millions, avec des commentaires faisant état de l'étonnement des viewers venus des quatre coins de la planète.

À peine Fujimura avait-il téléchargé sa vidéo sur sa chaîne, la Kyûtoku lança une recherche sur le terrain. Le comptage officiel est de 28 763 statues. On reste loin du record absolu de 120 000 statues sculptées par Enkû, certes, mais si on suppose que Tôga vécut à Okayama 25 ans, un calcul sommaire donne un résultat de trois statuettes sculptées par jour. Un nombre pas totalement irréaliste, sachant qu'il lui fallait bien prendre du temps pour rechercher sa nourriture, sans compter les jours de catatonie pendant lesquelles il ne devait pas être en état de sculpter. L'un dans l'autre, le chiffre est impressionnant. Quand on imagine la passion silencieuse qui devait animer cet homme, pour sculpter, nuit après nuit avec un simple couteau et un morceau de bois, dans sa solitude extrême, cela confine à la folie.

La grotte de Lune Rémanente est aujourd'hui fermée au public et condamnée par une porte de fer. D'ailleurs, la forêt qui l'entoure est une propriété privée. Immédiatement après la découverte de la grotte, Hayao Himura acheta les 12 hectares de forêt autour, qui sont aujourd'hui la propriété de son fils aîné. Dans ses dernières années, Himura était venu plusieurs fois, au fin fond des montagnes, visiter la grotte. Il en parla dans son journal :

« C'est un spectacle étonnant. On a l'impression de se trouver dans les plis du cerveau de T. U. Hiraku Shimojô avait cherché l'éternité en gravant son souvenir dans la mémoire d'un nombre sans cesse accru de gens, T. U. aussi a recherché l'éternité, mais par une autre voie. Que sa grotte ne soit jamais découverte ne l'aurait pas dérangé. Heureux celui qui voit la vérité au-delà de son ego. »

Fujimura, celui qui découvrit la grotte, n'y trouva pas seulement des statuettes de bois. À peu près au centre de l'espace se tenait une sorte d'élévation plane, comme une table, couverte d'un futon, sur lequel reposait le cadavre d'un homme. Dans la vidéo de Fujimura, certaines parties de l'image furent pixélisées au montage, mais on devine clairement un corps dans la position du fœtus, serrant quelque chose dans ses bras. Il a l'air de porter des vêtements sombres, et son visage et ses mains sont noirâtres. Ce n'est pas un squelette, en tout cas. Les grottes naturelles sont généralement trop humides pour provoquer une momification naturelle du corps, mais il semble tout de même y avoir eu momification partielle de certaines portions.

« Ouah, c'est quoi ce truc ? Je crois que je suis tombé sur une sacrée trouvaille ! » On entend Fujimura qui n'arrive pas à contenir son excitation, et sa voix lorsqu'il décrit ce qu'il voit est parfois très altérée.

« Je me disais que ça pue… Tu parles ! C'est… C'est un cadavre, ça ! Ou plutôt… Une momie ! C'est une momie, dis donc ! De quand elle date ? Enfin… D'après les vêtements, ça n'a pas l'air très vieux… Époque récente, disons. C'est un homme. Je pense. Oui, un homme… Plutôt costaud. Barbu. Il paraît que dans le temps, on trouvait souvent des cadavres de moonlings dans les montagnes, c'est peut-être un moonling, lui aussi… Non, mais regardez-moi ça ! Tout autour… Des sculptures en bois partout, tout autour des parois ! Et la momie aussi, il tient une sculpture dans ses bras. Il est mort avec une sculpture dans ses bras. A priori, ça a l'air d'une femme. Elle a les cheveux longs… Environ trente centimètres de hauteur. C'est le type momifié qui l'a sculptée ? Et toutes les autres, tout ça, c'est lui qui a tout sculpté ? Ou alors, il a peut-être trouvé cette grotte remplie de statues sculptées par quelqu'un dans les temps anciens, et a juste décidé d'habiter là. Je ne sais pas, c'est possible. Attendez… Il y a des sortes de couteaux, ici. Les lames sont complètement rouillées. Et ça, sauf erreur, c'est une pierre à aiguiser. Ce qui veut dire… que… Ce serait plutôt lui qui a tout sculpté. Ouaip, c'est lui, c'est sûr. »

Ensuite, on voit Fujimura s'approcher des statues qui couvrent les parois de la grotte. Il en prend une dans les mains, la regarde de tous les côtés, puis la repose. Il refait la même chose plusieurs fois.

« Il y a quelque chose d'écrit derrière. La même chose sur toutes. Qu'est-ce qu'il y a marqué ? Ru… Ka… peut-être. Ruka. Un nom de femme, sans doute. Pour Ruka… Lune rémanente… Lune rémanente, c'est la signature ? Le pseudo de la momie, son nom d'artiste j'imagine... Bah, tiens, ça me donne une idée. Cette grotte, je vais l'appeler la grotte de la Lune rémanente. Je ne peux pas trouver mieux. La grotte de la Lune rémanente... Je ne suis pas le premier à y mettre les pieds, mais je crois que j'ai quand même le droit de lui donner un nom. Je me demande qui est cette Ruka. Son épouse ? Son amoureuse ? Quelque chose comme ça, je suppose. En tout cas, quelqu'un d'important, pour lui, c'est sûr. Pour lui dédier tout ça... D'ailleurs, la momie, elle tient une sculpture de femme dans ses bras. Ça ne pourrait pas être la Ruka en question, par hasard ? Ça pourrait se faire, non ? Cette quantité, c'est incroyable ! Il a dû mettre des années... Ça demande une sacrée motivation. Surtout que, j'ai l'impression, il n'y en a pas deux identiques. Bah, c'est normal, c'est sculpté à la main... On dirait que toutes les formes d'êtres vivants sont représentées... Des humains, ses singes, des mammifères en pagaille, des oiseaux, des reptiles, des poissons, des batraciens, des insectes... Ah, ça y est, j'ai compris. Mais oui ! C'est comme un monde ! Un monde entier. Ce sculpteur, Lune Rémanente, a sculpté un monde entier ! Pour celle qu'il appelle Ruka, il a imaginé un monde entier ! Oui, oui, c'est ça ! Ou bien... Enfin, j'en sais trop rien, mais quand je regarde cette grotte, ça me donne cette impression. Oui, oui, c'est l'impression que j'ai... »

23

Des os, pensa Tôga.

Une impression de déjà-vu. Non, ce n'est pas un morceau de l'appareil de contrôle médical. Ce sont des os. Des ossements d'animal. Je suis à l'intérieur du squelette d'un animal géant. Et ce que je vois, là, c'est son énorme colonne vertébrale. Quand était-ce ? J'ai déjà fait ce rêve. Il y a bien longtemps. Mais c'est la raison pour laquelle je reconnais cet animal. C'est une baleine de lune. Je suis couché sur le dos à l'intérieur de la carcasse d'une baleine de lune échouée dans le désert.

C'est cela. Là-bas. Je suis reparti là-bas. Le sable blanc du désert lunaire sans fin s'est étalé en un clin d'œil à l'intérieur de mon crâne. Ce rêve. Le rêve étrange que j'ai fait en décembre 2051, la nuit du dernier combat de gladiateurs, la fois où j'ai perdu en finale contre Wakisaka et que j'ai été enterré vivant dans les forêts de Okutama. Quel rêve étrange… Mais quelque chose a changé.

Tôga secoua la tête, pas encore bien réveillé, pour se débarrasser de la poussière de ses anciens souvenirs.

Oui, c'est cela. Le vent. Dans mon ancien rêve, un vent sec et brûlant soufflait à travers les côtes du squelette de la baleine de lune, et faisait se dresser des tourbillons de sable blanc. Alors que maintenant… J'entends bien un souffle, mais c'est plutôt un souffle caressant, tendre et frais. Non, pas seulement le bruit du vent. Le chant des oiseaux aussi. Comment peut-il y avoir des oiseaux dans le désert lunaire, qui brûle toute forme de vie ? À moins que ces oiseaux ne soient des voyageurs, eux aussi ? À poursuivre une éternelle circumnavigation lunaire, comme les baleiniers ?

Il comprit enfin. Une sorte de vigne vierge s'enroulait autour du squelette et déployait un riche feuillage vibrant, colorant de vert les rayons du soleil qui filtraient au travers. Il se redressa et regarda autour de lui, par-delà la cage thoracique, oubliant de respirer. Ce n'était pas du tout le cosmos soumis au soleil brûlant, pas de désert de sable blanc non plus. Des arbres innombrables, habillés d'un feuillage dense, une forêt d'un vert poignant. Et entre les arbres, un ciel bleu éclatant, comme humide, trempé. Quelque chose lui chatouillait le dos de la main. Il la leva et un insecte noir et brillant, un genre de punaise des bois, grimpa jusqu'au bout de son doigt, puis ouvrit ses ailes et s'envola dans la forêt en passant entre les ossements. Il prit une pincée de terre, la porta devant ses yeux. Un petit ver de terre se tortillait dedans. Il n'était donc pas là où il croyait ?

À cet instant, il sentit une légère odeur. Une odeur modeste, mais qui n'avait jamais cessé de briller en lui, dans l'obscurité de sa mémoire. Une odeur à la fois amère et fraîche, couleur bleu-vert, vert profond. L'odeur de la forêt, pensa-t-il. Non, non, l'odeur de Ruka. Le très ancien souvenir de la première fois où Ruka était venue dans sa cellule remonta, et il crut un moment qu'elle était si proche qu'il n'avait qu'à tendre la main pour la toucher. Ruka ? Tu es là, Ruka ?

Tôga se dressa rapidement sur ses genoux, saisit les côtes de ce qu'il aurait pourtant juré être le squelette d'une baleine de lune, comme les barreaux d'une prison, regarda la forêt avec de grands yeux. Deux cèdres *sugi* énormes, moussus, leurs branches entrelacées, lui faisaient face. Une silhouette semblait s'éloigner entre leurs troncs. Ruka ? Non… Un daim. Une grande biche, le dos brun-rouge, parsemé de taches blanches. Ses yeux empreints de noblesse regardaient en arrière, dans sa direction. Elle dut sentir qu'il n'était pas un prédateur, elle reprit sa marche et disparut dans les profondeurs de la forêt.

Tôga passa par l'arrière du squelette et sortit timidement à l'air libre, comme un animal libéré de sa cage. Il fit le tour du squelette à moitié enfoui dans les buissons, et c'était bien une baleine, il n'y avait pas de doute, elle faisait au moins quinze mètres de long. Mais était-ce une baleine de lune ? Où était passé le sable blanc ? Le ciel noir, et le soleil ? Si la lune était maintenant recouverte de forêts, où étaient les autres baleines, les nageuses ?

Tôga se mit en marche. Il n'avait aucune idée de la direction à prendre, alors il ramassa une brindille, la jeta en l'air. Dans le sens qu'elle indiqua en retombant, il dirigea ses pas. L'intense soleil, qui poursuivait impitoyablement les voyageurs de la lune et les baleines, était désormais filtré par la frondaison et une lumière douce dansait sur le sol. Les arbres bruissaient, comme une ondulation parcourant la forêt, les oiseaux se répondaient d'un endroit à l'autre. D'autres oiseaux, des pics sans doute, martelaient les troncs. La stridulation des cigales, aussi, parfois. Des écureuils couraient sur les grosses branches, une famille de sangliers croisa sa route en l'observant furtivement. Il y avait des cèdres *sugi*, des castanopsis, des chênes bleus et des chênes d'eau, des *tsuga* et des épicéas… Une forêt d'une richesse comme on n'en voit que sur les tableaux. Tôga était maintenant accoutumé à l'odeur, il ne parvenait plus à retrouver celle de Ruka. Mais une autre idée lui vint. N'était-ce pas Ruka qui avait apporté cette forêt, comme lui-même avait apporté les statues dans la Vallée des Gladiateurs ? Ruka avait ce pouvoir de porter l'odeur de la forêt avec elle.

Pendant peut-être une heure, Tôga poursuivit là où ses pas le menaient, sur le doux amoncellement de feuilles mortes, enjambant les troncs en décomposition, dépassant des rochers couverts de mousse, quand soudain, il atteignit la lisière de la forêt. Une lumière blanche et violente apparut, qui semblait rogner l'espace entre les arbres. Avait-il atteint le désert ? Plusieurs ossements de baleines achevaient de s'effriter au milieu des buissons. Un moment, il eut peur que la forêt ait causé la disparition des baleines de lune, mais si le désert existait toujours, ces dernières devaient toujours y vivre. Il pressa le pas. À l'approche du désert, une sorte de vision lui venait. Les dunes de sable blanc ressemblaient à une banquise. Si la forêt était un continent, ou une île, alors le désert était l'océan, et lui était sur le point d'atteindre le rivage, là où les deux mondes se rencontrent.

Un pas. Encore un pas. Il courait presque. Il courait vraiment quand il s'élança dans le désert, baigné dans la lumière. Il resta là un moment, sans voix. Son esprit flottait au-dessus de l'immensité blanche. Et le désert aussi l'avait remarqué et se montrait de profil. Te voilà enfin revenu. Approche… Viens voir…

Squelettes de baleines et rochers blancs étaient dispersés comme avant, mais au loin, au-delà de la colline qu'il apercevait à main gauche, il pouvait voir la cime bleutée d'autres arbres, et sur la droite, plusieurs zones boisées, en forme de dômes. Comme si des forêts étaient en cours de développement un peu partout.

La différence essentielle, c'était le ciel. Le rideau noir du ciel était maintenant d'un bleu limpide, parsemé de nuages minces et fraîchement éclos. Et ce soleil ! Quelle quiétude ! Le soleil qui brûlait la peau s'étalait maintenant avec bonté et dispensait une douceur égale pour tous les êtres, sans discrimination. Alors que dans le désert de son souvenir, les ombres ressemblaient à des graillons brûlés, noirs et secs, à présent, l'ombre attachée à ses pieds était légère et souple, comme si elle avait appris à suivre son maître et prenait plaisir à lui montrer comme elle le faisait bien. Ce monde lunaire avait fait la paix avec le terrible soleil.

Mais où étaient passés les baleines et les voyageurs ? Soudain, Tôga faillit s'étrangler. Sur le sommet de la grande dune en face de lui un nuage de poussière de sable s'éleva dans le ciel, comme un signal de fumée, avant d'être dispersé par le vent. Enfin, une baleine de lune ! Elle devait l'avoir remarqué, aussi, car elle commença à descendre la dune dans sa direction. Elle avait dû flairer la présence de ce nouvel arrivant. La main en visière devant ses yeux, il essaya de voir si par hasard ce n'étaient pas Motoka et Mahina, mais elle était encore trop loin. Leur séparation précipitée dans la Vallée des Gladiateurs lui revint en mémoire. Il avait touché sa propre statue, ce qui avait ouvert la porte du retour, il avait glissé au fond du cône de sable. « Une autre fois… un autre jour… », avait crié Motoka. Cet autre jour, était-ce aujourd'hui ?

La baleine de lune descendait la colline en zigzags, à petits sauts précipités, comme un jeune chiot qui court innocemment dans tous les sens, avec de grands coups de nageoires caudales et pectorales pas toujours coordonnés. De temps à autre, elle projetait des jets de sable par son évent. Tôga commença à se dire que ce n'était peut-être pas Mahina. D'ailleurs, elle était plus petite que Mahina. Sa peau était lisse, présentait peu de cicatrices et de durillons. Manifestement, c'était un spécimen juvénile. La hutte sur son dos était d'un blanc pur. Non, ce n'était pas Mahina. Le cornac avait la tête enveloppée d'un turban vert. Qui était-ce ? Quelqu'un qui me connaît ? se demanda-t-il.

De nouveau, une odeur familière commençait à lui caresser les narines. L'odeur de la forêt. Si ténue qu'il n'était même pas sûr qu'elle fût réelle, mais elle s'immisçait au plus profond des plis de son cerveau, nettoyant au passage les dépôts d'années et d'années d'angoisse. Il attendit qu'elle soit devant lui, puis ses jambes se mirent en mouvement toutes seules. Un pas, deux pas.

Le cornac était une femme. Avec son turban vert gazon, sa gandoura ocre et, bien sûr, une flûte en os de baleine à la ceinture. Après une dernière ligne droite depuis le pied de la dune, la baleine vira pour se présenter de profil, et stoppa enfin dans un dernier et puissant jet qui retomba en pluie sur sa tête et ses épaules. Une onde de sable vint mourir jusque sous les pieds de Tôga.

Tôga ne connaissait pas cette baleine, mais son sourire à elle semblait tout connaître de lui, jusqu'au nombre de ses grains de beauté.

La voyageuse, d'un geste très expert, se pencha par-dessus la rambarde de sécurité du siège du cornac, et adressa à Tôga un sourire éblouissant. Elle était jeune et belle comme lors de leur dernière nuit. Lui, en comparaison, était si vieux… Vieux et fatigué comme un animal rompu d'avoir trop vécu. Fatigué jusqu'à l'os, les mains ridées et poilues, les ongles jaunes et épais. Pas laides non plus, ses mains, quand il les regardait. Elles gardaient encore la beauté de l'époque où, du matin au soir, elles serraient un pommeau de sabre, et tremblaient de plaisir en caressant le corps de Ruka. Il commençait à sentir l'onde de vigueur du passé resurgir, une pulsion nouvelle vibrait dans ses pieds chaussés de sandales de cuir, dans ses bras qui sortaient de sa tunique, devant la nouvelle vie qui l'attendait.

Il releva les yeux. Il se sentit enveloppé par ce regard et ce sourire. Il s'approcha de la baleine de lune. Il se hissa sur son dos avec mille précautions, de peur de passer au travers de ce rêve fragile. Timidement, il tendit la main à la femme. Il lui toucha le bras. Chacun de ses doigts s'enfonçait dans la tiédeur, et la tiédeur se communiquait à sa main. Il la regarda dans les yeux. Les yeux enténébrés et vides qu'il avait croisés pour la première fois au Centre de Protection temporaire de l'Agence sanitaire étaient aujourd'hui humides de bonheur et scintillaient dans l'éclat du sable blanc. C'est cet éclat qu'il avait poursuivi toute sa vie. Pour cet éclat il aurait donné sa vie.

Il avait peur de prononcer son nom. Il craignait qu'au seul fait de l'appeler par son nom, elle et ce monde autour d'elle ne s'effondrent. Mais c'est ce nom, pourtant, qu'il sentit monter tout seul du plus profond de sa gorge, prendre son élan sur sa langue et devenir son.

– Ruka…

– Je t'ai fait attendre ?

C'était comme si la fraîcheur de cette voix qui caressait ses tympans se répandait au monde entier.

– Du tout. Et toi ?

Sa voix aussi avait rajeuni.

– Non, non. Tu étais déjà là depuis longtemps ! Regarde.

Ruka montra le ciel et un vol de plusieurs dizaines de pigeons qui devaient sortir de la forêt derrière lui.

– Ah oui, c'est vrai.

Dans sa tête apparurent rassemblées toutes les statuettes de bois qu'il avait sculptées depuis un quart de siècle. Il y avait eu des pigeons, c'est vrai. Et des daims, des sangliers, des écureuils.

– Elles sont toutes arrivées, alors ?

– Bien sûr. Je les ai toutes reçues, répondit Ruka en lui prenant la main pour l'aider à grimper. Allons-y, tout le monde t'attend.

– Tout le monde ?

– Eh bien, oui, tout le monde ! fit Ruka en désignant d'un geste la totalité de l'univers. Tout notre monde.

La baleine de lune fit demi-tour et repartit à l'ascension de la dune qu'elle avait descendue quelques minutes plus tôt. Le vent pâle et poudreux caressait leurs joues. Ruka assise à la place du cornac, Tôga à ses côtés. Comment ne pas repenser à cette nuit, quand pour la première fois Ruka était venue dans sa chambre. Ils étaient tous les deux assis sur son lit, à un empan de distance, et dans cette petite distance se trouvait casé un silence d'une inertie infinie, immuable. Maintenant aussi, il y avait un silence entre eux, mais bien différent de celui de cette fois-là. Une étreinte, plutôt. Une étreinte silencieuse. Tôga se serra plus près, mit sa main dans celle de Ruka, la regarda de profil, renifla deux petits coups avec malice.

– Ça sent bon.

– Ah oui ? Ça sent quoi ? dit-elle en retenant un sourire.

Tôga retira le turban vert gazon qui couvrait la tête de Ruka, lui caressa la joue avec son nez.

– Une odeur qui me rappelle tant de souvenirs… Une odeur que je cherchais depuis si longtemps.

Ruka se dégagea sous les chatouilles et éclata d'un rire sonore.

Tôga riait avec elle.

La jeune baleine ne voulut pas être en reste et lança un jet de sable, qui retomba en pluie sonore sur le toit de la cabine. Sans doute est-ce ainsi que fait le rire des baleines de lune. Toga et Ruka rirent de plus belle.

Tout en serrant fort Ruka contre lui, le nez dans son cou, Tôga pensait : « Elle rit. » Elle rira aussi demain. Et après-demain aussi. Chaque jour de ce voyage infini, elle rira.

Dans le fond de son cœur, des yeux noirs dans un petit visage sombre, le menton posé sur ses genoux serrés dans ses bras, le fixaient toujours. C'est un rêve, pensa-t-il. C'est le dernier rêve que font les moonlings. Mon cadavre fatigué comme une loque est couché au fond d'une grotte, et prend peu à peu la température de la nuit, la statue de Ruka dans ses bras. Mais dans cinquante ans, ou dans cent ans, ou dans mille ans, quelqu'un découvrira cette grotte et nous trouvera enlacés, endormis pour toujours, entourés de ces statuettes en nombre infini. À moins que jamais personne ne me trouve, ne nous trouve, et nous resterons là, sans personne à qui raconter notre histoire, dans les bras du temps, nous regardant l'un l'autre, dans les bras l'un de l'autre, à nous sourire l'un l'autre du sourire de la lune rémanente, à dormir.

Tôga s'agrippa à Ruka. Il ne la lâcherait plus. Et les lèvres contre son oreille, il murmura :

– Ruka… Ruka… Je t'aime, Ruka. Je t'aimerai toujours. Quand ce sera la fin du monde, je t'aimerai encore…

Enfin.

Table

pca
cmb
edition pré-presse
livres numériques

44400 Rezé

Achevé d'imprimer en décembre 2024
sur les presses de Normandie Roto Impression s.a.s.
à Lonrai (Orne)
pour le compte des Éditions Payot & Rivages
60/62, avenue de Saxe -75015 Paris
N° d'impression : 2405596
Dépôt légal : janvier 2025

Imprimé en France